楔　子

维也纳的金色大厅内，座无虚席，观众们都沉浸在华人小提琴家杨志的琴声里。犹如天籁般的琴声仿佛在诉说着一个让人心酸的故事，又仿佛是一种爱的旋律包围着整个金色大厅，让现场所有的人都感受到了一种前所未有的震撼，一种超越凡尘的力量占据着每个人的心。悠扬的琴声穿越时空，杨志好像看见了在天堂的弟弟的笑脸。

时光向左 幸福向右

写实派小说作家方阵丛书

祝晓明 黄吉/著

中国财富出版社

图书在版编目（CIP）数据

时光向左 幸福向右/祝晓明，黄吉著.—北京：中国财富出版社，2014.3
（写实派小说作家方阵丛书）
ISBN 978-7-5047-5081-5

Ⅰ.①时… Ⅱ.①祝… ②黄… Ⅲ.①长篇小说—中国—当代 Ⅳ.①I247.5

中国版本图书馆 CIP 数据核字（2013）第 299023 号

策划编辑 李慧智 **责任印制** 方朋远
责任编辑 张 静 **责任校对** 梁 凡

出版发行 中国财富出版社
社　　址 北京市丰台区南四环西路 188 号 5 区 20 楼 **邮政编码** 100070
电　　话 010-52227568（发行部） 010-52227588 转 307（总编室）
010-68589540（读者服务部） 010-52227588 转 305（质检部）
网　　址 http://www.cfpress.com.cn
经　　销 新华书店
印　　刷 北京兴星伟业印刷有限公司
书　　号 ISBN 978-7-5047-5081-5/I·0123
开　　本 670mm×950mm 1/16 **版　　次** 2014 年 3 月第 1 版
印　　张 16 **印　　次** 2014 年 3 月第 1 次印刷
字　　数 304 千字 **定　　价** 31.80 元

目　录
Contents

第一卷　童年的记忆

第二卷　青春的叛逆

第三卷　放纵的惩罚

第四卷　青春的磨难

第五卷　折翼后飞翔

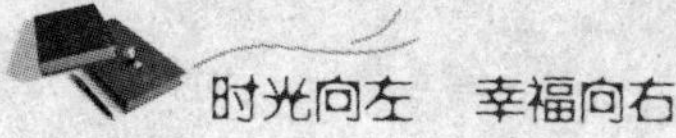

第一卷　童年的记忆

每个人的童年生活，都会留下难忘的记忆。它们在时间的长河里沉淀，在岁月的流逝中，有些会慢慢走远，有些就像昨天那样清晰……

第一章　校园的后门

放学后的校园很喧闹，孩子们都如同快乐的小鸟般，朝着学校的大门奔跑，因为，那里有来接他们回家的亲人。

每天放学后杨志总想避开弟弟杨宇而独自回家，他不想看见妈妈来接他们放学时的样子。妈妈总是张开双臂，先拥抱弟弟，然后问他："儿子，今天在学校还好吗?"然后再象征性地用手抚摸抚摸他的头说："走，回家吧。"难道只有弟弟才是妈妈的儿子？自己是外人吗？妈妈总是那样偏心，就连一点小事情都要依着弟弟，经常忽略自己的感受。

杨志低头想着妈妈对自己的不公平，愤愤然踢开路边的小石子，自言自语道："你也欺负我吗？讨厌。"

杨志转脸看着其他的孩子，然后转身向学校的后门走去，他不想再继续看妈妈与弟弟的样子，他要让妈妈紧张一下他。"杨志，杨志同学，你怎么往这边走啊?"一个女孩的声音突然响起，打断了杨志的思绪。

杨志抬起头，看见班里的学习委员丁晴晴正好奇地在看着自己。"关你什么事?"杨志没好气地回答着，继续往前走。"杨志同学，你不是每天都和你弟弟一起走的吗？你妈妈在大门口等你们啊。"丁晴晴显然没理会杨志的态度，继续关切地询问。"杨志同学，你怎么啦?""丁晴晴同学，请别瞎操心，我从哪个校门回家，还需要经过你的批准吗?""你这个人真怪，我好心问问，难道有错吗？臭小子!"丁晴晴也不高兴了，她噘起小嘴，嘟囔了一句。可是，杨志听见"臭小子"三个字，立刻火冒三丈，每次爸爸揍他之前都说："臭小子，你要挨打吗?"然后就转身去找那个专门打他屁股的鸡毛掸。

杨志瞪圆了眼睛看着丁晴晴，"你说什么？再说一遍?"杨志凶巴巴的样子吓得丁晴晴忍不住往后退了一步："杨志同学，你要干吗？你生病了吗?"从丁晴晴惊恐的表情中，杨志才发现自己可能真的太过分了，他深吸了一口气，对丁晴晴说："丁晴晴同学，不好意思，我今天不想和弟弟一起回家，我想自己回去，你怎么会在这里呢?"杨志的态度让丁晴晴放下心来，她笑嘻嘻地说："我家离学校的后门很近，穿过马路就到了，我每天都自己上学的，你今天不会是这么好心，专程来送本姑娘回家的吧?"

蓓蕾般的孩子真可爱，刚才小脸蛋憋得红扑扑的很生气，立刻就像花瓣般绽开了笑容。

丁晴晴活泼的笑语感染了杨志，他像个绅士般伸出手，做了一个"请"的动作，嘴里还不依不饶地说："学习委员大人，这边请，小的今天就当一回护花使者啦!""咯，咯咯。"丁晴晴发出银铃般动听的笑声，故意用双手轻提裙子，微微蹲一下腰，展现出一种西方人舞会上的礼节，然后大声说："起驾。""哈，哈哈。"两个孩子同时大笑起来。

走出学校的后门，丁晴晴忽然转脸对杨志说："你别送我回家了，我跟你开玩笑的。如果在楼下被我奶奶看到了，我就惨了。""怎么啦？你奶奶吃人啊?"杨志满不在乎的样子笑问丁晴晴。"唉，"丁晴晴像个大人那样叹了口气后，继续说道："我奶奶是从农村来的，思想很保守，她一直都为了我不是个男孩子而责怪我妈妈不争气，经常唠叨男孩子怎么怎么好。如果她看见你送我回去，我能好过吗?""老封建，你妈妈很怕你奶奶吧，你爸爸呢?怎么不管啊?"杨志有些同情丁晴晴了。"我爸爸整天忙着做生意，家里都是听我奶奶的，她一直催着我妈妈再给我生个弟弟，可我妈妈就是生不出来。"

听了丁晴晴的话，杨志有些茫然，毕竟是个孩子，他不知道怎么回答丁晴晴的话了，更不会理解一个奶奶希望抱孙子的那种迫切的愿望。"杨志同学，我请你吃雪糕吧。""你怎么会有钱？李老师说我们不能带零花钱来教室的。"杨志很惊讶地看着丁晴晴。"我爸爸偶尔给的，我都存着呢，不过，你别告诉李老师啊!""好，我们走吧，我想吃光明雪糕，在家的时候妈妈很少给我吃，可是，弟弟每次想吃，妈妈都很主动地去买。""哦，原来你妈妈偏心啊！难怪你不开心，我们走吧。"

两个背着书包的小小背影，在落日的余晖下越拉越长，慢慢地穿过马路，他们来到了一个卖冷饮的摊位前。"阿姨，给我们两个光明雪糕。"稚嫩的声音，如甜甜的雪糕般。杨志开心地舔着雪糕，丁晴晴边吃边目不转睛地看着杨志，等杨志吃完，丁晴晴笑着说："杨志同学，原来你是家里的出气筒啊！难得出来吃次雪糕，看你那滑稽的样子。""你敢取笑我，你还不是一样吗?"杨志愤愤然，"你不乖，下次我就去你家，告诉你奶奶，看那老封建不打死你才怪呢！怕了吧？嘿嘿。”丁晴晴刚才还笑嘻嘻的脸一下就拉长了，她又噘起小嘴，嘟囔着：“难怪妈妈说男人没有一个好东西，你这么小，就这么坏啊！”看着丁晴晴由晴转阴的脸，杨志连忙拍着胸脯赔笑道：“丁晴晴同学，我保证不把你请我吃雪糕的事情告诉你家那老封建，也保证不把你偷偷带零花钱到学校的事情告诉李老师。”

听了杨志的话，丁晴晴才收起噘着的小嘴，看着杨志说：“听说你爸爸是交响乐团的，你们家条件不错，你和你弟弟都是学小提琴的，是吗？”“别提了，我是和弟弟一起学小提琴，明明是我拉得比弟弟好，可我爸爸和妈妈每次都表扬弟弟。每次练习一首新的曲子，我爸爸就夸奖弟弟进步得快。你说，他们为什么这么偏心，处处袒护着弟弟，我算不算他们的儿子啊？”

两个孩子，你一句我一句地诉说着自己心中的委屈，完全没有注意到街上的行人越来越少，夕阳已被明亮的路灯代替，而等待他们的将是家里的狂风暴雨。

第二章　迷失方向

当孩子们觉得肚子饿的时候，自然会想到家里的美食，杨志与丁晴晴意识到该吃晚饭的时候，时间已如漏沙般溜走了三个小时，匆匆说“再见”后，两个孩子分别向不同的方向飞奔。他们的脚步有多快，回家的恐惧就有多严重。

丁晴晴先跑到家，她看到的是：母亲发红的眼睛里裹着泪珠，奶奶的脸像阴霾一样让人恐惧。奶奶大骂：“死丫头，你疯到哪里去了？几点才回家！你还不如死在外面，不要回来了！”丁晴晴怯生生地放下书包，低着头很小声地说：“奶奶，我帮同学补习去了，对不起。”“晴晴，饿了吧，快去洗手，吃饭吧。”母亲适时过来帮丁晴晴解围，可奶奶的怒火没那么容易被熄灭，“你就知道护短！这么大的女儿也不好好管教，将来……”

“妈，晴晴还是个小孩子，帮同学补习也没有错啊。”母亲急忙打断奶奶喷着口水的责骂。“我管教孙女谁让你多嘴啦！有本事你给我生个孙子啊！自己都管不好，靠我儿子养着，你有什么资格跟我吵啊？”母亲无语了，一滴泪，控制不住，从眼眶里落下来。

丁晴晴不愿意看见母亲屈辱的泪水，更不想听奶奶无休止的谩骂，她抓起书包，冲进自己的房间，放开喉咙，大声哭泣；也许，奶奶还残留着一丝对孙女的爱，也许是母亲的逆来顺受让奶奶骂不出来了，总之，门外的谩骂声越来越小，丁晴晴抽泣着打开书包，翻出作业本……

杨志就没那么幸运了，平时都是妈妈来接，今天要自己跑回家，口袋里没有一分钱，只能根据记忆，跟着公共汽车的线路跑，而且，每跑过一个站台，杨志都要去看看站牌上的名字，因为杨志只有找到妈妈带他们下车的那一站，才认识回家的路，毕竟，他只是个十四岁的孩子啊。

街边的路灯鬼魅般若隐若现，偶尔一些损坏而没及时修理的路灯像一个个幽黑的鬼影站在那里，上面挂着和其他路灯连接的电线。

那个年代的上海，公交车的末班车早早就停了，人们的夜生活并不丰富，公共汽车站的站牌很旧，很多字都看不清楚了。杨志像一个小小的幽灵，带着无比恐惧的心情，孤单地在夜色中奔跑。书包"啪、啪、啪"随着他的奔跑，不断地拍打他的屁股，饥饿的肚子发出"咕咕"的叫声。很快，杨志的衬衣与头发都被汗水湿透了，可他依然没有顺利地找到回家的路口，他还在越来越苍茫的夜色中尽力寻找回家的路线。他忽略了一个常识性的问题，学校的后门跟前门不在同一个方向，他需要兜很大的圈子绕过学校，才能找到回家的方向。

流浪的野猫开始出来在路边散步，它们肆无忌惮地大声嘲笑着可怜的杨志。

真的太累了，杨志蹲在一个公共汽车的站牌下，祈求老天能给他指点回家的方向，但是，夜空下的苍穹似乎根本不理会他的祈求；在垃圾桶里寻找食物的野猫开始争斗，一只肥硕的花猫竟然找到一块带肉的骨头，它炫耀般地发出"呜、呜、呜"声，从杨志的身边一溜烟跑开了。

杨志羡慕地看着走远的野猫，不由自主地舔了舔自己的嘴唇，还好，有些残留的雪糕味道。这个可怜的男孩，伸出自己刚才拿雪糕的手指，吮吸着，回味着那甜甜的味道。

夜晚的风开始变凉，吹干了杨志沾满汗水的衣衫。由害怕被父母责骂而转变成迫切想回家的杨志，开始陷入无助的恐惧里。他开始想念家里的温暖，想念家里的美食，想念妈妈抚摸他的头发，想念被关爱的感觉。

路灯开始逐渐熄灭，太阳慢慢升起。晨练的老人发现了缩成一团的杨志，好心将他送到了家附近。杨志像只失魂落魄的小老鼠般蹿进家门。奇怪啊，家里的门居然是虚掩着的，弟弟依然在熟睡中；杨志迫不及待地抓起桌子上的面包塞进嘴里，饥饿感战胜了一切。

吃点面包，再喝点水，杨志感觉舒服多了，太累了，他需要休息。杨志想走进房间时，爸爸、妈妈同时出现了，"臭小子，你去哪里了？不想回家了是吧?!”爸爸的话让杨志重新回到恐惧中，妈妈发青的眼圈与爸爸倾斜的嘴角，无不在预示着今天是在劫难逃了。

“我……我……”杨志不知道说什么好。“说啊，你到底去哪里了?我和你爸爸到学校没找到你，到同学家也没找到你!”妈妈虽然没骂他，但是语气并不好。杨志茫然地站立着，爸爸的大巴掌像旋风般落在他的身上。杨志不明白：为什么在外面那么温文尔雅的爸爸，在家里却是那么专制。他紧紧握住发抖的小拳头，咬住发青的嘴唇，更倔犟地不愿意多说一个字。

弟弟杨宇被父母的声音吵醒了，他睡眼蒙眬地爬了起来，“哥哥，你怎么那么脏啊，昨晚爸爸和妈妈都急死了，到处去找你，你干吗去了啊?”弟弟拉着杨志的胳膊摇晃着，稚嫩的声音一下就让狂怒的父母平静了下来。“小宇，快去刷牙、洗脸，吃了早餐要上学了。”妈妈对弟弟讲话的语气永远那么温和，充满了母爱的味道。“臭小子，晚上再跟你算账!”爸爸扔下一句话就拉着弟弟去了卫生间，妈妈这才去拿出干净的衣服给杨志换上。

爸爸和弟弟走出卫生间时，爸爸像往常一样将弟弟抱到板凳上坐好，妈妈去厨房端出了牛奶，先给弟弟，然后叫杨志：“你还磨蹭什么?快来吃啊。”弟弟已经十二岁了，爸爸依然每天抱他坐板凳吃早餐；自己的记忆里，已经找不到爸爸什么时候那样抱过自己了。爸爸和妈妈只爱弟弟一个人，他们根本不把自己当回事，杨志的心里一直都是这样认为的。

父母的偏心，给杨志造成了极大的伤害，而且，一点点在沉积，只是大人们没有发现。杨志心里对弟弟的不满，已经转化成了对父母的怨恨与抗拒。

第三章　杨宇的秘密

杨志低着头跟着妈妈和弟弟来到学校门口。“小宇乖，放学妈妈来接你啊。”妈妈跟弟弟说完才转脸对杨志说：“今天你要老实点，放学跟弟弟一起出来，晚上回家把昨天没练的琴给补上，免得让你爸爸不高兴，又要挨骂的。”“妈妈，再见！哥哥，我们进去吧。”弟弟开心地拉起杨志的手，准备一起进校门。“切——”杨志不愿意拉着弟弟，更不愿意跟偏心的妈妈多说一句话，独自朝教室跑去。“哥哥，等等我!”“小宇，小心啊。”妈妈和弟弟的话那么刺耳，杨志跑得更快了。

杨志在初中三年级一班，杨宇在初中一年级三班，他们的教室在同一栋教学楼的二楼和三楼，但杨志从不愿意送弟弟进教室，尤其是今天，杨志恨不得杨宇是个陌生人，跟自己完全没有任何关系的那种陌生人。

教室里，早到的同学们已经开始了早读，陆陆续续来的同学很自觉地打开书本。杨志回到自己的座位上，拿出课本，他没有心思看书，他的眼角一直偷偷地扫描着丁晴晴的座位，等看到丁晴晴进教室了，杨志才转移视线加入早读的行列。

第一节课下课时，杨志感觉很难受，头痛得很厉害，很想喝水，他走出教室去走廊的饮水机接水，丁晴晴也在那里，但是，她没有跟杨志讲话。杨志看见了丁晴晴核桃般红肿的双眼里布满了红红的血丝，“可怜的女生，不知道她回去被奶奶打成什么样子了？那个死老封建，真过分！”杨志有种莫名的悲哀，他似乎忘记了自己的处境，他想知道丁晴晴回去发生了什么。“丁晴晴……”话音未落，杨志“咚”的一声摔倒在地上，闭上了眼睛。“杨志、杨志同学。”“老师，老师，杨志同学昏倒啦。”丁晴晴的尖叫与其他同学的惊呼声混成一片，闻讯赶来的老师急忙将杨志送到学校附近的医院。

杨志的头烫得很厉害，体温高达 39 度以上。李老师在给他看医生的时候，教务室的其他老师已经打电话到他父亲的单位了。老师们对杨志家的详细情况不了解，慌忙中只是说，“您的孩子生病送医院了”，杨志的父亲对医院两个字特别敏感，顾不得多问，立刻放下电话跑了。

医院的宁静，让杨志昏昏欲睡，极度的疲惫让这个可怜的孩子高烧不退，嘴角出现了大量的水泡，被扎针的手无力地伸在那里，小小的脸蛋开始变得苍白。“老师，老师，你在哪里？我儿子有心脏病，还有药物过敏史啊！”杨志父亲一边带着哭腔喊话，一边奔跑进输液室。

医生赶快过来阻止家属的喧哗，李老师已经听见了杨志父亲的声音。“杨志也有心脏病？报名时没听你们说啊。”看见李老师，杨志的父亲立刻平静下来。“李老师啊……”不等杨志的父亲说话，李老师马上质问：“杨志同学的家长，孩子心脏有问题，你为什么没告诉学校？万一孩子出什么事情，谁负这个责任？”“呵呵，李老师”，杨志的父亲由刚才的焦虑转为平和，说：“杨志很健康，是他弟弟杨宇有心脏病，我以为……”“原来是这样，杨志发烧了，你去看看他吧，我回学校了。”

送走李老师，杨志的父亲才走到杨志的身边，看着儿子斜坐在躺椅上，白白的小脸上充满疲惫，父亲有些不忍心，毕竟他是个孩子，自己早晨还打过他。

父子间是有感应的，杨志睁开眼睛，刚想叫爸爸。“臭小子，你醒啦。”父亲一句关切的问话，让杨志很敏感，每次叫“臭小子”都是挨打的前兆，杨志立刻想到了早晨的画面，他误解为父亲还要惩罚他。于是，杨志将小脸转向另一边，不愿意面对父亲。

而父亲完全没有在意儿子的抵触，他以为儿子的表现，是因为身体不好、难受造成的。父亲伸手摸摸杨志的头部，依然很烫，看看瓶中的液体已经快结束了，父亲急忙叫来护士。“我儿子的体温怎么没有下去?”父亲问护士。“可能没那么快，但是，小孩感冒、发热会引起急性肺炎，你还是去主治医生那里问问吧。”护士的话提醒了杨志的父亲，他赶紧去找主治医生。医生面前厚厚的病例与等待的病人，让他不好意思插队，等了差不多一小时后，医生主动问他时，他才走上前去。

杨志被转到了病房。一个十四岁的孩子整夜在恐惧中奔跑，回家被父亲打完去了学校，体力严重透支，急性肺炎引发了高烧，突如其来的变化，没有让杨志感受到家的温暖，而是更抱怨父母的偏心。他幼小的心灵里开始滋生仇根的种子，尽管医生抽血很痛，但他没有发出一点声音。父亲开始担忧，看着杨志咬住嘴唇落下泪滴时，父亲的心里有种难言的酸楚。“儿子，想哭就哭吧，爸爸在这里，你会很快好起来的。”说完话，父亲将杨志的头抱在怀里，杨志感受到了父亲的体温，脑海里却浮现出父亲抱弟弟去吃饭的情景。

妈妈来了，但她只待了一会儿就和父亲说：“你在这里照顾他吧，我去接小宇，晚上我来给你们送饭。小宇的身体不好，身边离不开人。”“还是我回家照顾小宇吧，杨志也需要妈妈的照顾啊。”“老杨，小宇心脏不好，我怕你照顾不好”这么简单的话，杨志听见了却产生了不一样的效果。“弟弟身体不好？怎么会？爸爸、妈妈每天都那么宠他，没人在乎我，原来是弟弟装病赢得爸爸、妈妈的爱！可我现在是真的生病了啊！”杨志这样想着，为自己这次生病知道了弟弟的秘密而高兴。“既然弟弟身体不好，那我以后就再也不理他了。”

第四章　杨志的蜕变

出院后，杨志的功课落下了很多，他不得不努力学习。李老师让学习委员丁晴晴帮助杨志补习，他拒绝了。因为，他知道丁晴晴家里的情况，也害怕再接触丁晴晴造成不必要的麻烦。尽管如此，丁晴晴还是利用课间时间，帮杨志补习前面的课程，杨志觉得丁晴晴对自己太好了，小小的心灵里，开始有种依赖。

杨志的生活开始恢复到以前的状态，只是，他再也不和弟弟争了，他知道父母不会偏向着自己，所以就跟弟弟保持距离。但是杨志没有放过任何一个可以超越弟弟的地方，他要表现自己，他要让父母知道，自己才是最棒的，他要让父母为对孩子的偏心而内疚。

晚饭后，杨志主动去练琴，他以前都要磨蹭到妈妈大声地叫嚷，父亲皱起眉头；可现在不同了，杨志的主动，让妈妈觉得欣慰，让爸爸露出了笑容。

渐渐地，杨志已经不满足于在家里练琴，他开始在小区的花园里练习。他可以完整演奏匈牙利著名大提琴大师雅诺什·斯塔克的乐章，也可以模仿小提琴演奏家潘寅林的《血色黄昏》，更能将大师吕思清的作品演奏得惟妙惟肖。

每个周末，杨志都早早起床，独自来到花园里，拉琴给早晨锻炼的老人们听，征求一些懂欣赏的老人们的意见，结合自己内心的体验，开始了自己的创作。

现在杨志还不懂得，每个成功的艺术家都有常人难以理解的一面；每个成功的艺术家的灵魂都是缺失的，只有残缺的灵魂才能融于艺术，才能发现令人惊叹的另一面。他正朝着这个方向发展，他不明白肖邦的无奈、贝多芬的悲惨，不理会门德尔松的欢快乐章；偶尔，他会迷恋柴可夫斯基的《忧郁小夜曲》，马思涅的《沉思》乐章，他沉浸在音乐世界里。

杨志开始创作。他的音乐里，包含着一个少年的幻想与失落。他还不会写乐谱，只能凭着惊人的记忆，贯穿每个音符。他在很短的时间内完成了《失落的花季》，他觉得自己很了不起，他觉得是时候在父母面前炫耀了。

杨志永远不会忘记那天满心欢喜地演奏给父母听他的作品，父亲听完沉思了很久，没有说出一句赞扬的话。“你现在最主要的是练习，谁叫你自己去创作的，那样会浪费很多练习的时间，你把心思放在哪里了?”父亲的话，像一盆冷水，让杨志呆住了。他不明白，为什么自己总不能得到父亲的认可；而弟弟拉得那么蹩脚的琴声，却能得到父亲的赞扬。妈妈不懂音乐，她也不知道怎么评价，只是说：“杨志，你拉的什么啊？妈妈听起来很闷啊，有点想哭的感觉。”“妈妈，这是我自己创作的音乐，我懂。”

“呵呵，儿子，你出息了啊。”妈妈的话，让杨志觉得有些安慰，他又用祈求的目光看着父亲，希望能得到一个肯定。“既然你想学创作，以后我每天抽出半小时来教你乐谱，但你不能浪费练琴的时间，你要比原来晚半小时睡觉。”父亲依然很吝啬赞扬的词语，但他愿意教杨志乐谱，这是杨志没想到的，杨志的心情有些激动，他忘记了刚才的不愉快，大声说："爸爸，那就从今天开始教我吧。"严厉的父亲终于露出了笑容，杨志的心里飞扬起《天鹅湖》中最美好的乐章。

时间过得很快，转眼间，杨志快要初中毕业了。弟弟的成绩比杨志差很多，父亲开始对杨志充满希望，杨志的情绪高涨，对弟弟也比原来好了很多。

学习比原来紧张了很多，有时候，父亲会主动叫杨志别练琴而去复习功课，杨志不愿意，他情愿放弃睡觉与吃饭的时间去练琴。杨志的琴艺有了突飞猛进的发展，娴熟到闭起眼睛就能分辨出高低音以及出自哪个名师的作品。爸爸、妈妈很满意杨志的表现，对杨志的关爱也越来越多，杨志沉浸在自己的喜悦里，忽略了偶尔会缩在床角咬着床单的弟弟，更忽略了妈妈给弟弟吃的药越来越多。

爸爸开始陪着杨志练琴，有时候也会跟他们兄弟一起合奏，家的气氛越来越美好。

一个周末，晚餐时，爸爸高兴地拿出两张表格说："杨志、杨宇，你们听着，这是爸爸帮你们填好的报名表，市里马上要举办第一届少年杯小提琴大赛，现在学钢琴的孩子多，学小提琴的少，我希望你们兄弟两个都去参加，都能获奖，给这个家增添荣耀。"妈妈有些担忧地看了杨宇一眼说："老杨，小宇就别去了吧，他的身体……""为什么不去?！哥哥能参加，我也行的。"弟弟怕妈妈不允许，急忙为自己争取。"呵呵，你会和哥哥一起出现在比赛场上的。记住了，别输给哥哥啊。"父亲怜爱地笑着对杨宇说。

杨志清楚弟弟的琴艺，他有些担忧地对父母说："弟弟如果得不到名次怎么办，我需要让弟弟吗?""不必啦，你只要发挥出自己最佳的状态就好，你们两个谁得奖爸爸、妈妈都会为你们骄傲的。"父亲的话像一针强心剂，让杨志对比赛有着强烈的向往。

兄弟两人开始投入了紧张的练习。他们两人的融洽，是以前从未有过的：杨志会指点弟弟在练习时发出的错音，会给弟弟倒水喝；而弟弟杨宇也会悄悄地给哥哥擦汗，高兴的时候会抱住哥哥撒娇。

距离比赛的日子越来越近，兄弟两人的关系也越来越好，杨志开始觉得自己以前是那么幼稚，对弟弟那么不公平，现在的弟弟是那么可爱，有个弟弟真好啊！

第五章 杨宇的遗憾

学校的老师和同学们都知道杨志和杨宇兄弟两人要参加比赛的事情了，大家纷纷为他们加油；丁晴晴更是鼓励杨志，一定要拿到冠军，她会为他骄傲的。

杨志势在必得，但也没放弃鼓励弟弟。他每天放学后第一件事情，就是去弟弟的班级，拉着弟弟的手，一起回家。

父母看着两兄弟的友好，从心底绽放了笑容，只是，笑容里有着无限的苦涩，孩子们并没有看出父母的苦涩，他们共同度过了一生中最为和谐的时光。

明天就要进入初赛了，杨志拿出丁晴晴送的魔蛋许愿："请保佑我，一定要获得比赛的第一名，这个荣耀会伴随着我的成长。请保佑弟弟也能获奖，在音乐的长河里，我们兄弟可以并驾齐驱。""哥哥，你在干什么啊？我们去练琴吧。""好的，我就来。"杨志和杨宇拿出琴跟着父亲来到小区的花园。今晚是决定明天比赛的关键，父亲比他们更紧张：儿子的一切，代表着父母的成功与失败；儿子的荣耀，不仅仅是个人成绩，更是父母教育方式成功与失败的体现。

上海是国际知名的大都市，此次的小提琴比赛是模仿帕格尼尼国际小提琴大赛（意大利语：Concorso internazionale di violino"Niccolò Paganini"或Premio Paganini，是以意大利著名的小提琴大师尼科罗·帕格尼尼的名字命名的国际小提琴比赛，创始于1954年，每两年在意大利的热那亚举行一次，比赛包括：预赛、准决赛及决赛三个阶段。帕格尼尼国际小提琴大赛已成为国际上最重要的小提琴比赛之一）而举办的。

此次，举办方的目的，不仅仅是为上海找出最具有潜力的少年小提琴手，更提供了保送中央音乐学院学习的机会；本次参赛选手不仅没有局域限制，更将年纪放宽在十岁与十六岁之间。参赛的选手，每个都是刻苦练习，想来验证自己实力的，还有少数参赛选手来自音乐世家。杨志、杨宇不仅将面临着人生的第一次挑战，还将面临着强硬的对手和来自自己内心巨大的精神压力。

爸爸、妈妈紧紧地握住两兄弟的手，等待着那一刻的来临，杨志的额头渗出了细细的汗珠；杨宇在妈妈的叮嘱下，又吞下去了两个白色的药片。每个选手都专注地演绎着自己最为拿手的曲目。

轮到杨宇上场了，爸爸亲吻着他的脑袋说："小宇，别怕，尽量去演奏，就像平时在家练习那样，不要慌，要珍惜这次机会。"妈妈含着泪珠说："小宇，加油！你的时间不多了，妈妈相信你一定能发挥好的。"杨志误以为妈妈说的时间不多了，是快要上场了，他握紧拳头，对弟弟说："小宇，别怕，哥哥做你的后盾，加油啊！"

杨宇来到评委的面前，深深地鞠了个躬，然后报出自己的参赛曲目——罗马尼亚作曲家迪尼库的《云雀》。评委点头，说"开始"后，杨宇将小提琴缓缓地放在左肩上，将琴弦放在琴的起音部位，深深地呼吸了一口气，拉出了旋律。

比赛场上紧张的气氛立刻被一种前所未有的欢快声音所代替，人们仿佛看见了美丽的山林中，小鸟嬉戏、云雀争鸣的画面。虽然没有钢琴的伴奏，但是，杨宇拉得那么投入，他的脸上，呈现出天使般灿烂、无邪的笑容，他的心与琴声融为一体。杨宇熟练地将小提琴 E 弦的靓丽、清悦、透明的音色表现了出来，就连高难度的颤音部分也一气呵成。还有几个旋律就要结束了，评委们都在等待着这个神奇的少年来给这首动听的世界名曲画上完美的句号。

细心的妈妈感觉到了杨宇微小的变化，"孩子，坚持住，坚持住啊。"妈妈的心里带着哭泣的声音在祈盼。

突然，杨宇在琴声的结尾部分出现了滑音，音色出现了小小的误差。"怎么会这样啊？太可惜了。"一个评委忍不住自言自语了一句。一点小小的滑音，足以造成整首曲子的瑕疵，严重影响评委最后的评分，但是，评委不知道杨宇已经尽力了，不是他没有音乐天赋，而是他下垂的手臂已经无力气再举起来，尽管欢快的旋律赋予了杨宇对生命的热情和对美好未来的向往。

上天总是嫉妒那些美好的东西。杨宇在一阵遗憾声中含着晶莹的泪滴走下了场。

杨宇扑进爸爸的怀里哽咽着说："爸爸，我让你失望了。呜呜呜。""孩子，别难过，妈妈觉得你演奏得很好。"妈妈难过地搂过杨宇，安慰他。"小宇，别怕，还有我呢，哥哥会给你增光，会将你没演奏完整的乐曲继续发挥好。"杨志第一次看见弟弟哭得那么伤心。"杨志，你不能冲动，你不擅长演奏欢快的乐章。"父亲急忙制止杨志不切实际的想法。"爸爸，小宇刚才演奏得很好，只是最后的滑音部分失去了高分，我要帮弟弟争取回来！""小宇的滑音部分是会扣分，但他前面演奏得非常成功，每个人都有自己的长处，你的演奏代表着你自己的水准，不能相提并论的；杨志，你不要因为弟弟的表现影响自己的成绩。”

“不，爸爸，我是哥哥，弟弟滑音也是我平时练习的时候没发现的，不能怪弟弟。”在父亲与杨志的争执中，杨宇擦干了眼泪说：“哥哥，别为我难过了，你要为自己争取，拿第一也是你的梦想啊。”“不，小宇，你别管了，我不会轻易放弃的。”

第六章　兄弟情深

杨志在妈妈的眼泪与父亲的担忧中，拿起小提琴走向评委，杨宇看着杨志那种倔犟的眼神，忍不住哭着说了一句：“哥哥，我爱你！”杨志回头对弟弟做了一个鬼脸，又打出一个“OK”的手势后，面带微笑向评委做出了自我介绍，然后说：“各位评委老师，刚才我弟弟演奏的《云雀》在最后部分出现了滑音，为了弥补他的遗憾，我想将我的参赛曲目改成《云雀》，请各位评委老师批准。”杨志深深地鞠躬，一直将腰弯在那里，等待评委老师的批准。

现场临时改变参赛曲目，事发突然，评委们互相交换着意见，杨志的父亲有些失望地闭起了眼睛，但心里为儿子们的兄弟情谊而自豪；妈妈含泪微笑，弟弟杨宇带头鼓起了掌声，亲情在这一刻得到了充分的体现，杨志心里的乌云在慢慢散开。

评委们也被杨志的举动感动了，他们同意杨志演奏杨宇刚才滑音的乐章，但是，他们先说明了利害关系。因为现场改变参赛曲目，失败的概率很大，不能很好地体现选手的真实水平。

杨志再次深深地给评委鞠了一躬，他以从未有过的热情，忘我地投入了这一乐章。杨志拉琴时灌注了自己对大自然的喜爱、对生命的认知、对父母的感恩和对丁晴晴同学的依赖，他将流水、鸟鸣、风语演奏得惟妙惟肖，生动、深情而又自然、清新。

父亲惊叹杨志这一刻会笑得那么开心，重新认识到杨志潜在的音乐天赋，父亲的心里对杨志不仅肯定，还有了新的期望。父亲知道杨志一定能成功的。

现场爆发了雷鸣般的掌声后，杨志收起了小提琴。这时候，评委们被这个少年精湛的琴艺感染了，他们破例让杨志再次演奏自己的参赛曲目。评委们的心中对此次比赛的结果，已经有答案了。

一种淡淡的忧伤开始渗透全场，《天空之城》的旋律开始在空气中流淌，大家仿佛都回到了童年：对未来的不确定，对现实的迷茫，在无奈与困惑中又发现生活的美好、自然的可爱，想要而又得不到的忧伤；一种矛盾与纠结的情绪，一种叛逆的少年无法解脱的心结，一种追寻美好生活却又找不到答案的迷惑……那么多的不确定都在杨志的琴声中流淌。

评委们都发出了惊叹，两个少年用不同的琴声，奏出了两种不同的音质，用自己的心演绎了生活中他们不同的认知、不同的感悟。哥哥杨志处于叛逆期，对一切都存在疑惑的态度，他的情况与《天空之城》是那么吻合；弟弟还小，他像小鸟般有着无限的好奇心与童真。两个极为相似的题材，却用两个不同的节奏发挥得淋漓尽致。特别让评委觉得欣慰的是，杨志对弟弟的爱护，不惜冒着自己被淘汰的危险来完成弟弟的心愿，这种手足情深多么难得与可贵；评委们也为两个孩子的音乐天赋而感到高兴。

没有什么比兄弟俩双双顺利通过初赛更值得高兴了。父母第一次破天荒地给杨志、杨宇兄弟打开了红酒，父亲第一次含泪向兄弟俩举杯，以对待成年男人的方式，来表达着自己对兄弟俩的关爱；母亲忙碌完一桌子菜后，在围裙上擦了擦手，又用油腻腻的手擦了擦头发，拉了拉衣角，坐在了父亲的身边，说："儿子们，妈妈为你们骄傲！你们真是了不起啊，征服了所有的评委老师，看把你爸爸乐得嘴巴都合不拢了啊！"母亲的话让父亲更开心了，他也高兴地说："儿子们啊，你们的成绩，确实让爸爸感到无比的欣慰，但是，你们还要进入复赛和决赛，所以，今天我们只能小小的庆祝一下，等你们拿到奖杯，爸爸给你们买更好的小提琴作为奖励。"

父亲的话无疑像一针强心剂，让兄弟俩开心不已。杨志早就想换一把小提琴了，他现在用的是父亲当年的旧琴，而弟弟杨宇的琴是爸爸的同事送的。"爸爸、妈妈，你们放心吧，我们一定会拿到奖杯的，我和弟弟会比原来更认真地练琴，希望你们不要担心，相信我们一定能做到的。"杨志抢先对父母表达了自己的决心。

一个叛逆的少年，成功的喜悦覆盖了一切，被父母的认可，更让他觉得开心。他也知道，妈妈为了照顾他们兄弟放弃了工作，家里所有的开销，都来源于父亲一个人的收入。"哥哥，你真逗，你还没把顺利通过初赛的消息告诉晴晴姐姐吧？明天，你就要成为班里的头号新闻人物啦！"杨宇打趣着哥哥。杨志伸手刮了一下杨宇的鼻子，做出要打他的样子，笑着说："小弟弟，你说什么？再说一遍。""哈哈哈哈——"父母被兄弟俩的举动逗得开怀大笑。"哥哥，你真坏！明天，我告诉晴晴姐姐，说你老欺负我。"弟弟装作委屈的样子，做了一个鬼脸。"小弟弟，小弟弟，你就是我的小弟弟。"杨志也不甘示弱地叫着。多么和谐的一家人，父母在这一刻，完全忘记了杨宇的病情，他们沉浸在两个儿子的欢乐中。

这一晚，兄弟俩谁也没有练琴，他们互相嬉戏着，直到筋疲力尽后，他们带着甜蜜的笑脸，带着对未来的无限憧憬，双双进入了美好的梦乡。

第七章　莫名的烦恼

月亮进入云层，太阳在朝霞的陪伴下，露出了睡眼蒙眬的面容。杨志翻身下床，悄悄地绕过弟弟的床，准备先去练琴。“站住，举起手来！”杨志一愣，马上回过头来：“你个小机灵鬼，我怕吵醒你啊。多睡会吧，我先去练琴。”“哥哥，你以为我不知道啊，你偷偷努力，想得第一，我也想啊，我最大的愿望就是长大了去世界上最著名的音乐圣地——维也纳，然后，在维也纳的金色大厅里演奏自己创作的曲子，再然后，就是和维也纳最美丽的姑娘，踩着圆舞曲，跳一支最欢快的舞蹈。”弟弟咽着口水说道。“你臭美吧！这么小，就想姑娘啦，看我不打你的小屁股！”

美好的一天开始了，弟弟杨宇在这个清晨里诉说的愿望，成为了他一生的遗憾。对于杨志来说，这只是一个音乐少年的小小心愿，而对患有先天性心脏病的杨宇来说，这个心愿，终究是他永远无法实现的梦想。

悠扬的小提琴声穿过清晨的霞光，伴着早起的鸟儿，一起欢快地歌唱，兄弟俩全神贯注地进入了自己的音乐世界。思绪在琴声中流淌，连妈妈叫他们吃早餐都没听见，直到爸爸用手按住了他们的肩膀。

杨志拉着弟弟的手进入学校的大门，他们立刻被同学们包围起来，大家你一言我一语地评论着他们从电视上看到的兄弟俩的比赛情况，特别是杨志对评委说的那段要重新弹奏弟弟滑音的乐章，同学们都为他鼓掌；而杨宇班里的同学，都对杨宇有杨志这样的好哥哥，感到羡慕不已。

杨志的心在飞扬，少年的骄傲，写在清纯的笑脸上，他故意在弟弟的班级门前停留了一下，接受弟弟班里同学们羡慕的目光后，高高兴兴地走进了自己的教室。“嗨，杨志，你太了不起啦！我真佩服你啊。”班里最富有的同学徐子昂，狠狠地拍了一下杨志的肩膀。“杨志，祝贺你啊！”同学们看见杨志进教室，都恭维他在比赛现场的表现。“真没想到你那么勇敢啊，周末请你去我家吃饭。”徐子昂继续说道。“再说吧，我回去问妈妈后答复你。”杨志漫不经心地回答徐子昂的话，眼睛在丁晴晴的座位上搜寻着，那个他心里最希望看到的身影。

那个座位空荡荡的，直到上课铃声响起，依然没有人影。杨志的心里有些失落，但是成功的喜悦依然在心中流淌、蔓延着。班主任李老师来了，她宣布了两件事情：第一件事情是为杨志同学在初赛顺利通过鼓掌。由于他在比赛场上的良好表现，班里不用选举方式，而直接评杨志同学为本学期最佳少年、三好学生；第二件事情是丁晴晴同学由于母亲身体不好而请假一周，本周将由陈璐璐同学接替丁晴晴，担任临时学习委员。杨志不由自主地瞟了陈璐璐一眼，他看见徐子昂正和陈璐璐相视一笑，杨志恨不得上去踢他们一脚。

虽然同学们和老师们都对杨志表现出前所未有的友好态度，但是杨志一直觉得有种失落感，小小的心里总觉得缺少点什么，他不知道自己为什么会这样，他总是控制不住自己去看丁晴晴的座位。

放学后，杨志无精打采地站在楼梯口等待弟弟的出现，很多与他打招呼的同学从他身边走过，他只是机械地点头，嘴里发出“嗯，嗯”声，直到弟弟杨宇拉住他的手，摇晃着说：“哥哥，你发什么呆啊，我们该回家啦！”“哦，哦。”杨志还是那样，不知道自己心里想什么。弟弟依然保持着早晨的热情，“哥哥，快走吧，我饿了，让妈妈先给我们买小馄饨吃吧。”已经快走出校门口了，杨宇看见哥哥还是傻傻的样子，忍不住又提出了新的问题：“哥哥，是不是晴晴同学没有表扬你啊，为什么你不高兴啊？”

“不许胡说，你知道什么！”杨志不自觉地将心底的怨气流露在话音上 。“哥哥，你怎么啦？早晨还好好的，你不舒服了吗？”弟弟噘起嘴，开始对杨志的态度不满了。“小宇，你知道吗？丁晴晴同学的妈妈病了，她请假一周。”

杨志意识到自己对弟弟的态度不好了，忍不住说出了原因。“哦，哥哥，原来你是为这个不开心啊，我知道了，哥哥，你是……”杨宇又开始调皮了，他又拿杨志调侃起来。“小宇，你别胡闹了，鬼才想她呢，只是，李老师今天宣布由陈璐璐临时担任学习委员，我就是看不惯陈璐璐那种小人得志的样子，还有，徐子昂同学帮她撑腰！真不知道李老师是怎么想的，那种人还能接替学习委员？”

“妈妈，妈妈……”也不知道弟弟有没有听见杨志在说什么，只见弟弟挥着手、大叫着，向妈妈飞奔而去。杨志无奈地笑了笑，在弟弟对妈妈撒娇时，他看见陈璐璐与徐子昂两个人有说有笑地从远处走来，杨志皱起眉头，赶快拉住弟弟，然后对妈妈说：“我们快回家吧，我还要练琴呢。”

“哥哥，你急什么，我还想吃馄饨呢！”“小宇乖，回家吃饭吧，爸爸、妈妈要存钱给我们买琴呢。”“哦，那好吧。”杨宇听话地跟着妈妈和哥哥一起走了。也不知道为什么，杨志现在几乎是像妈妈一样宠爱着杨宇，即使他不高兴，也不会对杨宇发脾气，他会学着妈妈的语气哄杨宇听话。

晚饭后，杨志的琴练得糟糕透了，他总是滑音，连最基础的部分都把握不住。杨宇也听出来了，他瞪着黑黑的眼珠，像看大猩猩一样盯着杨志，“哥哥，你今天有心事啊？”妈妈忙着做家务，根本没时间去看他们，即使妈妈在旁边，也听不出来杨志拉错了，因为妈妈不懂音乐。爸爸是乐团的指挥，经常有演出，即使不演出，爸爸也会在外面找点活干，挣钱来补助家里的开销。杨志不知道，爸爸正在努力地存钱，因为杨宇的心脏需要做手术，而这个手术，需要昂贵的费用。

睡觉前，杨志忍不住问妈妈：“妈妈，你和爸爸是不是也喜欢男孩而不喜欢女孩啊？”妈妈觉得很奇怪，这不像杨志的性格。“儿子，你怎么啦？为什么会问这个问题。”“我随便问问，不想说可以不说。”杨志很失望。“儿子，对于妈妈来说，男孩和女孩都是妈妈的孩子，妈妈一样爱他们，爸爸、妈妈以前是想给你生个妹妹的，没想到给你生了个弟弟。”“怎么啦？我又做错什么了？哥哥你很讨厌我吗？”杨宇害怕哥哥像以前那样对自己，赶快过来用一种很委屈的眼神看着杨志问道。

妈妈开始觉得杨志今天有点不对劲了，她抚摸着杨志的头说：“儿子，你是家里的长子，以后，你的责任大过弟弟，你有什么事情就直接跟妈妈说吧。”杨志眨巴着眼睛，憋了很久，最终还是鼓起勇气，对妈妈说：“妈妈，我班级里的学习委员丁晴晴同学，她的奶奶很讨厌她，经常骂她，还找借口打她，就是因为她是个女生，她好可怜啊。”

妈妈看着杨志，似乎明白了儿子的那点小心思，“杨志，性别一出生就决定了，谁也改变不了，你同学的奶奶年纪大了，思想保守，她妈妈还可以再生一个，但是，谁也不能保证下一个孩子一定是男孩，打孩子就更不对了！但是，我们也帮不了忙，奶奶是家里的长辈，让你的同学避开点，别惹她奶奶不高兴啊。”

“可是妈妈，她奶奶真的很不讲理的，上次丁晴晴同学的脸都被她打肿了。今天，李老师说丁晴晴的妈妈生病了，所以她请假一周。生什么病要那么久啊？她家里不是有奶奶吗？我怕……”“怕什么？”杨宇立刻插话问道，“你担心什么？儿子，你去过那同学家吗？你见过她奶奶吗？”妈妈的态度明显比刚才急，她知道儿子不会无缘无故为别人担心的。

杨志看了看弟弟，又看了看妈妈，然后，低下头接着说：“我怕，丁晴晴同学是被她奶奶打伤了，才不能到学校上课的。”妈妈叹了口气说：“杨志啊，每个家庭都有自己的烦恼，每个人都有自己的命，我们也管不了啊。你看看，这么晚了，你爸爸还没回来，小宇的身体又不好，你们赶快睡觉吧，明天还要上学呢。”妈妈的回答让杨志很不满意，但是妈妈说的也没错啊，杨志不甘心地钻进被子里，又问了一句：“妈妈，周末班里的徐子昂同学请吃饭，我可以去吗?”“可以，但不能影响你学习，也不能影响你练琴。”说完，妈妈熄灯、关门，走出房间，杨志在弟弟均匀的呼吸声中看着房间的屋顶。

第八章　不愉快的晚餐

周末很快就到了，得到妈妈的批准后，杨志和班级里的其他同学一起来到了徐子昂的家。

杨志和其他同学一样，第一次走进徐子昂装修华丽的家。徐子昂的家，可以说，是杨志目前见过的、最富有的家庭了——上海市内为数不多的别墅，别墅的大门口站着保安，家门口铺着漂亮的地毯；名贵的实木家具；客厅里挂着巨大的风景画；室内楼梯的下面有着精致的家庭酒吧，上面摆放着各种杨志说不出名称的洋酒；而徐子昂同学的房间，奢侈得像五星级酒店，市场上少见的大屏幕彩电、电子表、能打俄罗斯方块与魂斗罗的游戏机、宽大的书桌、柔软的大床。这些，杨志连想都没想过。

徐子昂的妈妈，烫着长长的大波浪卷发，涂着鲜艳的口红，染着红红的指甲，穿着精致的时装。杨志叫了声：“阿姨好!”马上就想到了自己的妈妈，永远是那件洗了又洗的外套，永远是用那个用廉价的橡皮筋扎着的发型，永远围着打了补丁的围裙。

同学们都用羡慕的眼神参观着徐子昂的家，徐子昂的妈妈热情地招呼大家吃水果，然后叫保姆做孩子们喜欢吃的菜。徐子昂的妈妈似乎对杨志格外热情，硬将一个红红的大苹果塞给杨志。“切，老妈，我才是你的儿子啊!”徐子昂在旁边看了，似乎很吃醋地冒出一句。“哈哈，子昂，妈妈听说杨志同学的爸爸是爱乐乐团的指挥，杨志同学已经通过少年杯小提琴比赛的初赛了，你要好好向杨志同学学习啊！别光顾着玩。”

“老妈，你怎么老是长别人志气，灭自己威风啊，不要当同学的面教训我，给我留点面子吧。”“就是。”陈璐璐也在徐子昂的身后嘟囔了一句，徐子昂的妈妈白了陈璐璐一眼。她刚想说点什么，保姆过来说：“饭菜都好了，要不要现在就吃，还是等徐子昂的爸爸回来一起吃？”徐子昂的妈妈看了看自己手腕上的欧米茄手表对徐子昂说：“请同学们入座吧，你爸爸马上就到家了。”

徐子昂的妈妈果然没说错，同学们都小心翼翼准备坐下时，就听见别墅门口的刹车声，然后徐子昂的爸爸乐呵呵地跨进大门，“儿子，你的那个拉琴的同学来了吗？呵呵。”徐子昂的父亲，有着一张肉饼一样的脸，整个脸上一半插着胡子的根，中等个子，身上挂满了肉，挺起的肚子，无处不在显示着他富裕的生活；脖子上挂着那个年代极为耀眼的纯金项链，足足有几斤重，笑呵呵的声音跟他的长相不成比例。“叔叔好！”同学们整齐的问候声，像经过了专业的排练一样。

徐子昂的父亲肥厚的手掌一挥，像个大领导视察工作一样，“同学们好！”然后，坐在自己一家之主的位置上。

杨志从心底开始反感这种场面，虽然家里贫寒、简单，但是父亲永远有着温和的笑容，有着浓浓的书卷气息，就连走路的姿势也是那样的优雅，跟徐子昂的爸爸那种暴发户形象，有着天壤之别。“叫保姆给同学们倒饮料吧。愿意喝酒的，有法国的红酒，还有XO，随便喝啊，别跟我客气，我们家什么都买得起。”听了徐子昂爸爸的话，几个家境一般的同学都低下头，小声说：“叔叔，我们不喝酒。”杨志也摇了摇头，他不是表示不喝酒，而是不习惯跟这样的家长多说话。

“叔叔，我想喝一点。”陈璐璐站起来说道，“我想尝尝您的法国红酒。”“哈哈，”徐子昂的父亲大笑着，“丫头，长得不错啊，难怪我家子昂喜欢你，有16岁了吧，想喝就喝点吧。”“老徐，你干吗？她还是个孩子！”徐子昂的妈妈有些不满地制止。“今天老子高兴，儿子的同学来家吃饭，人家想喝点酒怎么啦？又不需要你挣钱来买酒。”徐子昂很听他爸爸的话，他已经将酒拿到桌子上来了。

杨志真的不想吃这里的饭，他望着一桌子的美味佳肴，想起妈妈在厨房炒土豆丝的样子，他恨不能马上回家去和弟弟争抢盘子里最后一根土豆丝，他甚至想念妈妈煎的荷包蛋了……

徐子昂的爸爸，开口闭口都说到“钱”字，其他的同学连大气都不敢出，只有徐子昂的妈妈在热情地给大家夹菜。饭桌上，只有徐子昂的父亲在情绪高涨地唱着独角戏。突然，他将话锋转向了杨志，“杨志同学，听说你爸爸是那个什么乐团的指挥啊，而且还会拉什么琴？”“是小提琴。”杨志大声回答，心里的不满就快要释放了。“呵呵，你上次参加的那个什么比赛通过了啊，我听子昂说了，你看，我们家不缺钱，但缺点高雅艺术，我今天让子昂叫你们吃饭，是想……”“想怎么样?”孩子的纯真在于他们不懂得掩藏自己的情绪。徐子昂的父亲，说什么、什么的，还有开口闭口就是钱、钱，让杨志觉得很受伤，他丝毫不理会其他同学诧异的目光，他说话的语气似乎在顶撞徐子昂的爸爸。“哈哈，我是想让子昂拜你为师，跟你学习拉琴，我知道你家情况不好，我会付给你比市场上高几倍的价钱的。”没有文化也许不可怕，可怕的是，对孩子的说话方式。

徐子昂的父亲是生意人，是那种没有文化、从底层暴富的生意人，他根本不懂一个音乐少年的心。只是，作为父亲，他想让自己的儿子，也能像那些有文化的人一样，或者像那些高雅的人一样，学习一种专业的技能，受人尊重，享受掌声。

徐子昂的妈妈还没有被他爸爸同化，她看出杨志的不悦，赶快打圆场：“老徐，先吃饭吧，让杨志同学回家跟他父母商量后再说啊。”旁边的徐子昂也感觉到杨志的不爽，他什么也没说，暗地里跟陈璐璐偷偷地笑。

晚餐在杨志的不愉快中结束了。徐子昂的妈妈给每个同学都准备了一大包零食，包括那个时候很难买到的牛奶饼干、进口巧克力、大白兔奶糖等。徐子昂的父亲让司机开来了面包车，将同学们分别送回了家。

第九章 丁晴晴的噩梦

杨志闷闷不乐地回到了家，爸爸依然在外忙碌，妈妈依然在做她永远做不完的家务，弟弟杨宇独自坐在桌子边发呆。“小宇，你今天没有练琴啊?”杨志有些责怪的语气对弟弟说。“哥哥，你总算回来啦！你不在家，我总觉得家里缺少点什么，也不想自己练琴，我要跟你一起练琴。哥哥，你在同学家玩得开心吗?”杨宇看见哥哥回来，一连串的问题脱口而出。杨志从弟弟看见自己后变得生动的眼神，感觉到弟弟的孤单，他将手中的食物交给了弟弟，“快吃吧，有你喜欢的大白兔奶糖呢。”

弟弟欢快地接过食物，兴奋地拿出自己喜欢吃的大白兔奶糖，剥开糖纸，他看了看哥哥，然后跳下板凳，“妈妈，张嘴。”妈妈还没看清楚是什么，杨宇就将糖塞进了妈妈嘴里。杨宇还是没有吃糖，他数了数一共有多少糖果、多少饼干、多少巧克力，将它们分成四份后对杨志说：“哥哥，这是你的，这是爸爸和妈妈的，这些是我的。”说完这些，杨宇才剥开一个大白兔奶糖，放到嘴里，美美地吮吸着。

杨志看着弟弟，他的眼眶湿润了，他第一次感受到弟弟是那么可爱，他的心里升起了对金钱的渴望，有了钱，弟弟就不用那样数糖果，妈妈也不用那么操劳，爸爸也不需要工作到半夜才回家了。

复赛的日子很快就来临了。这一次，杨宇没有让大家失望，他顺利地通过了；杨志更是超常发挥，以复赛第一名的好成绩，直接进入决赛了。

杨志和杨宇的成绩让父母很欣慰，邻居们也纷纷前来祝贺，学校的同学们都以他们为荣，老师们更是对兄弟俩赞不绝口。

杨志与杨宇更努力地练琴了。他们兄弟的感情，在琴声中融为一体；他们的琴艺也在这种亲情的包围中得到提高。杨志跟父亲学了琴谱后，已经能独立创作了，他写了人生中第一个欢快的乐章——《可爱的弟弟》，并且演奏给父母听，爸爸夸奖他，妈妈更爱他，就连阳台上的小花都在欢快的节奏中开心地绽放着。

可是，杨志还是有一丝小小的失望，他很想知道丁晴晴的近况，可是已经过了一周，丁晴晴依然没有像他希望的那样，笑嘻嘻地出现在教室里。杨志很担心丁晴晴的状况，他向李老师汇报了自己了解的丁晴晴的情况。

李老师对杨志的汇报有所了解，但是不知道详细的情况，中考也越来越近了，她决定去做一次家访。

那个晚上，李老师终生难忘，那双无助的泪眼，一直在李老师的脑海里浮现……

初夏的暮色迟迟拉上了，路灯闪烁着迷茫的光亮，李老师骑着自行车，穿过学校的后门，敲响了丁晴晴的家门。

一直没有人开门，李老师失望地准备离开时，门轻轻地打开了一条缝，李老师透过门缝，看见了与往常不一样的丁晴晴，“丁晴晴，你在家啊。”李老师明显感觉到丁晴晴的憔悴，她关切的话还没说完，丁晴晴就做出了准备关门的举动，李老师急忙用手拦住，侧身挤了进去。屋内一片漆黑，一种难闻的味道充斥在空气中，李老师用手去触摸墙上的开关，灯亮了，丁晴晴飞快地转身跑进了房间。“晴晴，晴晴，你怎么啦？告诉老师，你家发生了什么事情？”

没有回答李老师的话，只有丁晴晴的抽泣声，很压抑，压抑得让人心痛……

李老师看见地上有打碎的杯子和碗，桌子上发臭的饭菜，房间门口有撕碎的纸片，再看丁晴晴：浮肿的脸上有条条血痕，哭肿的双眼只剩一条缝隙，头发乱糟糟地披着，身上穿着一件旧上衣上带着血迹。“可怜的孩子，你遭遇了什么？你父母呢？家里的人都去哪里了？快告诉老师。”丁晴晴依旧什么也不肯说，还是小声地抽泣着。“孩子，你别哭了，哭不能解决问题的，把家里发生的事情告诉老师吧，老师帮你想办法。”

丁晴晴终于抬起了头，已经哭哑的喉咙发出了低低的声音：“李老师，我……我……呜呜……”依然是止不住的哽咽声。李老师找遍了她家，也没找到热水瓶，她拿出自己随身带着的杯子，递给丁晴晴：“孩子，喝点水吧，慢慢说，老师会帮助你的。”“李老师，我奶奶打我，我爸爸打我妈妈，呜呜呜……”“孩子，不哭，不哭，慢慢说。”看着丁晴晴，李老师的眼泪也掉了下来。

那个时代的老师，对孩子有着无限的关爱：人与人之间的关系，相对简单；人与人之间的关怀，比现在的社会更亲切、更温暖、更自然。

从丁晴晴断断续续的哭诉中，李老师知道了：一日，丁晴晴的奶奶挑剔她妈妈做事情速度慢，做的饭菜不好吃，丁晴晴的妈妈只是小声地抱怨了一句，但是很不幸，还是被她奶奶听到了，她奶奶大声地斥责着丁晴晴的妈妈，看到妈妈的哭泣，丁晴晴忍不住帮妈妈说了句公道话，却换来了奶奶更为嚣张的指责；更不幸的是，丁晴晴的爸爸那天正巧回家了，于是，她奶奶有了救星，她变本加厉地向儿子哭诉媳妇的虐待、孙女的不听话，爸爸狂怒之下，打了她妈妈，丁晴晴不忍心看着妈妈被爸爸毒打，去救妈妈，换来了奶奶和爸爸对她的残忍……这些都不是造成今天这种状况的根本原因，更为严重的是丁晴晴的爸爸在外面有了别的女人，那个女人还怀孕了，据医生检查说是个男孩，爸爸回家是为了跟妈妈离婚的；而丁晴晴的奶奶，早就知道爸爸的事情了，她那样对丁晴晴母女，就是为了早点让儿子离婚，她能顺利地抱上孙子。

李老师义愤填膺，可是她也帮不了什么忙，毕竟这是家务事，李老师只能帮丁晴晴将屋子收拾干净，然后搂着这个可怜的女孩，询问她今后的生活怎么办，“孩子，你妈妈现在到哪里去了，你还能回学校吗？你还能参加中考吗？你妈妈是否准备用法律武器来保护自己和你不再受伤害？”“老师，我不知道啊，妈妈失踪了，奶奶跟爸爸去了新家，已经没人要我了。”

一个伤痕累累的可怜女孩：小小的身体遭受了严重的家暴，心里的伤痕永远无法愈合；眼泪从那双浮肿的眼眶里流落在苍白的小脸上，巴掌大的脸上条条泪痕旧的未干，新的又滑落，一种揪心的难受占据了李老师的心。“可怜的孩子，你该怎么办啊！你妈妈会去哪里？怎样才能找到她？”

丁晴晴摇了摇头，“老师，妈妈没有地方可以去的，外公、外婆都去世了，我想不到妈妈会去哪里啊。”“孩子，你先跟老师回家吧，给妈妈留张纸条，妈妈回家会和老师联系的；明天我找校长，先安排你住在学校里，等你妈妈回来再想办法解决其他的事情。”

李老师一刻都不想把这个可怜的女孩单独留下。这个可怜的女孩，学习成绩那么优秀，那么阳光的笑脸却生活在这样的人间地狱。

第十章　漂浮的女尸

来到李老师家里的丁晴晴，并没有摆脱那晚的噩梦，她在李老师的怀里颤抖，时时抽泣，即使偶尔睡着了，也会在呼唤“妈妈”的梦呓中惊醒。

整夜未眠的李老师第二天并没有带丁晴晴回学校，她让自己的母亲过来照顾这个可怜的学生；她直接冲到校长室，控制不住自己的激动情绪，含着泪珠，告诉校长自己班级里的学生发生了这样悲惨的事情。

其他的老师虽然都对丁晴晴表示了同情，但他们的想法也不同：教育学生是老师的责任，但是家暴，不在学校的管理范围内；再说，丁晴晴的父亲是生意人，学校也不想惹麻烦。

校长沉默了许久后，让李老师先安排丁晴晴住在学校里，老师们个人捐资解决她的生活问题，然后，让大家分别想办法联系丁晴晴的父亲；同时，校长将这个学生的情况及时向教育局做了反映，等上级做出批示后再说。

决赛的前一天，杨志终于见到了被李老师带回家后精心调养过的丁晴晴。虽然，她的眼睛已经消肿，头发也梳理得很整齐，衣服更是崭新干净的，但杨志依然能捕捉到那种伤痛的气息。

李老师没有跟同学们讲丁晴晴家发生了什么，只是特别交代了班里几个调皮的学生，不要多事，而学习委员的职务依旧由陈璐璐代替着。

利用课间休息十分钟，杨志追问丁晴晴发生了什么事情，其他同学也非常好奇地想知道，于是，大家围住丁晴晴，七嘴八舌地询问。李老师及时出现，她要带丁晴晴去宿舍，安排住宿。

那个年代的上海，住房很紧张，很多人家，几代人同住一个屋檐下。李老师的家里也不宽敞，她只能安排丁晴晴住在学校里。虽然她也不忍心这样，但是生活的压力，比她们的师生情谊更现实。

杨志看着丁晴晴跟着李老师走去的小小背影，心里有种说不出的酸涩，同时，杨志的心里又有种难言的欣慰，等会就可以告诉她自己明天要去参加决赛了……

快吃中午饭时，校长阴沉着脸，来到了李老师的教室。他叫出李老师，小声地说了几句，李老师的脸色立刻变得很沉重，眼神不住地扫描着丁晴晴，敏感的杨志看见李老师的表情，心里的担忧就像拉紧的琴弦“嘭”的一声断裂了。

校长走后，李老师缓缓地走上讲台，她让班长监督同学们复习，自己拉着丁晴晴的手，走出教室。“李老师，我跟你一起去，我了解丁晴晴同学，我可以帮你们一起想办法。”杨志追出了教室，音乐人的敏感太强烈了，他的潜意识告诉他，一定是跟丁晴晴相关的事情，而且很严重；李老师没有反对，虽然她知道杨志明天要参加决赛，但是她更不忍心让丁晴晴独自面对将要看到的事实。

校门口的警车已经在等待了，李老师带着丁晴晴和杨志，一起上了车……

黄浦江的水，永远是那么浑浊，永远分不清是非真相；已经被打捞上来的女尸，盖着白布，警察们拉了条长长的警戒线，只有家属和办案人员才能进去。

李老师知道白布下的人是谁，因为她接回丁晴晴的第二天，就跟在派出所工作的弟弟说了这件事。

丁晴晴茫然地跟着李老师，杨志的心，揪得很紧、很紧，进入警戒线，法医掀开白布，丁晴晴木然地看着白布下的人，大家都在等待她的答案，杨志多么希望听见一句“我不认识”，多么希望白布下的人跟丁晴晴毫无关系啊。

现场很安静，安静得能听到别人的心跳声，丁晴晴没有表情的脸上浮现出一种诡异的笑容，她转头看了看杨志，又看了看李老师，大家都以为白布下的人跟她没有关系，正想松口气时，丁晴晴飞快地跑到尸体打捞上来的地方，纵身跳了下去。黄浦江的水花溅起了一片浑浊的水珠，老天为这个可怜的女孩，落下了浑浊的眼泪。

丁晴晴的妈妈出生于高知家庭，她的外公、外婆都是那个年代少有的大学生，因为不愿意屈服于红卫兵的淫威，他们被戴上了“反革命”的帽子，关进了牢房；傲气的外公自杀后，外婆没有独自苟活，她追随着丈夫一起去了天堂。丁晴晴的妈妈在居委会好心人的照顾下，没读完小学，就进了工厂，因为她是“反革命”的子女，只能永远地低着头做人，到了该谈婚论嫁的年纪，她听从了领导的意见，嫁给了根红苗正的民工子弟。

丁晴晴的爷爷、奶奶都来自于崇明岛的农村，勤劳的爷爷一直在厂里做临时工，因为一个机会，得到红卫兵的赏识，他转正了，在上海落下了脚。因为没有房子，丁晴晴的父亲一直找不到合适的对象，最后在别人的撮合下，娶了丁晴晴的母亲。丁晴晴的奶奶，从来就没喜欢过这个媳妇——这个整天哭丧着脸、弱不禁风、又生不出男孩的媳妇。

丁晴晴的母亲，虽然是个地道的上海姑娘，但是在那个家庭成分高过学历的特殊年代，她显得那么卑微，卑微到可以任由一个无知的封建、愚昧的农村老太太来打骂。后来，丁晴晴的父亲凭着自己的小聪明，赢得了领导的喜爱，工作岗位也变动为在厂里跑供销，丁晴晴的家里逐渐富裕了；而丁晴晴的母亲却身体越来越瘦，声音越来越小，头也低得越来越厉害。十年后，一切都变化了，工厂合并了，母亲下岗了，爷爷回乡下了，只有他的父亲如鱼得水，逍遥自在。

被及时救起的丁晴晴终于在李老师的怀里发出了悲惨的哭号，一个孩子最绝望的哭号，撕心裂肺，揪痛了现场每个人的心，就连平日里见过无数惨案的法医都为之动容。李老师跟警察简单地介绍了丁晴晴家的情况后，杨志也明白了：罪魁祸首就是丁晴晴的父亲和奶奶，是他们逼死了丁晴晴的母亲，那个狠毒的老巫婆，那个无情无义的男人，是他们逼得丁晴晴从此失去母亲，失去对生活的信心，失去了花季女孩应有的一切！

杨志的拳头，紧紧地握着，握到自己的手心都痛。他不会明白那个年代的悲哀；也不会明白，一代人的悲剧要造成多少伤害；更不会明白，社会有多么现实，多么残酷。他发誓，长大后，一定要为丁晴晴报仇，一定要还丁晴晴一个应有的公道，一定要让伤害丁晴晴的人得到应有的惩罚；但是，杨志永远不能触摸到丁晴晴心底的痛；永远不能体会到，花季的丁晴晴以后的人生；永远不会明白丁晴晴最后的绝望……

第十一章　决赛的旋律

放学后，杨志依旧牵着弟弟的手，依旧跟妈妈回了家。但是，他的心还停留在丁晴晴绝望的哭号里，他无法专心练琴。

爸爸为了兄弟俩明天的决赛，早早地回了家。他让妈妈准备丰盛的晚餐，要为两个儿子增加对决赛的信心。

杨宇开心地练琴，他幻想着自己能拉出最美的旋律，能赢得评委的认可，能得到明天的奖杯。

杨志的情绪很不稳定，爸爸觉察到了他的变化，抚摸着他的头发，安慰他："儿子，你是不是觉得压力很大，很紧张啊？不要怕，只要能将你平时的水平好好发挥出来就可以了，你的天赋，复赛时已经得到评委的认可了。""爸爸，我不是……"杨志的眼角有些泛红，黄浦江浑浊的水、白布下僵硬的尸体、丁晴晴绝望的哭号声，依然在他脑海里，挥之不去。"你怎么啦？没事吧？"爸爸不知道杨志看见的惨剧，他误以为儿子因为害怕决赛而紧张过度。"儿子，放松，将心沉浸在音乐里，你会发现一切都很正常。""爸爸，我不怕决赛，我就是……""你就是什么？你难道愿意输给弟弟吗？你看小宇，练琴练得多认真啊！"爸爸想转移杨志的情绪，他撇开话题。

父亲永远是粗心的，他不会从细微处想问题，他的思路很直接，对儿子的理解也很单一。

杨志看着弟弟那么专注的样子，到嘴边的话又咽了回去，他无奈地去练琴了，但是，依然拉不出动听的音律。

晚饭时，杨志毫无胃口，妈妈不高兴了："杨志，明天就要决赛了，你要好好吃饭，等会稍微早点睡觉，要养足精神，好好比赛啊。""妈妈，我……""你怎么啦？哥哥，你害怕了吗？这不像你的风格啊。"杨宇接了一句，他已经习惯和哥哥开玩笑了，哥哥是他的自豪，是他的榜样，他对哥哥已经形成了一种深深的依赖，一种来自血缘的依赖。

母亲是个聪明的女人，她感觉到大儿子的情绪波动好像跟比赛无关，"杨志，是不是学校发生什么事情了？别难过，跟妈妈说说吧，你还小，没有什么事情过不去的啊。"杨志感激母亲的理解，他放下筷子，在父亲的疑惑中，将丁晴晴的事情全部说了出来，说完后，感觉心里很轻松。弟弟在听杨志说完丁晴晴的遭遇后，嘴巴张得大大的，手里的筷子落到地上也没发现。

父亲听完丁晴晴的遭遇，脸色阴沉，特别是听说丁晴晴的妈妈被从黄浦江打捞上来后，放下手中的碗，深深地叹了口气，眼眶里有些湿润的液体，但在妻子、儿子面前，很快就不见了。善良的母亲，听完丁晴晴的遭遇后，一滴泪从眼角滑落，她放下饭碗，用围裙去擦眼角的泪，"可怜的孩子啊，都是社会给逼的。她今后怎么生存啊，她父亲和奶奶怎么能将她妈妈活活逼死啊?！太狠心了，他们会有报应的。杨志，你先好好比赛，等你比赛结束，妈妈给你五块钱，你带回学校交给李老师，也算我们家对那可怜的小姑娘的一点支持吧。"

虽然金钱不是万能的，但是人们在同情弱者的时候，首先想到的，还是给钱。

妈妈的话，让杨志觉得很欣慰，妈妈那么善良，愿意帮助别人，妈妈真好！“哥哥，如果我比赛得奖了，我要把全部的奖金交给李老师，晴晴姐姐太可怜了，我们帮助她吧。”弟弟的思想更单纯，单纯得像洁白的栀子花，散发着优雅的清香。

“小宇，别胡说，你还要买新的琴，还要看病呢。”爸爸的话，打断了杨宇的天真想法。“都吃饭吧，别讨论人家的事情了，那女孩不是还有个有钱的父亲吗？人家会自己处理的。”“老杨，你怎么能这样啊，毕竟，那孩子的妈妈已经不在了，她奶奶又不喜欢她，后妈不会对她好的，我看啊，那个小姑娘以后生活都成问题，别说上学了。”妈妈很不满意父亲的淡然，作出了公正的评判。“呵呵，孩子他妈，我不是那个意思，我也同情她的处境，可我们家小宇的事情也要早点解决啊；再说，现在我们把时间都用在讨论人家的事情上，明天儿子们还要决赛呢。”爸爸急忙解释。“那你也不能这么没有同情心啊，亏你还是剧团的领导呢。”妈妈又埋怨了爸爸一句。“呵呵，都是我不好，好好吃饭吧，等儿子们明天比赛都赢了，你们各捐五块钱给她。如果中考后她没地方去，我可以把她介绍到我们团里做点零活，如果表现好，也可以留下来工作。这总可以了吧？”“嗯，爸爸真有办法，这样，晴晴姐姐就不会为生活发愁了，爸爸可以帮她打坏人了。”杨宇高兴地说着。他觉得爸爸安排得很好。

杨志看了一眼父亲，没有再说话，因为他也觉得爸爸说的有道理，可是，丁晴晴她愿意接受这样的帮助吗？妈妈也没有再说什么，大家默默吃着自己碗里的饭……

决赛的场地，在上海市少年宫的中心大厅；与初赛、复赛不同的是，决赛的评委还有来自中央音乐学院的老师和上海市的领导。决赛的前三名获得者将分别获得五千、三千、一千元的奖学金；冠军获得者还有免试，免学杂费以及保送中央音乐学院学习的资格。

现场的气氛非常紧张，杨志握住弟弟手里黏黏的汗珠，自己也被感染了。评委老师们鹰一样的眼睛、猎狗一样的耳朵，不放过参赛选手的半点瑕疵。他们能在别人听起来完美无比的音乐声中，找出半个节拍的不和谐音符。参赛选手到了评委面前，无不紧张得捏把汗。“弟弟能沉得住气吗？他会发挥好吗？”杨志顾不得自己的紧张，有些担心弟弟会因为紧张而失去好名次。台上的掌声响起是有一个名叫陶子烟的女孩获得了评委们的好评。

弟弟杨宇在陶子烟的成绩阴影下上了场，评委说出“开始”后，弟弟拉出了生涩的琴曲，这个表现让杨志很失落，弟弟怎么了，他平时练习这首曲子，都比现在拉得好啊。爸爸的眉头紧皱着，“小宇，加油！不能输啊！”杨志在心里默念着，他忍不住高高地将手举过头顶，对弟弟做出了一个“OK”的手势。

台上的杨宇，好像看见了哥哥的举动，慢慢地平静下来了。施特劳斯的圆舞曲《蓝色的多瑙河》开始在整个比赛的场地蔓延；大家仿佛看见了美丽的茜茜公主在翩翩起舞；19 世纪的宫廷华服，在音乐声中闪现；蓝盈盈的多瑙河水，泛着清亮的波光在流淌着……流淌出父亲的笑容，母亲的泪眼。

杨志被评委安排到最后一个上场。初赛的故事，已经让评委记住了这个勇敢的少年，不需要太多介绍，评委微笑着说：“开始”后，杨志的琴声穿越了空气，开始蔓延。

一首壮丽的、充满英雄气概的篇章——贝多芬的《命运交响曲》，在小提琴安详、沉思、富有弹性的高低起伏声中展开。那些无奈的、悲哀的、思考的、觉醒的、充满力量的、顽强的、不可摧毁的力量的乐章，在杨志的演奏下，被发挥得淋漓尽致；那些需要大提琴与钢琴和音的部分，杨志也很巧妙地运用小提琴的音律代替演奏完成。来自北京音乐学院的老师们带头鼓起了掌，继而，现场雷鸣般的掌声震痛了杨志的耳膜。他成功了，一个十五岁的少年，用一把很旧的小提琴，在座无虚席的决赛大厅，完成了那首脍炙人口的《命运交响曲》，也改写了自己的命运。

第十二章　杨宇的喜悦

评委们当场宣布：杨志以全部评委与老师们的最高分获得本次决赛的冠军！父亲激动地直接从观众席站立了起来；弟弟大声地叫“哥哥，好样的”；妈妈激动地不停用手抹去眼角湿润的泪花。杨志的心，激动得如同刚刚坐完过山车那样，快要跳出来了。

一切都如梦中期待的那样：掌声与欢呼声，在灯光中与人影交汇。接着，评委宣布了杨宇获得了第二名的好成绩，那个瘦小的女生陶子烟获得了第三名。

这是上海举办的首届“少年杯”小提琴大赛，是上海市政府高度重视的一场比赛；也是音乐界人士非常关注的一场比赛；更是各地学习小提琴的孩子们心中的明灯。很多少年选手虽然落选了，但却激发了他们心中对音乐的热情，使得他们更加努力地练习小提琴；他们也希望像杨志那样，站在高高的领奖台上，接受别人羡慕的眼光，得到众多音乐人士的认可。

虽然获奖的是杨志、杨宇兄弟俩，但是媒体包围了他们的父母。就连评委、老师们也对两兄弟和他们的父母进行了高度的赞赏。孩子们的成功包含着父母的汗水与期望，他们的成就包含着父母爱的渴望，他们今日的成绩，就是父母自己希望的延续。

虽然很累，可杨宇的脸上依然有着纯真的笑容；虽然很激动，但杨志的心里，总有一点失落感，少年莫名的失落，不知道心里的失落，来源于何处。父母紧紧牵着兄弟俩的手，直至记者们得到了各自想要的答案，拍摄到满意的照片后，才离去。

杨志不知道，在接受采访时，父母并没有告诉记者们弟弟的病情；杨志也不知道，弟弟泛红的笑脸里，其实心脏已经在隐隐作痛；杨志更不知道，牵着弟弟手的自己的手，很快就会变得冰凉。

终于可以回家了，父母牵着他们的手走出决赛大厅，来到大门口，父亲破天荒地跟母亲说："今天打出租车回家。"母亲含笑点头。一家四口，四张笑脸，手牵着手，温馨得让上天都妒忌。"杨宇，杨宇。"一个怯生生的稚嫩童音在旁边呼唤着。"陶子烟，你在等我吗？"杨宇放开拉着哥哥的手，蹦蹦跳跳地跑到那个小姑娘面前。

孩子的世界真的很纯净，没有什么开场白，没有任何过渡，他们好像已经是熟悉了很久的伙伴。"陶子烟，你的琴拉得太棒了，你在哪个学校，我以后可以去找你玩吗？""你也很棒啊，我是浦东的，我爸爸去开车了，这是我妈妈。""阿姨好。"杨宇还没听见陶子烟的妈妈回答，发现自己的父母已经微笑着跟陶子烟的妈妈在打招呼了。"哥哥，你快来，我们和陶子烟玩会吧。"

杨宇开心地呼唤杨志，陶子烟也站在杨宇的一边。他们交流着带着孩子气的问题，说着开心的话语，几分钟后，陶子烟的父亲开车过来了，看见杨志、杨宇也很高兴。陶子烟的父亲下车，轻轻地拍拍杨宇的肩膀，"小伙子，琴拉得不错，加油啊！下次超过你哥哥，要不然，就会被我家子烟给比下去了啊，哈哈哈。""爸爸，你……"陶子烟撒娇地噘起小嘴，绯红的小脸蛋露出可爱的酒窝。

两个父亲友好地握手，互相留下联系方式。杨志不知道，父亲是为了他们比赛后方便联系，专门去定做的名片；就连家里也申请了安装电话，在悄悄地进行，父母没有告诉他们。杨志发现杨宇跟陶子烟讲话时，显得特别开心：黑色的眼珠闪动着发亮的神采，就连脸上的红润也比原先的更灿烂。

陶子烟的父母是浦东的商人，是那个年代为数不多的儒商。他们不仅仅是富有，他们还有着暴发户们不具备的优良品质。杨志觉得陶子烟的父亲好像很喜欢杨宇，他看杨宇的眼神跟看自己的不一样；而陶子烟也像跟杨宇有着说不完的话题。很晚了，聊一会必须回家了，大人们友好告别，陶子烟恋恋不舍地上了车，杨宇使劲地对着车子挥手，直到车子已经完全消失在路灯里。

杨志看着弟弟的表现，有点不忍心，“小宇，走吧，人家都不知道开到哪里了。”杨志拉起弟弟的手，“哥哥，子烟好可爱啊，不知道我还有没有机会再看见她。”“小傻瓜，你喜欢她啊，等你长大了，让妈妈去提亲，把她娶回家，给你做媳妇。”杨志用手点了一下杨宇的脑门，调笑着说。“儿子们，回家吧，回去好好庆祝。”爸爸开心地说着。“妈妈，我、我好累。”杨宇突然觉得腿软，爸爸慌忙抱起他，“小宇，小宇，你坚持一下。”妈妈急忙从包里掏出药片，打开随身携带的水杯，给杨宇吃药。

原本开心的结果，在杨宇的突然昏倒中变成了担心。杨志捧着奖杯，放到弟弟的床头，看着弟弟熟睡的脸，他有些心疼了，他想知道弟弟到底得了什么病，但是父母总是拒绝跟他交谈关于弟弟的病情。

夜，深如水，谁的眼泪在黑暗中滑落……

第二天的报纸头版头条，大篇幅报道杨家兄弟夺“少年杯”小提琴比赛的冠军、亚军，并配上了领导颁奖的图片；陶子烟的名字只是提到，简单的合影上出现了她的身影。杨宇非常认真地看着报纸，不知道他是在看新闻，还是在看陶子烟的照片。

爸爸去团里了，他还要去兑换比赛获得的奖金；妈妈买了很多好吃的菜，在厨房间忙碌起来。这个温馨的早晨，延续着昨日的欢乐，也延续着杨志的疑问。

杨志不甘心，他来到厨房，“妈妈。”“怎么啦，饿了吗？刚吃过早餐啊。”“不是饿，我想……”“想干什么啊，儿子，妈妈正忙着呢，你跟弟弟去玩会，等会有人过来装电话。”妈妈显然不知道杨志想干什么，依然在忙碌着手里的活。“家里申请装电话了，太好了。”杨志显然对这个消息很感兴趣，转眼就忘记了自己想问什么。“小宇，小宇，我们家里要装电话了。”

20 世纪 80 年代初期，电话是奢侈品。家庭安装电话，需要提前申请，然后排队等号码。杨志太高兴了，他大声呼唤着弟弟，告诉弟弟这个好消息。“真的啊，哥哥，有电话了我要第一个打给陶子烟。”杨宇的回答让杨志一愣，对啊，自己打给谁啊？“你们别太高兴了，等会把作业写完，明天要上课的。”妈妈在厨房间里大声叫了一句。

开心的事情，有时候也会扎堆，安装电话的工人很快就敲门了。一切那么顺利，顺利得让杨宇开心地唱着童谣，杨志也被感染了。兄弟俩度过了一个美好的上午。

电话装好了，妈妈第一个提议，“赶快给你们的爸爸打个电话吧。”杨志、杨宇相视一笑，异口同声地说：“请妈妈自己动手。哈哈哈……”妈妈不理会他们的取闹，直接拨通了爸爸单位的号码，爸爸单位的人说他出去了，妈妈有些失望。“该我了，该我了。”杨宇跳到电话前，想都不想就拨通了号码。“陶子烟吗？我是杨宇，我家刚装了电话，你以后可以给我打电话了……”杨宇昨晚一直背着那个号码，将它牢牢地记在心里，没想到今天就通了，杨宇像一只采到大蘑菇的小兔子，兴奋得忘记了哥哥的存在。

第十三章　少年的忧伤

童心，纯净得像洁白的玉，幼稚得像初生的芽。

杨宇跟陶子烟在电话里聊得非常开心，稚嫩的笑声飘荡在小小的房间里；他们相约以后一起练琴，一起参加比赛，一起去获得他们想要的音乐灵感。太多、太多的约定在孩子的心中，占据了所有的心房，两个纯净的心灵，在电话里交流着，期待着，守望着。

父亲早早地回家了，他欣喜的表情在告诉儿子们，他的快乐、作为父亲的自豪。“爸爸，你什么时候给我们买新的小提琴。”杨志最有权利满足自己的心愿，因为他是冠军。“是啊，爸爸，我还跟陶子烟约好一起去练琴呢。”杨宇还停留在跟陶子烟的约定里，他的世界充满阳光。“儿子们，今晚我们先大吃一顿，下个周末，爸爸、妈妈陪你们去看新的小提琴。”“太好了。”杨宇开心大叫，然后直接奔向桌子上的美味佳肴。

杨志听见爸爸的话，也没有表达什么不满，毕竟自己面临着中考，虽然已经可以去中央音乐学院，但文化课还是要复习的。

晚饭后，杨宇还想跟陶子烟讲电话，被爸爸拒绝了；妈妈提醒爸爸说：“老杨啊，小宇该去医院复诊了，买琴的事情能不能缓缓啊？”“不，妈妈，买琴的事情不能缓，我去医院可以缓缓。”

杨志转身去房间复习，但是他的脑袋里却漂浮起丁晴晴绝望的身影；他的心里翻腾着丁晴晴悲伤的哭号；他的眼前浮现出白色掩盖的尸体。杨志不经意地拿笔在纸上写着，一首悲伤的乐曲，转眼间流淌在纸上。杨志忽然放下笔，又拿起小提琴，走出屋外，他从自己的角度，演绎着丁晴晴的忧伤。

杨宇专心地复习功课，心里荡漾着与陶子烟的约定，“我一定要好好学习，争取更多机会去跟陶子烟交流，她是我唯一的好朋友。”这样想着，杨宇学习的动力更大了。

入夜，爸爸、妈妈为了先买琴还是先给杨宇做手术的事情左右为难：不买琴就会伤害杨志，不做手术杨宇可能随时都会发病。最后，他们决定明天先带杨宇去医院复诊，如果先前的药物治疗没有缓解杨宇的病情，那么，就跟杨志说明弟弟的病情，先给杨宇做手术。

天亮后，妈妈告诉了孩子们今天的安排，杨志面无表情地拿起书包，去了学校，他的神态，跟昨日的欢欣有着天壤之别。

杨宇很不情愿地跟着妈妈去了医院，一路上，杨宇紧紧地盯着背书包的孩子们，眼神里充满了渴望。

常规的检查后，医生让妈妈去交透视费用，杨宇被推进了巨大的透视仪器里。爸爸回单位安排好工作后，也及时出现在医生面前。

检查完毕后，爸爸让妈妈先带杨宇回家，自己在医院等待透视结果。

当医生拿着杨宇的透视结果坐回自己的凳子时，爸爸已经知道了结果。“医生，我儿子的病情有好转吗？”虽然已经猜测到了，但是爸爸依旧希望自己猜错了。“老杨，很抱歉，你的孩子恢复得很差，必须尽快做心脏扩张手术，依照现在的情况，孩子的身体正在快速发育，心脏已经不能承受了，如果再拖延下去，可能随时会有危险。”“哦……”爸爸的神色变得沉重了，“可是，现在还不能一次交清所有的手术费用啊。”“老杨啊，手术费用可以借啊，我们必须在一个月之内给你儿子做手术，否则，我们医院就做不了这个手术了。即使现在就进行手术，我们也不能保证没有危险啊。”

医生的叹息声伴随着爸爸的汗水滑落，一个父亲身体上滑落的是汗珠，而心里的泪，是无法流出的。

爸爸看着医生，声音变得沙哑了，“医生，我下周带儿子来做手术，这些天，我去筹集手术费用，孩子还需要注意哪些方面，请您详细地告诉我吧。”

医院的长廊里，爸爸扶墙而立，颤抖的手，拿出那张透视报告仔仔细细地又看了一遍，然后整理了一下衣裳，快速向单位奔去。

杨志回到学校，接受同学们的祝贺、老师的夸奖，唯独没有看见丁晴晴的影子……

第十四章　杨宇的病情

放学后，杨志回到家里，看见杨宇笑嘻嘻地躺在床上吃苹果，妈妈依旧在厨房间忙碌，爸爸依然没有回家；和平时一样，杨志与弟弟晚饭后练琴，然后杨志自己写作业，等待妈妈检查后，熄灯睡觉。可是，杨志今天特别烦躁，他总觉得家里要发生什么事情，只是不知道，究竟要发生什么。

杨宇很快就睡着了，他的梦里，有着与陶子烟的约定。杨志无法入睡，听到爸爸开门的声音后，悄悄地起床，站在房间的门后，偷听爸爸和妈妈的谈话。

虽然爸爸和妈妈的声音很小，但杨志依然听得很清晰。“老杨啊，小宇的透视报告怎么说?”“唉，”爸爸的叹息声在夜空回荡，“只能尽快做手术了，我今天给团里打报告了，希望能批点救济金，小宇已经撑不住了，医生说随时都有危险。”“怎么会这么严重啊，这段时间小宇也没有发病啊。”杨志能感觉到妈妈的眼泪和声音一起流淌。“小宇正在发育期，身体的成长，增大了心脏的压力，如果再不做心脏扩张手术，只怕哪天就突然没有了啊。”

杨志再也忍不住了，赤着脚，直接走了出来，“爸、妈，弟弟到底怎么啦？什么是心脏扩张手术?”杨志的出现让父母一愣，随即又恢复了平静，“儿子，既然你都听见了，爸爸也不瞒你了。”父亲认真地看着杨志，接着说：“儿子，你出生后，爸爸、妈妈觉得一个孩子太孤单了，你妈妈和我就想再要一个孩子，于是就有了小宇，可是我们都没想到，小宇患有先天性心脏病，要治好这个病需要昂贵的医疗费用。今天医院检查出来，小宇的心脉已经窄到无法承受身体的发育了。如果不及时做手术，随时都会有危险的。”“爸爸，你是说，弟弟如果不做手术会死的对吗?”杨志的情绪有些激动，“那你们为什么不早告诉我?”“儿子，你是不是觉得妈妈平时对小宇更好些啊，那都是因为弟弟有病啊。”“妈妈，现在不说这些，弟弟的手术还缺多少钱？我们不要买小提琴了，先救弟弟吧！”杨志坚定地说。“儿子，不买琴我们还是凑不够十万块啊。”妈妈哭了，豆大的泪滴从眼眶里滚滚落下。

父亲深深地吸了口气，“儿子，你别为弟弟的事情分神，你要好好学习，手术费的事情，爸爸再想想别的办法。”“弟弟什么时间做手术，我们到底还缺多少钱?”杨志不理会父母，继续倔犟地问。“还差两万多块，你孙伯伯也说能帮着筹到一万块钱，我们已经约了医生下周做手术，你去睡觉吧，不要让小宇听见了，爸爸、妈妈会有办法的。”“知道了，你们也睡觉吧。”杨志懂事地说。

杨志回到房间，看着床上熟睡的弟弟，他心里有种痛楚，无从发泄。他紧紧咬住嘴唇，双手缠绕着手指，他想，怎么样才能凑到两万多块钱；两万块是个天文数字啊，如果自己能筹到一万块钱，爸爸妈妈就可以减轻一些压力了。

杨志想着弟弟纯净的笑脸偎依在自己身边的喜悦，想着弟弟经常蹦蹦跳跳拉着自己的手奔跑，想着弟弟和自己一起练琴时候的可爱模样……想着想着就睡着了。

第二天，杨志早早就起床了，他悄悄地帮弟弟收拾书包，悄悄地出去练琴，然后，主动拉起弟弟的手，一起吃早餐，一起去学校。杨宇快乐得像小鸟般欢畅，他为哥哥获奖后对自己比以前更好而高兴，他希望哥哥永远对自己这么好。

母亲站在校门口，目送两个儿子走进校门，直至看不见他们的身影。母亲的心里充满了自责：当初怀孕的时候如果不那么激动，不无端找孩子父亲的碴儿，也许杨宇就不会得这个病了；她也知道心脏病跟这个没有直接的关系，但依然无法原谅自己，认为是自己害了杨宇。现在家里又筹不到那么多钱给杨宇做手术，母亲只能默默地流泪，只能祈求上苍将所有的病痛都转移到自己身上，祈求上苍让儿子们健康成长。

走进教室的杨志，虽然人在教室里，但他的心不在书本上，他想着那个天文数字的手术费，想着自己可爱的弟弟，想着爸爸眼角的皱纹，想着妈妈眼眶的泪滴……可是，自己到哪里去找那么多钱啊？

老师在课上说什么杨志没听见，黑板上写的什么杨志没看见，他只看见眼前同学的影子晃来晃去。徐子昂和陈璐璐笑着从杨志的座位前走过，“喂，大家快来看啊，我们班的名人，冠军获得者在沉思呢。”引得同学们开始围观杨志。“杨志同学，想什么呢？冠军你也拿到了，奖金也领回家了，你还想咋样啊？”杨志很无奈地看着大家的脸，听着大家的询问。“你们干吗？不用上课吗？”杨志无可奈何地回应着同学们。“哈、哈、哈哈哈。”同学们都笑了起来。“大冠军，吃午餐啦！”徐子昂笑嘻嘻地说了句就走开了。

第十五章　杨志的要求

杨志这才反应过来，原来午餐时间到了。“对啊，赶快去食堂，看看小宇有没有过来吃饭啊，爸爸、妈妈昨晚说他随时都有危险的。”杨志心里牵挂弟弟，想到这些，他快速冲向楼梯，推开两边的同学，飞快地向食堂奔去。

“小宇，小宇，你在哪里？”杨志看见杨宇班里的同学，他焦急地呼唤着弟弟的名字，他害怕再也看不见弟弟了。“你找杨宇啊，那不是吗？”一个同学好奇地对杨志说，并用手指向食堂后面的桌子。

杨志看见杨宇坐在几个女生中间，还在眉飞色舞地诉说着那场比赛，也许那几个女生还没听到杨宇的故事。“小宇，你吃饭了吗？”杨志走了过去。“哥，你没看见我正在吃吗？咦，你怎么不吃啊，忘记带饭盒了吧？”杨宇惊讶哥哥那种焦急的表情。“哦。”看见杨宇平安无事，杨志觉得舒服多了，他这才想起自己没拿饭盒，又转身跑回教室。

吃饭的时候，杨志还在想着那些钱的事情，只是依然想不出头绪。

忽然，杨志看见了徐子昂，看见了徐子昂身上又穿了件新买的名牌衬衫；他心里有想法了，起身走向徐子昂。“徐子昂，你跟我过来一下，我有事情找你。”“找我，有事？”徐子昂吃惊地和陈璐璐对视了一眼，“大冠军，我没听错吧？”陈璐璐媚笑着看着杨志说：“今天太阳从哪里出来的，你会主动找子昂？”陈璐璐的媚态与世故已经超出了她的年纪。“去吧，子昂，听听人家说什么，我在这里等你啊！”

徐子昂不知所措地跟着杨志来到校园安静的一角，他担心自己平时的态度引起杨志的报复。杨志现在是学校的名人，老师们的骄傲，同学们的榜样，不管他说什么，别人都会相信的。

杨志睁大眼睛看着徐子昂，他不知道怎么说出口；而杨志的态度，更让徐子昂不安。“杨志同学，我平时没有得罪你吧，你想干什么啊？”徐子昂紧张得有些难受，忍不住小声问道。

杨志认真地看着徐子昂，努力让自己的情绪保持平静，他故意咳嗽了两声：“徐子昂，听说，你很想学习小提琴？”“是啊，我爸爸一直希望我学点高雅的东西，怎么啦？”徐子昂有些奇怪杨志的问话，但他还是老实地回答了。“上次在你家吃饭，你爸爸想让我教你拉琴，你还记得吗？”“记得啊，可你不是拒绝了嘛！”徐子昂的回答让杨志不知道怎么说下面的话了，他无语。“杨志同学，你要是没有事情我就走了，璐璐还在等我呢。”徐子昂准备离开，因为他觉得杨志今天特别奇怪，他怕自己不小心得罪杨志。

看着徐子昂转身准备离开，杨志忍不住了：“徐子昂，你别走，我有话说。”“那你就快说吧！”徐子昂有些着急。“徐子昂同学，是这样的，原先，我不愿意教你练琴，是因为，因为，因为我要参加比赛……”杨志终于为自己找到了借口。“哦，那么现在呢？现在你愿意教我对吗？”徐子昂不愧是生意人的儿子，直接说出了杨志想说的话。杨志找到了台阶，他开始说自己的想法了。“是的，现在我获奖了，我有资格做你的师傅了，但是我有条件的。”“真的吗？太好了。”徐子昂放下紧张的心情，变得开心起来。“你有什么条件？快说吧，我回去就告诉我爸爸。”“我的条件是，是……”“是什么啊？快说吧，我爸爸付得起家教费用的！”徐子昂开始幻想自己拉琴的样子，幻想父亲对他赞赏的目光；如果自己跟杨志学习小提琴，父亲就不会每次回家都骂自己不学无术了。

杨志看着徐子昂高兴的样子，把牙齿咬住，慢慢张开口，“我随时可以教你拉琴，但是我有三个条件，一是你不能让班里的同学和老师知道；二是不许让我的家里人知道，特别是我的弟弟杨宇；三是你必须先付给我一万块钱，而且，一定要一周内全部付清。”一口气将自己所有的想法说完，杨志长舒了一口气。“一万块，这么多啊？”徐子昂惊呆了，“杨志，你疯了吧，最好的老师上补习课，一节课才二十块钱啊！”

杨志听了徐子昂的话，觉得一盆冷水将自己浇透了，他立刻回到了现实状态，他觉得彻底没希望了，但是他依然不死心，“徐子昂，你想清楚了，我可是首届少年杯的冠军，是上海市唯一保送中央音乐学院的，就是这个价钱，学不学随便你啊，找我教琴的人排队呢。”

杨志故作姿态地大声说完这些，快步走开了，因为他没有勇气再看徐子昂一眼，他害怕徐子昂会用瞧不起他的眼神再问点什么。

第十六章　昂贵的家教费

回到教室的杨志，再也不敢看徐子昂一眼，他害怕徐子昂会将学琴的事当笑话说给同学们听。

放学后，杨志第一个冲出教室，奔向杨宇的教室门口，他拉着杨宇，急急忙忙走出校门。

回家后，杨志忐忑的心情稍微缓解，他比往常对杨宇更关心；他希望弟弟能陪伴自己健康成长。

离杨宇做手术的日子只有两天了，父亲每次都半夜才回家，杨志每晚都能听到母亲的眼泪滑落的声音。

杨志觉得徐子昂是不会接受自己提出的条件了，他很绝望，他多么希望弟弟和自己换位一下，让作为哥哥的他去面对这残酷的现实啊。

过了今晚，离开弟弟的手术时间只有一天了，面对桌子上妈妈精心准备的饭菜，杨志没有一点饥饿的感觉；但是，为了弟弟，他不得不强装笑脸陪杨宇说笑，努力让弟弟多吃点，因为弟弟的时间实在不多了。

突然，门铃响了，“肯定是爸爸回来了。”杨宇开心地去开门。“你找谁啊？我不认识你啊！”杨宇看见了门口的陌生人，急忙叫着：“妈妈，妈妈，快来啊。”“请问：这里是杨志同学的家吗？”没等杨志回答，妈妈已经抢先走到门口。“是的，我是杨志的妈妈，你们找他有什么事情就跟我说吧。”连日的担忧，让母亲的神经绷得很紧，她害怕另外一个儿子再发生点什么。这个善良的主妇已经受不了任何打击了。

杨志疑惑地看着来人，他认出了对方，“徐叔叔，阿姨，是你们啊，找我有事吗？”杨志看着徐子昂的父亲堆满肉的笑脸，不知是福还是祸。“你们认识啊。”妈妈舒了口气。“妈妈，他们是徐子昂同学的家长。”“哦，哦，那就请进吧。”母亲恢复了善良的本性。“我给你们倒茶去。”“不用了，杨志的妈妈，我们说完后马上就走。”杨志的妈妈不知道继续说些什么，她也站在了门边。“呵呵，是这样的，”徐子昂的父亲用他一贯的方式，笑着说：“杨志妈妈，你们培养了一个音乐神童，我们家子昂也非常喜欢小提琴，杨志愿意教他练琴，真是太好了。前几天我生意忙给耽搁了，我怕孩子们带着钱不安全，今天我就和子昂的妈妈特意将费用送过来了，我们想从今天开始就练习拉琴，不知道现在我们能不能将杨志带回家。”

徐子昂的父亲说完话后，徐子昂的母亲从包里拿出一个用牛皮纸包裹的严严实实的小包，“杨志妈妈，这里是一万块钱，你点清楚啊。”“这、这，”杨志的母亲不敢相信眼前的一切，她不知所措地看着杨志。“妈妈，你收着，我这就跟徐叔叔和阿姨走。”“孩子，你……”“杨志妈妈，你放心吧，我有车、有司机，等会我会让司机送杨志回家的。”

杨宇张大了嘴，睁大了眼睛，他以为自己听错了：哥哥教同学练琴，居然有一万块钱啊！真是天文数字，爸爸要工作多久才能存到这么多钱啊！“我也要去。”杨宇看见哥哥要走，立刻跟了过来。“小宇，别闹，你在家好好写作业，等你拿到冠军才可以有资格去教别人练琴的。”

杨志虽然是对弟弟这样说，但是看见那么多的钱交到妈妈手里，他放心了，弟弟有救了；同时，他也是为了申明给徐子昂的父母听，自己值那么多钱。“小宇乖，在家陪妈妈。杨志，你快去吧，早点回来啊！”妈妈明白杨志的意思，母子之间的心意是相通的，只是，妈妈没有想到杨志会用这样的方法来筹钱，太委屈大儿子了。

上车后，徐子昂的父亲故作亲切地将手搭在杨志的肩膀上，“杨志啊，叔叔早就看出来你不是一般的孩子，钱不是问题，你可要好好教子昂练琴啊！将来我们家子昂如果能考上中央音乐学院，叔叔一定重重谢你！”

杨志明白了徐子昂父亲的意思，他是在提醒自己，要那么多钱，要教徐子昂到什么程度。但是，杨志现在管不了那么多了，他只想先给弟弟做手术，至于钱，等弟弟病好了以后，再让爸爸想办法还给他们。

到了徐子昂的家里，杨志看见了一把崭新的小提琴，一把自己梦里都想拥有的朗斯牌小提琴；只是，徐子昂的态度有些僵硬，与在学校那种神情有着很大的不同。杨志不管那些了，他直接走过去，拿起琴，对徐子昂的父亲说：“叔叔，这把琴还没有开音，我先调试一下吧。”不必等待答复，杨志将小提琴架在肩上，试了几个音律后，拉出了《高山流水》的旋律。“好，果然有冠军的风范啊！”徐子昂的父亲没听完就鼓起了掌。

第十七章　母亲的哀求

徐子昂没有拉小提琴的基础，杨志就先教他开始练习指法，从最简单的指法练起，然后，在小提琴上注明每个音节的位置。杨志告诉徐子昂、一直在旁边监督的他的父母说：“拉小提琴最关键的就是指法熟练，但是，这个指法最少要练习一个月，才能熟练地找准每个音节。这个过程是非常枯燥乏味的，要有耐心，要坚持。”徐子昂疑惑地看着父母，而他的父亲则是用一贯的“呵呵”声作答。

其实，徐子昂并不喜欢音乐，只是他父亲想附庸风雅罢了。每个孩子都是等待雕琢的顽石，关键是看大师怎么去雕琢。徐子昂的父亲并不知道，自己的这个决定，让两个孩子牵扯了一生。

杨志在徐子昂家里待了一小时后，准备离开，“叔叔，阿姨，马上要中考了，我要回去写作业，等放暑假的时候，我一定好好教徐子昂练琴。”徐子昂的父亲沉默了一分钟，他看着杨志的脸，果断地说：“杨志，以后放学你就跟子昂一起来家里，你在我家吃饭，然后一起复习、一起练琴，晚了你可以住在这里，如果你必须回家，我就让司机送你。”“这……这个我要跟爸爸、妈妈商量一下才能回复您。”“不用了，明天我去跟你父亲谈。”杨志觉得害怕了，父亲那么清高，怎么会允许自己跟这种暴发户的孩子在一起。

杨志觉得还是先等弟弟做完手术再考虑其他的事情，他像个大人般，肯定地说：“徐叔叔、阿姨，这几天我爸爸演出很忙的。这样吧，一个星期之后，我就每天跟徐子昂一起复习、一起练琴。”徐子昂的父亲笑了，他不是真的喜欢杨志，他是要借杨志分散徐子昂和陈璐璐的早恋。他看得出，那个女孩太早熟了，已经染上了社会上那种崇拜金钱的影子。虽然自己没有文化，但是，他希望儿子能摆脱自己的影子。有了杨志的陪伴，自己的儿子不但可以学习音乐，还可以提高学习成绩，一举三得，那个一万块钱花得值了。

坐在那令人羡慕的车里，还有一个专用的司机，杨志忽然觉得有钱真好。看两边的路灯杆快速移动，杨志开始享受这片刻的优越感了，他想象这是自己的车、自己的专用司机。

回到家里，杨宇围着哥哥看来看去，“哥哥，你真牛啊，做家教可以赚那么多钱，而且人家还亲自把钱先送上门来，我刚打电话跟陶子烟说的时候，她羡慕得昏了，她说一定要好好练琴，向你学习，还要我代言祝贺你呢!”杨志爱惜地看着弟弟纯真的笑脸，他有种成功的喜悦。

妈妈在悄悄地准备着杨宇手术后住院所需要的用品。她为自己有杨志这么懂事的儿子而高兴，同时，也为杨宇的手术担忧。

杨志在一种为亲情付出而得到回报的满足感中睡着了。旁边的杨宇，带着自己天真的向往，带着对哥哥的崇拜，也进入了甜蜜的梦乡。

初夏的夜风带着春季残留的梦想与夏天将要到来的温热扑打在他们的父亲身上；疲惫的中年男人，拖着沉重的愧疚，捂着口袋里借来的几千块钱，悄悄地进了家门。

可怜的父亲——一个受人尊重的高级指挥兼小提琴手、一个乐团的副团长，脸上刻着比实际年纪苍老很多的皱纹；生活的艰辛，已经过早地压弯了他挺拔的腰板。如果没有杨宇的病情拖累，他们家不能说有多么富裕，至少是小康人家，日子非常祥和、安宁。

孩子们已经熟睡了很久，妻子在一盏节能灯下，等着他的归来。“孩子他妈，我只有借到五千五百块钱，加上团里特批的一千块、同事们凑的五百块，还有这几天演出的费用，离两万块钱还差很多啊。”他的声音很低，像自言自语。“老杨啊，你不要担心了，小宇的手术费差不多啦!”妻子的话，让他怀疑自己的耳朵出了问题。“你说什么？哪来的钱啊？你跟谁借到那么多？”“老杨啊，你别急，我先去给你热点饭菜吃啊，等会慢慢告诉你。”妻子的情绪很平和，与前几日焦急的样子有天壤之别。“我不饿，你说吧，哪里弄来的钱？你不要吓唬我啊。”

在他担心地询问下，妻子将今晚发生的事情全部重复一遍。“你糊涂啊，孩子他妈，难道你不知道那姓徐的是什么人吗？你不知道杨志马上要中考了吗？我就是去卖血，也不要儿子去受那种人的差遣，你明天就将钱退回去。”妻子看着丈夫苍老而疲惫的样子，她柔声说：“老杨啊，做家教也没有什么不好，小宇的手术不能等。杨志是个好孩子，他懂得为我们分担啊。”妻子的话似乎在抱怨他的无能，孩子那么小，可以那么容易让别人送钱上门，而自己积攒了十几年，还要每天去外面找临时演出，加上借来的钱，都凑不齐十万块。多日积压在心底的无奈，让这个才华横溢却在生活的压力下有些佝偻的男人爆发了：“我说不能要就是不能要！你天亮就去退钱，我的儿子，我做主。”

清高是这个男人骨子里的致命伤痕，但是他没有体会妻子的感受和儿子的孝心。

杨志早已经在父亲的话语中惊醒。他以为自己的付出，同样会得到父亲的认可，父亲的赞扬；可他却看见了，流着泪的母亲，在昏暗的灯光下，跪在父亲的面前，哽咽着、祈求着……父亲最终默默地拉住了母亲的手，两人一起流眼泪。

第十八章　医院惊魂

天亮后，杨志看见母亲泪痕未干的脸上充满憔悴，看见父亲几条深深的鱼尾纹包裹着红红的眼珠，只是，他们谁都没有开口说昨夜的事情，好像什么也没发生过。

早饭后，杨宇被父母带上了去医院的路；杨志孤独地背起书包，独自去上学。

从上幼儿园开始，杨志都是和弟弟一起走的，都是妈妈接送他们去学校的，不管自己愿意不愿意，都是弟弟拉着自己的手的。现在，自己空荡荡的两只手，不知道牵哪里。

杨志抬头看着天空，努力地将眼泪留在眼眶，他害怕同学们看见冠军的眼泪，看见一个志向远大的男孩的忧伤。

杨志无心上课，他担心弟弟的安危，从来不请假的他，等不到早读课结束就重新背起书包，低着头走进了李老师的办公室。

得到批准后的杨志，飞奔着徒步去医院。他知道弟弟在哪里，白天每个路标都很清晰。杨志跑得很快，因为血缘是相连的，他能清晰地感觉到弟弟在盼望他的出现。

一小时后，杨志出现在医院里。他知道，弟弟的手术医院提前做好了准备，自己不需要去找父母，直接寻找手术室的位置就好了。

杨志看见爸爸和妈妈呆呆地坐在手术室门口，似乎没有看见已经出现在走廊的他。

杨志转身离开，他沿着医院的走廊观望：像猎狗在寻找猎物，像绝望的鱼儿在寻找水源，更像祈求者在寻找神灵的庇佑。

那时候的医院比较简单，没有太多的防范措施，很多楼梯都是相连着的；那时候的手术室一般都在二楼，窗户挨着窗户，很容易就爬上去的。

杨志沿着手术室找了两圈，终于找到了合适的位置。他从一间无人的门里进去，顺利地爬到了窗户边，像只壁虎般，沿着墙壁一点一点地挪动。他找到了手术室的后窗，努力地向里面看。可是，手术室内蓝色的窗帘遮挡了他的视线。他将整个脸贴在玻璃上，依然看不见里面的弟弟。

杨志觉得没希望了，还是回去跟爸爸、妈妈一起等结果吧。他准备离开时，一个护士将用过的剪刀扔进托盘的时候不小心带动了窗帘的一角，就是那条小小的缝隙，让杨志看见了手术室的一切。

那个被麻醉的、直挺挺躺着的就是弟弟了，一条白色的布单盖着插着输液管的弟弟的身体，弟弟的胸部已经被血染红，主刀医生的手套上沾满弟弟的鲜血。几个护士，有的在帮医生擦汗，有的拿着手术刀在等待替换，有的在用纱布擦拭着弟弟还在不断流出的血液。

杨志的心，有种被刺穿的苦痛，他听不见里面在说些什么，只能看着弟弟像砧板上的肉那样，被人任意“宰割”，直到医生拿起一个看不清的物体放进弟弟的身体里。杨志的手脚已经麻木了，重重的书包勒得他喘不过气来，“扑通”一声重重地摔倒在地上。

接近三米高的窗户，杨志重重地压在自己的书包上。楼下是医院的花园，那些凌乱生长的月季和野蔷薇的刺，扎进了杨志身体。

杨志赶快爬起来，拔下那些可恶花刺，顾不得疼痛，瘸着脚，一拐一瘸地奔向父母。

母亲看见杨志的时候，什么也没有说，儿子的心事，做妈妈的最清楚了，也没有什么可以说的。

父亲看见杨志的时候，先是愣了一下，然后，缓缓地张开了嘴巴："你不好好上学，到医院来干什么?!""我请假了，我不放心弟弟，我想跟你们一起等弟弟出来。"父亲没有考虑，挥手就给了杨志一记耳光。"要你操什么心！我还没有死呢。"

不知道是昨日被钱伤害了，还是等待手术的时间太久了，父亲暴躁的举动让母亲也很吃惊。母亲这时候才发现杨志其实很狼狈，胳膊上还有几道血痕。"儿子，你怎么啦？你的手臂怎么划伤了？"母亲推开愤怒的父亲，一把拉过杨志，仔细地检查他的身体。"妈妈，我……我刚才在窗户上看见……看见弟弟了，他流了很多血，样子很可怕。"杨志顾不得父亲的态度，挨打对他来说，也不是第一次。

母亲听了杨志的话，更紧张了："儿子，你在哪边窗户看见弟弟的？你都看见了什么？弟弟还好吗？"有些问题，其实很多余，尽管这样，可是妈妈还是不停地追问。

杨志用害怕的眼神看了一眼父亲，接着说："妈妈，弟弟不会出事吧？我很怕啊，呜呜，呜呜……"这个骄傲的少年，在妈妈的怀里发出了伤心的哭声。

在母亲的爱抚中，他们等到了手术室的大门打开，父亲立刻恢复了绅士风度："请问医生，手术成功吗？我儿子怎么样了？"医生缓缓地摘下口罩，说："恭喜啊，你儿子的手术成功了，他现在还在麻醉期，大约再有三小时就会醒了。为了防止感染，家属不能进去看望，你们可以在隔离房外探视。二十四小时观察结束后，病人与扩张体不产生排斥了，就可以转到病房了。""谢谢啊！谢谢啊！您辛苦了！"父亲恭敬地目送医生离去。

第十九章　可爱的杨宇

这时候，母亲眼神中闪现出难得的光亮；父亲脸上的皱纹，犹如菊花般开放了。

杨志看见了，全都看见了，尽管父亲已经将手放在他的肩上；尽管自己也为弟弟的手术成功而欣慰；但是父亲爱杨宇胜过爱自己，这是抹不去的事实。

躺在隔离室的弟弟，嘴里插着氧气管、手臂上插着输液管，安详地没有一点表情。

杨志贴在玻璃窗上，看着弟弟，长长地舒了口气。

妈妈领着杨志回家了，爸爸去了单位，因为弟弟今天不需要人护理，可是杨志的心无法平静，他觉得父亲与自己的距离越来越大。

母亲在准备着弟弟明天需要的东西，杨志只能默默地拉起贝多芬的《命运交响曲》。

徐子昂打电话来的时候，杨志已经很平静了，他让对方安排车来接自己，他说可以马上去教徐子昂练琴，不必等下周了。

杨志牵挂着医院里的弟弟，同时也想知道今天的作业是什么。

徐子昂的父亲不在家里，他的母亲带着往日的平和招呼杨志。徐子昂对杨志的态度改变了很多，他知道了杨志要那么多钱是为了给弟弟做手术。徐子昂没有兄弟姐妹，他很希望有个兄弟这样爱自己，他开始好好地对待杨志，他希望杨志能像对待杨宇那样对待自己。

徐子昂的妈妈准备了很多水果，她默默地关注着杨志。

周末了，杨志答应了徐子昂的要求，带他来到了弟弟的病床前。杨宇已经安全度过了危险期，他开始吃些柔软的食物。看见哥哥和他同学一起过来，杨宇咧开嘴笑了，虽然很痛苦，但是笑得很开心。

杨志爱怜地抚摸弟弟另一只没有挂点滴的手，说："小宇，你好些了吗？是不是很痛啊？""哥哥，我不痛了，我很快就能回家了。"听了弟弟的话，杨志的眼泪在眼眶里旋转，自己亲眼看见弟弟流了那么多血，看见弟弟的胸腔被切开，怎么会不痛呢?！可怜的弟弟啊。

妈妈接过徐子昂带来的礼物，"孩子，你能来看小宇，我们已经很感激了，干吗还让你父母破费啊！" "伯母，不用客气，这些都是小宇喜欢吃的。"徐子昂早已经被杨志和杨宇兄弟的情深感动了。他平日里除了被父亲呵斥，就是母亲不停地给自己买东西，他第一次体会到了——平凡的亲情。"子昂哥哥，你怎么知道我喜欢吃什么呢？"杨宇高兴的声音里，含着痛与快乐。

徐子昂听见一声"哥哥"，开心极了，第一次有人这么称呼自己，而且还是在病床上，他的心里充满了喜悦。是他人生第一次感受到强烈的亲人般的感觉，也是他人生转变的重要过渡期，这一声情真意切的"哥哥"，使得徐子昂从此走上了一条光明的道路。

三个男孩聊得开心极了，他们甚至忘记了杨宇的病痛，忘记了一直静静地看着他们微笑的妈妈，直到护士来催促家属离开时，他们才恋恋不舍地拉着杨宇的手话别。

徐子昂开始真心实意地对待杨志，对待杨志的家人。他变得有礼貌了，变得让父母开心了，变得不再黏着陈璐璐了，变得让老师喜欢了。

徐子昂每天放学都跟杨志一起走，他们先去医院看杨宇，然后一起吃晚饭、练琴、写作业。

中考前的最后一周，丁晴晴回到了教室，杨志的心里又开始有些小小的兴奋了，他按捺不住地偷偷看丁晴晴的表情，寻找机会与丁晴晴交换眼神，盼望有机会可以直接与她交流。可是，丁晴晴好像没有看见这一切，她的眼神偶尔很迷茫，却又很坚定。

午餐的时候，杨志拖着徐子昂一起围住丁晴晴，杨志的心里有很多问题想得到答案。丁晴晴一改往日对徐子昂不屑的态度，友好地与他交流；陈璐璐“哼哼”着瞪着徐子昂，然后故意坐在他身边。丁晴晴笑笑地无声回应，那种感觉让杨志有种说不出的痛。

在陈璐璐的娇媚中，徐子昂终于离开了，杨志不愿意放过这个机会，他急切地问道：“这些天你去哪里了？你还好吗？我能为你做点什么吗？”丁晴晴的眼底闪现出一种无助的伤痛，一种杨志很熟悉的绝望；闪过的伤痛很快就变成了另一种眼神。这个可怜的女孩，已经走上了另一条路，一条艰辛的复仇之路。

丁晴晴看着杨志，平静地说：“一切都过去了，但不是结束，而是开始。我回来完成中考，我要考进最好的高中，读最贵的大学，我要成功！”答非所问的回答让杨志很吃惊，他以为丁晴晴一定是受了过度的刺激才这样的。“晴晴，后来发生了什么？你能告诉我吗？”丁晴晴知道，如果不跟杨志说清楚，他会一直纠结这个问题的。“我爸爸上个月结婚了，他老婆生了个男孩，我奶奶想孙儿、孙女都齐全了，所以他们又收留了我。”“收留你？”杨志吃惊地张大了嘴巴，他难以想象丁晴晴是怎样生活在那个家里的。“是的，是收留我，那里不是我的家，永远都不是！”

丁晴晴属于白羊座的女孩，她有很阳光的一面，也有很阴暗的一面，要看她们生活的环境属于哪一种，天使与魔鬼只在一念之间形成，勇敢的白羊女孩会一直走下去的，直到最后达到目的。

杨志与丁晴晴之间的交流并不愉快，他心里的丁晴晴不见了，再也找不到那种感觉了。

徐子昂开始有意避开陈璐璐了，他要全力以赴迎接中考，他更想像杨志那样受人尊重。

妈妈为了让杨志好好迎接中考，只答应了中考前再让他来看弟弟一次。

那个周末，徐子昂陪着杨志一起来到医院，杨宇已经不需要插氧气管了；已经能够自由走动，做一些简单的动作了。看见杨志与徐子昂又一起前来，杨宇咧开嘴："两个哥哥，你们都来啦！"一句简单的话语，让三个男孩之间完全没有了距离。

第二十章　愉快的暑假

暑假了，杨宇出院了，他在家里静静地等待康复。心脏刚做过手术，杨志小心翼翼地呵护着他；徐子昂每次来，都会带很多杨宇喜欢的食物和图书；陶子烟除了打电话，偶尔也会在妈妈的陪伴下，来到杨宇的家里。一切显得那么和谐，和谐得连杨志的父亲也完全不再介意那一万块钱的事情。

杨志已经不需要每天去徐子昂家里教他练琴了，徐子昂更喜欢来杨志的家里；同时，徐子昂在杨宇和陶子烟的熏陶下，琴技得到了提高。他开始真心喜欢小提琴了。他用心地练习，已经能完整地拉出简单的曲目了。

徐子昂的父母非常高兴，杨志不仅仅教好了他们的儿子，更重要的是，他们的儿子变得积极主动地爱学习、爱音乐、不乱花钱，甚至连举止都变得文雅了许多，以前那些粗鲁的习惯不见了，取而代之的是一个充满朝气、阳光、有礼貌、斯文的男孩。徐子昂的父亲找了一个并不合适的机会，突然来到了杨志的家里，他想看看是什么让儿子改变了这么多。

开门的是杨志，因为杨宇跟徐子昂在里面屋里交流琴技，而妈妈也趁着空隙去了外婆家。看见长辈的到来，杨志虽然很礼貌，但心里很清楚，徐子昂的父亲是来突击查岗的。"徐叔叔，请进。""呵呵，子昂不在你家吗?""嘘。"杨志做出了一个安静的手势。徐子昂的父亲有点不明白，但是，杨志很清楚。

他们悄悄地站在房间的门口，听杨宇与徐子昂的谈话："小宇，这个音标读什么？怎么拉？和弦怎么处理?""子昂哥哥，你看……"两个孩子的谈话，让徐子昂的父亲很有感触，自己的举动是多余的，这个家里，除了音乐还是音乐；两个善良的音乐神童，不仅仅让自己的儿子学会了怎么拉琴，更让自己的儿子彻头彻尾地发生了转变，这些是自己用打、骂和金钱买不到的。

“子昂，你爸爸来看你啦！”看见徐子昂的父亲那表情，杨志感到了他的变化，故意大声叫着。“哦，我来了。”徐子昂快乐地回应，完全不像在家里。他妈妈说爸爸回来了，他连头都不抬一下。

“爸爸，你不用做生意吗？来这里干吗？我现在还不想回家，晚上我自己回去。”徐子昂很害怕父亲在外面不给自己面子，更害怕父亲要自己回家。“呵呵，儿子，爸爸不是来接你回家的，爸爸路过这里，就上来看看啊。”杨志和徐子昂都知道长辈在说谎，但是他们不敢戳穿。“叔叔好！”小宇适时地出来打招呼，化解了徐子昂父亲的尴尬。“孩子，你就是小宇吧，身体好些了吧，不要太累啊，注意休息。”“谢谢叔叔！”这个时候的小宇，面对的徐子昂的父亲都是真诚的。一个狡猾的生意人，在三个纯真的孩子面前，没有任何伪装。

“爸爸，你先回去吧，我不回家吃完饭了。”徐子昂对父亲下逐客令了。“儿子，你可以邀请杨志他们去我们家吃饭啊。”

那个年代的上海人，将在别人家吃饭看得很重。有钱人家，是不愿意吃穷人家的饭的。

“爸爸，我喜欢在这里吃饭，我喜欢跟小宇弟弟一起吃，喜欢吃阿姨做的菜，如果你不放心，就交给杨志伙食费吧，等他去北京上学了，我就跟小宇一起学琴。”徐子昂调皮地说着自己的想法。其实，他更不喜欢家里孤单的感觉，那么大的房子，那么豪华的装修，只有妈妈和自己对着灯光看影子吃饭，再美味的佳肴，也比不上三个孩子一起抢着吃的味道香；何况，这里还可以随心所欲地交流自己的思想，表达自己的愿望。

徐子昂的父亲对儿子的要求毫无准备，他想着儿子的进步，想着杨志去北京上学后自己儿子没有人教琴；他误解了儿子是为了多学点东西，以为儿子是要留下来继续向杨宇学琴；他马上从包里拿出五百块钱，“杨志，这是子昂的伙食费，请转交给你妈妈。”“叔叔，我爸妈说了，不许再拿你家的钱了，子昂哥哥在这里吃饭，我妈妈很开心的。”天真的杨宇，不等杨志表态就抢先脱口而出，逗得徐子昂的父亲“哈哈”大笑。“好吧，那这些钱就留着给你们买零食吃吧，别忘记交给你妈妈啊。叔叔走了。”

徐子昂的父亲将钱放在桌子上，转身走了。他看见了自己儿子眼里的快乐，感受到了杨家兄弟的简单，自己的儿子在这里，不会学坏的，他很高兴。很快，自己就可以在生意场上的朋友面前吹自己的儿子是多么优秀了。

徐子昂的父亲刚走，陶子烟在妈妈的陪同下来了，四个孩子、四把琴，将整个屋子变成了一个音乐演奏厅。虽然，徐子昂的琴声还很生涩，琴技最差，但是他很努力地投入，积极配合着，就连陶子烟的妈妈——唯一的听众，也觉得徐子昂很努力。

徐子昂的父亲在路口看见了一个西瓜摊，他想了想，下车买了两个大西瓜，准备再次送过来；当他走到楼下，听到空气里飘扬的琴声，他静静地听了几分钟，琴声依旧没有停；这个老练的生意人，很有感触地离开了。

这一次，他完全相信了儿子的选择，信任了杨志、杨宇一家；同时，杨家两个孩子也成了他心里的一部分。

快乐的时光总是很短，不管你是否愿意，每一个年轮都带着成长的动力。孩子们就像破土而出的嫩芽，在阳光和风雨中，越来越勇敢，越来越独立。

第二卷　青春的叛逆

青春是成长中不可缺少的过程，是带着叛逆与张扬、展示自我必需的过程。艺术在商业中会偏离方向，年少轻狂的心，领略血的教训后，慢慢开始滑落在让人担忧的边缘……

第一章　北京与上海的距离

愉快的暑假时间在徐子昂与杨志、杨宇建立了类似亲情的友情中溜走。

当杨志背上行囊踏上上海去北京的火车时，每个人的眼眶都是湿润的，所不同的是：父母的泪花中带着对儿子衣锦还乡的期盼，弟弟眼中带着无限的向往与期待，而徐子昂的眼中包含着羡慕与渴望。大家挥着的手越模糊，杨志看着窗外熟悉的上海越来越遥远。

首都的天空是蓝色的，家人的眼泪是温热的，少年的梦想是甜蜜的。

走进中央音乐学院的大门，赏昔日清朝醇亲王府，看光绪皇帝出生地的莘莘才子的身影，杨志澎湃的内心像火焰般跳跃。他知道，这里将是自己成就的摇篮，这里将是自己辉煌人生的重要起点。

新生报到处人头攒动，杨志很耐心地排队等候；在他等候的同时，他认识了进校门的第一个同学——同为音乐表演系的、大提琴手马研君。这个戴着眼镜、笑起来有些腼腆的大男孩比杨志年长三岁，是杭州地区选送的委培生。

马研君与杨志同属一个系，他们的宿舍也在同一栋楼里，只是不在同一层；尽管是初相识，他们已经成为了这个校园里互相信任的好朋友。

入校的第一个夜晚，杨志睡不着，他看着宿舍的屋顶发呆，清晰地感觉到下铺同学的心跳；他想念杨宇甜甜的笑脸，想念弟弟梦中均匀的呼吸声；甚至，想念父亲半夜开门的熟悉声；更想念妈妈那张操劳的脸……

学校的生活简单而忙碌，音乐学院非常重视专业水平。虽然杨志是少年冠军，虽然他是破格保送的学生，但是在人才辈出的中央音乐学院里，他也只是较为平常的一员。好胜的心让杨志不得不加倍努力，而且他也经常与马研君联手合奏各种曲子。

很快，老师们开始重视杨志了，不仅是任课老师，连系主任都觉得杨志的天赋很好，将来会成为新一代的小提琴演奏家。

每个周末，杨志都能收到弟弟的信，每封信都包含着父母对他的期望、弟弟对他的想念；弟弟详细地写着自己跟徐子昂、陶子烟的交流，学校里发生的事情，以及自己的各种想法。

杨志对家的想念都装在信封里了，他一边回信告诉弟弟自己在学校的生活，一边要弟弟加油，以后成为自己的校友；更明确地告诉弟弟，不要让父亲每月给自己寄钱了，他跟马研君一起参加了学生会，学校有奖学金，还有老师偶尔会带他们参加一些团体的演出，自己能够维持在学校的生活费用。

杨志很清楚，弟弟的手术费还没有还清，爸爸还在外面不停地寻找机会赚钱，妈妈为了照顾弟弟而没有工作。家里的经济情况并不好，自己不能成为父母的负担，自己要尽快为家里分担。所以，杨志很努力，很积极。

第一个寒假来临，弟弟在信里很热切地期盼与哥哥相见，并且说父亲已经存到点钱，准备给他们买新的小提琴了。杨志看着信，先是开心，慢慢地有点心酸。当他抚摸着那把陪伴自己多年的小提琴后，他觉得不应该换琴：虽然自己的小提琴很旧，但是，它与自己朝夕相伴，它获得了让自己来北京的荣誉，它是自己童年、少年，走向青年时期最美好的见证。杨志更加爱护自己的小提琴了，就像爱护自己的弟弟那样。

杨志回信给弟弟，让他告诉爸爸、妈妈，不要担心，自己会在新年前赶回家与大家团聚。假期自己会留在学校，参加一些迎新春的演出，不仅仅会得到收入，更重要的是可以接触社会，可以锻炼自己的商业演出能力。

马研君的社交能力不像他的外形那样斯文，他总是能寻找到商业演出的机会。这些机会虽然只能给杨志带来微薄的利益，但是杨志很满足，毕竟，自己不会寻找。每次演出，杨志都是全身心地投入着，观众每次都给予了热烈的掌声作为回报。杨志不知道，马研君获得的利润有多少。学校不允许这样做，但是假期里，老师们是不会管的。

马研君不仅带给了杨志商业演出的机会，他还带领着系里的其他同学一起演出。大提琴、小提琴、中提琴、管弦乐队等专业，都有马研君的合作伙伴。

听说杨志要回到上海过春节，马研君开始联系那边的演出了，因为他知道，杨志的弟弟和另外一个同学也具有较高的演奏水平。可杨志不知道，马研君其实具备着一个聪明的经纪人的头脑。马研君的身上，流淌着类似犹太人的血液，浙商们的后代，天生就具备着商业才能，他们不会放过任何一点商业气息的。

最后一场演出结束后，马研君递给杨志一张去上海的卧铺车票。杨志很惊讶，自己来的时候，父亲只给买了座位票，而且让自己独自前行，不是父母不愿意送他到北京，只是家里实在没有更多的钱支付往返的费用。“放心吧，我和你一起到上海，你先给家里打电话，告诉家人你到上海的时间吧。”马研君看着杨志惊讶的表情，他马上就解释清楚杨志心中的疑惑。“那我把买票的钱还给你吧。”杨志看着车票上一百多元的标价，有点心痛地说。“不用啦，我请客。”马研君用手敲打了一下杨志的肩膀，“这张车票是大哥送给你的，谁让你是我弟弟呢!”杨志咧开嘴笑了，原来做弟弟是这样的感觉啊，这种感觉真好!

躺在卧铺车上，抱着自己心爱的小提琴，行李里面还有马研君买的北京特产，杨志想着弟弟开心的笑脸，在摇摇晃晃的列车上进入了回家的梦乡。

整夜摇晃的火车开进上海车站时，爸爸、妈妈、杨宇和徐子昂已经早早地等候在出站口了，看见和马研君一起走出车站的杨志，“哥哥!”杨宇像快乐的小鸟，飞奔而来。

第二章　回家的接风宴

弟弟的快乐写在脸上，父母的开心写在心里，徐子昂的友谊表现在他接过行李的手上。

介绍完马研君后，杨志想立刻回到自己已经离开了半年的小屋里，品尝亲人的温馨，可徐子昂的父亲已经备好了接风宴，就连马研君家的司机也出现在上海火车站。

昔日的少年已经成为了大家眼里的榜样，温馨却贫穷的家庭此刻因为杨志的荣耀，受到大家的关注。

孩子蜕变的过程很奇妙，外界的每一个因素，都能让他分裂出不同的细胞，杨志在这些连锁的效应中，开始有些小小的膨胀，他不会知道，这些小小的膨胀最终会成为他致命的弱点。

马研君没有跟他的司机回杭州，而是在杨志及其家人的邀请下一起去了酒店。

徐子昂的父母，已经在那里等待了，同时出现在酒桌的还有徐子昂父亲的朋友。

生意人的目的是不谋而合的，马研君与徐子昂的父亲谈得很投机，杨志的父母只是坐在那里赔笑。杨志在大家的赞赏中得到了极大的优越感，在父亲默许下，少量的酒精入喉后，杨志的情绪开始活跃。杨志突然站了起来："爸爸、妈妈、叔叔们，我敬你们一杯，谢谢你们这么关心我！我先干为敬了！"杨志学着大人的样子，一下子就喝完了杯中的酒。"好！"杨宇总是充当第一个为哥哥叫好的人。

大家鼓起掌来，只有杨志的父亲没有，他看着儿子，有些担忧，不知道担忧什么，只是有种血缘之间的敏感。

马研君斯文的外表下，有一颗火热的心，他与徐子昂的父亲大谈音乐的未来；当然，他们谈的不是作曲、旋律，而是市场化的音乐前景，人们对高雅艺术的追求，与各种企业之间的联动和商业演出。

徐子昂的父亲非常认真地听着，就连他的朋友也忍不住连连点头。大家都不知道，徐子昂的父亲心里已经有了很明确的想法。他在与马研君的交谈中，得到一个重要的信息：上海是国际大都市，有品位的人越来越多，物质条件也越来越优越，儿子在杨家兄弟的熏陶下，已经将小提琴拉得很熟练了，找个合适的地段，让妻子和儿子经营一家高水准、有情调的特色音乐酒吧，肯定会轰动上海滩的，利润更是难以想象……

徐子昂看着杨志的变化，有些惊讶，心里更多的是羡慕：昔日的同班同学、今日大家眼里的天才音乐神童。自己唯利是图的父亲竟然会不计回报投入金钱与时间，这是徐子昂以前没有想到的；他更没有想到的是，自己在叛逆期接受了音乐的熏陶，变成了善良、朴实的孩子。自从杨志去北京上学后，杨宇的天真、简单、率真的个性，彻底改变了自己的性格，将自己具有的、一个富二代的懵懂少年身上的陋习完全清理干净了，他变得很纯净，而杨志却因为少年得志，思维发生了惊人的变化。徐子昂更想不到的是：父亲已经从杨家兄弟这里，得到了商业灵感，很快，自己将成为上海市淮海路的首家音乐酒吧的老板。

马研君与徐子昂的父亲依旧谈得很投入，就连徐子昂父亲的朋友、那个一直没有怎么发言的王叔叔，也开始变得活跃了。三个生意人的话，越来越投机，马研君完全忘记了自己学生的身份。杨志的父母和徐子昂的母亲，都显得那么多余，杨志的接风宴变成了商人们的聚会宴。

杨宇也仿佛看见了父母的不悦，他机灵地站起来，"叔叔、阿姨、爸爸、妈妈，哥哥今天刚到，还没回家呢，我想和子昂哥哥一起，检查哥哥在学校有没有好好学习，我们能不能先回家啊?"杨宇知道父母不会让他自己回去的，他只是不忍心看着父母成为酒桌上的陪衬。徐子昂也立刻赞同杨宇的提议。这一年里，徐子昂已经跟杨宇心意相通了，就连拉小提琴的风格，也跟杨宇越来越接近。

杨宇的妈妈以为小儿子身体受不了了，她急切地询问丈夫的意见。徐子昂的妈妈知道杨宇的身体情况，微笑着说："没事的，孩子累了，子昂啊，你跟妈妈回去还是跟小宇一起走啊？"她知道自己不能在饭桌上不给丈夫面子，让儿子做决定，丈夫就不会怪自己了。"妈妈，我跟小宇一起去检查杨志是否真的学有所成啊，你忘记了，杨志是我的老师啊！嘿嘿！"徐子昂边说边看着杨志笑，得到了杨志用手敲打他的肩膀。原本不是好朋友的同班同学，此刻如同兄弟般亲近。

徐子昂的转变让杨志、杨宇的父亲也很高兴，由原来的排斥、抵触，到后来的接受、喜欢；他在教杨宇练琴的同时，也交徐子昂拉琴，虽然徐子昂没有杨志那种音乐天赋，但他认真的态度，深得杨志父亲的喜欢，慢慢地，徐子昂在杨志的家里替补了杨志的位子，以至于杨志去北京上学后，家里依然是两个儿子的欢声笑语，很温馨。

接风宴结束了，马研君没有直接回杭州，而是跟徐子昂的父亲一起离开了。杨宇拉着杨志和徐子昂的手，开心地哼着不知名的曲子，父亲拿着杨志的行李与母亲并肩而行。

家，依旧简单；家，依然温馨；弟弟，依旧是那样单纯；父母，依然那样慈祥。可杨志觉得，这些都不是自己想要的，他需要更大、更华丽的空间来展示自己。

第三章　暗藏的旋涡

杨宇跟徐子昂已经相处得如同亲兄弟，完全没有隔阂与距离。杨志回家后，看见自己的床、桌子、被子，无处不留有徐子昂使用过的痕迹，心里非常不悦；但他不知道，自己每月的生活费都来自徐子昂的赞助，父母依旧在存钱准备弟弟的下次手术费。徐子昂将家里给自己的零花钱全部存着，一部分交给杨宇，算是自己在这里的伙食费，一部分留着必要的时候拿出来急用，他比杨志更清楚杨宇的身体状况。

陶子烟来拜访杨志了，她的琴技已经比原来有了更大的提高，她的目标也是中央音乐学院；她已经能独立完成乐曲的创作了，她的音乐风格是轻快中略带忧伤，柔软而缠绵中带着美好的向往。

杨宇、徐子昂、陶子烟三人交流的时候，似乎忘记了杨志的存在。杨志开始不屑于徐子昂的幼稚，原本是自己的同班同学，现在跟弟弟、妹妹们成了好朋友，可见，他的思想多么简单。

杨志眼里的父母开始变得平庸；杨志眼里的家开始变得平淡、寒酸；就连父亲每日奔波、劳累的辛苦，在杨志的眼里也开始变得守旧了；母亲每日为家务操劳的身影，在杨志的眼里开始变得烦琐、世俗。

杨志想念学校的大礼堂，想念班级里同学的羡慕，想念老师们对他的赞赏……他想快点回到学校，他一刻也不想在这个平淡的家里，听那些幼稚的谈论，看父母劳累的目光。

杨志进入了青春期，有着“少年维特”式的烦恼与忧伤。他不明白的事情越来越多；他很容易发脾气，只是他知道弟弟身体不好，他必须忍耐，再忍耐！

新年即将来临，徐子昂的父母送来了许多礼物，大部分都是吃的，徐子昂还帮杨宇买了鞋子和外套。钱的威力显现得很露骨，杨志心里的莫名之火积压的越来越多……

那个午后，家，依然是那样让人无奈：徐子昂与杨宇合奏的琴声，让杨志不能专心沉浸在自己的音乐世界里。突然，电话响了，杨宇快速地放下琴，飞奔到电话机旁：“喂，你是？”“哦，晴晴姐姐，你找子昂哥哥吗？他在啊，你等一下，我去叫他。”杨宇开心而亲切的话语，深深地刺伤了杨志。“丁晴晴什么时候跟杨宇变得那么亲近，找徐子昂的电话打到自己家里？”杨志很纠结，他开始忍不住了，但是，他更想听听徐子昂与丁晴晴说些什么。

徐子昂仿佛看透了杨志的心思，他告诉丁晴晴杨志回来了，也很想见她，并询问丁晴晴是否愿意出来玩，还刻意说杨志要跟她讲话。虽然杨志不愿意听从徐子昂的安排，但是，丁晴晴那苍白的脸，始终无法从他脑海里抹去。杨志接过了话筒，“你还好吗？”杨志觉得自己的心跳得很厉害，嘴巴也张不开，他不知道要说些什么，但也不能让旁边的徐子昂看笑话，他努力地找出了一句问候的话。“杨志，恭喜你啊，我很好，听说你已经经常参加演出了，什么时候演出，别忘记让我做一次观众啊！”丁晴晴绝望的哭号声在脑海中没有完全褪色，而电话里，她活泼、轻快的话语让人无法将印象里的模式与现在合并，杨志感觉到了距离——一种自己无法超越的距离，但是，他还是很想看见丁晴晴，想看见她现在的样子。

“晴晴，你愿意到我家来玩吗？最近我没有接到演出邀请啊。”杨志有些失望。“改天吧，让子昂请客，我们几个同学聚聚，还记得陈璐璐吗？她现在可漂亮了，难得的是，她还对子昂一往情深呢。”丁晴晴的话语还是那样开心，已经完全找不到忧伤的痕迹了，杨志开始怀疑自己的耳朵，丁晴晴是怎么了，她是不是受了刺激后没有恢复。

杨志不会明白，一个女孩子在绝望后的重生：母亲去世后，丁晴晴的心底已经燃起了仇恨，这个仇恨不是对社会的，而是对她的父亲与奶奶，还有那个后妈和后妈生的弟弟。自从丁晴晴的母亲自杀后，派出所就找她父亲与奶奶谈话了，她的奶奶在看见孙子出世后，觉得孙子、孙女齐全了，精神上得到了极大的满足，那个封建的老太婆，开始对丁晴晴好了，开始尽一个奶奶的责任了。接丁晴晴来到新家后，奶奶看到丁晴晴的学习成绩很优秀，开始不自觉地保护孙女。她也害怕孙女被后妈虐待，害怕孙女受不了，像她妈妈那样投进黄浦江中。

丁晴晴表面上恢复了活泼的个性，她在新家里，扮演着一个天真、快乐的女孩，甚至对那个刚出生没多久的小弟弟也很爱护，但是私下里，她无数次用手做出要掐死他的动作，只是没有实施于行动。父亲依然为生意忙碌，后妈虽然看她不顺眼，但是，奶奶每日都看着家里的一切，丁晴晴的日子过得有惊无险。她努力学习，她要上最好的大学，她要为母亲报仇，她要追回属于她们母女的一切；她要惩罚那个花心的父亲与狠心的奶奶；她唯一的目的就是报仇；她变得善于察言观色，讨人喜欢；她变得工于心计；她像个优雅的复仇女神，岁月一点一滴给予她的沉淀与理性，都掩藏在她美丽的外表与活泼的个性里。

音乐让人的灵魂得到净化，徐子昂与杨宇、陶子烟都活在音乐的梦想里，三个不同年纪的孩子，都在音乐中净化得很纯净、朴实。而少年得志的杨志只是偶尔接触了一些社会的表面，过早成名，让他得到了虚拟的荣耀，他的精神世界变得浮躁，他在商演的过程中接触的优雅与繁华让他迷失了心态；徐子昂家从物质上给了他家里的帮助，在杨志的眼里已经习惯了，平常了。

丁晴晴很快就和徐子昂约定了时间，班里的同学们都知道杨志从北京回来了，大家自发地要一起参与这个难得的聚会。

第四章　华丽的转变

徐子昂的父亲徐守财，人如其名，是个精明的生意人。他很快就在上海的淮海路上看中了一家经营不善的中餐厅，楼上、楼下两层，加上三楼有个阁楼，大约有200多平方米，70多万元的价格，再加上装修费用，在那个年代虽然很贵，贵得让普通人不敢想象，但是，潜在的商机是无限的。徐守财马上找关系，将店铺的主人、房东、租金、税收等一系列的事情都搞清楚后，抓住店主急需资金的短处，以最低的价钱，迅速签订了转让合同；并且，与房东签订了暂时为期十年的协议，以一年付一次房租的条件，谈到了最便宜的租金。徐守财开始找人设计店铺的装修时，让妻子、儿子加倍对杨家兄弟示好，他牢牢地抓住了上海市人当时最崇尚、高雅的艺术品位，为自己的商业计划做好铺垫。

听说儿子为杨志跟同学聚会请客，徐守财马上联系了上海市最好的餐厅，第一次，给了儿子五千元现金，要儿子撑足面子，因为自己的音乐西餐厅开幕那天，需要杨志做嘉宾。

当杨志拉着杨宇的手，走进那家酒店时，不由惊呆了：五星级的豪华，梦幻般的水晶灯，漂亮的陈璐璐与丁晴晴，穿着小西装的徐子昂，在他的眼里那么熟悉而陌生。每个同学都精心装扮过，每个人的脸上都挂着欣喜的笑容，只有弟弟与自己穿着简朴的棉袄，仿佛是从遥远的农村过来的。

丁晴晴看徐子昂的眼神与看自己的眼神，已经有明显的不同。陈璐璐酸酸的话语、挑衅的目光一直围绕着他们，杨志很想靠近丁晴晴，很想听丁晴晴诉说离别后的话语。但是，他很失望，丁晴晴就像不记得他们的经历一样，笑盈盈的，在同学中欢声笑语，完全不在乎杨志的感受。

徐子昂忙着尽心尽力地尽东道主的责任，不断地招呼同学们喝饮料，品尝菜肴，还特意给丁晴晴和陈璐璐分别点了她们爱吃的菜。

杨宇完全不在乎大家说什么，他惊叹着环境的美好、食物的精致，也没在意哥哥的失落。

当大家都在诉说自己在不同的学校的生活时，包厢的门开了，徐守财带着马研君一起走了进来。“杨志，你还好吗？”马研君的出现，让优越感回归到杨志身上，毕竟，他才是现在的同学，是在首都北京的同学。

马研君是应徐守财的邀请过来的，他的父亲出小部分资金与徐守财一起合开那家音乐西餐厅，而马研君也联系到了上海的迎新春演奏会，他来通知杨志做准备。

包厢里的气氛再次高涨，杨志与马研君开始讨论他们的演出，陈璐璐的眼珠开始在马研君的身上转了。徐子昂仿佛年纪缩小了一样，与杨宇开始聊着他们的话题。

杨志越来越喜欢华丽的气氛了，他觉得那样的环境才能与自己匹配，他觉得丁晴晴没有忘记自己，只是人多，不方便而已。

马研君没有住在徐子昂的家里，他在吃饭的这家酒店定了房间，他享受着这家酒店优质的服务，他邀请杨志留下与自己同住。

当同学们散去，徐子昂送杨宇回家后，杨志就跟马研君一起来到了酒店的房间。

洁白的床单、落地的窗纱、优雅的台灯、精致的壁橱，无处不在显示着五星级的标准。“杨志，我有个想法，不知道你愿不愿意？”马研君开始诉说自己的目的了。“什么想法？说吧，我相信你。”杨志爽快地回答。“我知道你家的情况，我觉得你应该不要父母给你交学费了。你看啊，我们春节在上海演出，你每场能赚一百元，开学前如果能演出十次，你的学费、生活费就全都够了。”“每场一百元？”杨志以为听错了，父亲也没有那么多。“是的，每场你赚一百元，只要你肯演奏，就没问题。”马研君坚定地回答后，接着说：“而且，你还可以邀请你弟弟、徐子昂和其他一起学习小提琴的孩子们一起演出。只是，他们演出的费用比较低，每次、每人最多二十元。”“真的啊，我弟弟也可以一起演出啊！”杨志很开心，他想小宇也一定会很开心的。

杨志不知道，马研君已经过早地担任了经纪人的角色，他联系到的商演，一些是家里的亲戚帮助联系的，一些是徐子昂的父亲安排的；他们要让杨志喜欢演出，喜欢赚钱，喜欢听从他们的安排。而杨志确实被家里的经济条件限制了，他害怕弟弟再没钱看病，害怕自己再接受徐子昂父亲的施舍，害怕妈妈再跪在地上祈求爸爸的宽恕。

马研君从杨志的眼里看见了他的弱点，看见了杨志单纯的思维，看见了自己想要的结果。

上海的夜空，灯火辉煌，新年的气氛越来越浓，喜悦在杨志的心里蔓延。他想象着自己能很快就赚到学费，想象着父母不再需要为家里存钱而节衣缩食，想象着自己与弟弟以后可以成为家里的顶梁柱。他的灵魂还停留在善良的天平上，只是，他没发现，世俗的金钱色彩，已经逐渐融入了他的生活，物质的追求已经开始侵占他的思想；对美好生活的向往，开始由金钱来作为铺垫，杨志在自己美好的愿望中，与马研君一起进入梦乡。

天亮后，杨志穿上了马研君特意给他从杭州买来的新外套，他们一起坐在五星级酒店里，享受着自助早餐，享受着“贵族”的新生活。

第五章　杨宇的愿望

吃完早餐，杨志带着马研君去自己家拿小提琴，同时，也要跟妈妈讲清楚自己的决定。

父亲好像永远都没有时间在家里，妈妈在为迎接新年做各种准备，弟弟懒散地斜靠在床边翻着图画书，家里还是往日的平淡。

杨志先跟妈妈介绍了马研君，然后，轻描淡写地说自己要陪同学好好领略一下上海的风光，可能还会跟同学去一些地方拉琴。他故意不说自己去参加商业演出，他想等赚了钱后再给妈妈一个惊喜。

来到房间后，杨志控制住自己激动的心情，叫杨宇关上房门，他悄悄地说：“小宇，你想带陶子烟一起参加迎新春少年小提琴手演奏会吗？”“想啊！哥哥，你有地方可以带我们去吗？”“嘘。”杨志做出一个小声点的动作，“哥哥的同学有这样的地方，而且，你们还可以得到二十块钱的辛苦费呢！”“真的啊，太好了！”杨宇又忍不住大叫起来，只是，他好像不太喜欢马研君，对他也没有对徐子昂那样亲热，连一声哥哥的称呼都舍不得给马研君。“什么时间啊，我要快点通知陶子烟啊。对了，子昂哥哥可以跟我们一起去吗？”杨宇没有忘记帮着问徐子昂。“可以啊，明天你的子昂哥哥来接你，陶子烟自己去演出的地点，我和你哥哥今晚住在酒店里。”马研君笑着对杨宇说。

“哥哥，那你跟爸爸、妈妈说好了吗？”杨宇不放心地又问。“小宇，我已经跟妈妈说过了，千万别告诉爸爸，他会不让你去的。你明天就说到子昂哥哥家里去玩，知道吗？”杨志拍着杨宇的肩膀，像个大人一样地笑着说：“等你拿了辛苦费，过年就可以买个礼物送给陶子烟了啊！”杨宇愣了一下，好像在考虑什么，然后看着杨志的脸说：“哥哥，等我拿了钱，我要给妈妈买副厚厚的皮手套。妈妈一直做家务，手很冷，这样妈妈洗碗的时候就不会冻伤手了；我要给爸爸买双很暖和的棉拖鞋，爸爸以后夜里回家就不用穿塑料拖鞋了；我要给你买一个日记本，你想家的时候可以写日记，给……”

杨宇说着说着，突然从床上走下来，“哥哥，二十块钱还不够啊！我还想给陶子烟买张漂亮的贺年卡呢！”马研君被杨宇认真的表情逗乐了，“小宇，那你就跟哥哥们一起演三场吧，说不定啊，你还能得到额外的奖励呢！”“好，就演三场吧。”

杨宇开心地笑了，杨志和马研君都被杨宇的认真劲给逗得大笑。妈妈敲门询问马研君是否在家里吃午饭时，大家才停住笑，打开门，很默契地用眼神互相传递着他们所谓的秘密。

马研君将带来的乐谱交给杨宇，那里面有演出所需要的全部乐章，他要杨宇、徐子昂和陶子烟好好练习，演出的时候不能出差错，每一首曲子都要既能合奏，又能单独演奏。

杨志带着马研君跟妈妈、弟弟告别后，他们来到了淮海路上，无目的地逛了一会，马研君将杨志带到了徐守财正在装修的音乐西餐厅旁边。“杨志，你看，这么好的地段，如果成为一家具有音乐风格的高雅西餐厅后，我们空闲时就来拉琴，一边锻炼自己的琴技，一边了解观众喜欢的音乐风格，还能赚到钱，多好啊！”

马研君在给杨志灌输浙商们常规的商业意识，他知道，杨志早已非常信任他，即使他要杨志去参加免费的演出，杨志也不会拒绝的。

杨宇看着哥哥和他同学走远的背影，立刻兴奋地给徐子昂打电话：“子昂哥哥，你能来接我吗？我有好消息要告诉你，还有新的乐曲想和你一起练习。”

杨宇很少当着妈妈的面给陶子烟打电话，他知道自己身体不好，妈妈害怕他早恋，更害怕他发病的时候没人照顾。

徐子昂很快就来了，他熟悉杨宇的家，比自己家还要多，他对杨宇的感情已经不少于杨志了。

妈妈看着徐子昂和杨宇都背着小提琴，她放心地笑着说：“子昂，小宇去你家练琴没问题，但是，你不能再给他买东西了，你把他宠坏了，阿姨养不起啊。”虽然是玩笑，却是母亲真实的心态，她不知道杨宇心脏里的支架能维持多久，她不知道什么时候会失去这个可爱的儿子；她更害怕儿子大了以后会突然离开，母亲的心，从来没有安宁过。

杨宇和徐子昂拿着妈妈给的苹果，边吃边走出了家门。“子昂哥哥，刚才我哥哥和他同学来过了，他们给我一个乐谱，要我们和陶子烟一起练习里面的曲子，明天下午去参加演出，还有辛苦费的。”杨宇迫不及待地告诉徐子昂杨志回家的事情。“好啊，小宇，到我家后马上打电话给陶子烟，我们一起练习，终于有机会跟你一起演出了，我太高兴了！”

徐子昂在杨宇的面前，完全替代了杨志的角色，他对杨宇的一举一动都很关心，杨宇的快乐已经成为了他生命中重要的一部分了。

陶子烟的加入，让杨宇更开心了。他将小提琴的音律完美地展示：他们三人合奏练习时，徐子昂家的保姆都听得入迷，甚至忘记了做饭的时间。

徐子昂的妈妈给自己的儿子和杨宇都买了新衣服，她还送给陶子烟一个漂亮的挂件。这个商人的妻子，在孩子们的面前，依然是个慈爱的妈妈，她不仅仅爱自己的儿子，也喜欢机灵的杨宇，更喜欢乖巧的陶子烟。

在杨宇和陶子烟的熏陶中，徐子昂不但能认识乐谱，还能按照乐谱拉出和谐的乐章。他的进步不仅使得他父亲徐守财感到开心，就连陶子烟也经常表扬他。虽然，他没有灵气，但他喜欢杨宇的音乐风格，喜欢在音乐里寻找那种活泼、轻快的气氛，他对陈璐璐的好感已经在逐渐变淡，他开始偶尔想起丁晴晴的笑脸了。

第六章　父亲的愤怒

迎新春小提琴演奏会在上海市徐汇区大礼堂举行，座无虚席的观众在等待上海少年小提琴冠军的献演，徐汇区少儿艺术团率先出场表演了歌舞《迎春花》，几个不知名的少年歌手也登台献唱，随后是陶子烟代表少年小提琴季军汇报演出。

天真的孩子们不知道，他们眼里神圣的演出，早就被商业化了，演出获得的费用是他们得到报酬的上百倍，而他们只是被人利用的工具而已。

电视台与报社的记者已经早早地在观众席上等待，等待精彩的演出成功后的大篇幅报道。

杨宇单独演奏一曲后，又和陶子烟、徐子昂合奏了《云雀》中最欢快的乐章。杨宇的小脸蛋越来越红，感染了刚上台很紧张、又慢慢放松的徐子昂，陶子烟平静地面对观众，如同小天使般纯净的脸庞和白色的衣裙在两个男孩的簇拥下，显得神圣而美丽。

杨志登台时，大家报以热烈的掌声：他是上海人民的骄傲，他是天才！

当悠扬的小提琴曲《渔舟唱晚》在礼堂里飘荡时，大家都为之陶醉，观众仿佛都看见了：一抹落日映红了晚霞，浩淼无垠的水面上洒满了夕阳的余晖，随风荡起的芦苇花絮在微微的清风中纷纷扬扬地飞舞，隐约的小岛矗立于苍茫暮霭之中，一只飞掠的水鸟自得其乐地行吟着黄昏的美景，一叶扁舟划破水的轻盈、澄静，一橹一篙，小船轻摇，白鹭低吟。

乐曲由舒缓、典雅开头，饱蘸着水波的音符渐渐流淌，一片由浅而深的夕阳，一片漫漠而细碎的水波，一叶滑向心海深处的载满收获的扁舟，一抹美轮美奂的晚霞……在流动的音符里呈现出来。

经久不衰的掌声，记者拍照闪烁的荧光灯，将整个晚会推向了高潮。

最后，演出结束在马研君与杨志用大、小提琴合奏的马克西姆的名曲《爱的致意》中的经典部分中。

观众们意犹未尽，久久不愿离场。

杨志是这场演奏会的核心，是这场演奏会的精髓，是一颗难得的摇钱树。

马研君没有像之前说的那样给杨宇他们二十块钱的辛苦费，他每人发了五十块钱，说是举办方给的奖励，为的是后面的几场演出让大家好好表现。他给了杨志两百块钱，让杨志去买自己喜欢的东西，还提议给杨志买一把新的小提琴，被杨志拒绝了。

第二天的各大报纸不仅都刊登了杨志演出的巨幅照片，配以夸张的神童般的介绍；还刊登了杨宇、陶子烟、徐子昂合奏的图片。更为夸张的是：报纸上还将昨天下午的演出收入是全上海市最高、演出质量是全上海市最好的也写了出来。杨志的父亲在同事们的恭喜声中看见了报纸。这个沉默的艺术男人，这个为家、为儿子努力工作到放弃自我的男人，没有感到荣耀，他的脸上布满阴云；他破天荒地没有请假就离开单位；他骑着那辆古老的自行车，穿过寒风，穿过新年即将来到的喜悦，打开了自己贫寒的家门。

“杨志，你出来！”进门的父亲大吼着。“老杨啊。你怎么回来了？这么急找杨志，发生什么事情了吗？”母亲不看电视和报纸，她不知道昨天的荣耀，她只知道两个儿子都很开心，杨志陪同学，杨宇一早就和徐子昂出去了。

“你在家怎么管教孩子的！快去叫他们回来。”父亲将满腔的怒火都发泄在这个可怜的母亲身上。“怎么啦？出什么事情了？”母亲慌忙放下手中的家务活，急切地在围裙上擦着手，小声地询问。

“我让他们拉琴，让他们好好学习，将来做个受人尊重的音乐家，谁让他们去街头卖艺的？”

那个年代的音乐工作者，大都看不起商业演出，只要不饿死，他们是不会到舞台上去寻找经济来源的；而杨志的父亲，虽然迫不得已经常去演出，但是，那些都是工作的一部分，生活的一部分。他的观念没有转变，儿子去商演，简直是给他的脸上抹黑，就是在丢他的人，就是在告诉别人，他作为一家之主，已经完全没有能力养家糊口了。

“去街头卖艺？不会啊，老杨，你这是怎么啦？杨志北京的同学来了，他们在一起，小宇跟子昂去练琴了啊。”母亲的回答更刺激了父亲敏感的神经，他怒吼道：“今天的报纸我都看见了！昨天他们去徐家汇礼堂演出了，家里还没穷到靠孩子们养活！你每天在家都干些什么？你怎么管教他们的！”母亲委屈的眼泪掉了下来，只有初中文化的母亲并不在乎儿子们去参加什么演出，她只要看见儿子们健康、快乐地成长就心满意足了。

“妈妈，我回来啦！”杨宇快乐的呼唤声，“妈妈，你看，我给你买了皮手套，你以后洗碗就不怕冻伤手了。爸爸，你看，我给你买了棉拖鞋，你以后夜里回家就不用穿塑料拖鞋了，很暖和的，不冻脚了。”杨宇没有看父亲铁青的脸，他的开心体现在他的脸上和声音里。

父亲举起的手慢慢地放了下来，他不忍心去打患有心脏病的儿子，更不忍心破坏杨宇的笑容。

“小宇，你哪来的钱？”妈妈急忙问道。

“妈妈，昨天下午我和哥哥们还有陶子烟去参加迎新春演出获得的辛苦费啊。”杨宇抬着头，依然保留着开心的表情，他在等待妈妈给他一个温暖的拥抱，或者一个奖励的母爱之吻。

杨宇的话又激起了父亲的情绪，“你哥哥呢？快去找他回来。”天真的杨宇这才发现父亲的表情很吓人。他磨磨蹭蹭地走向电话机。

第七章　父子间的冲突

杨志回家时，已经做好了心理准备。他从弟弟电话里，支支吾吾地说爸爸看见了演出的报道，在家脸色不好……的话语中，想到了父亲的态度。

手里拿着买给妈妈的绒线，杨志的心“嘭嘭嘭”地加速跳动。

“爸爸、妈妈，我回来了。”杨志努力用平常的声音呼唤着父母。

“你还知道回家啊！你看看自己都干了些什么？让你好好上学，是让你去丢人现眼的吗？”父亲的责骂立刻冲进了杨志的耳膜。

“爸爸，我参加演出每场可以赚200元啊。”杨志小声地解释。

“啪。”一记响亮的耳光打得杨志眼冒金花。

“老杨，你干什么啊？”母亲带着哭腔赶紧拉开父亲的手，说：“你先听儿子把话说完啊，大过年的，你打他干什么?!”

“你自己不嫌丢人，还拖着小宇一起去，家里养不起你们了吗？我让你饿着了吗？你跟那些街头卖艺的有什么两样啊？”父亲愤怒的声音，把杨宇吓得缩到了角落里。

“爸爸，我不觉得出去参加演出是丢人现眼。你辛辛苦苦养家不容易，我自己赚学费和生活费不好吗？再说，我演出的时候可以通过观众的掌声来了解他们喜欢什么类型的乐曲，他们是否能接受我的风格。”杨志捂着留着掌纹的脸，含泪争辩。

“我让你好好学习音乐，让你以后成为艺术家，让你自己可以创作出超越帕克尼尼的乐章，不是让你去献媚于那些小市民的！他们懂什么叫艺术，他们懂什么是音乐！”父亲并不理会杨志的辩解，在他的思维里，老百姓是没有音乐品位的，更何况小提琴是高雅艺术。

“什么小市民！你怎么就能自己参加商业演出，我不可以？艺术家就一定要穷困潦倒地躲在无人的角落偷偷哭泣吗？”杨志变了，他变得与市场接轨，变得像上海滩上思想前卫的青年人。他的质问让父亲更加恼火。

“我怎么有你这样的儿子！”父亲挣脱母亲的拉扯，奋力地再次举起了手——杨志的质问戳到了父亲的痛处，父亲跑商演赚钱养家是无可奈何的，而儿子却是心甘情愿的，儿子不但没听自己的话，反而大声顶撞自己——怒火再一次被点燃到了高点，用拳头在维护着一家之主的尊严。

杨志一点都不回避，倔犟地站在原地，任凭父亲责打。

“爸爸，不要再打哥哥了！”杨宇从惊恐中跑了过来，拦在父亲与哥哥中间，死死地拉住父亲的手，他第一次看见父亲这样对待哥哥，他顾不得自己有心脏病。

狂怒的父亲发现已经有几拳打在杨宇身上时，已经晚了。

“你走开，再不走开连你一起打。”父亲的愤怒还在继续时，杨宇咬紧嘴唇就是不放手。

杨志没有发现弟弟的异样，母亲还停留在父亲狂躁的愤怒里。

“你打吧，打死我也要参加演出！”杨志依旧坚持自己的立场。“要再参加商演，我就没有你这儿子，你给我滚，滚得越远越好！”父亲更坚定地捍卫自己的尊严。“你说的，别后悔啊。”

杨志最后看了一眼妈妈：“妈妈，这是我买给你和小宇的绒线，你织的毛衣很漂亮，小宇喜欢的。”杨志头也不回地冲出家门，没有再回头看一眼。

“杨志，杨志，你去哪里？”妈妈焦急地呼唤，换不回杨志倔犟的转身。

“哥哥，哥哥，你去哪里，你回来啊！”杨宇的哭泣，伴随着杨志越走越远的背影。

“妈妈，我好难过，妈妈……”杨宇捂住胸口蹲坐在地上，含泪的双眼偷偷看着带着惊愕的父亲。

“小宇，小宇，你怎么啦？不要吓唬妈妈啊。”妈妈顾不得去追杨志，她马上扔掉手中的绒线，去倒水、拿药。

“爸爸，爸爸……”杨宇开始叫了起来，小脸憋得通红。“小宇，小宇，别怕。”父亲从刚才的家暴中回过神来，他被杨宇的样子吓坏了。

吃完药后的杨宇一直都觉得胸部隐隐作痛，但他不想说，他害怕爸爸又将火气转发到哥哥身上，更害怕妈妈那抹不完的眼泪。他躺在床上，想着昨天与陶子烟的合奏来减轻痛苦；他的心底盼望着能再次跟陶子烟一起站在舞台上；他更希望演出结束能牵着陶子烟的手一起消失在人群里。

母亲开始收拾凌乱的屋子。早晨刚清理过，此刻又是一片狼藉。当她用颤抖的手捡起地上杨志买的绒线，想着儿子临走说的话，这个善良的女人再也忍不住了。

她关紧杨宇的房门，将丈夫拖进了他们的房间，“老杨啊，你能不能心平气和地听我说几句。”杨宇的父亲第一次看见妻子这么认真的态度，第一次看见妻子眼中的怨恨。“你说吧，不许为那小子说好话。”

母亲理了理头发，很认真地说：“我们从认识到结婚快二十年了，这些年都是你说了算。自从小宇出生后，我就辞去工作，我知道你在外面很辛苦。”母亲看着丈夫有些缓和的神情，继续说道：“孩子们大了，懂得为家里分担，有什么错？就算你不愿意他们去外面演出，你可以好好说啊，为什么要动手打他！杨志已经长大了，他北京的同学都来上海看他了，大过年的，你让儿子去哪里?!”

“他愿意去哪里就去哪里，自己作的。”杨志的父亲愤愤然接了一句。

“你难道就不担心吗？小宇已经这样了，你还想让大儿子也出事吗？”母亲忍不住提高了声音：“我每天为你们父子三人忙碌，为这个家安安稳稳地过日子。就算儿子去收钱演出，那也是他应该获得的报酬，你为什么不能改变一下看法？旧社会那些演员，现在不是都受人尊重吗？”父亲茫然地看了妻子一眼，说不出话来。“老杨啊，你今天不要回单位了，你去找找杨志吧，你把他的脸都打肿了，你让他怎么见人？你要面子，儿子就不要了吗？”

父亲依然无语，妻子的话让他有点后悔了，自己确实太冲动了，可是，那个年代，谁看见过父亲跟儿子道歉的？

“你不要再啰唆了，他不会有事的。”沉默了一分钟，父亲终于开口了。

“我啰唆，我为什么会变成现在的样子，就是嫁给你的结果。”

母亲真的愤怒了：“当年是你硬要再生一个孩子，是你自己说什么苦都能扛得住！儿子们孝顺，为家里分担，是为了减轻你的负担，你难道没看见吗？杨志买的绒线，还说自己赚学费和生活费，小宇给你买的棉拖鞋，可你那样狠狠地打他，还打到了小宇，你伤了儿子的心啊！你以后怎么面对儿子啊……”

母亲的哭声越来越大，杨宇蹒跚着走到他们的房间门口，用力敲门：“妈妈，妈妈，你怎么啦?”

第八章　疯狂的幻想

杨志快速奔跑到路边，他捂着被父亲打肿的脸，心里的委屈像眼泪一样流个不停。

还没有学会喝酒的杨志，在路边的店里买了一瓶啤酒，边喝边走，不知不觉地来到了九江路的外滩。他在一个人少的缺口坐了下来，用剩下的啤酒清洗自己被打痛的脸。“爸爸为什么那样不通情理？演出有什么错？看别人家里都有小轿车了，而自己家里仅有一辆很老的自行车，自己演出的收入一分都没乱花，弟弟做手术还是自己想办法凑够的钱。为什么作为父亲，他就不能理解？艺术家一定要饿死在街头吗?”

杨志很伤心，父亲的巴掌不仅打伤了他的脸，更重要的是打伤了他的自尊心，让他的心里开始仇视父亲；倔犟的杨志此刻发誓要成为一个有钱的艺术家，他要在上海买最漂亮的房子接妈妈和小宇去住，他要用行动回报父亲的责打。

想着想着，杨志突然觉得自己演出赚到的钱太少了，要是每场可以得到500元，那么自己的梦想很快就能实现了。

杨志很快就清醒了，只是，他清醒在赚钱方面——他要成为富有的艺术家，他必须快点去努力。

杨志第一次自己打车去了马研君住的酒店，他要跟马研君好好谈谈自己的想法。现在，只有马研君能够帮助自己了。

在很多人眼里，每场给500元演出费是不可能的，杨志毕竟不是个大牌明星。但是，马研君只思考了30秒，就同意了杨志的要求。

那个年代，最好的歌手，在稀有的酒吧演唱一曲最多只有50元，而杨志不知道外面的世界。他更不知道自己的这个要求，让马研君有个让他演专场的想法；这样的个人专场，马研君一次可以赚到几万元。

杨志决定不回家了，他让马研君搬到便宜点的酒店，自己要和他住一起。马研君没有同意，他说服杨志和他一起去了杭州。

马研君的家，住在杭州市区。马研君的爷爷是那个年代浙商的代表，马研君的父亲更是那个年代浙商中的佼佼者。

很快，杭州的各大媒体开始报道：《上海市少年小提琴神童赴杭州演出》个人专场的新闻。

杨志开始每晚都有演出，即使白天，马研君也会带着他去拜访各种商业团体，连日的劳累，让杨志暂时忘记了家，忘记了父母，忘记了弟弟，甚至忘记了新年。

快要开学了，杨志准备和马研君一起返校。他不愿意再回到上海，也不愿意再看到任何熟人，这些日子的演出收入，已经够他两年的学费和生活费了。

开学的第一天，学校的门卫通知杨志：校门口有人找他。杨志以为是演出时认识的朋友，便快速地走向校门口。

“杨志！”有人在大声叫着他的名字。杨志抬头看见了，是他最不想看见的那个人。

父亲背着一个很大的旅行包，风尘仆仆地站在门卫室里。杨志不想跟父亲说话，更不想面对那个硕大的旅行包。

“杨志，你过年也不回家，你妈妈和小宇都很牵挂你啊，你还好吗？”父亲的话，在杨志耳朵里是那么多余。看门的大爷很奇怪杨志的态度。

杨志很不情愿地说：“你来干吗？我演出赚了很多钱，不需要你操心。”父亲无可奈何地看着杨志，放下旅行包说：“这里面是你妈妈给你准备的东西，有你喜欢吃的零食，还有你的替换衣服，上次你买的绒线，你妈妈织了两件毛衣，你和小宇一人一件。”“我不需要，你拿回去吧，我要去上课了。”不等父亲说完，杨志就打断了他的话，并且，流露出不愿意与父亲交流、想走的样子。

父亲并不在意杨志的态度，他弯腰从肩膀上拿下杨志的小提琴，说：“这是你的琴，你从小就用习惯了，我给你送来了。”“不需要，我已经买了新的琴了，你带回去吧。”杨志的态度很坚决，他还停留在父亲那一巴掌的阴影里。

父亲看了看杨志说：“东西都给你送来了，要不要随便你，记得给家里写信，暑假记得回家看看你妈和小宇，我走了。”

父亲的身影在校门口消失了。杨志没有看见父亲已经略微弯曲的腰板和头上增多的白发，他的心里依然有着对父亲的怨恨，有着难以逾越的裂痕。

杨志将父亲送来的旅行包随手扔在宿舍的床上，将自己那把心爱的旧琴悬挂在宿舍的墙壁上，他不想看包里的东西，更不愿意接触妈妈在寒冷的春节里，用粗糙的双手编织的毛衣，他的心底还埋藏着对母爱的渴望，对弟弟的想念。

晚自习后，马研君来到了杨志的宿舍，他听说杨志的父亲来过，他想劝劝杨志。“嗨，兄弟，你不打算将你老妈准备的美味分一点给我吗?”马研君善于与人沟通，他知道杨志不愿意提他父亲。“你不会是准备自己单独享用吧？快打开看看，别那么小气啊。”

在马研君的玩笑中，宿舍的其他同学也开始起哄了。

杨志很不情愿地打开旅行包，映入眼帘的是叠得整整齐齐的衣服，妈妈织的毛衣放在最上面。“哇，爱心牌毛衣啊，挺漂亮啊！我试试吧。”一个同学抢先拿起毛衣，两个信封从毛衣里滑落下来。

杨志捡起信封，他看见那是弟弟的笔迹。杨志快速将包里的食物拿出来，放在宿舍的桌子上，让大家品尝；自己拿着两个信封，快速地走上宿舍顶楼的阳台，在一个稍微明亮的灯泡下，坐了下来。

“哥哥，你还好吗？你走后妈妈整天都流眼泪，爸爸也很后悔，其实，爸爸现在已经想通了，他不再那么强烈地反对我们去外面演出了。”

“哥哥，子昂哥哥说他在电视上看见你去杭州演出了，妈妈听了很开心，妈妈说只要你平平安安的就好了。妈妈每天都在织毛衣，就连除夕夜也没休息，妈妈给我们织了一模一样的毛衣，妈妈还说手心手背都是肉，我们都是她的命根子，妈妈很想你。”

“哥哥，我很想，很想你，不知道你有没有想我……”

杨志的泪水，无声地滴落在手背上，他看看四处无人，赶快拿衣袖擦掉和眼泪一起流出的鼻涕。

另外一个信封里装着 200 元钱，杨志知道，那是爸爸、妈妈给他的生活费。

第九章　重拾温馨

学校的生活简单而快乐，杨志过得很充实。偶尔会收到弟弟写来的信，他只是看信的时候有些伤感，很快就忘记了。

从杨宇的信里，杨志知道了徐子昂家的音乐西餐厅已经开张了，而且生意非常好；徐子昂、陶子烟和自己的弟弟经常去那里拉琴，他们像平时的练习一样，在西餐厅里随意拉琴，却经常赢得客人的欣赏，经常得到热烈的鼓掌；丁晴晴和陈璐璐是徐子昂家西餐厅的常客，她们每个周日都来；徐子昂没有继续上学了，他觉得自己考不上音乐学院，接替了父亲管理着这家酒吧西餐厅。

马研君依然是杨志最好的朋友，他们依然是校园里最和谐的大、小提琴手，他们的身影经常出现在校园的各个地方。

老师们有时候会组织学生去参加一些公益演出，偶尔也会接社会商演的节目。每次活动，马研君与杨志都结伴而行，他们的合奏与单独演奏都很完美，是系里老师们夸奖的对象，也是女生们青睐的提琴王子。

每个周六，马研君都会和杨志在学校打篮球；每个周日，马研君都找机会去参加一些商业演出。他们对老师说，是为了加强练习自己面对观众的承受力与考察观众喜欢的乐章。

杨志的物质水平提高了，琴技也提高了，他偶尔的创作还能得到老师的表扬，他的生活顺利得超乎想象。

寒来暑往，杨志已经在学校三年了，面对又一个暑假的来临。马研君早就做好了打算，他要和杨志联手，在上海、杭州两地巡演，他已经让父亲联系了媒体，已经开始运作了。

踏上故乡的土地，没有亲人来接站，杨志与马研君住进了酒店。杨志忍不住拨打了家里的电话，他除了不愿意告诉妈妈自己住在哪里，其他的什么都说了。

杨志约了弟弟一起去徐子昂家的酒吧，兄弟俩亲密地拉起了小提琴合奏曲，瑞典著名作曲家阿尔芬的《仲夏夜之祷》。

少年的希望，手足的深情，美好生活的向往，人们在夏夜畅谈着人生和理想，仲夏夜的祈祷在如诗如画的梦幻夜色里流淌。杨志、杨宇兄弟默契地互相微笑对视，每个音节都和谐得让人舒畅。

徐子昂家的酒吧西餐厅座无虚席，有些客人因为没有座位，情愿站在楼梯上听，也不愿意去别的地方。而杨志没有拿徐守财一分钱，相反，他很感激徐守财，是他给了弟弟很多经济上的帮助；是他提供了自己与弟弟合奏的优雅环境；是他让徐子昂代替自己照顾弟弟，陪伴在弟弟身边。杨志对这个儿时厌恶的生意人充满了感激，同时对徐子昂也越来越好，他将在学校学到的知识，尽自己最大的能力教徐子昂和杨宇。

在弟弟杨宇的一再要求下，杨志还是回家了，毕竟血浓于水，毕竟家里还有孤单的妈妈。

杨志的突然归来，让妈妈欣喜不已，她将这么多年的烧菜水平都集合在了一桌子丰盛的菜肴上，她不停地给杨志夹菜，仿佛要把这几年杨志没吃到的菜，一次让杨志吃完一样。

晚饭后，杨志和杨宇准备去徐守财酒吧里拉琴，妈妈急忙拉住了杨志："儿子，你今天刚回家，能不能不要出去？你爸爸他一会儿就回来，他很想见你啊。"杨志回到家后，虽然还记恨父亲以前的责打，但是血浓于水，何况他和弟弟能够自由地去参加演出，他早已经在心里原谅了父亲。

杨宇有些犹豫地看着杨志，杨志想了想，对妈妈说："妈妈，今天我们已经和子昂约好了，而且马研君还在等我呢，明天吧。"母亲只说了句："早点回来啊！"目送着两个儿子背着小提琴走远的身影，她开心了好久，忍不住也哼起了不知名的曲子。

杨志像小时候那样拉起杨宇的手，走在渐入夜色的霓虹灯下，夜色里的灯光，伴随着杨宇快乐的歌声在风中飞扬；兄弟俩被灯光投射的影子，长长的，像巨人般移动，杨志也被弟弟快乐的歌声感染。他喜欢弟弟无忧无虑的样子，从心里爱着这个可爱的弟弟；想起小时候，自己总觉得妈妈偏心，对弟弟比对自己好，不由自主地笑出了声音。"哥哥，你笑什么啊？"杨宇好奇地停住歌声，问哥哥为什么笑。"呵呵，我笑你是个小傻瓜啊。""真的吗？哥哥，你是个大傻瓜！"

兄弟俩快乐地聊着，路边盛开着夏季的花朵，晚风中飘荡着浓浓的亲情！

第十章　友好的提议

陶子烟已经长成个漂亮的大女孩了，她跟杨宇的友情也在逐日加深。刚开始的时候，她妈妈会送她去杨宇家，或者徐子昂家的西餐厅，后来，她就自己乘公共汽车往返；所不同的是，陶子烟是个健康、可爱的女孩，音乐的天赋，让这个大女孩从小就拥有一种与众不同的独特气质，就连走在大街上，也拥有着比其他女孩高一倍的回头率。

陶子烟喜欢和杨宇一起拉琴，喜欢杨宇逗她笑，喜欢跟杨宇合奏时那种心意相通的感觉。

已经提前到达西餐厅门口的陶子烟，看见杨志拉着杨宇的手一起走过来，她高兴地向前跑了两步，"杨志哥哥好！"陶子烟礼貌地问候杨志，然后对杨宇吐了一下舌头，说："小宇，你多大了，走路还要哥哥牵着啊！"不等杨宇回答，杨志就牵起陶子烟的手，将杨宇的手放在陶子烟的手上："呵呵，子烟吃醋啊，那你牵着小宇吧，我把弟弟交给你管吧。”

一句玩笑，让陶子烟的小脸立刻羞得通红，她低下头小声说：“杨志哥哥，你真坏。”

“哈哈，你们都来啦！”徐子昂也出现在西餐厅门口，他遗传了父亲的笑声。

马研君回杭州联系演出活动了；杨志在徐子昂面前，有种优越感，他拍拍徐子昂的肩膀，“子昂，你又胖了啊。”徐子昂尴尬地笑了。

音乐西餐厅里出现了难得一见的四小提琴合奏，客人们络绎不绝。大家除了品尝特色的餐点，更重要的是，能够亲眼目睹少年小提琴神童们的风采。

陶子烟一直羞红的脸像朵娇艳的玫瑰花蕾，她的琴声像她的模样一样带着娇羞、带着向往、带着期待。

小提琴的声音在很多合奏里都代表爱情，代表向往，代表女孩的心事，而此刻的陶子烟，懵懂的情怀，在三个少年的合奏里，完美展现，她的小提琴像寓意的那样，慢慢地自然流露出轻盈的乐章。

杨宇在哥哥们中间，旁边站着自己喜欢的女孩，他的心情飞扬、激荡，偶尔偷偷瞄一眼陶子烟，那种狂喜的节奏，让他忘记了身体的疼痛；只要能做自己喜欢的事，能和自己喜欢的朋友一起拉琴，他什么都能忍；即使，现在心脏里的那根支架已经无法承受身体的压力，随时都会断裂，只要活好了现在的每一天，杨宇也觉得自己是幸运的，是快乐的。

杨宇不知道，自己每天隐隐作痛的胸部，是心脏在求救，他不愿意看见爸爸、妈妈焦虑的目光，不愿意让哥哥担心，痛得厉害时，自己就偷偷吃一些止痛药，然后，用美好的笑脸面对一切。这个善良的孩子，并不知道自己的生命已经进入了倒计时。

徐子昂憨憨的样子，在四个人中显得有点笨；但是，他是最后一个学习小提琴的，其他三个从小就学了，虽然，水平很一般，但是，徐子昂很满足。他不再梦想去中央音乐学院深造了，只要能在自己家的西餐厅里，面对客人拉琴，而且大家都报以赞赏的目光，他就已经非常满足了。

徐子昂的父亲已经开始将这里作为重点经营了，他每天数着店里丰厚的营业额，欢喜得合不拢嘴。徐守财为自己没有看错杨志这棵摇钱树而高兴，只要杨志出现在店里，他一定会亲力亲为的去送上饮料。

一曲结束，徐守财笑呵呵地给孩子们奖励，并且，又亲自给杨志端上了饮料。“徐叔叔，您忙吧，我自己拿饮料就可以了。”杨志礼貌地回应。“呵呵，没事，等会我让厨师给你们每人做份牛排。杨志啊，叔叔想跟你商量一下，不知道你那里有没有问题？”徐守财有些迟疑地说。“徐叔叔，什么事情？你尽管吩咐吧。”杨志客气地回答。

“叔叔觉得你的琴技非常好，你又是子昂的老师，叔叔想在自己的店里，或者到大礼堂也行，给你举办一场个人独奏专场，叔叔想听听你的想法。”“很好啊！”杨宇在旁边忽闪忽闪着眼珠，赶快接下了徐守财的话。杨志也点点头表示可以。

“杨志啊，听说你父亲不喜欢你们出来演出，我怕他不同意，你回家跟你父亲商量一下。如果可以的话，我们就定时间和场地，不过，你放心，演出收入，除去成本后，都归你所有，叔叔不要你一分钱。”

杨志沉默了，自从上次父亲去学校后，自己就没再见过父亲了。虽然父亲现在默许自己和弟弟出来练琴，但是，自己也很害怕父亲再次狂怒，更害怕父亲会找徐守财理论。

“杨志啊，如果你害怕，叔叔去找你父亲谈谈，可以吗？”“不用了，我自己回家说。”杨志知道父亲的脾气，更了解父亲有多清高。

艺术家们看不起商人，是因为他们觉得商人头脑简单、四肢发达，商人的眼里只有利益；可是，艺术家们忽略了，正因为他们缺乏物质，才会以别人不懂艺术为借口来掩饰自己物质的贫穷，用精神的富有来装点自己干瘪的口袋。

杨志的父亲——杨自强，年幼时家境还不算贫寒，酷爱艺术的长辈，看见他在艺术方面的天赋，就给他选择了学习小提琴——那个年代稀有的高雅艺术。高中毕业后，杨自强没有考上大学，也没有考上音乐学院，他被上海爱乐乐团选中，作为一名小提琴手。经过二十多年的努力，他才荣升为乐团的副团长。这份工作没有为他带来丰厚的物质，他的收入仅仅够维持家里的生活开支。但是这份工作给了他极大的成就感，他不屑于跟那些生意人合作，可又不得不参加各种商业活动，来维持乐团的生存。所以，他很纠结，他想像一名真正的艺术家那样高高在上、受人尊敬，又想通过各种渠道演出来获得利润，让团里同事们的待遇能够提高，福利能够更好。

第十一章　杨自强的无奈

20 世纪 50 年代初期出生的杨自强，父母都是高级知识分子，在那个特殊的年代很幸运地躲过了劫难。父亲有在国外留学的经历，对西方艺术非常热爱，曾多次偷偷地在家听国外的唱片，正因为如此，在国人们都将艺术界的人士看做是不务正业的时候，杨自强的父亲却偷偷搞到了一把小提琴。杨自强虽然也喜欢拉琴，但没有经过正规的训练。他的父亲只能偶尔带着他到荒凉的地方去拉琴，一旦被人发现，后果是很严重的。

杨自强从小就耳闻目染大家对艺人的看法，他的心里也将商业演出划分为不务正业，他觉得艺术是不需要宣扬的，所以，尽管自己很艰难地维持着家里的费用，也不愿意看见儿子们出去拉琴赚钱。

杨自强清楚记得，那一年自己高中毕业了，因为没有办法上大学，又不愿意去父亲安排的企业工作而造成冲突，父亲第一次动手打他，而且是在他成年后。他不但拒绝了父母的安排，而且，还选择了从事跟音乐相关的行业。那个年代，时局是那样的敏感，满街的红卫兵在高举着反对资本主义的口号，那种战战兢兢的日子，让他的母亲夜不能寐；只要听见远处红卫兵的声音，他母亲立刻反复重复着：“自强啊，把琴扔了吧，留着要生是非啊。”

正如他母亲所料，剧团很快就在红卫兵的叫喊中变化了：除了几个愿意追随红卫兵的人，其他的人不是被批斗、下乡，就是自寻门路，仓皇离去。杨自强亲眼看见团里的艺术家因为不愿意追随红卫兵而被挂牌游行，最后惨死；那些画面一直深深地印在他的脑海，形成了挥之不去的阴影。

杨自强只能再次回到家里，小心翼翼地寻找工作，小心翼翼地做人，连结婚都是那么小心。

几十年的谨慎，已经深深地烙在杨自强的心里，他不在乎家里所有的担子一个人扛，不在乎妻子委屈的目光，不在乎别人对他的同情；他只在乎儿子们是否能健康成长，儿子们是否能完成他的梦想。对于小儿子去酒吧拉琴，他从心里反对，但是他害怕自己的过激会诱发儿子的病情，所以一直忍耐着；同时，他也更努力去寻找一切赚钱的机会，希望早日存到足够下一次手术的钱。杨宇成年后，需要再进行一次大手术，他的生命才能暂时保住。

这些，杨志和杨宇兄弟俩都不知道，他们只知道，已经跨进20世纪90年代的门槛了，流浪歌手都上街了，父亲还是那么保守，那么的不近人情。

杨宇拉着哥哥的手，高兴地走进了家门，妈妈还是老样子，只是脸上的皱纹更深了；家里的灯光依旧惨淡，因为妈妈用的是最小瓦数的节能灯。

杨志已经有心里准备了，他将自己存的钱，全部包在一个信封里，想找个合适的时间给交给妈妈。

杨宇的脸色很苍白，但是，他依然期盼父亲早点回家，更期盼父亲能和哥哥和解，一家人像儿时那样温馨。

妈妈看着已经长高很多、嘴角出现了黑乎乎的胡渣的杨志，她很想去抱抱儿子，但是，这个可怜的母亲很内敛，她除了问儿子们是否累了、饿了，不知道该说些什么。她欣慰地看着两个儿子的身影，同时也很担心丈夫回家的表现。

杨自强今晚有些情绪低落，他不明白自己为什么会感到不适；这个憔悴的中年男人，已经在生活的压力下，过早地衰老了。

杨自强回到家里，妻子急忙给他拿出拖鞋，并告诉他："老杨啊，儿子们都回来了。"杨自强知道妻子的意思，他尽量克制自己的情绪，推开了儿子的房门。

"爸爸。"两个儿子同时开口了，杨自强的心里涌起一股久违的温馨，他抬眼看着倔犟的杨志，看着已经进入青春期的长子，看着身高已经跟自己差不多高的杨志，他点点头："都回来了，回来就好，回来就好。"

杨宇害怕父亲跟哥哥再有冲突，他撒娇地走过去，拉着父亲的手说："爸爸，你累吗？我这几天学会了一首新的曲子，你愿意听吗？"

杨自强看着乖巧的杨宇，点了点头。

杨宇拿出小提琴，轻松地拉了起来，杨自强闭目倾听，不住地点头。

杨志也很奇怪，弟弟的琴艺居然可以达到班级里同学的水平，听完弟弟的琴声，杨志不由自主地鼓起掌来。

杨自强听完杨宇的琴声，转脸看着杨志，这么久没有看见大儿子了，他的眼神里充满着父亲对儿子的关爱；可是杨志却误解了，他害怕父亲的眼神，害怕父亲再一次的责打，害怕父亲会突然发怒。

"爸爸，这是我积攒的钱，除了学费还有这些留给家里开销。"杨志怯懦的声音很低，他本来想交给妈妈，可是父亲的严厉，让他不知所措。

杨自强没有接过儿子递来的钱，他缓缓地开口："杨志，你把在学校里学到的本领给我展示一下吧。"

"嗯。"杨志有些心慌：既是因为很久没有跟父亲见面了，也是因为自己叛逆期的因素，他总觉得父亲依然没有改变对自己的看法，父亲不喜欢自己。

杨志开始拉琴。因为紧张，他出现了滑音；因为颤抖的手和抵触的情绪，他的琴声很生涩。跟弟弟杨宇刚才的琴声相比，杨志的琴声像初学的少年。

杨自强看着、听着，不满情绪开始蔓延："杨志，你在学校都学了些什么？这就是名牌大学的学生拥有的水准吗？"

杨志低下头，不知道说些什么？

杨宇急忙为哥哥辩解："爸爸，不是这样的，哥哥刚才在酒吧演奏得非常好，大家都鼓掌的。"

“就是因为在酒吧演奏的浮躁，才让你失去了对音乐的悟性！你以为自己很了不起吗？才学了点皮毛就自以为是了。”

“老杨啊，孩子刚回家，你就不能歇歇吗？”善良的妈妈赶紧跑过来圆场。她爱怜地看了一眼儿子们，无可奈何地去拉丈夫的手。

第十二章　无心的过失

杨自强甩开妻子的手，用一家之长的语气说：“你看看你的好儿子，就知道外面那些不切实际的虚荣，现在连一首像样的曲子都拉不出来了!”

“老杨啊，你就不能少说几句吗?”妈妈急得快掉眼泪了。

杨志的情绪也开始了转变，他刚回家时那种喜悦不见了，少年的热血开始在胸腔中沸腾。“爸爸，我怎么连一首像样的曲子都拉不出来了？我的专业成绩是班里最好的，也是系里公认的。”

“你还顶嘴?”作为家长的杨自强，容不得任何人挑战自己的尊严。

“就你现在的水平，连徐子昂都可以达到，你真给我杨家丢脸，你妈还说你有志气，我看你根本不配叫杨志，改个名字算了。”

“你说什么？什么意思？我怎么给你们丢脸了，我哪里做的不好?”血气方刚的杨志，已经忘记了面前是他的父亲。他任劳任怨，每日为家里的生计奔波。他没看见父亲的鬓角已经出现了白发，没看见父亲的额头已经有数条皱纹。

杨自强也被儿子挑衅的话激起了怒火，几百天的担心，几百天的牵挂，几百天父亲对儿子的思念，转眼间化作怒火：“臭小子，你翅膀硬了吗？敢这样跟我说话，你在外面丢人现眼，还拖着你弟弟出去献丑，你以为我不知道啊!”

男人的情绪爆发时，谁也挡不住，一个父亲被儿子顶撞后的怒火，是谁也无法阻拦的。

“什么叫丢人现眼？都 90 年代了，你能不能不要那么封建！你个老古董。”杨志的脾气很像他的父亲，爆发的时候，也根本没有在乎父亲的感受；三年的委屈，让这个骄傲的少年叛逆的思维出现了逆转，对父爱的渴望化作了抵触父亲的怒火。

妈妈的眼圈红了，她最害怕的事情还是发生了。

杨宇很着急，他的情绪波动让他的心脏如同被撕裂般的疼痛，“爸爸、哥哥，你们别吵了。”杨宇想制止自己根本制止不了的事情。

杨志愤怒地收拾自己刚放下的行李，妈妈急忙去拦着，父亲的心里很想挽留他，但是他的嘴里依然不依不饶地说：“你想干吗？走了就永远不要回来，这个家没有你的位置。”

“哥哥，别走啊，明天还要演出呢。”杨宇哀求着，心脏的刺痛已经让他的脸色发青了。

可是，大家的情绪都在失控中，连妈妈这一刻也忽略了杨宇的病情。

“小宇，让他走，你以后也不许去酒吧拉琴了。”杨自强的态度没有改变。

“哥哥，哥哥，不要啊。”

妈妈去拉着盛怒的父亲时，杨宇使劲拉着哥哥的背包。

“小宇，你放开。”杨志气呼呼地说。

“哥哥，我不要你走。”杨宇用最后一点力气，死死地拖住了杨志的背包。

杨志忽略了弟弟的感受，这一刻，他心里只有自己的愤怒。

杨志使劲一转身，杨宇“扑通”一下摔倒在地上。“哥哥、爸爸……”还没呼唤完下面的话，杨宇顷刻间没有了呼吸。

“小宇，小宇。”妈妈立刻意识到了杨宇的病情，杨自强像个刚从梦中醒来的样子，立刻惊慌失措地抱起小儿子。“孩子他妈，快拿药啊！站着干吗！”

杨志跨出门槛的脚步立刻缩了回来：“小宇，弟弟，你怎么啦？”

家里乱成一团，妈妈拿着药和爸爸一起使劲往杨宇嘴里塞。

“快叫救护车！”爸爸、妈妈同时呵斥杨志。

杨志扔下背包，快速奔向电话机。

夜幕里的风，带着夏季的火热，开始“呜呜”地低鸣，霓虹下的晚空，阴云密布，救护车穿梭在急促的雨点里。杨志手里紧紧握着那个信封，他希望自己存的那点钱，能够支付弟弟的医疗费用，能够及时抢救回弟弟的性命。

妈妈已经失控了，泪水在她那布满雀斑的脸上肆意流淌，每一条皱纹里都挂满了咸咸的泪珠。

父亲握住杨宇的手，不停地呼唤，连医护人员都不忍心劝他松开。

杨宇微微张开的嘴唇似乎还要说话，微微张开的眼睛似乎还看着大家：这是他爱着的父母、爱着的哥哥、爱着的一家人，他不甘心就这样离开大家；可是，老天是那么不公平，连最后一分钟都没有留给他……

手术室里，医生打开了杨宇的胸腔，心脏的支架已经刺穿了心脏。医生们也被惊呆了：正常情况下，支架慢慢穿透心脏的疼痛是常人无法忍受的，这个可怜的孩子却仅仅靠消炎药和止痛片维持着病痛，那需要忍受多么大的痛苦，需要付出多少别人无法忍受的艰难啊！

第十三章　杨宇的离世

医生默默地缝合了杨宇还没来得及发育完整的身体，护士们擦拭着主刀医生的汗水和泪水。

手术室的门缓缓打开时，杨志心里听见琴弦断裂的声音；父母急忙拉住医生询问时，杨志似乎已经知道了结果。

"医生，我儿子怎么样了?"

医生看着这对苦命的夫妻，无奈地摘下了口罩。

"医生，我儿子到底怎么样啊?"母亲哭泣的声音，期望听到满意的答案。

"对不起，我们已经尽力了，请家属节哀!"一个护士，在医生的身后，礼节性地回答了强自强夫妇的问话。

"你说什么？你说什么?"杨自强像是追问，又像是自言自语。

"对不起，我们已经尽力了，请家属节哀!"医生重复了护士的话。

杨志远远的听着，脑袋里什么都没有。他本能地冲进手术室，掀开白色床单，看着弟弟已经发青的脸，去拉弟弟已经僵硬的手。

"小宇，快醒醒，你起来，起来啊！哥哥不走，明天我们还要演出呢!"

"小宇，你听到了吗？快起来啊！快起来啊!"杨志疯狂地拖着杨宇的胳膊，护士急忙过来拉他。

"别动我，滚开!"杨志咆哮着甩开护士的拉扯。

"这里是手术室，请离开！尸体马上送太平间。"闻讯而来的医生理智地说。也许是看惯了生离死别，也许是看惯了人间悲剧，医生的话语，理智得让人心痛。

"不，小宇，你醒醒，快醒醒。"杨志失去理智地去扒开杨宇已经合上的眼睛。

旁边的医生和护士立刻将他拖在一边，将白色的床单重新覆盖在杨宇的身上，推出手术室。

杨志疯狂地挣脱大家的手，疯狂地号叫着，追着弟弟的尸体奔跑；父母已经心力交瘁，完全无法顾及另一个儿子的感受了。

医院的保安开始出来制止杨志的疯狂行为，好心的人们开始来劝慰杨志；父亲扶着几近昏厥的母亲，茫然得像个僵尸。

杨志无法接受弟弟的突然离开：刚才还跟着自己说话的弟弟，转眼就被送进冰冷的太平间；那么多的事情兄弟俩还没有一起完成。杨志不相信弟弟真的死了。

父亲将母亲拉在旁边的板凳上坐着，自己走到杨志身边："杨志，小宇有心脏病，离开我们是早晚的事情，你不要太难过了……"父亲自己哽咽着，无法继续说下去。

杨志发红的泪眼，看着父亲，突然间，他将所有的伤心、难过、失望、悲伤和失去弟弟的惶恐都转嫁到了父亲的身上。"都是你，都是你，都是你的脾气暴躁害了弟弟！呜呜呜。"少年的哭泣声，响彻了医院的走廊；父亲没有争辩，他已经失去一个儿子了，不愿意再看见另外一个儿子难过。

"你怎么不说话啊?！现在你高兴了，小宇没有了，没有人跟我一起出去丢人现眼了，你满意了吧?！"杨志不依不饶地指责父亲。旁边的人都看不下去了，好心人开始规劝杨志："孩子，你爸爸已经很难过了，你别再指责他了啊。"

"他难过，他还知道难过啊？每天就是督促弟弟拉琴，他不知道弟弟有心脏病啊?"杨志的眼泪和鼻涕都流进了嘴里，但是依然没有停止对父亲的指责。

"你经常半夜三更回家，有时候还不回家，你对小宇除了要求还是要求，你尽到做父亲的责任了吗！现在小宇死了，他是被你逼死的，你知道吗？小宇的嘴巴还没有合上呢！你配做父亲吗?"

杨志已经完全失去了理智，旁边的人都以为他疯了。

杨自强先是默默地听着儿子的指责，看着旁边的人的劝说，慢慢地，他发现杨志根本无法控制自己，根本没有停下来的意思。

"啪"一声响，杨自强给了儿子一个响亮的耳光。

这个耳光，让杨志突然清醒，让杨志明白，弟弟已经死了，让杨志清楚地看见父亲扭曲的脸，让杨志一下子回到现实。

杨志头也不回地冲向医院的大门，口袋里存的那些给弟弟看病的钱，纷纷撒落，十元的、五元的、两元的、一元的，随着杨志急促的奔跑，撒落在医院的走廊里……

母亲似乎觉察到了什么，但是已经晚了。杨志早已旋风般消失在医院的长廊尽头，好心人帮着将散落的钱捡了回来。

毫无目的的杨志，脸上的泪水和身上的汗水混合一体，无意识中，他来到了当年丁晴晴母亲打捞起来的黄浦江边，坐在丁晴晴曾想轻生的地方，放声痛哭。

不知道哭了多久，一张洁白的纸巾出现在杨志的眼前，杨志本能地抬头去看，丁晴晴如花的脸上满是同情和关切的眼神，让杨志稍稍平息。

“擦擦吧，擦完继续哭，我明白你的感受，但是我帮不上你，我只能陪着你哭泣。”丁晴晴的话，让杨志清醒了很多，也让杨志看清楚了自己所在的地方。“你怎么会在这里？”杨志奇怪地问丁晴晴。

“我经常来这里，这里是我见妈妈最后一面的地方，今天却看见了哭泣的你，你为什么在这里哭啊？”

丁晴晴并不知道杨宇的死，更不知道杨志心里的委屈和伤痛，她很平常的话语，让杨志更难过了。

“晴晴，我弟弟，他，他……呜呜呜”杨志难过地不愿意说出那个“死”字。

“小宇怎么啦？出什么事情了吗？”丁晴晴也着急地追问。

“他走了，去了你妈妈的那个地方，再也不会回来了，呜呜呜。”杨志还是忍不住哭泣。

丁晴晴沉默了，她知道杨宇心脏不好，但是没有想到会这么快就失去这个可爱的小朋友。

丁晴晴不知道怎么安慰杨志，两个人默默留着自己的眼泪。黄浦江浑浊的水，在盛夏的炎热中散发出阵阵难闻的味道；两个少年哭泣的身影，在黄浦江边显得那么单薄，那么让人难过。

第十四章　无法自拔的自责

夏天的夜晚很短暂，晨光在两个少年的哭声中升起。丁晴晴恢复了理智，“杨志，你不能在这里哭泣，你要振作起来，你要送小宇走最后一程啊。”“我不想去医院，我不想看见小宇孤独地离开，我不想看见父亲那张自私的脸。”杨志说出了自己的想法。

“这样吧，我们去通知徐子昂和陶子烟，然后打电话给马研君，大家都去送小宇最后一程，让小宇在去天堂的路上心安。”

杨志机械地跟着丁晴晴行走，麻木地听着丁晴晴打公用电话通知徐子昂和陶子烟，僵硬的手，接过丁晴晴买的早餐，勉强吃了几口，就再也不愿意下咽了。

孩子们很快就聚集在一起了，他们伤心地述说着杨宇的种种好处，他们同样关心杨志的状态。

马研君最后一个知道消息，以最快的速度赶来了；他一直陪着杨志，一分钟也没有离开过。

杨自强夫妻虽然伤心杨宇的离去，但是，他们同样关注杨志的状态。杨自强看见一群孩子拥着杨志来到医院，他知道儿子是平安的，暂时放心了。

短短的三天，杨宇就从一个活蹦乱跳的孩子，变成了一个木头做成的骨灰盒。所有认识他的人都很惋惜，学校的老师和闻讯赶来的同学们，都难过得久久不愿意离开。

马研君将杨志带回了宾馆后，悄悄地打电话给杨志的父母亲，让他们知道杨志跟自己在一起，杨志是平安的。

失魂落魄的杨志，满脑子都是弟弟的笑脸，他无法从悲痛中清醒过来，更无法接受马研君的劝说。除了偶尔喝一罐啤酒，杨志几乎不吃什么东西。徐子昂和丁晴晴经常来看他，就连陶子烟也几乎每天都打电话来询问他的状况。

时间在杨志的消极中流逝，快开学了，马研君已经买了两张返校的车票。徐子昂去杨志家里拿来了杨志的行李和妈妈的信，杨志迷茫地看了一眼，想起弟弟拉住背包的那一刻，他又泪眼婆娑，无法控制情绪；母亲的信，他没有心思看，也不想看，杨志把信直接放进了小提琴的套子缝隙中，从此遗忘了。

当杨志和马研君踏上返校的列车时，没有一个亲人在身边；火车离开站台时，杨志觉得自己被这个城市抛弃了，偌大的上海市，再也没有他的容身之地，再也没有弟弟的欢颜，再也寻找不到片刻欢快的记忆。

艺术家的孤独来自灵魂，艺术家的孤僻远离生活，艺术家的灵感来源于无限的伤痛，可是，杨志不知道这些，不知道自己的人生轨迹是什么样的。因为他的心底还在呼唤着已经去了天堂的弟弟，还在留恋手足情深的残存温度。

马研君是个聪明的少年，他知道杨志此刻最需要心灵的慰藉，需要来自灵魂的乐章。

马研君拿起自己的大提琴，在狭窄的卧铺车厢里，独自用大提琴演奏着《天鹅之死》：低沉、悲怆的旋律在轰鸣的列车上流淌，越过杨志痛苦的内心，穿越沿途的田野村庄，将杨志的情绪散发在空气里。

校园依旧是那样宁静，同学们依然是往日般友好，这一切在杨志眼里，已经失去了往日的颜色。大家都发现杨志变得沉默了，变得忧郁了，变得不可思议了，可是，没有人知道杨志所受的煎熬，没有人能体会看见自己的弟弟死在面前的恐惧和痛苦。

杨志的脸上没有了笑容，杨志的心底没有了快乐，纵然是在商演的舞台上，杨志也是演奏着最为哀伤的琴声，肆意宣泄着自己伤感的情绪。

马研君刚开始时不离不弃地关心着杨志，慢慢地，马研君忙碌了。除了上课，他还要联系各种商业演出，他成了音乐系里的大忙人。虽然，他依然会给杨志提供赚钱的机会，但是和杨志的接触也越来越少了。杨志沉默了很久后，专业成绩也落后了很多，同学们觉得他是个很奇怪的人，大家开始疏远他，冷落他，就连宿舍的室友也不愿意跟他交流了。杨志成了真正的孤独者，孤独得像“独钓寒江雪”的老翁，前途未知，悲情未了，伤痛无处诉说。

周末的时候，杨志常常一个人在校园里，找个最隐秘的角落，自己拉琴给自己听；下雨的时候，杨志常常独自撑着一把伞凝望着校园的某个角落发呆；甚至有些时候他会自言自语。

艺术家的灵魂是脆弱的，艺术家的思维是敏捷的，但是，杨志依旧没有找到突破口，没有找到前进的方向，他把自己封闭在一个无人了解的感情误区。他时常在迷茫中幻想着弟弟在天堂的美好，而清醒后又发现一切都不存在。校园的生活似乎只是证明他还活着，而不是在说明他是一个学生。他需要学习，需要接受正规的教育。

冬季来临的时候，杨志已经快瘦成皮包骨头了，除了忧郁的眼神能打动人，身上再也找不到一个少年应有的朝气了。

第十五章　少年的情愫

快放寒假的时候，杨志的妈妈直接将电话打到学校里。杨志只是轻描淡写地说了句：“寒假我不回家了。”就挂上了电话。他听不见电话那头妈妈的抽泣声，体会不到妈妈心里的牵挂，他活在自己的世界里。

杨志的忧郁，不是没有人关心，而是他不接受别人的关心；系里的一个女孩，非常喜欢杨志那种深深的忧郁和难言的哀伤，她一直关注着杨志的一举一动。

知道杨志寒假不回家后，女孩也找借口留在了学校里。她想进一步了解杨志，想增加彼此接触的机会，想揭开杨志忧伤面容下的真相。

这个女孩就是学习声乐的沈静。她是一个活泼、外向的女生，天生好奇心强；偶然听说并亲眼看见杨志后，为这个忧郁少年独特的气质而倾倒，她想近距离与他接触。

寒假真正来临时，北京的雪花漫天飞舞，很少几个留校的学生没有找到寒假工的，都在宿舍里蜷缩着；而杨志拉着弟弟最喜欢的《云雀》片段。

小小的清新，低低的欢畅，与轻盈飞舞的雪花相映成趣，杨志仿佛看见了弟弟的笑脸，他的精神得到短暂的慰藉。

“好！”一个声音突然大叫，惊醒了沉睡在自己心灵世界里的杨志。一个大眼睛的女孩，带着一副厚厚的手套，在使劲鼓掌。

“你是谁?”杨志惊讶地问。

“杨志同学，我是沈静，声乐系的。”沈静快人快语，一脸欢乐的表情，让杨志忽略了自己的忧伤。

雪花是有温度的，它们在空气中飞舞时，有的将自己融化，选择与大地亲密接触；有的直接飞奔到残留的叶子上，堆积成景。

沈静的活泼，沈静的快乐，沈静俏丽的容颜，在雪花的辉映下，那么生动，生动得让杨志灰暗的灵魂开始复苏。

“杨志，你会拉施特劳斯的圆舞曲吗？你来演奏，我来跳舞吧！”

杨志没有回答，直接将琴声转换了。

沈静像个快乐的舞者，一边跟随着琴声小声哼唱，一边翩翩起舞。

琴声、歌声、雪花、少年和少女，没有任何画笔能绘画出青春的色彩，没有任何语言，能描绘出此刻这美好的一幕。

校园的美好，在这个白雪飘零的时刻，彰显得那么完美；少年的情怀，在此时、此刻、此情、此景中融为一体。没有什么能够代替这短暂的、永恒的记忆。

整个下午，杨志与沈静都沉浸在这场美好的开端里，他们在情景交融里将自己平时难得展示的才华，一一展示给洁白的雪花，展示给苍穹和大地。

冬季是寒冷的，而杨志冰封许久的心，慢慢开始复苏，突如其来的快乐，让他慢慢开始释放压抑的心绪。

晚饭时，杨志和沈静已经很熟悉了，少年之间不需要太多的语言，一个眼神、一个表情、一个微笑、一个小小的动作，彼此就会心意相通。一切来得太突然了，突然得让杨志觉得自己在梦里。

沈静的快乐，单纯而美好，杨志的忧郁，肤浅而真实。自从弟弟杨宇去世后，杨志第一次流露出笑容，第一次发现，生活还是美好的。

北国风光，千里冰封，万里雪飘。杨志已经可以拉着沈静的手在长城上奔跑了。沈静红色的围巾在长城上飘动，银铃般的笑声，似乎想融化冰雪，引来其他游客的观望。

“杨志，快来啊，来追我啊。”沈静一边奔跑，一边快乐地呼唤。

“你跑啊，看你能跑多远，我一会就能追到你。”杨志开心地回应。

抓到沈静的杨志，用冰凉的手去触摸沈静的脸：“暖和吧，这是给你的惩罚，看你还跑那么快，摔倒了怎么办啊?”

“怎么会呢，我又不是小孩子，我还怕你摔倒呢，哈哈哈。”沈静的笑声在空气中回荡。

趁杨志不注意的时候，沈静又跑开了，“来啊，来抓我啊，抓到我，晚上请你吃火锅去。”沈静就像调皮孩子般可爱。

杨志的心里没有一丝难过了，这个片刻间，杨志将自己对弟弟的爱和照顾，全部转移在这个女孩的身上。

杨志不会明白，所有的快乐都是短暂的，所有的美好都是属于记忆的。自己对弟弟的哀思，在沈静快乐的笑声中飘散，但这些只是短暂的，那些伤痛，那些无助，会永远停留在他的心灵深处。

冰封后的万里长城，非常壮观。游客们在争相拍摄雪景，沈静在停留下来的时候，也想拍照。

他们都没有照相机，而且，他们也没有多少钱。

“杨志，我们去那个照相点，拍个合影吧。”沈静提议。

杨志想了三秒钟，“好吧，走啰!”

两个人本能地伸出手去拉住对方的手，一起走到照相的地方。

“呵呵，来吧，年轻人，今天我们给拍情侣照的朋友打折，只要在北京的，全都免费邮寄呢。”

“给情侣打折!”杨志和沈静异口同声地重复着这句话。

他们相视一笑后，谁也没有反驳，就直接去准备了。

第十六章　初恋的味道

转眼一周过去了，新年的味道越来越浓，校园的人也越来越少，宿舍里越来越冷清。除了沈静，杨志找不到一个可以说话的人。

而这一周，除了马研君打过一次电话，就再也没有人想起杨志了。

又在冰雪中熬过了一天，杨志开始整理乐谱，他想写一首曲子送给沈静，奇怪的是："沈静昨天为什么没有来找自己呢？"

杨志吃着泡面，想着旋律，宿舍里充斥着方便面的味道。杨志将宿舍的门打开一条缝隙，自己重新回到创作的思绪中沉思。

宿舍的门，悄悄地开了，沈静看着毫无察觉的杨志，抿嘴笑了。

学校门卫的老大爷用扩音器喊叫着："杨志同学，有挂号信，杨志同学，有挂号信。"

"哦。"杨志本能地回应一声，抬头看见了笑嘻嘻的沈静。

"你什么时候来的，怎么不叫我啊？你昨天去哪里了？"杨志忍不住问道。

"你看，这是什么？"沈静抬高手里拎着的两个袋子。

"什么啊，你买的什么东西？很沉吧，快放下来啊。"

"我昨天去采办年货了啊，不然我们怎么过年啊？"沈静开心地回答。

"哦，是这样啊。"杨志一边说，一边接过沈静手里的东西。

"你自己在宿舍里待一会，我下去拿挂号信，一会就回来了。"杨志嘱咐沈静。

"不要啊，我跟你一起去拿吧。"沈静不愿意一个人待在男生宿舍。

"不行啊，你跟我一起去，会让门卫大爷误会的，以后你来我这里就不方便了。"杨志说的是实话，那个时代的大学宿舍，管理很严格。白天、晚上都有人看着的，偶尔找个同学，需要先登记。现在是假期，没有那么严格，沈静来到杨志的宿舍，已经是不容易了。

"那你快点回来啊。"沈静噘起嘴，小声地嘀咕了一句。

杨志觉得这句话很熟悉，很温暖，很有家的味道。

"嗯，知道了。"杨志快步跑出宿舍大门，直奔学校传达室。

"大爷，我来拿信的。"杨志礼貌地说。

"你叫什么名字？哪个系的？几年级几班啊？"看门的大爷觉悟非常高，

他问得非常详细。

杨志耐心地回答后，看门大爷一边寻找信件，一边询问："过年你为什么不回家啊？你是什么地方人啊？"

"大爷，我是上海的，寒假时间短，我留在学校好好复习啊。"杨志想尽快拿到信件，因为沈静还在宿舍等他。

"孩子，那你过年吃什么啊？学校的大食堂不开了，小食堂大年夜也不做饭，你要多准备点吃的，把剩下的饭菜拿到我这里来热热啊，别生病了。"老人的关心，让杨志觉得有些不好意思。

"大爷，不用麻烦您，学校有热水，我吃两天泡面就行了。"

"呵呵，那怎么行啊，孩子，大爷不麻烦，你什么时候来都可以啊。"

杨志点了点头，接过门卫大爷递来的挂号信，快速离开了。

回到宿舍，心急的沈静抢过信封说："谁给你的挂号信啊？我先看看。"

"别啊，我还没看呢。"杨志故意这样说的。其实，在回来的路上，杨志早就看见信封上写着"长城照相"的字样了，他知道是上周拍的照片，但是，他故意没有说出来。

"哇，是我们的照片啊！你好坏，故意不告诉我啊。"沈静尖叫、欢呼，有些夸张。

沈静麻利地撕开信封，拿出照片，"杨志，快来看啊，照片上的你，脸很红啊，像个腼腆的女生。"

"你胡说什么？快给我看看。"杨志急忙去看照片。

"就不给你看。"沈静一转身，杨志伸手去抢，沈静扭动腰躲闪，杨志再追着抢，小小的宿舍里没有太多的空间，杨志一用力，将沈静抱在怀里。

"你……"沈静一惊，脸红了。

杨志一看，自己也惊呆了，自己那么紧地抱着沈静，虽然隔着厚厚的棉衣，但是，彼此脸红的短暂沉默时，互相能听见对方的心跳。

"给你看。"沈静先反应过来，她将照片递给杨志。

"哦。"此刻的杨志根本没有心思看照片了。少年的热血，在身体中沸腾，男儿的本能，青春的懵懂，让他渴望继续拥抱着沈静，继续听彼此的呼吸和心跳。

第十七章　青春的感觉

杨志假装认真地看照片，眼角的余光，偷偷观察着沈静的表情。

青春期的少年，心思都是一样的，渴望对方的热烈，而又羞于表达。

沈静也是第一次和男孩这么近距离的接触，泛红的双颊已经开始发烫了，她渴望杨志继续拥抱自己，又害怕杨志做出伤害自己的举动。

时间短暂凝固了，空气似乎停止了流动，宿舍里安静得让人拘束。

杨志努力让自己放松下来，毕竟自己是男生，应该有风度的。

“沈静，看你拍得多漂亮啊！”杨志打破了沉默。

“嗯。”沈静娇羞地回答后，将头凑近照片。

杨志非常想把自己长着毛茸茸胡子的嘴巴覆盖在沈静的嘴唇上，可是他不敢，他只能小心地闻着沈静呼吸的味道。

窗外的寒风好像偷看了这对年轻人的秘密，带着嘲笑，呼啸而过；光秃秃的树枝，摇晃着、挺立着，落下几个挂在树枝上的冰坨。

沈静无法忍受这种感觉，她逃离了杨志的宿舍，独自在校园里徘徊。

晚餐时，杨志早早来到小食堂，寻找沈静的身影，直到沈静出现，他大步迎了上去。

“你去哪里了，干吗躲着我啊？”杨志追问沈静。

“我回女生宿舍啊，我又不是男生，怎么可以老待在你那边啊。”沈静故意这样说。

“那我去你宿舍吧。”杨志鼓足勇气，说出自己的心思。他想和沈静在一起，一分钟也不分离。

“不行，女生宿舍比男生宿舍严多了。”沈静表面拒绝杨志，心里却不是这样想的。

“那你快去买饭，我们回宿舍吃，我有话要对你说。”杨志也不知道自己怎么了，脱口而出就说出了这样的话；也许是青春期的本能，杨志火热的眼神，一刻也没有离开过沈静的身影。

他们并肩来到杨志的宿舍，默默地吃饭。杨志总想说点什么，但是，他找不到开口的理由。

饭快吃完了，沈静合上饭盒，做出要走的样子；杨志急忙去拦住她：“别走，我要为你写首曲子，等会我们一起商量吧。”

情急中的杨志，终于找到了合适的借口。

“哦，那好吧。”沈静重新坐下，杨志终于松了一口气。

“门卫大爷说过年我们可以去他那里热饭菜，大年夜小食堂不开了。”杨志讨好地对沈静说。

“哦，啊，对了，我拿来的袋子呢？”沈静如梦初醒地想起她的购物袋。

“袋子？哦，在床下。”杨志也想起来了。沈静来时带的东西，他还没有看，因为照片，因为自己拥抱沈静，他把一切都忘记了。

杨志从床底下拖出袋子：“沈静，你买的什么啊？挺重的。”

“哈，我买了很多宝贝呢，我们用得着。”沈静开朗的个性，一下子就忘记了刚才的尴尬，又恢复了往日的快言快语。

“你看啊，这个是电炉，这里是面条、鸡蛋，还有蘑菇、小白菜、火腿肠，怎么样？够丰富吧？”

“啊？你傻了吧，学校明文规定学生不能在宿舍里使用电炉的啊。”杨志很惊讶。

“你才傻呢，不买电炉，我们过年喝西北风啊！”沈静对杨志的态度一点也不觉得奇怪。

“可是，学校保卫科抓到要罚款的啊！”杨志还是很担心。

“罚款？保卫科放假了，你不知道啊，再说，平时哪个宿舍没有烧电炉的同学，就是你循规蹈矩。”

“哦，你确定吗？”杨志还是很紧张，但是，他更愿意听沈静的话。

“当然啦，我是谁啊！我早就打听过了，所以才去买的。”

话题一旦聊开了，他们就不觉得尴尬了。

时间在一分一秒地过去，寒冷的夜晚，不能阻挡少年火热的心。

杨志将宿舍的窗帘拉得严严实实的，心里像有个小兔子在敲鼓般沸腾；他总想做点什么，却什么也不敢做；直到沈静要回宿舍时，他才鼓足勇气，拉着沈静的手说：“我送你吧。”

沈静沉默地点头后，和杨志一起向女生宿舍走去。

新年越来越近了，鞭炮声也越来越多了，杨志与沈静的感觉也越来越奇妙了。

除夕夜的前一天，杨志和沈静再次采购了食物，偷偷在宿舍插上电炉，开始他们两人的新年庆祝；不同的是，杨志还悄悄买了一瓶500克的北京二锅头，藏在宿舍里，必要的时候，拿出来跟沈静分享。

也许，女生天生就会照顾自己的生活：在家从来不会做饭的沈静，此刻在杨志的宿舍里，就像一个称职的主妇般麻利地准备菜肴。外面是寒冷的夜，宿舍里是温暖的天。

杨志快乐地看着沈静的忙碌，有一种在家的错觉；只是此时此刻，他没有想到父母，没有想到弟弟，没有想到以前的种种不愉快。他的心里，被这种久违的快乐填充着；他的喜悦，在青春的期待中渴望着。

电炉烧东西很慢，在等待的时候，杨志微笑着，沈静忙碌着，空气里飘浮着火腿肠和鸡蛋的香味；杨志夸张地舔了舔嘴唇说："好香啊，什么时候开饭？我饿了。"

"快了，马上就可以吃到香喷喷的年夜饭啰。"沈静愉快地欢呼。

他们将室友的饭盆子全部洗干净，拿出来摆好；杨志拆开花生米的包装，沈静将买来的熟菜倒进盆子里。

"好丰盛啊，过年啰！"他们一起欢呼。

外面的鞭炮和宿舍的温情，让人不觉得孤单，两个少年在青春的热情中，温柔地注视着对方，互相陶醉。

杨志觉得缺少点什么？他拿出自己悄悄买的二锅头，挑衅地对着沈静说："敢来点白的吗？""有啥不敢的，过年都要喝酒的。"沈静豪爽的个性，如同男孩一般。

小小的宿舍，根本没有桌子、板凳，他们在两张床之间摆放了一张课桌，两人分别坐在两边的床上，互相祝贺着："新年快乐！"

他们高兴地谈着学校里的各种趣事，沈静忽然问了句："杨志，你以前为什么一副不开心的样子，是装深沉吗？还是有什么不能告人的秘密啊？"

杨志一下愣住了，他不知道怎么回答，弟弟的脸在他的脑海里一晃而过，他的心突然有种被针刺痛的感觉。

看见杨志突然变化的表情，沈静也呆了："对不起，对不起，我不该问这扫兴的话，来，喝酒。"沈静急忙岔开话题，借酒掩饰自己的尴尬。

"没事，没事，来，喝酒。"杨志也回过神来，他们一口干了半杯白酒。

那个年代没有手机，也没有古老的传呼机，电视机也是奢侈品，最朴实的是书信来往；宿舍的游戏都是打扑克。杨志与沈静一边喝酒，一边用扑克牌比大小，输的喝酒或者刮鼻子；杨志和沈静互相都有输有赢，慢慢地，一瓶白酒被喝完了，两个年轻人的眼神也越来越迷茫。

"沈静，静，还有开水吗？"杨志有些醉意。

"嗯，有啊，我下午把两个水瓶都打满了水。"

"哦，那把盖子拔了吧，水凉了就喝。"

"你喝醉了吧？"沈静的酒量明显比杨志好。

"谁说的，你才喝醉了呢。"杨志嘴里说着，眼神直直地看着沈静。

“你看什么啊？”沈静有些不好意思。

“看你啊，原来你长得这么漂亮啊！”杨志认真地说。

酒精的作用，让沈静也开始有点迷糊了：“我真的很漂亮吗？你以前没有发现吗？”

“发现什么？你是雪花送来的美女，你是老天赐给我的白雪公主，对吗？”

沈静的脸红了，已经分不清是难为情还是酒精的刺激了。

第十八章　初尝禁果

杨志的脸越来越红，呼吸也越来越急促，他开始目不转睛地盯着沈静，看着沈静的美丽身影与脸庞，开始了青春男孩的骚动。

“干吗？你这样看个不停，我脸上有字啊？”沈静撒娇地说。

“看你漂亮啊，我喜欢你脸上的几个小雀斑，我爱雀斑。”杨志在酒精的作用下，放肆地调戏着沈静。

“你?！变态啊。”沈静恼羞地吐出舌头。

“啊？我变态，更变态的你还不知道呢。”杨志慢慢地离开自己坐着的床沿，向着沈静的方向走去。

“你干吗？想咬人啊？”沈静开始有些激动与忐忑。

“哈哈，害怕了吧？谁叫你说我变态的啊。”杨志笑着，离沈静的身体也越来越近。

“别过来！啊，坏蛋，大坏蛋。”沈静边笑着叫喊边将身体往坐着的床上缩。

杨志借着酒力，直接坐在沈静的床边，用手使劲刮了一下沈静的鼻子后说：“还敢瞎说吗？瞎说是要付出代价的噢！”

“哼，本大小姐才不怕你呢！你想怎么样啊？你敢把本大小姐怎么样啊？”沈静突然变得很勇敢。

“唔，让我想想啊。”杨志假装咬着手指头沉思。他憨憨的样子惹得沈静大笑起来。

“你笑什么？”杨志很奇怪。

“笑你啊，你咬着手指头的样子像吃奶啊！”沈静的一个玩笑，激发了杨志高涨的雄性荷尔蒙激素；他突然扑向沈静，并将她紧紧抱住。

“啊，变态啊，你想干吗?”

“你说我想干吗？我都变态了，还能干吗?”

杨志一边回答一边将整张脸凑近了沈静的脸，本能地将嘴唇印在沈静的嘴唇上，让沈静发不出声音。

沈静被杨志的爆发力惊呆了，她完全没有想到杨志会这样的勇敢，不经过她的同意就突如其来地吻她。

沈静由刚开始的惊讶，变得欣喜，由刚开始的紧张，变得温柔地接受了杨志的吻。

两个心脏在剧烈地跳动，两具年轻的身体在轻轻地摩擦，两片嘴唇在混合着酒精的味道中黏在一起了。

在新年的鞭炮声中，在浓浓的酒精味中，两个年轻人热烈地亲吻着，放肆挥霍青春的味道。

酒精麻木着理智的神经，酒精刺激着膨胀的情欲，酒精让杨志忘情地投入了自己年轻的活力。他不满足于嘴巴的探索，他的手开始小心翼翼地参与了。

“干吗?”沈静开始呢喃着。

“唔，我摸一下，就摸一下。”杨志轻柔地回应。

“不要嘛。”沈静无力地拒绝。

“乖，别动。”杨志的手开始穿透沈静的毛衣，感受到了她的体温和皮肤的柔滑。

“不要啊。”沈静扭动着身体，开始极力拒绝杨志的探索。

“我喜欢你，就让我摸一下嘛。”杨志不死心。

“不要嘛。”沈静依然在拒绝。

杨志继续用嘴堵住了沈静的嘴，用力亲吻沈静，致使沈静无法说话，酒精的作用激起了男性的本能；杨志不愿意让自己膨胀的身体继续煎熬，他用男性的本能强行将手伸到了沈静的胸部。

沈静已经无力挣扎，但是女孩的腼腆、害羞，让她根本不配合杨志的举动。

时间一分一秒地过去了，沈静依然在杨志的温情包围下无法起身。

“我要回去了，等会宿舍的大门就锁了。”沈静终于找到了挣脱的理由。

“还早，不急，我不摸你了，让我抱抱总可以吧?”杨志不肯罢手，他依然紧抱着沈静。

那个年代是保守的，沈静属于保守的女孩子里最大胆、最开放的，但是她依然没有突破底线。

杨志被本能的渴望涨红了眼睛，他虽然没有性经验，可依然希望沈静能顺从他的心愿。

“从现在起你就是我的女朋友了，以后不许跟别的男孩子接触。”杨志不知道自己性格里有着父亲霸道的一面，他只是想快点得到自己想要的探索。

“嗯，你也不许跟别的女孩接触。”沈静学着杨志的话。

杨志忍不住再次去亲吻沈静，时间已经过了12点，男宿舍的大门已经被看门的大爷锁上了。

沈静挣脱杨志的怀抱看时间时，已经是凌晨1点多了。

“怎么办？怎么办啊？回不去了，都是你。”沈静这次真的着急了。

“怕什么啊，我宿舍里有六张床，你选择哪张床都能睡啊。”杨志有些开心。

“那怎么行啊，这是男生宿舍啊。”沈静开始没有主见了。

“怎么不行？你是我女朋友，又没人看见你睡在这里。”杨志极力挽留沈静。

“还是不行，我翻墙回女生宿舍去。”沈静一再拒绝着。

“你傻啊，下雪天的去翻墙，大过年的，人家把你当小偷抓起来。”杨志开始吓唬沈静。

看着沈静不说话了，杨志继续说：“你就安心睡在这里吧，你放心，我绝对不会强迫你做任何事情的。你是我女朋友，我有责任保护你啊。”

“好吧。”沈静叹了口气，垂下头。

杨志殷勤地去端水洗脸、洗脚，像对待家里的亲人。

沈静看着、看着，真的就相信了杨志，也许是酒精的作用，也许真的是太累了，沈静和衣躺在杨志的床上。

“静，你睡着了吗？”杨志在另一张床上轻轻地问。

没有听见回答的杨志，悄悄来到了沈静的床边，掀开被子，钻了进去。

“你干什么？”沈静惊呼。

“我只是想抱着你睡，我一个人睡不着。”杨志将沈静搂在怀里。

少年的热血，在没有厚重的外衣隔挡下，很快就失控了。

不管沈静愿意不愿意，一条被子紧紧裹着的两具身体，开始没有了距离。

肌肤贴在一起时，杨志终于品尝到了做男人的感觉。

第十九章　纵情宿舍

尽管北方的冬天很寒冷，尽管两个人的新年很孤单，可是杨志觉得一切都开始变得美好了，有了与沈静的亲密接触后，杨志整个人重新焕发出不同的光彩。他开始重新练习小提琴，自己谱写各种旋律的乐章，开始与沈静一起展望未来。

马研君提前返校了，他带来了杨志家人和朋友的问候，也带来了杨志母亲准备的美食。

当马研君发现杨志在宿舍跟沈静同居后，马研君惊呆了，他没有想到杨志这么大胆、这么疯狂。在那个年代，一旦被学校发现是要被双双开除学籍的。

马研君在联系好一场商演后，急忙将杨志单独约出来。

“杨志，后天下午的演出你准备好了吗?”马研君不想直接问杨志的私事。

“放心吧，我没有问题的。”杨志一脸幸福地回答。

“杨志，你不写封信，也不打个电话回家吗？你妈妈她……”

“不用了，他们可以当没有我这个儿子，没有别的事情我先走了。”杨志不愿意提及家里的任何事情。

“杨志，过去的就让他过去吧，你跟沈静在谈恋爱吗?”马研君直接进入主题。

“是啊，谈恋爱怎么啦？你不是也有女朋友吗?”杨志反驳马研君。

“杨志，我和你不一样的。你知道自己在做什么吗？你考虑过后果吗?”马研君真的为杨志着急。

“知道啊，只要你不去保卫科告密，目前没有人知道沈静住在我那里。”杨志的态度真的让人很想扁他。

“杨志，你真是太大胆了。马上开学了，同学们都要回来了，没有不透风的墙啊。”

“你着急什么？沈静明天就会回到女生宿舍去。今天是我们最后的晚餐，我没时间跟你浪费口舌，我要去陪她了。”杨志扔下惊愕的马研君，头也不回地走开了。

马研君看着杨志的背影，一种担忧，一种无奈的情绪开始蔓延。

杨志打开宿舍的门，沈静像只快乐的小鸟，扑进他的怀里；这两周的甜蜜生活，让他们忘我到不记得自己是学生。

“宝贝，让你久等了。”杨志拥抱着沈静，抚摸着她的头发。

“嗯，马研君找你干什么啊？”沈静好奇地问。

“他找我还能干什么？演出啊，赚钱啊，不然我以后怎么养活你啊。”杨志风趣地回答。

“我不要你养活，我可以工作的。”沈静急忙争辩。

“我养不起自己的老婆吗？需要你去抛头露面吗？”杨志的语气很像他的父亲，但是他自己并不知道。

“我们今晚是去食堂吃饭，还是自己做啊？”沈静撒娇地问。

“当然自己做啊，明天你就回女生宿舍了，今晚你要尽一个好老婆的责任啊。”

他们把小小的宿舍当成了家，把自己分别当成丈夫和妻子的角色来分工，小小的空间里流露出家的温馨。

“宝贝，后天我演出结束就有钱给你买礼物了，你想要什么？”杨志一边看着沈静烧电炉，一边问。

“我不想要什么啊。不如把钱存起来，再有一年我们就毕业了，到时候啊，你请我坐飞机去上海吧。”沈静开心地回答。

“去上海干吗？不是说好，我们都留在北京吗？”杨志不解。

“傻瓜，没听说过，丑媳妇总要见公婆吗？何况我还不丑啊！”沈静快乐地说。

“见他们干吗？有我在就可以了，自己的事情自己做主。”杨志的脸色有些变化。

“不行啊，我父母是部队的领导，双方家长一定要见面的，不然你怎么过我爸爸、妈妈那一关啊。”沈静没有发现杨志的表情有所不同。

“到时候再说吧，还早呢。”杨志突然转换成一种敷衍的口气。

“你怎么啦，身体不舒服吗？”沈静放下手里的东西，看着杨志。

“没有，我累了。”杨志说完就倒在床上。

沈静急忙走过来去摸杨志的头，杨志一把将她拖进怀里。

“干吗？我做吃的呢。”

“等会，让我先吃掉你。”

杨志的嘴唇开始发热，他急切地将舌头伸进沈静的嘴里，双手开始抚摸沈静，呼吸开始急促。

短短的两周，少男少女已经变成了男人和女人，他们已经相互熟悉了对方的身体，已经寻求到了最默契的方式。

情欲，是从古至今不变的吸引，也是人类最原始的动力。杨志青春勃发的身体，无时无刻不充满着情欲，他无法克制自己。只要有一点机会，他都想把自己深深地融入进沈静的身体里，直至筋疲力尽。

宿舍的床不甘心被他们摧残，发出刺耳的“叽叽”声，这些声音在两个年轻人的耳朵里确是无以代替的美妙音符，对杨志来说，更是无可取代的愉快的乐章。

缠绵时，总觉得天黑得太晚，亮得太早。杨志一次次的冲刺，一次次把自己和沈静的身体送到快乐的顶峰。贪婪的情欲，让他们忽略了自己身边的环境；青春的放纵，让他们忽略了人性会繁衍的结果，他们在彼此的身体上得到了快乐的同时，也埋下了可怕的后果的种子。

杨志觉得自己快要虚脱，自己只剩一具躯壳的时候，他才感觉到饥饿的来临，感觉到人以食为天的本能。

“宝贝，我饿了。”杨志开始发出理性的要求。

“你还饿？我做不动了，也已经没力气跟你折腾了，休息一会吧。”沈静低低地答非所问。

“傻瓜，我是说肚子饿了，吃完饭才有力气吃你啊。”杨志闭目躺着说话，胳膊依然紧紧地搂着沈静。

“你真坏。”沈静娇羞地拧了杨志一下。

“哎哟，痛死了，谋杀亲夫啊。”杨志夸张地大叫。

暮色变成了黎明前的灰暗，月色在白雪的掩映下不见踪迹，杨志和沈静相拥着诉说情话，他们害怕明天的太阳，害怕明天的分离，害怕校园里只能相望不能牵手的戒律。

第二十章　情侣间的误解

饥肠辘辘的情侣，整理着这个寒假的缠绵。牵手走出宿舍时，看门大爷惊奇地发现男宿舍竟然一直藏着个女生；大爷使劲擦了擦眼睛，确定自己没有老眼昏花后，愣愣地看着他们，心里想着该不该向学校汇报后，转身走进了传达室。

吃完饭后，杨志送沈静去女生宿舍的路上。“杨志，杨志。”马研君气喘吁吁地跑来了。

“干吗这么急，着火了吗？”杨志笑着说。

“快点松开手，别再拉着她了，出事了。”马研君用力去分开杨志和沈静紧紧拉着的手。

“怎么了？”沈静问道。

“哎呀，你们千万要小心了，刚才看管男生宿舍的门卫大爷说看见小两口从男生楼走出来。虽然他不知道名字，我一听就知道是你们，要是被学校保卫科知道了，你们就死定了。”马研君一口气说完，自己累得直喘气。

“哦，是这样啊。”杨志担心地看了一眼沈静。

“我先走了，杨志，你赶快去宿舍把电炉和剩下的东西处理掉，别被发现了！”沈静快步奔向女生宿舍，杨志和马研君急忙回到男生宿舍清理残局。

校园开始变得热闹，学生们都回到了课堂。杨志的心里开始失落，因为不在同一个系里，他根本无法看见沈静，只有在食堂里，他才能远远看见沈静的身影，可是，却经常找不到机会接近沈静，而沈静的身边一直有着男生在围绕，这让杨志很不爽。充满情欲煎熬的身体，不断地扩张，杨志开始陷入了无尽的相思中。

杨志疯狂地思念着沈静，夜深时，他抱着沈静睡过的枕头，将整张脸深深地埋入，久久回味那种感觉。

好不容易熬到周末，杨志终于等到了机会，悄悄约沈静去第一次见面的地方约会，沈静含笑点头，杨志兴奋地跑开了。

杨志带着小提琴，来到校园偏僻的角落，等待沈静的到来，独自拉起了小提琴。

一曲已经结束了，沈静依然没有出现，杨志只能继续独自演奏。

黑漆漆的夜幕开始降临，周围的植物在春天的寒冷中缩卷起枝条，偶尔散落的积雪发出不和谐的声音，杨志还是没有看见沈静的影子。

冷风让杨志的手有些麻木，他拖着僵硬的腿，失望地移动。

杨志不甘心，他想知道沈静为什么失约，这是他们分开后的第一次约会。沈静为什么不来，“难道她发生什么事情了吗？”杨志很担心，他机械地移向声乐系的教学楼，他想去看看沈静到底发生了什么。

声乐系跟音乐系隔开一座教学楼，杨志知道沈静的班级在三楼，他直接跑了上去，来到沈静的班级教室门口，听见里面传来阵阵歌声和同学们的鼓掌声。

杨志将教室的门拉开一条缝隙，他看见了教室里有几个男学生正和沈静对唱，旁边也有女生，但是杨志的眼里，只看见了男同学。

“沈静。”杨志推门而进。

大家忽然都停止了交流，都睁大眼睛看着这个突如其来的音乐系男生。

“杨志，你怎么来了?”沈静奇怪地问。

“我有话跟你说。”杨志根本不理会沈静的话，走过去拉着沈静准备离开。

“哎呀，你干吗？我们在练习呢，下周老师要考核的。”

“哦……”同学们异口同声地调笑。沈静的脸红了，她挣脱开杨志的手，大声说：“有什么事情就在这里说吧，我真的很忙。”

“是啊，就在这里说吧，我们也想听听。”同学们开始调侃了。

杨志的脸上发青，额头上暴起了青筋，眼神里似乎有火快喷出来了，沈静看见了，吓得她急忙将杨志推到教室门口，自己也跟了出来。

“你为什么没有来，你不知道我在等你吗？你不知道我没看见你，会有多担心吗?”杨志一连串发问。

沈静似乎想起了杨志的约定，她明白了杨志为什么会生气。

“对不起啊，我晚饭后被老师叫到教室去练唱，没法脱身，所以就爽约，让你担心了。”沈静看看四下无人，快速的给杨志怒火中烧的脸上印上一个吻痕；女孩的歉意就像泼到火上的冰水，刹那间，熄灭了杨志心中的火焰。

“那你也不能扔下我不管啊，你不知道我想你吗?”杨志的声音开始变得温柔。

“嗯，我错了，未来的相公，下次不敢了。”沈静学着戏曲的台词，逗笑了杨志。

两人借着寒冷的暮色，躲在学校的角落里悄悄亲吻，杨志激情地喘息着，连雪花都羞得不敢睁开眼睛。

小情侣的误会，一点小小的瑕疵，在一个拥抱、一个亲吻、一声喘息中风平浪静了。

“杨志，我不能出来太久，同学们还等着我去练歌呢。”沈静小声地说。

“你就那么在意同学，不在意我吗?”杨志醋意横生，就像小时候看见妈妈爱弟弟而多过爱自己的感觉。

“傻瓜，我怎么会不在意你呢，学校不允许学生谈恋爱你是知道的，难道要我们被老师发现吗？我班级里的同学会说的啊。”沈静发现杨志没有自己想象的那样美好了，她觉得杨志的举动很疯狂，也很幼稚，她的心里开始有一丝不满的情绪。

“我们还有一年就毕业了，再说其他班级很多同学都在谈恋爱也没有人管啊。”杨志还在狡辩。

“不一样的啊。杨志，你刚才冲进我们班教室，大家都看见了，人家谈恋爱没有公开啊，你也太不给我面子了，同学们会笑话我的。”

“怕什么，谁说我冲进去找你就一定是谈恋爱，他们有什么证据？”

杨志的话，让来自军人家庭的沈静觉得很不舒服，她不愿意这样继续纠缠下去，大声说：“杨志，你听着，要想我们好好交往，你就要遵守学校的纪律，我可不愿意成为被大家调侃的对象，在学校受人嘲笑！”

看见沈静发火了，杨志急忙赔上笑脸说：“宝贝，别生气，我只是说说嘛，乖，亲一下就送你回教室去。”

沈静象征性地扬起了脸，她的心里开始后悔这段感情，这段由于自己好奇而引发的感情了。

“好了，我走了，你回教室去吧，记得有空找我啊。”杨志恋恋不舍地离开了声乐系的教学楼，深深的失落如同越走越远的背影，在冬夜里显得那么清冷。

第三卷　放纵的惩罚

成功的路一定不会平坦，艺术家的成功需要环境的撮合，但是，每个艺术家都会有超出常人的倔犟与固执。他们年轻的时候，往往会犯一些别人不会犯的错误，甚至付出让人惋惜的代价。

第一章　马研君的计谋

杨志又回到了以前孤单的日子，同学们各自忙碌着紧张的学习，有些已经开始寻找一年后的出路了。

杨志浑浑噩噩地打发着时间，各科成绩在班里中等水平，老师们也开始忽略他了；只有马研君偶尔拉着他去参加演出。

沈静开始有意回避杨志的热情，杨志清楚沈静的举动而无能为力，他期待着沈静像第一次见面那样开心地来寻找自己，安慰自己，亲吻自己。

杨志专心于自己的创作，经常在校园的角落里拉着小提琴。他将自己的情绪糅合进琴声里，让他的小提琴真正成为了代表爱情的典范。那种期待、那种焦急、那种渴望、那种对美好爱情的无力感，通过琴声，扩散在空气里。

偶尔也有同学会停留脚步为他喝彩，而音乐学院人才济济，大家都是偶尔鼓掌，从不刻意去倾听他的心声。

杨志的妈妈也曾打过电话、写过信，但杨志从来没有主动跟家里说点什么，弟弟走后，杨志觉得自己已经没有家了。他悄悄地喜欢上了喝酒，喝北京二锅头、烈性白酒。

马研君是系里有名的大提琴手，是系里面培养的对象，因为热衷各种商演，给学校带来了一定的经济收入，更重要的是：扩大了学校的知名度和建立了许多不同层面的人际关系，受到老师的厚爱，部分老师对他一些出格的行为都是睁只眼闭只眼的。

这天晚上，马研君结算了上次的演出费用，发现自己少给了杨志十块钱后，急忙去找杨志。

教室里没有，宿舍里也没有，马研君问了几个同学，大家都说“不知道”后，马研君觉得很奇怪，他准备去声乐系问沈静了。

马研君沿着教学楼的小路走着，隐隐约约听到幽怨的小提琴声，他顺声找去，没有路灯的地方，有个影子，黑暗中正专注地拉着琴。

“杨志，杨志，你怎么在这里啊？我到处找你呢。”也许是太投入了，也许是杨志根本就不在意别人，他没有回答马研君的呼喊，更加专注地拉琴了。

马研君无奈地摇摇头，苦笑着按住了杨志拉琴的手，“我说杨志同学，我很认真的告诉你，我有事情找你。”

“说吧。”杨志保持着一个随时可以拉响琴声的动作，简单地吐出两个字。

“哦，是这样的，上次演出后，我少给了你十块钱，现在给你补上。还有啊，你怎么又回到从前了，你不是有爱情的滋润了吗？”马研君害怕杨志再次回到失去杨宇的那种状态。

“唉……”杨志收起了小提琴，在旁边的石头上坐了下来。

“老兄啊，这女人的心，真是海底的针啊！我也不明白沈静为什么就这样了，每天忙得连吃饭的食堂都找不到她。即使看见了，她身边围着一群人，根本说不上话啊。”

“哈哈，原来是这样啊。”马研君笑着紧挨着杨志坐了下来，继续说道：“我已经打听过了，沈静的家里很有背景的。她的父母都是部队的领导，她也是一副男孩子的个性。也许啊，她只是短暂地对你好奇，没有准备跟你长久交往呢。”

“不可能！她是爱我的，我们一起过年，一起生活，她已经是我的人了。”杨志立刻反驳马研君的话。

“嗯，那你不觉得自己有什么地方得罪她了吗？”马研君开始询问杨志。

“得罪她？没有吧，我对她百依百顺的，还能怎么样啊？”杨志陷入了沉思。

“哦，我想起来了，那天我冲到她教室去找她，她说我不给她面子了。”

“这就对了啊，军人家庭出生的女孩子自尊心比别人强，作风也比别的女孩强硬，你硬闯教室，人家当然不高兴啦。”马研君觉得自己帮杨志找到了问题所在。

“那我应该怎么补救啊？”杨志急忙求救般追着马研君问，闪动的眼眸在黑暗中如同猫眼一样发出幽亮的光。

“嗯，让我想想啊。”马研君故作沉思状。

“你快说啊，急死我了。”

“别，别急啊。”马研君故意逗着杨志。

“你有没有给沈静送过什么礼物啊？比如，她爱看的书，她爱吃的零食，她喜欢的玩具之类的。”

“没有啊，我问过她，她说不要啊。”

“你不懂女孩的心思，你送礼物不能问的，哪个女孩不喜欢惊喜啊！”马研君简直像个泡妞的高手。

“啊？那我现在该怎么办？”杨志张大了嘴巴问。

“你存了多少钱？”马研君突然答非所问。

“几百块啊，怎么啦？”

“好，够了。”马研君笑着说。

“够什么？你快说啊。”杨志急了。

“哎哟，没看出来啊，杨志同学，你还是个急性子嘛。不过呢，想学泡妞，可不能着急啊。”

“废话，快说吧。”杨志真的没有耐心了。

“哈哈，我觉得啊，你这次要下血本了。沈静不是来自农村的喜儿，二尺红绳就能拴住的，你先开始故意冷淡她，让她觉得你不在乎她了，等她来找你的时候，你就拿出早已经准备好的礼物来俘虏她，给她惊喜，她就开心了啊。”马研君说完，在黑暗里做出一个夸张的动作。

“那我买什么给她，能让她这样开心啊？”杨志迷茫地问。

“买，买？”马研君也没有想好买什么。

“有了，买条项链吧，三百多块就够了。”

“三百多块，我总共还没有存到五百块钱，你让我破产啊？”杨志惊呼。

“喂，小声点，小声点，别那么小气啊！你忘记了，人家已经是你的人了，将来要做小杨的妈妈啊，哈哈……”马研君忍不住笑了起来。

“嗯，有道理。”杨志的脸上露出了笑容。

第二章　珍贵的礼物

周日的早晨，杨志早早来到了马研君的宿舍，他直接将马研君从温暖的被窝里拉出来，两人神秘地奔向北京最大的商场。

“快来看，在这里。”杨志兴奋得像个孩子。

“镇静，镇静，别像打劫一样。”马研君的幽默无处不在。

“这条很漂亮啊，才两百多快。”杨志指着一条细细的链子。

“喂，你看清楚啊，那是一条手链。”马研君偷偷笑着。

两人看了半天，最终同时将目光落在一条标价 390 元人民币的项链上了。

“就是它了。”两人异口同声地说：“服务员，我们买那条项链。”

“你们？买项链？”服务员不屑地瞟了一眼他们。两个衣着简单的少年要买高档的消费品，服务员有些不相信。

那个年代的百货店都是国营的，服务员的态度永远在冬季没有转变，少数服务态度好的营业员，大大的彩照，高高地挂在墙上，只是给别人看看的。

“当然，我们买项链。”马研君看出了营业员的不信任，加重了语气。

“金项链是贵重物品，你们要看清楚啊！”营业员高声地说，引来旁边顾客观望。

“我们买得起，就要这个了。”杨志也感觉到了营业员的轻蔑，他一边说，一边拿出紧紧包裹着的钱。

营业员看见杨志掏出钱了，才不情愿地打开柜台的玻璃门，拿出项链，翻着白眼说：“看清楚了，不退换的。”

杨志是个敏感的少年，营业员的蔑视深深地刺伤了他的自尊。他心底暗暗地咬着牙齿说：“哼，我一定会赚到很多钱的，你这样的人，给我提鞋都不配。”

马研君比杨志更了解外面的世界，他一边按住杨志急于数钱的手，一边精心地帮杨志检查项链是否有瑕疵。

“看什么啊看！到底买不买啊？”营业员不耐烦了。

“你什么态度啊？”杨志有些上火了。

“别跟她计较，可以付钱了。”马研君大度地对杨志笑着说。

“我还懒得跟你们计较呢。”营业员可不是省油的灯，她一边数钱一边说着风凉话。

马研君拉着杨志走出百货公司，他们开心地大笑着，引得路人回头观望。

尽管杨志几乎花完了所有的积蓄，但是他很开心，他想象着沈静戴着项链的表情，他的心里充满了甜蜜。

走进学校的大门，马研君对杨志说："学校的女生是不可以戴金项链上课的，只有演出需要才可以戴，你要小心点，别让其他人看见了。"

"嗯，明白。"杨志兴奋的表情像孩子般可爱。

与马研君分开后，杨志没有回宿舍，他直接跑到女生宿舍的门口，通过看门的阿姨，找来了沈静。

"你找我有事啊？"沈静一看是杨志，就冷冷地问。

"静，我有很重要的事情跟你说，真的，只要这一次机会，相信我，如果你不喜欢我了，从今以后我就自动消失。"杨志的态度很诚恳，但是，他无法控制的激动表情，勾起了沈静的好奇心。

"好吧，我们去学校外面说吧，让同学看见不好。"沈静虽然对杨志太过于缠着自己的做法不满，但是，他们之间毕竟已经有了肌肤之亲，她也不讨厌杨志。他们和大多数的情侣一样，男孩子盯得紧了，女孩子就躲闪，女孩子盯得紧了，男孩子就渴望自由。

两人来到了学校的外面，安静地走在人比较少的路上，杨志看看离开学校很远了，就找了个地方坐了下来："静，过来坐吧。"

"嗯。"看着杨志这么体贴，想着他寒假里的温情，有些心旌摇动。

"说吧，这里没有同学会看见了。"沈静小声地嘀咕。

"静，这段时间委屈你了，我们还没有毕业，我也不能为你做些什么，只是给你买了件礼物，你看看，喜不喜欢？"杨志一边说一边掏出装着项链的盒子。

"啊？"杨志含情脉脉的温柔话语，刹那间让沈静觉得很舒服，连日来对他的不满也烟消云散了。

"送我什么啊？这么紧张。"沈静笑着问。

"静，你把眼睛闭起来就知道了。"

"好吧。"沈静听话地闭起眼睛。

杨志轻轻打开盒子，拿出项链，戴在沈静的脖子上，然后又拿出自己早已准备好的小镜子说："睁开眼睛，看看漂亮吗？"

沈静惊喜地看着脖子上闪闪发光的项链，问道："真的，还是假的啊？"

"当然是真的，我怎么会买假货送给未来的媳妇呢！不信啊，你看发票，正规的百货公司买的，如假包换的。”杨志一边说一边拿出发票。

“臭美，谁是你未来的媳妇啊。”沈静一边娇笑着一边查看发票。

任何时代，任何时候，女人都是很现实的，她们一面苦苦寻找着所谓的纯真爱情，一面安然地接受着丰厚的物质。

沈静看着发票上的数字，抚摸着脖子上的金项链，心里热乎乎的。

“你哪来这么多钱啊？你不会……”沈静疑惑地看着杨志。

“别想多了，买项链的钱是我自己存的，每次演出的收入和家里寄来的生活费我都没花，全部存着的，就是为了能买件像样的礼物给你啊。”杨志很感性地说。

“谢谢你啊！”沈静很高兴。

没有任何一个女孩子听见男孩子在默默为她付出而不开心的。

“谢什么啊！你都是我的人了，我当然要为你负责，你演出的时候，没有一件像样的首饰怎么行啊，你看，戴上这条项链，你比平时更漂亮了，更高贵了。”此时的杨志，恨不能将世界上最好听的话，全部说给沈静听。为了博得美人一笑，他豁出去了。

“嗯。”沈静娇羞地将头埋进杨志的怀里，任由杨志抚摸她的头发，亲吻她的脸颊。

夜风飘过，小情侣在越来越昏暗的光线中，急切地寻找彼此的味道。

压抑许久的情欲，顷刻间爆发了，杨志恨不能将沈静整个人都吞进肚子。他疯狂地亲吻着沈静，抚摸着沈静；他的热情，同样也激发了沈静身体的本能，女孩的眼神越来越迷茫，呼吸也越来越急促。

第三章　欢乐依旧

杨志不满足于这样的隔靴搔痒，他想拥有那种销魂的感觉，他想与沈静相拥而眠。

“宝贝，我们如果能天天在一起多好啊。”

“嗯。”沈静呢喃。

“宝贝，我好想你。”

“嗯。”沈静依然在梦幻般呢喃。

“宝贝，我受不了啊，宝贝，你看看这里。”杨志大胆地拉住沈静的手，按在自己身体某个鼓起的部位。

“你真坏。”沈静急忙挣扎。

“老婆，别害羞啊，我想你呢。”杨志沉醉在难以自控的情欲里，完全忘却了前段时间沈静对自己的冷淡。

杨志的手开始不安分地伸进沈静的内衣里，温热的体温与带着凉意的手，刺激着沈静的皮肤。

“别，杨志，你想干吗？太冷了。”

“嗯，我想，想……”

其实，他们心里想的都一样，只是料峭的春寒不允许他们放肆。

紧紧相拥后，杨志意犹未尽，沈静却急于想回宿舍去炫耀金项链。

“宝贝，我想去郊外借间房子，你愿意吗？”杨志说出了自己大胆的想法。

“不行，学校知道要开除的。”沈静立刻否定了杨志的想法。

“我们小心点，学校不会知道的，再说，还有一年我们就毕业了啊。”杨志坚持自己的想法。

“租房子需要钱，我们哪里有钱付房租？”沈静还是不愿意与杨志一起租房子。

“宝贝，赚钱是男人的事情，你别管，到时候你只要过来享受女主人的权利就可以了。”

“最好别冒险，万一出事，我爸爸妈妈不会放过我也不会放过你的。”沈静认真的态度让杨志有些迟疑，但是，也不能熄灭他心里的渴望。

“不行，你别再瞎想了，我要回宿舍去了。”沈静起身。

“好吧，我送你回去。”杨志拉起沈静的手，这一次，沈静没有甩开他的手。

来到女生宿舍门口，尽管沈静一再委婉地要求杨志离开，杨志还是坚持和她一起走进了寝室。

打开门后，杨志发现女生寝室居然没有一个人，他的心里一阵窃喜：老天真是开眼啊！居然可以和沈静单独约会，而又不用挨冻。

“你回去吧，一会儿同学们就回来了。”沈静想快点让杨志离开。

“今天是周日，众美女忙着约会呢，哪个像你这样狠心，急急忙忙赶老公走的。”杨志调侃着将沈静搂在怀里。

杨志温柔地亲吻沈静的头发、眼睛、鼻子、嘴巴，沈静慢慢地开始呼吸出热乎乎的气体，杨志耐心地抚摸沈静的皮肤，直至沈静完全沉醉在爱河里。

杨志不在意女生宿舍的禁令，不在意被同学撞见的难堪，果断拥着沈静，钻到了床上。

宿舍的灯光是明亮的，被情欲充斥的少年根本不在意环境，杨志颤抖的身体覆盖着沈静，连日的相思化作了一阵激烈的喘息。

“宝贝，说爱我。”杨志在身体急速运动的同时，依然渴望精神上的满足。

“嗯。”沈静已经说不出话来。

“宝贝，快说爱我。”杨志气喘吁吁地继续要求。

“嗯，我爱你!”沈静终于说出了杨志想听的话。

“啊，宝贝，你是我的。”杨志急切地冲锋，宿舍的床也有节奏的摇摆。沈静在杨志的热情里迷失方向，身体的欢愉赶走了所有的不愉快，她得到了前所未有的快感。

“宝贝，我来了。”杨志咬牙坚持了最后一分钟，像个成年的男人一样，将雄性的本能深深地植入了沈静的身体。

明晃晃的金项链，裹在沈静的头发里，就像杨志和沈静缠绵在一起的身体，分不清彼此。

沈静的身体不仅得到了前所未有的满足，也得到了她作为女人的第一次快感。沈静忽然有种眩晕的感觉，她深深地迷恋上了这种快感，渴望这种感觉的延续。可是，她不知道，这一次的快感会给他们带来多大的阴影；这一次的快感将给他们造成多么大的伤害；这一次的肉体欢愉，实实在在地植入了一个新的生命。

青春的岁月，难以控制的青春痕迹。每个人的青春中都会有渴望爱情的时段，可杨志没有实实在在地品尝到情感的美好，就过早陷入了身体的诱惑；这种缺陷，成为了他最后极为渴望的美好，成为了他现在误以为就是爱情的动力。

“快起来，你该走了，同学回来看见不得了啊。”沈静清醒后的第一句话是很理性的，毕竟是学校的女生宿舍啊。

“嗯，宝贝，你休息吧，我这就走。”杨志也意识到了环境的不允许。

“杨志，快点穿好衣服，有人来了。”沈静似乎听到了楼下的脚步声。

“好，别紧张啊，宝贝。”杨志一边说一边快速穿衣。

两个年轻人像极了偷情的社会男女，慌忙地整理衣裳。

他们刚刚穿上各自的外套，沈静甚至来不及拉平床单，铺好被子，宿舍门口就传来了同学们的说话声。

“今晚我太紧张了，没唱好，那个高音我可以唱上去的。”一个女生有些遗憾地说。

“我也是，那个老师有点过分了，一直盯着人看，看得我发挥失误了。”

“嗯，是的，同感啊。”女孩子你一言我一语地边说边走进宿舍的门。

杨志急忙快步走了出去，差点跟进门的女孩撞在一起。

“哎哟，沈静，不参加集体活动，私会有情郎啊！”室友大声尖叫着。

“喂，喂，你别走啊，让我们看看沈静的情郎哥长得够不够帅啊！”另一个室友也打趣着说。

“别闹了，你们胡说什么啊？”沈静急忙为自己辩解。

“我们胡说？”室友异口同声地惊呼：“你的脸蛋那么红，头发凌乱，醉眼蒙胧，难道还不够吗？!”

沈静急忙去照镜子，梳理头发。

“哎哟，沈静啊，你脖子里面是什么啊？金光闪闪的。”一个眼尖的女孩发现了沈静的项链。

“这，这个……”沈静不知道怎么说了，她不担心项链被大家看见，她更担心自己的被子里杨志留下的痕迹。

杨志低着头，边走边听着女孩们的调侃，当他走出女生宿舍的大门时，再也控制不住自己开心与紧张的情绪，大步跑了起来。

第四章　诉说往事

潘多拉的盒子一旦被打开就无法收拾；被释放的情欲，一旦突破了理性的防线，就会让人无法自拔。杨志和沈静就是这样的，两个胆大的年轻人开始了频繁的约会，开始了无尽的缠绵。

沈静开始迷恋杨志的温情，开始喜欢杨志的拥抱与抚摸，开始留恋杨志身体的味道，开始盼望着与杨志单独相处的每一秒。

一个月的时间只有四周，他们几乎每天都见面，只要有一天没看见对方，他们都有一种刺骨的思恋。

功课越来越紧张了，杨志为了存钱，更加卖力地寻找商演的机会。虽然很累，很辛苦，有时候每天都睡不满六个小时；但是，杨志的精神是饱满的，内心是甜蜜的，而学习成绩与专业水准没有变差反而提高了。

有了爱情滋润的杨志，完全摆脱了弟弟去世的阴影，重新找到了生活与学习的重心，积极努力地在实现自己的价值。

春天的花开了，春天的小草绿了，春天的校园变得美好了。

小鸟回来筑巢，树枝上的叶子重新恢复了生命的力量，杨志变得更强壮了，强壮的身体像个成年的男人。如果不是那张依然残留着少年气息的脸，没有人能看出来杨志还是个十九岁的孩子。

又是一个星期六，杨志跟系里的老师和同学一起演出结束后回到学校，他甚至忘了跟老师与同学说“再见”就直接背着小提琴奔向女生宿舍。

很奇怪，女生宿舍楼里静悄悄的，沈静的寝室里居然没有一个人。“她会去哪里呢。”杨志猜测着，转身去声乐系的教室。

教室里有几个同学，看见杨志的到来，主动告诉他：“沈静同学出去了。”

“去哪里了?”杨志像在询问，又像自言自语。

同学们都摇头，然后各自忙碌，没有人理会杨志。

失望的杨志只能往男生宿舍的方向走去。

“杨志，杨志，我在这。”沈静远远看见杨志，急忙招呼她。

“哦，你去哪里了？我找不到你了。”杨志松了口气。

“我去你宿舍等你了，可是，他们都回来了，没有看见你，我就出来找你啊。”沈静开心地说。

借着没有同学走过的这一分钟，沈静在杨志的脸颊上印上一个深情的吻痕。

“去你宿舍吧，她们都不在呢。”杨志急切地拉住沈静要求着。

“嗯。”沈静娇羞地回应着。

两人开心而紧张地推开沈静寝室的门，却发现已经有两个室友回来了。

杨志和沈静失望地相视了一下，沈静假装拿一点零钱去小卖部后，两人一起来到了校园里安静的角落。

“宝贝，好想你，让我抱抱。”杨志将小提琴放在地上，对着沈静伸出了双臂。

沈静幸福地偎依着杨志。忽然，她想起什么了，说：“杨志，刚才我去男生宿舍，看见大门口有你的信，就顺便拿了出来，你看。”

“哦，我看看。”杨志接过信，拆开了。

“谁写给你的信啊，我可以看吗?”沈静好奇地凑了过来。

“是徐子昂，我以前的同学，我们一起看吧。”杨志大方地对沈静说。

杨志同学，你好：

你最近好吗？我们快一年没看见你了。自从你离开后，你的父母苍老了很多，我和子烟有时间就会过去看看二老，希望你暑假能够回家。

西餐厅的生意很好，我已经接替父亲管理并改装成酒吧了；晴晴考上了复旦大学，偶尔会来我的酒吧做客，她很优秀，不但学习成绩好，长得也更漂亮了，她还经常夸你有出息呢。

上次马研君回来说了你的近况，也不知道你现在怎么样了，我们很是牵挂；自从小宇离开后，我难过了很久，更不习惯没有他的日子，希望你能振作起来，完成小宇的遗志，不要忘记了他的心愿，也是我们共同的心愿。

不要责怪你的父母了，小宇的病是先天性的，他的离开只是时间问题，没有人为的因素。你要坚强，你是上海市唯一的少年小提琴冠军，你是我们的骄傲，大家都翘首期盼你的凯旋。

今年暑假你一定要回来啊，所有的费用我全部承担。我还要在上海市最有名的大酒店为你举办一个欢迎仪式，期盼再次聆听你的指点，别忘记你是我的老师，你有责任教我拉琴。

……

杨志默默地看着信，似乎看见了徐子昂憨厚的面容、傻傻的笑脸；丁晴晴漂亮的容颜和陶子烟可爱的酒窝。可是，弟弟杨宇的笑容却夹杂在他们中间，杨志长叹一声，眼眶有些湿润了。

“杨志，你怎么了？小宇是谁？”沈静发现了杨志的变化。

“小宇是我的弟弟。”杨志悲伤地说。

“他得了什么病，怎么就不在了？”沈静没有明白。

“小宇从小就跟我一起拉琴，他有先天性的心脏病，每隔三年至五年，需要做一次心脏扩张手术，直至成年。”杨志说不下去了。

“后来呢，后来怎么样了？”沈静急切地想知道结果。

杨志揉了揉眼睛，继续说：“我家里的条件并不好，妈妈为了照顾我们，一直没有出去工作，所有的费用都依靠爸爸的工资。我和小宇比赛获奖后，想帮着家里减轻负担，也筹集些钱给小宇做手术……”杨志想到了父亲的责骂、母亲的眼泪、弟弟的太真，一滴泪从眼角涌了出来，想擦都来不及。

沈静心疼地帮他擦去眼角的泪滴。

杨志苦笑着说：“可是我的爸爸并不支持我的行为。我参加商演，他看不起，更不同意我带弟弟去子昂的酒吧演出，才引发了家里的混乱，才造成了弟弟心脏病的突发，我是罪魁祸首啊！”

杨志伏在沈静的胸口，小声地抽泣，泪水将沈静胸前的衣服都淋湿了。

沈静一边抚摸着杨志的头发，一边劝慰他：“别伤心了，一切都过去了。”

杨志依然无法克制自己压抑在心底的眼泪，在自己喜欢的女孩面前，尽情地流淌着。

第五章 校园情变

沈静是来自军人家庭的女孩，从小就喜欢坚强的、勇敢的男人。杨志刚开始的悲伤让她难过、让她同情、让她心痛，后来无休止的哭泣让她觉得不安、觉得心烦，甚至讨厌。她讨厌男人的眼泪，讨厌男人的无助，讨厌不够坚强的男人。

沈静不知道，自己的身体里已经有个小小的种子了，这颗种子给她带来了烦躁的情绪。小小的种子刚埋入的时候，身体会不适，身体会排斥，情绪会不安。

“别哭了，烦死了。”沈静忽然大声呵斥杨志。

杨志惊讶地抬起头，茫然地看着沈静。

“一个大老爷们，哭什么啊！弟弟死了就是死了，他有心脏病，你不刺激他，他早晚也会死的。”

“嗯，你说得对，是我不好，我无法忘记小宇。”

很多时候，女人情绪的突然转变都能让男人清醒，何况是热恋着沈静的杨志。

“对不起，让你见笑了。”杨志一边擦干脸上的眼泪，一边给沈静赔礼道歉。

“算了，食堂快关门了，我们赶快去吃饭吧。”沈静想到了食堂的饭菜。

“你去吃吧，我不饿，我想一个人静静。”杨志看着沈静走远，自己依然独自停留在伤心的片段，他又拉起了小提琴。

沈静的脾气变得越来越大，口味也变得越来越奇怪，每次约会他们几乎都会不欢而散，杨志不清楚她到底怎么了，有时候甚至不想看见沈静了。

某天下课后，马研君去告诉杨志下次商演需要演奏的曲子，无意中看见沈静跟班里的男同学一起说笑着，往学校门口走去。

马研君觉得很奇怪，“沈静不是杨志的女朋友吗？怎么还和别的男生那么亲密啊。”马研君不由自主地跟随着他们走了一段路，结果却看见那个男孩买了一些零食交给沈静，而沈静似乎很甜蜜地对着男生微笑着。

马研君是杨志的铁哥们，他对杨志的关心已经超出了同学关系，他急忙告诉了杨志自己看见的一幕。

“你说什么？你看清楚了吗？”杨志听了马研君的话，一股醋意从心底升起的同时，一种怒火也爆发出来。

“难怪她最近总是无缘无故对我发脾气，原来是有了新欢啊！不行，我要找她问清楚。”

“杨志，你别冲动，你想干什么啊？去打架吗？”马研君急忙拉住杨志劝解着。

“难道我不应该去找她问清楚吗？我就这样被她给戴上绿帽子！”杨志愤愤地说。

“戴什么绿帽子啊？你们又没有结婚，你也没吃亏，这样分开不是更好！?”

“你胡说什么啊？”杨志开始情绪烦躁，他恨不能马上去找沈静问清缘由。

“杨志，你冷静点，听我说。在学校谈恋爱的人，有几对会结婚的？人家移情别恋也很正常，看看你现在的状况，你能给她带来什么？再说了，人家是部队领导的女儿，毕业理所当然留在北京，你行吗？”马研君的话让杨志泄气了，他愤愤地踢了桌子一下，茫然不知所措。

上课、下课、学习、演出，杨志可以把自己搞得很忙碌，刻意回避沈静的情感问题，刻意让自己假装坚强。

将近两周没有看见沈静了，杨志的心里已经开始泄气。沈静从那以后再也没有跟他联系过，就连吃饭也似乎刻意避开他。

可是，该来的总是要来的。杨志晚自习后独自回宿舍，竟然鬼使神差地走错了路，他心不在焉地走到了声乐系的女生宿舍附近，当他发现自己偏离方向时，已经来不及回避他不愿意看见的事实了。

“沈静，你今天唱得真好，连老师也夸奖你。”一个男生献媚的声音。

“当然了，本大小姐什么时候唱得不好啊？”沈静的声音钻进杨志的耳朵里。

杨志无法控制自己不去寻找声音的来源。不看就算了，看了更难过。

那个男孩的手似乎搂着沈静的腰，他们的脸似乎贴得很近，沈静的表情似乎很愉悦。

“是啊，沈静，我正要好好向你学习呢，老师说下次的合唱演出由我做你的搭档。我很开心，你呢？”男生的欣喜透过声音在向杨志传递。

“无所谓啊，跟谁搭档都是唱歌啊。”沈静不以为然的态度跟往常一样，但是，在杨志的耳朵里却有不同的含义。

“我快到了，你走吧。”沈静的话语很平静，但是杨志不是这样想的。

“让我再送送你，或者邀请我去参观一下你们的闺房，怎么样啊？”声乐系的男生就是不一样，讲话都那么有情调。

“臭美吧，你想都别想。”沈静的声音在杨志的耳朵里像是在撒娇。

“你们在干什么？当我不存在吗？”杨志忽然从黑暗中冲出来，考虑都不考虑就给了旁边的男生一拳。

那个男生惊呆了，捂着被打的脸，大喝一声：“神经病啊！你算哪根葱?!”

杨志还想继续挥拳时，沈静制止了他。

“杨志，你发什么疯?”沈静非常反感杨志冲动地行为，加上她并不知道自己怀孕带来的不良情绪，她觉得杨志简直一无是处。

“我发什么疯？你背着我干的好事！我哪点比这个家伙差，你要跟他在一起?”杨志没头没脑地说出了自己憋了很久的心里话。

“你胡说什么？他是我们班的男高音，我们在一起排练节目的。”沈静不想惹来远处陆续回宿舍的同学围观，急忙说出真相。

“你就编吧，当我是瞎的吗?！我都看见了!”杨志愤愤然。

“你看见什么了?”沈静很奇怪。

“他搂着你走路，你们之间还没有什么？你这个水性杨花的女人，见一个爱一个吧？你准备带他去宿舍干吗？在你的床上，重复我做的事情吗?”杨志真的疯了，说的话也带着很浓的社会味道，他自己都不知道为什么会这样说。

第六章　校园风波

被打的男生先是懵了，然后听清楚了他们的对话，也大概明白了沈静与杨志之间的关系，他不甘心就这样被白打了，大声叫了起来：“好啊，你们在学校的宿舍里做不要脸的事情，还无缘无故打我！我要告诉老师去。”

“去啊，快点去，谁怕谁啊。”杨志的嘴巴依然很强硬。

“别，别，快站住！胡涛涛同学，你听我解释啊。”沈静知道告诉老师的后果，她想拦住胡涛涛，想尽力化解这个矛盾；但是，已经晚了，听见吵架声后，几个同学围观了过来，几分钟后，负责上晚自习的老师也赶了过来。

杨志这才发现自己闯下多大的祸了，他也开始害怕了，但是，男孩的英雄主义本色还在，他依然还想保护沈静：“沈静，你放心吧，有什么事情，我自己一个人承担，绝不连累到你。”

沈静无奈地说：“那你就自己承担后果吧，不要牵连到我，你只是追求我，你是送过礼物给我，但我们之间也是纯洁的同学之情，记住了吗?”

杨志点了点头，他们三个人一起被带到了学校的保卫科。

胡涛涛第一个走出保卫科，因为他是无辜的，的确什么事情也没有。

沈静就没有那么幸运了，她被保卫科的老师单独领到一间办公室，严加盘问。

“沈静同学，你跟杨志同学是什么关系?”保卫科的女老师有着鹰一样的眼睛，像过去的地下党一样精明强悍。

沈静沉默半天，小声地回答：“一般同学关系。”

“你们是怎么认识的？你们发展到什么程度了?”女老师并不在意沈静的回答，直接询问主题。

“老师，我们就是普通的同学关系，没有发展成你想象的那样。”沈静慌忙为自己辩解。

“我想象的哪样啊？胡涛涛同学亲耳听到的话，需要我重复一遍吗?”女老师的声音很大，沈静一下就像泄了气的皮球，再也没有反抗的能力。

“沈静同学，你要想清楚了，你不说实话，我们会通知你的父母，学校会追查出事情的真相，你们会被开除学籍的。”

“啊，呜呜呜……”沈静终于因为害怕而大声哭了起来。

女老师并没有因为沈静的哭泣而放弃询问，也没有因为沈静的哭泣而产生同情之心，而是抓住了沈静哭泣时的脆弱心理，加强了对她的严格盘查，并且写下了笔录。

那个年代的学校保卫科是非常严厉的，严厉得超过了派出所的民警做笔录。

沈静断断续续地哭泣着，依然坚持着什么也不愿意说，保卫科的女老师无奈地将她留在办公室，自己去准备材料明天交给学校教导处。

杨志就没有那么幸运了，他被带到学校保卫科的单间后，保卫科的副科长单独审问他。

中央音乐学院是全国知名的、德高望重的百年名校，很少能够抓到学生因恋爱问题而打架的。副科长在学校工作了很多年，始终没有机会升为科长，他觉得自己要升为科长的机会就要来了。

“叫什么名字，哪个系哪个班级的?”副科长连正眼都没有瞧杨志，一边拿出纸和笔一边问道。

杨志的心开始揪紧，他知道自己已经无法逃避了，也许是自己的命不好，弟弟死了，今晚自己又闯下这么大的祸，一切都是天意，杨志有了一种听天由命的味道。

“问你话，快回答，等我教你怎么说吗?”副科长恶狠狠地敲了一下桌子。

杨志立刻老实地回答了，副科长一边做笔录一边带着诡异的笑容。

“多大，籍贯哪里?”

“19 岁，上海的。”杨志开始有问必答了。

“你和沈静什么时间在一起的，有没有在学校外面租过房子?”副科长没有女老师那么含蓄，他直接询问重点。

“报告老师，我们只是普通的同学关系，根本没有出去租房子的打算。”杨志开始出汗了。

“普通同学关系，你们是在宿舍发生关系吧?”副科长的问话，像晴天霹雳，让杨志一下子知道了后果的严重性，也开始有点后悔自己的所作所为了。

“杨志同学，不要怕，学校是公平的，你只要老实交代自己与沈静做过的事情，学校会宽大处理的，毕竟考个大学也不容易啊!”副科长故作轻松地说。

“没有啊，我们真的是普通同学关系。我是喜欢沈静，也追求过她，可是她没有答应啊。”杨志带着一丝幻想，努力地遵守着与沈静的约定。

“哦，是这样啊。”副科长慢悠悠地点燃一根烟，舒舒服服地吸着，根本不看杨志的表情。

墙上的时钟在滴答滴答地走着，杨志的汗水，已经湿透了内衣。

“真的是这样吗?你还不想说实话啊?”副科长抽完烟突然直勾勾地看着杨志的表情。

杨志的心里害怕极了。春日的夜晚，发情的野猫在学校的树丛号叫的声音一阵阵地充斥着他的耳膜，那种让人头皮发麻的声音，一直没有停息过。

“没关系，你好好考虑清楚，我不会逼你的，我们有的是时间。”副科长的话语很轻松，像对一个老朋友说话，又像是自言自语。

第七章　可怕的事实

杨志的心里像十五只吊桶打水，七上八下的；他既害怕沈静把什么都说了出来，又害怕自己一不小心说漏嘴。

“杨志同学，你是知道学校纪律的，只要你坦白说实话，学校会宽大处理的，不要等到你女朋友什么都说了，你什么也没说，那样的话，你就很被动了，明白吗？”副科长慢悠悠的话像是在劝解杨志，又好像在套杨志的话。

“笃笃”有人在敲门。

“进来吧。”副科长的脸上出现了难得的笑容，对着门口喊了一声。

杨志看见带走沈静的那个女老师进来了，她叫副科长去了门边，不知道他们说了些什么，副科长表情很严肃地回来了。

副科长自己坐了下来，脸上布满阴云；半晌，他难过地说：“杨志同学，沈静同学什么都说了，你说不说都不重要了，但是，我还想帮你一把，毕竟能考进这所大学不容易啊，如果被勒令退学，想想你的家人们，他们要是知道了，脸往哪里搁啊?!”

杨志惊恐地看着副科长，他无法判断副科长说的话是真还是假，想一想沈静最近对自己的态度，他觉得沈静有可能真的什么都说了。

“老师，我如果说了实话，学校会怎么处理啊?”杨志抱着侥幸的心理问。

“杨志同学，哪个少年不犯错误，学校有责任教育你们。只要你说实话，虚心改正错误，学校会给你记大过一次，并留校察看的。”副科长漫不经心地回答杨志。

“老师，我不会被勒令退学吧?”此时的杨志开始想到了妈妈憔悴的容颜、父亲暴躁的脾气、徐子昂和陶子烟羡慕的眼神，他不愿意失去在学校继续学习的机会，他想抓住一根救命的稻草，他想重新回到教室里。

“嗯，这个也要看你自己的表现了，我会尽力帮助你的。”副科长一副好心肠的语气，让杨志开始动摇了。

“好吧，我说实话。”杨志泄气地自己在一旁坐下了。

副科长笑眯眯地给他倒了一杯水后，重新拿起笔：“你和沈静同学是怎么认识的?”

“我们是寒假认识的。”杨志老实地回答。

“怎么认识的，怎么开始的?”副科长环环相扣，引导着杨志的思维。

“寒假我们都没有回家，在学校偶然认识，一起去长城玩了一天。”杨志已经没有了反抗意识，跟随着副科长的思路，开始诉说。

“后来沈静开始来我宿舍玩，我们就一起吃饭、聊天。”

“过年学校没有饭吃，你们怎么过的?”副科长插了一句。

“沈静很能干，她买了电炉，我们自己在宿舍煮饭吃。”

“电炉？在宿舍煮饭，男生宿舍还是女生宿舍?”

“是我的宿舍，男生宿舍。”杨志的思维已经混乱了。

副科长很高兴自己又抓住了一个重点，留校学生私自烧电炉。

“后来呢？你们在宿舍同居对吗？”副科长继续问。

杨志对同居二字很敏感，他知道自己不能承认私自留宿女生在男生宿舍，他不能说出真相，也不敢说出真相。

“报告老师，我们没有在宿舍同居，我们只是用电炉烧饭吃。”杨志极力否认他和沈静在宿舍同居的事实。

“你喜欢沈静吗？”副科长似乎相信杨志没有这个胆量，他不想偏离话题。

“我喜欢她。”杨志很小声地回答。

“你们有没有身体接触？”副科长不放过任何一个可以挖掘的细节。

杨志的眼前仿佛出现了沈静洁白的肌肤和含笑的媚眼，他不知道怎么回答副科长的问话。

“你们已经有身体接触了，对吗？”副科长根本不敢确定杨志和沈静已经发展到了什么程度，他虽然想往上爬，但在生活方面还是很严谨的。

“老师，我们只是亲亲、抱抱，这些算身体接触吗？”杨志及时为自己和沈静辩解；他不知道，这一句决定了沈静的命运，却不能改变自己的命运。

“哦，是这样啊。”副科长也觉得松了一口气，如果杨志说出自己跟沈静同居的事实，沈静就会被带到学校医务室检查身体；两个冲动的年轻人并不知道，一个幼小的生命已经植入了沈静的身体，一旦被检查出来，沈静的结局会更可怕。

“就这些吗？你们之间有没有金钱往来？”副科长像审讯嫌疑犯一样追问了一句。

“金钱往来？没有啊，我，我送过沈静一条金项链，算金钱往来吗？”杨志懦弱地看着副科长。

“金项链？你哪里来的钱，你不会偷窃吧？”副科长没有想到自己随便问的这一句，居然问出个“金项链”；那么贵重的首饰，自己的老婆一直想要买都舍不得。

“老师，那是我自己存钱买的。”杨志理直气壮地回答。

“你自己存钱？你家里很有钱吗？你凭什么存钱？怎么存的？”副科长糊涂了，自己每个月工资加奖金只不过一百多元，而一个学生却能很快存够买金项链的钱？

“我不花家里的钱，我和同学经常参加外面的演出活动，每次可以得到50~100元的费用。”说到自己的长处，杨志有些得意，似乎忘记了自己目前的处境。

“你说的是商业演出吧？谁帮你联系的啊？”副科长对赚钱似乎也有很大

的兴趣。

“有时候是系里老师组织的演出，但是给的费用很少。我和马研君同学去参加大、小提琴同台合奏的演出，收入更高些。”杨志认为这是件可以炫耀的事情，所以他没有说谎。

副科长认真做着笔录，他写着：该学生为了追求自己喜欢的女生，联合其他班级同学到社会上去出卖才艺，从而获得高额的回报，并购买金项链来讨好女生，以达到与他谈恋爱的目的。

杨志不是这样想的，他不知道保卫科的厉害。他盲目的以为：自己很快就没事了；在学校打架最多就是一个警告处分，其他系里这样的学生多了，自己被警告一次也不会影响什么的。

保卫科的副处长满意地放下了手中的笔；杨志以为会让自己回宿舍休息了，他立即站了起来。

“你干什么？”副科长奇怪杨志的举动。

“老师，我可以走了，对吧？”杨志满心欢喜地问。

副科长对这个稚气未脱的大男孩翻了个白眼说：“今晚你就在这里，明天我们跟教导处碰头后，宣布结果，明白吗？”

“啊？”杨志傻了，这么晚了，自己已经很累了，还要留在这里，怎么睡觉。

副科长没有理会杨志，他拿起笔录材料，转身关上门，自己回家了。

第八章　无言的离别

杨志一个人在学校保卫科的办公室里，很害怕、很孤单，他希望快点天亮，他希望快点走出这个可怕的办公室，他希望看见沈静开心地来迎接他，他最希望的是什么也没有发生过。

每个青春期的男孩都喜欢自由自在的生活，每个青春期的男孩都希望拥有花朵一般靓丽的女朋友，每个青春期的男孩都会犯错误，但是，结果是不同的。

杨志迷迷糊糊趴在办公室的桌子上睡着了；听到窗外的鸟鸣时，他又醒了；依然没到上课时间，学校里很安静，杨志开始渴望外面的一切，渴望能像小鸟那样自由地唱歌。

过了很久，保卫科的门打开了，一个来上班的老师给杨志带来了早餐；

看着盆子里的稀饭和馒头，杨志突然有种不祥的预感。“只有犯人才会被送早餐的，难道自己躲不过这一次劫难吗？”杨志开始伤心了，开始后悔自己的所作所为。

老师给他留下早餐后，关上门出去了。杨志不安的情绪开始蔓延，贝多芬的《命运交响曲》开始穿梭在他的脑海，他知道了自己可能面临着一场重大的变故。

学校的保卫科是非常严厉的，副科长的态度是非常敬业的，教导处处长和副科长以及系主任经过商量后，分别打电话通知了沈静与杨志的家里。

沈静的母亲位高权重，很快就在京城里找到了关系，并在中午之前赶到了学校，以沈静身体不好为理由，将她带走了；可是这位高傲的母亲，走的时候却对学校的领导说：“我女儿在学校发生这种事情，是我们不能容忍的！一定要严肃处理那个不知天高地厚的男生，还我女儿一个清白。”这句话，无疑给杨志宣判了死刑，学校的领导根本不再考虑杨志的处境，直接就下了结论。

杨自强知道儿子在学校出事了，可他并不知道儿子具体犯下了什么错误。他急忙请假后，匆匆赶去火车站；杨志的母亲担忧地跑去了城隍庙，希望儿子能得到神灵的庇佑。

沈静被妈妈拉上车后，留恋地看了学校一眼，心里默默祈祷：“保佑杨志平安无事吧。”

她的母亲在汽车离开学校的大门后，立刻咆哮起来：“死丫头，你到底在学校干了什么丢人现眼的事情，还要我亲自来接你。”

“妈妈，我没有做什么啊！”沈静小声地回答。

“你没有做什么就能被抓到学校保卫科去吗？老师们都是瞎子吗？”盛怒的母亲，对保卫科的作用是非常了解的。

“男生打架，关我什么事啊？无辜受牵连而已。”沈静习惯了母亲的霸权主义，她尽量为自己开脱。

“你寒假为什么不回家？你不是说陪女同学一起练习声乐吗？怎么会变成跟男生谈恋爱，他是哪里的？配得上你吗？”母亲关心的依然是权势，根本不想知道女儿到底发生了什么。

沈静不想跟母亲吵架，毕竟是自己错了，回去后父亲会怎样责怪自己呢，沈静开始有些忐忑了。

“唔唔，哇……”汽车的颠簸，让怀孕初期的沈静忍不住吐了出来。

“你怎么啦？是不是着凉了？”母亲看着沈静苍白的脸问。

“是学校折腾的，昨晚害我没有睡着觉。”沈静也不知道自己为什么会这样，以前坐车从来不吐的啊。

“哦，没事就好，我决定让你休学半年，等这件事情处理完了，你调整一下心情再去学校，反正等会要去医院开休学证明，顺便让医生检查一下，再给你开点药。”母亲从来不和任何人商量自己要做什么。

“啊？为什么要休学啊，还有一年我就毕业了。”沈静不愿意就这样离开学校，她很想知道杨志的处理结果。

“你是不放心那个恬不知耻的男生吧？等你再回到学校，肯定见不到他了，他这几天就会被开除学籍，滚回老家去的。”

“妈妈，你怎么能这样做啊？这会害他一辈子的。”沈静吓得哭了。

“害他？他不是害你吗？我的女儿也是什么人都想得到的吗？也不掂掂自己的分量，什么东西！”母亲的怒气没有消，讲话的口气也很难听，沈静不敢继续争辩了，忍不住又吐了起来。

在沈静一直干呕的状态下，母亲终于发现了问题：“死丫头，你不对劲啊！跟我老实说，你们到底干了什么？”

“干什么？能干什么啊？你想我们干了什么，我们就做了什么？”孕期的反应，让沈静的脾气变得暴躁，她脱口而出的话，吓得警卫员连开车都失控了，车子晃了一下，警卫员急忙镇定，再也不敢看后视镜了。

“你慌什么！快点开车，直接去医院。”沈静的母亲大声对开车的警卫员吩咐着，她不想再继续跟女儿争吵了，一会到了医院，真相就大白了。

沈静靠着车座，迷迷糊糊地睡着了。她似乎看见了杨志发红的泪眼，看见杨志凌乱的头发，看见杨志一个人伤心地站在雪地里拉琴。“杨志，杨志……”沈静在自己半梦半醒的状态中惊呼起来。

“给我闭嘴，快下车。”母亲用力将沈静拉下车来，拖着沈静，大步走向熟悉的医生那里。

“放开我，我不要做检查。”在医院的走廊里，沈静挣扎着，想甩开母亲的手，母亲并不理会她的举动，死死地拖住她的胳膊。

“妈妈，你真过分。”沈静带着哭腔反抗着。

“闭嘴，快走。”心急的母亲根本容不得女儿的反抗，以她一贯的军人作风，强行命令着女儿。沈静突然眼前一黑，直接昏倒在地，她的母亲惊呆了。

第九章　无辜的马研君

杨志不知道沈静已经离开了学校，不知道父亲已经踏上了赶赴北京的火车，不知道系里已经口头警告了马研君，不知道沈静的肚子里已经孕育着一个小生命，更不知道沈静已因此而晕倒在医院的走廊上了。

傍晚时分，老师们已经开始陆续下班了，保卫科的副科长带着胜利的喜悦，打开了办公室的门："杨志同学，你可以出来了。"

"老师，我可以走了对吗？"杨志急切地问。

"是的，你回宿舍去写检查吧，暂时不要去教室上课了，等系里的处分书出来后再说吧。"副科长是不会告诉杨志，学校真实的处分决定的，他敷衍着、催促着杨志快点离开，因为他要下班了。

"谢谢老师，我走了。"杨志礼貌地对副科长躬身致谢后，箭一般地奔跑出去了。

美丽的校园，同学们开始准备去食堂晚餐，晚风吹拂着杨志凌乱的头发，暮色躲闪着杨志的身影，厄运开始微笑着，跟随着这个血气方刚的大男孩。

杨志一口气跑回了宿舍，他看着熟悉的宿舍，看着自己的床铺，看着自己的饭盆和小提琴，有种恍若隔世的感觉。

"杨志，你回来了？"一个室友同情的眼神一直盯着杨志。

"嗯，你没去吃饭啊？"杨志像平时一样回答。

"马上就去，唉，杨志，你，你没有事情吧？"室友奇怪地问道。

"应该不会有什么事情的。"杨志没有底气地说。

室友紧张地看了看宿舍没有其他同学后，小声地说："杨志，你不知道吧，系主任已经找马研君谈话了，听说这次你的事情很严重，学校要抓典型呢！你要小心啊。"

"什么？抓典型？在学校打架的同学又不是我一个，为什么这样对我啊？明摆着不公平嘛？"杨志忐忑地为自己辩解。

"不是这样的，你招惹的沈静家里可是大有来头的啊，听声乐系的同学说沈静的妈妈已经开车将她带走了，而且胡涛涛也是北京的，他已经在学校的医务室验伤了，你还要赔医药费呢，自己好自为之吧，我去吃饭了。"室友说完后，急忙走出了寝室，留下了茫然的杨志，他也不知道该怎么办了。

杨志看着窗外走动的同学，忽然感觉到自己是那么的无助。这个骄傲的、任性的小提琴神童，自从弟弟死后，第一次真正感觉到了自己的留恋，感觉到了校园的美好，同时也感觉到害怕了。

杨志用了冷水将自己的脸洗干净，又换上了干净的衣服后，照着镜子，默默地梳理着头发，想换个形象，重新鼓起勇气，渡过这次难关；现在，他最渴望的就是见到马研君了，看见马研君后，看学校怎么处分他的，自己就大概知道了学校会怎么处理他的事情了。

杨志抱着一线希望，来到食堂，同学们看见他后，都有意地回避着什么。杨志不奇怪这些，他努力在同学们的身影中等待马研君的出现。

“杨志，别找了，我在这里。”不知何时，马研君出现在了杨志的身后。

“急死我了！你怎么样啊？”杨志先询问马研君的状况。

“快跟我走，这里人太多，不方便说话，老师已经不让我跟你联系了。”马研君说完，大步走出了食堂，杨志赶紧跟了出去。

“哎呀，我说杨志啊，你怎么搞的？我不是叫你不要冲动吗？你看看现在，搞成这样了，怎么收拾残局啊？”马研君看见没有同学注意他们的行踪后，立刻抱怨起来。

“我也不想这样啊，害你受牵连了。”杨志后悔地说。

“行了，现在不说这个了，你都跟保卫科的人说了些什么事情？”马研君急急地问杨志。

杨志将自己在保卫科说过的事情重复了一遍，马研君认真地听完后：“不至于啊，你说的这些事情，还没有严重到要通知家长啊，可是，沈静上午就被家里的人接走了，这不是好现象啊。”

“可我的确没有说其他的啊。我只打了胡涛涛一拳，而且，他也没有伤得严重，参加商演是学校老师默许的，他们不是也拿提成的吗？”杨志说的都是实话。

“既然通知了沈静的家长，肯定也会通知你家里的，你想过吗？”马研君觉得事态很严重了，他担心地对杨志说。

“这，我没有想过啊。保卫科的副科长说最多留校察看的啊！”杨志傻了。

“留校察看是处分，不需要叫家长来学校带人的，你没有说出与沈静在男生宿舍的事情吧？”马研君怀疑地看着杨志。

“真的没有说，我只说了在宿舍烧电炉做饭吃啊，也不知道沈静到底说了些什么，哎哟，急死人了。”杨志真希望马上看见沈静，问清楚她到底说了些什么。

“杨志，我有种不好的感觉，这次的事情不会这么容易就让你过去的，我还存了点钱，我找个关系好的老师，帮你打点一下，看看能不能宽大处理吧。”马研君真不愧是经纪人的料子，他首先想到的是用钱来疏通关系。

“这样行得通吗？疏通关系需要多少钱啊？等我以后赚了钱慢慢还给你吧，可是，沈静为什么要被带走？我听保卫科的人说沈静什么都承认了啊。”杨志完全没有了方向。

“啊？沈静不会那么傻吧，什么都承认了，那你就死定了啊！”马研君这次真的为杨志着急了。

“实在没办法了，我也只能听天由命了，我的命真惨啊！为什么死的是小宇而不是我啊！”杨志真的感到绝望了。

“胡说什么！事情还没有到那个地步，死什么死啊！好男儿志在四方，此地不留爷，自有留爷处，你别担心，总会有办法的。”马研君安慰着杨志。

“还能有什么办法？沈静都被带走了，估计很快我就会被勒令退学了吧，真丢人啊。”杨志的眼里出现了眼泪。

“哭什么啊，退学还是有肄业证明的，也不妨碍你拉琴。等我毕业了，我们一起组织个乐队，自己干，一样可以赚很多钱的。”马研君有着商人的天赋，任何情况下，他都能想出赚钱的方法，杨志也只能在他的劝说下，稍微看见点希望了。

第十章　失望的求助

两个年轻人开始想象着最坏和最好的结果。杨志的心开始逐渐冷却，短短的激情和欲望，从昨夜开始，远离了他的生活，远离了他的人生；失望和担忧开始笼罩着他。

“杨志，你先回宿舍去吧，我抓紧时间去打听情况，记住了，不管发生什么事情，你都不许有不好的想法！什么都要跟我商量，我永远是你的朋友，只要我还在，天塌不下来的。”马研君真不愧是杨志的好朋友、好兄弟，他的这番话是对杨志的一种承诺；很多年后，他依然在杨志身边，从没有背弃过自己的承诺。

“嗯，好兄弟，我走了，如果这次能逃过劫难，今生今世你都是我的好兄弟。”杨志与马研君紧紧握住拳头，互相撞击了一下。杨志眼里含着泪水，快步向自己的宿舍走去。

马研君看着杨志的背影，想起杨宇可爱的笑容，心里感叹：这对兄弟真是多灾多难啊！一个死了，一个厄运连连，老天太不公平了。

校园依然如同昨日般美好，同学们各自去教室上晚自习，除了马研君，再也没有人关心杨志的死活了。

马研君并没有去教室，他去学校的小卖部，买了些最好的礼品，直奔系主任的家里。马研君并没有真正在社会上行走过，他只是略微知道一些社会上的人情世故，他不知道自己买的那些礼品，在系主任的眼里，连小孩子的玩具都不值的。

马研君敲了半天门，系主任的太太在门缝里看了一眼，不耐烦地叫着系主任的名字，自己转身去了卧室。

系主任跟马研君是熟悉的，但他不知道马研君过来的目的，他单纯地以为，马研君是为今天的批评来道歉的。

没有太多的客套，系主任听完马研君的来意，看着廉价的礼品，摇头拒绝这个不知道天高地厚的年轻人，并且将礼物也拒之门外；马研君苦苦哀求后，系主任终于说出了真话；马研君难过地低头退了出去。他的心底充满了悲哀，充满了对杨志的同情、对权势的愤恨。

马研君看着手里这些自己平时根本舍不得买的礼品，苦笑着摇头；他也是个学生，一个青春期的大男孩，他也有自己的情绪；他愤愤然猛踢了一下楼下花坛的石凳，脚，立刻有种难言的痛："我该怎么办？怎样才能帮杨志逃过劫难啊？"马研君的心里也非常难受，与杨志从认识到现在几乎没有分开过，这么好的兄弟，这么有才华的小提琴手，难道就这样被毁了吗？马研君开始恨沈静，开始抱怨杨志的幼稚；可是，事情已经这样了，抱怨有什么用啊。

马研君准备离开教师们居住的大楼时，忽然想起自己的班主任家住在旁边的大楼里；他的心里开始有了一些小小的希望，他似乎看见了一丝光明。

班主任对马研君的态度明显比系主任要好；班主任打开门时，很客气地说："马研君同学啊，进来坐吧。"

马研君知趣地先将礼物放在班主任家的沙发茶几旁边，然后老实地坐在沙发上，趁班主任去给自己倒水的时候，他观察了一下班主任的家：虽然没有系主任的房子那么宽敞，装修也没有系主任家那么精致，但是，马研君更喜欢班主任家里，那种淡淡的兰花香味，那种淡淡的、雅致的书卷气息。

"老师，谢谢你。"马研君接过班主任递来的杯子，礼貌地说。

"嗯，马研君啊，找我有事吗？"班主任眼角的余光瞄了一下马研君放在旁边的礼物，他没有嫌弃，因为他知道，学生的收入和眼光，那是小卖部里最高档的礼品了。

“老师，对不起，我让您为难了。”马研君诚恳地跟班主任道歉。

“呵呵，没关系的，以后稍微注意点，等风头过去后，你还是有很多演出机会的。”班主任知道马研君是说今天挨批评的事情；何况，系里的学生偶尔去参加商演也是他默许的。

“老师，我想求您帮个忙。”马研君用了一个“求”字，这个傲气的浙江男孩，满脑子的商业点子，基本不求人的，现在为了能救自己的好朋友，低声下气地对着班主任说。

“不需要客套，马研君啊，有什么为难的事情直接跟老师说吧。”班主任对马研君的印象很好，对他也没有对其他学生那种严厉的态度。

“老师，我想请您帮助打听隔壁班里的杨志同学的处分决定，还想请您帮着说些好话，让杨志继续留校学习。”马研君说出自己的目的后，连看都不敢看班主任的表情。

“哦，这件事啊。”班主任一下愣住了。

“老师，求求您了，杨志是上海市少年小提琴比赛的冠军，是大家的榜样，他不能就这样被学校开除了啊。”马研君是不会哭的大男孩，但是，此刻，他焦急的心情，让话音里带着哭腔。

“哦，你说的杨志，是隔壁班级里那个拉小提琴的清秀男生吧，我有印象的。”班主任的话语有些干涩。

“老师，都是我不好，是我拉着杨志去参加商演的。因为杨志的弟弟有心脏病，他家里的条件不大好，都是我的错啊。”马研君知道自己现在没事了，他想把责任多推卸一点到自己这里，好让杨志的处分变得轻些；他不知道杨志已经是在劫难逃，沈静的母亲是不会轻易放过他的。

“哦，是这样啊。”班主任也觉得杨志有点可怜了。

“老师，杨志的弟弟在暑假的时候突然去世了，杨志跟他父亲闹了矛盾，所以寒假才独自留在学校里的，是沈静先找杨志，烧的电炉也是沈静买去的。”马研君知道沈静有背景，他虽然将责任推给沈静，但是，他没有说谎。

看见班主任半天没有回答自己的话，马研君急忙又补充着说：“其实，杨志的胆子很小的，如果不受刺激，他不敢动手打人啊。”

“也是，上海的男生比较乖巧，不像北方的男孩子那样粗犷。”班主任评价了一句。

“老师，您知道了处理结果，对吗?”马研君不敢说出自己已经去了系主任的家里，但是，他不敢相信系里已经做出了不公平的决定。

“马研君啊，老师也不瞒你了，这件事情我上午在学校听说了，你的处分是象征性的，不会记录进档案里，对你以后没有什么影响，但是，杨志同学的性质不同啊，他已经严重违反了校规，还送了什么金项链给沈静，以这种社会手段博得女生的好感，性质恶劣啊。”班主任还是不想告诉马研君，关于杨志的处分决定。

“老师，买金项链的钱是杨志自己存的，不是来路不正。即使他们谈恋爱，也是两相情愿的，杨志没有逼迫沈静啊！”马研君字字为杨志辩解，让班主任开始有些怀疑他们的关系了。

“你怎么知道这些？”班主任突然转换了话题。

“老师，我就跟您说实话吧，买那个金项链的时候，我也去了，杨志存了很久的钱，为了让沈静开心。但没有影响学习，纵然打了胡涛涛同学一拳，没有构成人身伤害，加上烧电炉、追女生，轻的处罚是警告，最重的处罚是留校察看、记大过一次啊。”马研君非常熟悉学校的规定，因为他害怕自己经常商演而被学校处罚，所以他背得很熟练。

“你太年轻还不懂事，有些事情不会像表面看得那么简单，杨志同学的事情，老师也无能为力啊。”班主任不愿意告诉马研君真相，不愿意说出沈静的家庭背景，更不愿意伤害自己无辜的学生。

“老师，我知道沈静的家庭背景不简单，可是杨志也罪不至死啊，被勒令退学是多么丢脸的事情，这一辈子都抬不起头的。”马研君说的是实话。

“你怎么知道了杨志要被勒令退学？你听谁说的？”班主任看着马研君秀气的脸，很奇怪自己班里这个精明的学生什么都知道。

“老师，求求您了，帮帮杨志吧。”马研君站起来了。

“你要干什么？时间不早了，你快回学校去，别告诉任何人，你来我家的事。”班主任以为马研君要给自己跪下来，急忙也站起来送客。

“老师……”马研君不甘心就这样放弃这一丝希望。

“别说了，快走吧，老师会尽力而为的。”班主任说的也是实话。他的权利只在于面对自己的学生，而对学校来说，他也是校园里的一株小树苗而已。

第十一章　深夜的煎熬

马研君虽然得到了班主任的承诺，可是他的心里很清楚，班主任在学校的能量非常小。

马研君开始难过了，他很自责：“为什么自己不拉杨志寒假一起回家？如果杨志跟自己走了，就不会有今天的劫难了，可是，我该怎么办？怎样才能为杨志争取一点机会呢?”这个重情义的大男孩,再也想不到可以帮助杨志的办法了,他默默走在回学校的路上,心里难过得要命。

杨志在宿舍里,想着保卫科长的话,拿出纸和笔准备写检查,想着、想着,也不知道从何处下笔。

室友们知趣地躲开了杨志,宿舍里静悄悄的;藏好的电炉早就被学校保卫科的人收走了,杨志的床上一片狼藉。

杨志无奈地咬着笔帽,心里却开始担忧沈静的处境。他不知道那个小生命已经在沈静的身体里扎根,不知道沈静已经在冰凉的手术台上惨叫,不知道沈静已经被母亲扇了一个重重的耳光,不知道自己与沈静今生再也无缘欢聚了。

杨志的眼泪滴落在写检查的白纸上:他开始想念自己可爱的弟弟、善良的妈妈,甚至父亲那严厉的指责,现在想想都是一种奢望。

“如果上苍再给我一次机会,我一定会好好珍惜的。”杨志这样想着,手里的笔不自觉地写了一行行乐谱。

晚自习的同学们开始陆续回宿舍了,只有杨志的室友们借故留在了教室里,他们不愿意参与杨志的悲伤,也不愿意看见兔死狐悲的室友,他们只是要回避这个难堪的事实。

杨志在这种担忧与伤感的情绪下,谱写出了一曲惊人的乐章,乐章里包含了青春的放肆、情欲的冲动、不经意的幻想、爱情的甜蜜、出事后的忐忑、自己此刻的绝望,等等。

这首乐曲将杨志与沈静从相识到相爱以及发生的种种快乐与矛盾,最后所带来的痛苦与绝望全部展现出来。

杨志不知道,这是艺术家的独特思维,这是他成长道路上的一个片段;正是他人生中这个偏离常规的发展,造就了一代小提琴家的艺术才华,最终让他成为了艺术圣坛里难得的巨星。

马研君恍恍惚惚地走进了学校的大门,下意识走到了杨志的宿舍门口;等他反应过来时,自己的手已经推开了杨志宿舍的门。

看着灯下的那个背影,马研君忍不住有些伤感。

“杨志,你在干什么?”

杨志没有回答,完全沉浸在自己创作的乐章里。

马研君却吓坏了,他以为杨志出了什么事情。

“杨志,你在干吗?”马研君大声叫了起来,快步走到杨志面前。

“哦,你来了啊。”杨志这才看见了马研君。

“你在写什么?让我看看。”马研君看着杨志苍白的脸,想到了杨宇那苍白的笑容，他的心里抽搐了一下，以为杨志在写遗书呢。

“哦，你来得正好，快过来看看这个音标是否合适?”杨志的表情好像没有发生任何事情一样。

“啊?”马研君吃惊地看了过去。

白色的16开纸上，密密麻麻全是乐谱。

“天啊，杨志，你没事吧?”马研君几乎不相信自己的眼睛，都这个时候了，杨志怎么会有心情写乐谱:“难道他受不了刺激，脑子坏了?”马研君心里一阵慌乱，嘴里急忙说出安慰的话语。

“杨志，别这样，我刚才去过班主任家了，他会帮忙的，你的运气不会那么差的，相信我啊。”

“什么?去班主任家里?”杨志好像听不懂马研君在说些什么。

“杨志，你怎么啦?你没事吧?”马研君惊吓得嘴巴张的大大的，眼睛睁得圆圆的，眼神里满是怀疑。

“哦。”杨志好像忽然明白了自己的处境。

“杨志，你不要泄气，是不是老师叫你写检查啊?”马研君想转移杨志的思路。

“不是老师，是保卫科的人。”杨志回到了现实中。

“那你就先写检查吧，写完交给老师，看看能不能只吃一个警告处分。”马研君似乎还存着希望。

“嗯，好吧。”杨志拿起写满乐谱的纸张，准备撕毁。

“别，不要撕掉，留给我做纪念吧。”马研君急忙去制止，但是杨志已经将手稿撕成两半了；马研君抢过手稿，将其折叠后，放进口袋里。

马研君不会知道，自己这个纯属安慰杨志的举动，居然抢救了一曲惊世之作，这首曲子也将成为杨志青年时期的代表作品。

马研君实在找不到安慰杨志的语言了，只能简单地说些不着边际的事情，分散杨志的注意力，缓和杨志的情绪。

一个上晚自习的室友回来了，马研君看着室友的表情，知道了杨志现在的处境，但是，他已经尽力了，为这个朋友尽了自己最大的努力了。

室友对马研君的态度也很不自然，马研君知道自己该走了，虽然他担心杨志，但是，自己不能在别的宿舍待的太晚，自己的处分还在呢。

“杨志，你早点休息，我走了。”马研君拍了拍杨志的肩膀，并友好地对着杨志的室友笑笑，跟杨志说了“晚安”。

春末夏初的夜晚，说不清夜风是什么感觉，但是，马研君感觉是不好的。他讨厌这种不死不活的夜风，讨厌系主任那种高高在上的优势，讨厌沈静母亲的强者姿态，讨厌这个校园对杨志的不公平。

马研君的到来与离去，重新唤起了杨志必须面对的事实：室友那种躲不掉又怕沾染上是非的神情，让杨志深刻感受到了人情的悲凉——不必经历社会，学校也是一样的，没有几个可以信赖的同学，只有马研君是个例外。

艺术来源于灵感，而灵感来源于情感和精神上的各种刺激；杨志正在经历这些步骤，他正在接受一个伟大艺术家的坎坷历程，正在经历一种由心理到生理的艰难转变过程。他需要对自己青春冲动的热情造成的后果承担责任，他需要泪和血的教训来培育艺术、灵感。

夜风分不清是冷还是热，杨志分不清自己是睡着了还是清醒着，校园里的情景与思维里的混乱不断冲击着大脑，杨志甚至分不清自己是活着还是死了。他清楚地看见弟弟杨宇已经来到了床前，笑眯眯的小脸蛋上酒窝清晰可见，弟弟依然是那样纯真。他说："哥哥加油啊，我相信你会成功的，别忘记我们的梦想，别忘了你要帮我完成心愿啊！"

"小宇，小宇。"杨志惊叫着。

"吵什么啊！不让人睡觉了，明天还要上课呢。"不知是哪个室友嘟囔了一句，杨志听见了室友翻身的声音。

第十二章　心痛的哭泣

沈静孤单地躺在医院的病床上，病房里静悄悄的，连一根缝衣针落下都能听得见。

沈静能听见自己心跳和呼吸的声音，身体的疼痛已经很小了，心里的难受却让她无法控制：她无法忘记母亲的粗暴，无法接受母亲就这样把自己推向了手术台；无法控制自己对杨志的担心；无法遏制自己对失去的那个小生命的内疚，毕竟那是自己的孩子，是一个无辜的孩子，是一个纯洁的生命，母爱的本能让沈静的情绪失控到了极点。

想着下午自己在冰凉的手术台上那种绝望，想着母亲那么用力扇自己的耳光，想着医院阿姨那同情的目光和虚伪的脸，沈静突然坐起来，用力撕扯自己的头发，发出伤心的哭号。

沈静一不小心触摸到了床边的呼叫器，护士推门而入，打开灯的同时，被沈静疯狂的举动吓呆了。

"你在干什么?！不要影响别的病人休息。"护士大声制止沈静。

“别的病人，哪里有别的病人，你没看见这是高档单间吗？”沈静咆哮着质问护士。沈静的血管里流着她母亲的血，脾气也有几分相似。只是，没有一个花季女孩知道自己有多少地方像他们的父母。在孩子的心里，永远不知道父母为他们付出了多少爱；孩子永远不知道自己的错，只知道别人对自己的不公平。

“好啊，那我们就通知你的家人过来吧。”护士当然知道这是高档病房，当然知道这是领导的千金；但是，那时候是铁饭碗，即使自己服务态度不好，领导也只能批评，或者将自己换个岗位，并不能将自己开除，所以，值班护士根本就不买沈静的账。

“滚，滚开！”沈静发狂地用枕头砸向护士的同时，用力撕扯着医院的被子。

“你闹吧，流产也不是什么大手术；一个小姑娘不懂得洁身自爱，还有脸折腾，也不嫌丢人。”护士冷冷地丢下一句话就用力将病房的门关上了，留下突然清醒的沈静，发呆地看着病房的门。

护士的话深深地刺激了沈静的神经，“流产也不是什么大手术……”

“我的孩子，我的孩子！天啊，我居然不知道会有孩子，唔唔。”沈静用手按住肚子，慢慢清醒的思维，一下子将她拖回了现实。

沈静开始思念杨志的温柔，想着杨志对自己的好；她渴望看见杨志那傻傻的笑容，想念杨志那有力的拥抱，回忆着两人在男生宿舍度过的每一天、每一秒的甜蜜。

沈静不会明白，自己已经从女孩转变成了女人后对情感的依赖；失去孩子后的母亲是多么渴望心上人的呵护啊！

沈静失神的双眸死死地盯着病房的屋顶，她开始回想发生的一切……

她忽然明白了自己最近怪异的行为，明白了自己最近的反常；知道了自己为什么会有时候很想亲近杨志，有时候又非常讨厌他，甚至有种难言的冲动。“都是怀孕惹的祸啊，我要是早点知道就好了，是我错怪了杨志啊，呜呜呜。”沈静将头深深地埋进枕头里，一边自言自语，一边抽泣；她那压抑的哭声，像黑夜的幽灵一样瘆人。

大约哭了两个小时，沈静累了，人也清醒了，她想知道杨志到底怎么样了，她开始担心杨志的处境，她知道母亲不会就这样放过杨志的。“怎么办？我该怎么办呢？”沈静自言自语地问自己。

沈静想等天亮后，赶快回到学校去，赶快告诉杨志，自己怀孕、流产的事情，想让杨志躲避母亲的惩罚；甚至想跟杨志一起离开学校，去一个没人知道的地方过二人世界的幸福时光。

沈静想着、想着，她突然觉得不能再等了，天亮后父母就来了。母亲今晚一定会告诉父亲自己在学校的事情，那么要面子的父亲如果知道自己在学校怀孕、流产了，一定会活活掐死自己的。

沈静急忙穿上外套，检查了一下自己口袋里的零花钱够不够打车后，拉开了病房的大门。

“你去哪？”简单的三个字让沈静觉得头皮发麻。

“我问你要去哪里？死丫头。”母亲铁青着脸站在病房门口，手里好像还拿着一包东西。

“啊？你怎么在这里？想吓死人啊。”沈静嘟囔着。

“我不来你想干什么？”母亲进来后，一边放下手里的东西一边说。

“我，我有点饿，准备出去吃东西。”沈静害怕自己想回学校被母亲发现，只能撒谎。

“知道你饿了，妈妈给你带吃的来了。”再严厉的母亲，也会心疼女儿的身体，何况沈静的母亲只是恨铁不成钢而已。

“妈妈，我想回家去吃。”沈静还是想找机会跑开。

“回家去吃，你想让爸爸知道真相吗？”母亲白了沈静一眼。

“妈妈，你没有告诉爸爸？”沈静奇怪妈妈怎么会偏袒自己。

“傻丫头，这种事情谁也不能说啊。”母亲一边说一边打开带来的饭盒。

“谢谢妈妈！”毕竟是母女情深，沈静很多时候都是听话的好孩子。

“谢什么啊！快来喝汤吧，别把身体折腾坏了，来，接着。”母亲递过一碗飘着油花的热汤。

“嗯。”哭了很久的沈静确实觉得肚子饿了。

母亲一边冷眼观察着女儿，一边想着怎么开始询问自己想要的答案；母亲不是没有看见女儿哭红的眼睛，但是，更恨那个让女儿蒙羞的男人。

“喝完汤再把保温盒里的饭菜吃了吧！”母亲关切地说。

“嗯，谢谢妈妈！”沈静的心情好了起来。

“女儿啊，以后别再犯傻了，要懂得保护自己，流产很伤身体的，知道吗？”母亲似乎很在意女儿的身体。

“嗯，知道了，妈妈。”此刻的沈静，感觉妈妈很爱自己，已经忘记了上午刚被打过耳光。

“丫头，你也不小了，谈恋爱妈妈不反对，但是，你爸爸的脾气你是知道的，千万不要让他知道，明白吗？”母亲开始一点点投石问路。

“嗯，明白了。”沈静大口地吃着碗里的美食。很久没有吃到家里的饭菜了，沈静觉得特别香。

“静儿，孩子他爸爸是哪里人啊？学什么专业的？”母亲突然转入自己想知道的话题。

“哦，你说杨志啊，上海人，学小提琴的，可有才华了，他的小提琴拉得特别好听！”沈静高兴地回答。

“哦，南方人啊，他的生活习惯跟我们北方人不一样啊，你能习惯吗？”母亲顺着沈静的话题，开始施展自己的思维诱导方式。

“不会啊，杨志很听我的话，我说什么他都依的，而且啊，脾气特别好。”沈静有些小小的喜悦。

“嗯，妈妈是听说过上海男人很温柔，你们认识多久了啊？他父母在上海是做什么的？”母亲其实在盘问沈静，但是，她的方式非常好，利用了孩子对母亲的不设防，很轻松地就打开了话题。

“嗯，可能吧，我们从寒假认识到现在，杨志从来没有对我发过脾气，他的父亲也是搞音乐的，母亲是家庭主妇，不过，他对我很用心，还偷偷攒钱买了金项链给我，都是我不好，老欺负他。”沈静开始沉浸在美好的回忆里，她没有发现母亲的脸色已经起了变化。

“你说的杨志就是昨天为你打架的男孩子吗？”母亲开始恢复了以往的严厉。

“是啊，妈妈，你怎么了？他们没有打架，是杨志误会了而已。”沈静这才回过神来。

“误会而已？你怀了他的孩子是千真万确吧？他知道你怀孕吗？”母亲的眼神也开始恢复严厉了。

“妈妈，原来你是在套我的话啊？”沈静急得直跺脚。

“好好的男孩子会无缘无故动手打人吗？这只能说明他的品质有问题，没有家教，还能考上这么好的大学，不可理喻！”母亲已经完全恢复了以往的神采。

“妈妈，不是这样的，不是的，是我先看上他的，是我主动的。”沈静已经看清楚了母亲的意图，急忙为他辩解。

“你给我听着，明天我就去学校交你的休学证明，这半年，你老老实实回家去待着。我跟你爸爸说你身体不好，得了神经衰弱症，需要静养，你别想什么花花肠子了。”母亲说出了自己的决定。

“妈妈，我已经好了，不需要休学半年，我明天就可以自己回学校去了。”沈静急忙争辩。

“你已经好了？一个十八九岁的大姑娘未婚先孕，还不够丢人现眼吗？你回学校去，你想把我和你爸爸的脸都丢尽吗？你想过以后的日子吗？谁会娶你这样的人?”母亲几乎是咆哮起来的。

“妈妈，我爱杨志，他不会离开我的，毕业后我们就结婚不就行了吗?”沈静开始带着哭腔请求。

“你给我住嘴！我绝对不允许这样的事情再发生，那个不知道天高地厚的杨志会得到应有的报应的！你离他远点，以后不许再提起他。”

“妈妈，你太专制了……”

“闭嘴，从现在开始，你哪里也别想去，我会叫人看住你的。”母亲说完就甩手走开了。

沈静看见病房门口有个穿着绿色衣服的父亲的警卫员。

母亲的背影完全消失后，沈静感觉到了一种深深的恐惧；她似乎看见了杨志无助的脸和孤单的身影，她知道杨志已经成为了母亲攻击的目标，但是，她却没有办法帮助他解脱。

眼泪是女人的武器，可是对于沈静来说，眼泪是她极度伤心的结晶，因为她不是爱哭的女生，现在却只能用哭泣来释放自己的无力。

第十三章　父亲的担忧

漫长的夜晚，每一秒都那么难熬，杨志在室友均匀的呼吸中无法入睡。

这个年轻、冲动而倔强的大男孩，此刻的脑海里像有一场电影：一幕幕的场景伴随着灵魂深处的旋律，充斥着他的大脑，煎熬着他的内心。

贝多芬的《命运交响曲》中第四章最为悲怆，也是整个篇章中，融合了最多、最为苍劲的旋律的乐章；杨志很熟悉这个篇章，他无数次地在台上演绎，可是今夜，他就像一个盲人在黑暗里等待光明那样，在心里演绎了无数次这个乐章。

迷迷糊糊中，杨志听见了弟弟弹奏的《云雀》，听见了朦胧的《渔舟唱晚》，听见了《春晓》中的序曲；突然间震耳的交响乐覆盖了全场，一种让人心慌的沉闷旋律控制了主场，大提琴和小提琴本来是相得益彰的合奏方式，杨志却感觉到一声“嘭”的声响，像是琴弦断裂，又像是整个小提琴都摔到了地上。

“天啊!”杨志惊呼着坐了起来，发现自己躺在宿舍的床上，窗外是等待黎明前的灰色天幕，室友们依然停留在各自的梦乡。

杨志使劲揉了揉眼睛，确定自己在做梦后，又倒在床上，昏昏睡去。

这一次杨志睡得很踏实，睡得很香甜。刚才的梦境已经告诉了他所有将发生的不幸与幸运，杨志已经无力在命运的交响曲中挣扎和逃避了。

室友们谁也没有叫醒熟睡的杨志，悄悄起床，默默洗漱，安静地去了教室。喧闹的男生宿舍似乎要留给杨志一个宁静的回忆，一个终生难忘的美梦。

一阵摇晃，一阵呼喊“杨志、杨志”，杨志从深埋的被子里探出了头，蒙胧的睡眼看清楚了床前居然站着那个他害怕而又想念的亲人。

“爸爸，你怎么来了？”杨志奇怪，他分不清自己是睡着了还是清醒的。

“快起来，告诉我你在学校发生了什么事情？是不是生病了，很严重吗？”杨自强一脸的焦虑，风尘仆仆的身影上写满疲惫。

“啊？你都知道了？”杨志看见父亲后，立刻清醒了很多。

“学校打电话通知我来的，你到底怎么了？”杨自强害怕杨志是因为身体不好而昏睡的，他急忙将自己的手掌伸向儿子的额头。

“爸爸，我没有生病。”杨志一边躲闪父亲伸过来的手掌，一边快速地思考着学校到底跟父亲说了些什么。

“你没有生病？那学校找我来做什么？你发生什么事情了吗？还是经常去参加商演而影响了学习？”杨自强的思维很淳朴，他知道儿子会去外面参加商业演出，但是，他绝对不敢想象儿子会做出那些大胆而疯狂的事情。

“爸爸，你什么时候来的？哪个老师给你打电话的？他们都说了些什么？”杨志很想知道父亲到底知道了多少自己的事情，他不愿意、也不敢把自己在学校发生的所有故事都说给父亲听。

“打电话的人没有说自己叫什么名字，只说是学校教导处的老师，你不知道他们给我打电话吗？”杨自强奇怪儿子的反常，紧绷的神经像拧紧的发条，随时都会有爆开的危险。

“你快起床吧，我们去教导处看看到底什么情况。”杨自强焦急地对儿子说。

杨志起来穿衣服时，他的心里既忐忑又有一些小小的兴奋：每个孩子在犯了错误时，看见父母都会有一种害怕惩罚，又希望得到饶恕的复杂心态；知道自己已经没有能力应对学校教导处的老师了，父亲的到来无疑是一根救命的稻草，只要自己不离开学校，即使被父亲再多暴打几回，也情愿了。

“爸爸，你先坐会，喝点水吧。”杨志一边收拾自己一边对父亲说。

“嗯，你是不是闯祸了？”杨自强很了解儿子的个性，他真的希望儿子没有发生任何事情。

“爸爸，其实，是有点事情的。”杨志一边洗脸一边小声跟父亲说。尽管他的声音不大，可是父亲依然听得很清楚。

“不管发生什么事情，你都是我的好儿子，不要担心，慢慢说吧，爸爸会帮你解决的。”杨自强自从杨志爬出被窝后，看见儿子憔悴的脸色与红肿的眼睛，就已经猜到了：儿子肯定发生大事了；学校不会无缘无故通知家长，儿子也不会无缘无故哭泣的。

“爸爸，我把同学给打了。”杨志先拣自己能够说清楚的事情告诉父亲。

“啊？打伤人家了吗？为什么打架？你受伤了吗？”杨自强是典型的上海男人，打架对他来说是绝对不理性的行为。

“嗯，我没事，他也没事，我只打了他一拳。”杨志说话的声音明显底气不足了。

“没事就好，你为什么打人家？没事学校叫我来干吗？”杨自强觉得事情没有那么简单。

“因为，因为他抱我的女朋友。”杨志的声音也开始不正常了，说话的时候根本不敢看父亲的表情。

“抱你的女朋友？你哪来的女朋友？学校允许你们谈恋爱吗？”这次是杨自强害怕了。

“是声乐系的女生，是她追的我。”杨志小声为自己辩解。

“她追你，你就接受了？你才多大？就这些吗？”杨自强已经明显感觉到了事情的严重性了。

“还有，我们在宿舍烧电炉，我和马研君经常去外面演出。”杨志不敢说出自己攒钱给沈静买金项链的事情，他只能说一些常规的违反校纪的事情。

“你，你个臭小子，你都在学校干了些什么！你一点都不懂得珍惜这来之不易的生活，你真是不让我和你妈省心啊。”杨自强的声音有些发抖。他知道儿子说的这些，每一条都是违反校规的，都会被处分；他根本就想不到还有更严重的。

“你还磨蹭什么？我们快点去教导处，你好好给老师认错，争取宽大处理，早点回到教室去上课。”杨自强催促儿子动作快点时，将自己随身带来的挎包扔在儿子的床上。

已经临近中午了，可是天空没有一丝阳光，乌云笼罩的北京城，似乎马上就要接受暴风雨的洗礼。

杨志带着父亲来到了教导处，低着头敲门。

教导主任似乎早就知道了他们父子会过来，已经提前准备好了一切。

杨志不会知道，就在自己和父亲在宿舍说话的那两个小时里，沈静的母亲已经将休学申请递交给了教导处，已经得到了批准，并盖上了学校鲜红的印章。沈静的母亲办完手续后，并没有马上离开学校；她重新回到教导处，以一个母亲的辛酸和一个女人的眼泪，再加上一个有权有势的领导的妻子的身份，说了一番能彻底改变杨志命运的话，将杨志从此推入了万劫不复的人间地狱。

杨志和父亲来到教导处的时候，教导主任刚刚送走了沈静的母亲，刚刚回到办公桌前坐下，刚刚拿起笔准备写下学校对这件事情的最后处理意见。

杨自强从教导主任的表情里，似乎觉察到了什么。音乐人的敏感，作为父亲的本能，让他的心里有种深深的焦虑。

第十四章　父亲的眼泪

不用太多的客套，教导主任已经明白了杨志父子的来意了，他认真地看着杨自强，又看看了杨志后，终于转入了正题："杨志同学的家长，我们去里面办公室谈，杨志同学在这里等一会吧。"

杨志悲哀地看着父亲跟着教导主任去了里面的办公室，教导主任那鄙夷的眼神和父亲卑微的举动，深深地刺痛着杨志的心。

"坐吧。"教导主任还算对杨自强客气地招呼着，因为他在考虑怎么样尽快解决这件事情。

"主任，杨志的处分决定了吗?"杨自强顾不了那么多了，他急切地想知道学校对儿子的处理结果。

"呵呵，你还是先喝点水吧。"教导主任很难立刻告诉杨自强学校的决定，他只能含糊地先打打太极拳。

杨自强误以为教导主任故意这样的，意图是想索取点什么，所以他稍微有些放松。

"主任，您还是明说吧，杨志这孩子还请您多费心，再给他一次机会吧，毕竟他还小，是我这做父亲的没有好好教育他啊。"杨自强发自内心地说。

教导主任不是铁打的心肠，他看得见杨自强风尘仆仆与疲劳不堪的神情，也明白一个父亲为儿子的担心和焦虑；可是，校长交代过的事情，自己是没有能力改变的啊。

"杨志家长啊，我就跟你说实话吧，杨志这次的错误不是一般性的啊。他的性质非常恶劣，影响也很大，一旦公开，会给学校抹黑啊。"教导主任的话不是完全没有道理，只是他不愿意说出真相而已。

"主任，求求您网开一面吧，杨志犯错误都是因为家里发生了变故啊!"杨自强已经顾不得面子了。

“哦，你们家里怎么了?”教导主任觉得不方便马上告诉家长结果，还是先稳定一下对方的情绪比较好。

“唉，不瞒您说啊，我有两个儿子，杨志是长子，次子杨宇因为有先天性的心脏病，所以我和孩子他妈妈都比较关注小儿子。杨志小时候得到的疼爱比较少，但是，他跟弟弟的感情非常好，他们一起参加上海市少年小提琴比赛，杨志获得比赛的冠军后才得到了保送来这个学校学习的机会，可是，去年夏天，他弟弟突发心脏病死了，而且是死在杨志的面前，这个打击对杨志非常大……”

杨自强对教导主任诉说着杨志的过去：包括杨志去徐子昂的家里做家教赚钱给弟弟治病，去酒吧演奏得到的报酬交给妻子家用，小儿子第一次手术时他爬上医院的窗户等待，小儿子去世时他的绝望，等等。

杨自强不再顾及男人的面子，一口气说完这些后，他想获得教导主任的同情，想得到教导主任的宽大处理。

“主任，都是我这个做父亲的没有用啊，我没有好好教育杨志，才让他今天犯下这么大的错误。”

教导主任一直耐心听着杨自强的诉说，他心里的确很同情杨志，他的表情也有些不自然了。

“你知道杨志都犯了什么样的错误吗?”教导主任想回归到主题上，因为午餐的时间越来越接近了。

“啊?他跟我说了，打架、演出、在宿舍烧电炉啊。”杨自强不知道教导主任话里的意思。

“仅仅是这些吗?”教导主任怀疑地看着杨自强。

“是啊，我今早刚到北京就直接去他宿舍了，他就跟我说了这些，难道还有比这些更严重的事情吗?”杨自强从教导主任的脸上看见了还有隐藏着自己不想知道的事情，他的内心非常惶恐。

“看来你儿子没有说实话啊。”教导主任的语气有种压抑的责备。

“您就告诉我到底发生了什么事情吧，作为父亲，我愿意承担一切后果。”杨自强知道儿子肯定还有更大的错误没有告诉自己，更可怕的是，学校已经全部知道了，既然是无法回避了，就干脆彻底了断吧。

“唉，其实我真的不想说什么，但是这件事情闹得很大，特别是那女孩家长是北京城数得着的领导，不是一般人物啊。”教导主任觉得有些饿了，他想快点把事情处理掉，自己下午还有会议。

“主任，我知道学校不允许谈恋爱，杨志说，是女同学寒假主动找他的。您看能不能通融一下，让我见见女孩的父母，我当面赔礼道歉，给杨志一个警告处分啊。”杨自强祈求的眼神里布满血丝。

“如果那么容易，就不会通知你到学校来了，现在时间也不早了，我也不想再跟你兜圈子了，下午你就和杨志去办理退学手续吧，因为还有一年就毕业了，学校特批了一张肄业证明，这个可以证明杨志在我们学校学习过，并能帮助杨志以后到社会上找工作。”教导主任有点想离开的意思了。

“不要啊，主任，我求求您再给杨志一个机会吧，毕竟他只是个孩子啊。”杨自强忍不住为儿子哀求起来。

“事到如今，你求我有什么用啊？学校已经这样决定了，通知都准备好了，你们下午抓紧时间办手续，尽量在学校的处分通告张贴出来以前离开，免得难堪。”教导主任说的都是真话，那个年代的办事效率很高，学校保卫科非常尽职，学校的领导基本都是雷厉风行的。

“主任，求求您帮帮我的儿子，您需要我做什么都行啊。”杨自强拉住准备离开的教导主任，“扑通”一声跪在了地上。

“起来，快起来，你这是干什么啊?!”教导主任急忙这样说，但是，他并没有伸手去搀扶杨自强。

“你以为我愿意这样处理一个有才华的学生吗?!你以为我不心痛难过吗?!可是，你知道吗？那沈家的千金已经办理了休学手续，已经在医院流产了。人家没有直接告你儿子强奸罪，没有把你儿子送进公安局已经仁至义尽了，你还想怎么样啊?”

看着惊呆的杨自强，教导主任又补充了一句：“这件事到目前为止，知道的人不多，你也不要声张了，免得大家都麻烦；我能为你们争取到的就是一张肄业证书了，要不要随便你们，我还有事，你们抓紧去校务处办手续吧。”

教导主任走出去的时候，对着在外面等待的杨志翻了一个白眼，什么也没有说。

第十五章　再见了，校园

杨志急忙奔到里面的小办公室，看见依然跪在地上的父亲老泪纵横的脸上全是惊恐，杨志的心彻底凉了。

“爸爸，爸爸，你怎么了？快起来啊！”杨志拖起父亲笨重的躯体，自己也因恐惧与不安涨红了脸。

“我可怜的孩子，你都造了什么孽啊！”杨自强一把搂过儿子，将他紧紧拥抱在怀里后，一边捶打着杨志的背，一边号啕大哭。

杨志从父亲的举动中已经知道了自己最害怕的结果，他咬牙挣脱父亲的怀抱，坚强地说："爸爸，你不要难过，马研君已经找过系主任了，说不定还有转机的。"

杨自强似乎有些恢复了男人的理性，平时儿子犯一点小错误他都会责骂或者打他，而现在的事情，不管你怎么责备也改变不了，所以，他茫然地看了看儿子，咬牙牵着儿子的手说："算了吧，儿子，这个学我们不上了，不要再继续丢人现眼了，我们去拿那张肄业证书，回家吧。"

"啊？爸爸。"杨志看着父亲绝望而又坚强的表情，他不明白父亲为什么会这样说。

"儿子，饿了吧，我们吃饭去吧。"杨自强像对待小儿子那样摸了摸杨志已经超过一米七五的脑袋，爱怜地帮儿子擦去眼角的泪滴。

杨自强知道，杨志的事情已经无法挽回了，越快离开学校对杨志的伤害越小，等通告出来，杨志肯定受不了同学们那种眼神与嘲笑的；自己已经没有小儿子了，不能再失去大儿子，不管他做错了什么，他依然是自己的孩子，只能先把他带回家再想其他办法了。

"爸爸，你不怪我吗？"杨志非常奇怪父亲的举动，如果是以前，父亲早已经一个巴掌扇过来了，可是今天，父亲宁愿跪在教导主任的面前，也不愿意打自己，这是怎么回事啊。

"怪你能解决问题吗？不要多问了，快去吃饭，吃完去校务处办手续。明天我们回上海去，你妈妈还在家里等消息呢。"

杨志和父亲谁也没有再开口说话了，他们默默地在食堂吃着已经凉了的饭菜；同学们早已经吃完去教室上课了；杨志期盼看见马研君的身影，但是，他什么也没有看见。

杨自强艰难地吞咽着食堂的饭菜，这是他第一次来到儿子的学校吃饭，也是他最后一次跟儿子一起在学校吃饭了。

"爸爸，你吃完饭去我宿舍睡一会，我自己去办手续吧。"杨志心里还存着一丝幻想，他还想再次找到沈静问问真相，他也想为自己再寻找一点机会。

"不用了，我跟你一起去吧。"杨自强看着面无表情的儿子，害怕他因为受不了刺激而产生极端的行为，他顾不上自己疲劳的身体，他在释放一个父亲保护儿子的本能。

学校的教务处好像什么都知道了，不需要太多的言语，不需要解释理由，那里的教工就出具了杨志需要的手续。

同样盖着学校鲜红的印章，别的同学们是拿的毕业证，而杨志得到的是肄业证书。

回到宿舍的时候还不到四点钟，杨志不愿意就这样离开学校，他已经没有了什么想法，他的思维凝固了，他的神经麻木了，他的手脚已经不听自己的使唤了。

只不过四十八小时的时间，一切都变了，一个让人羡慕的天之骄子，落魄到牵着老父亲的手去办理退学证明；杨志接受不了。可是他永远不会知道，就连那张肄业证书都是马研君的班主任去跟系主任打招呼得到的；杨志原本应该得到的，只是一张被勒令退学的处分决定。

“儿子，收拾东西，我们回家吧。”杨自强一分钟也不愿意在这个学校停留了，儿子的失败是父亲最大的耻辱，这种感觉比别人扇自己的耳光更难受。

“爸爸，明天走吧，我还有很多东西没收拾，我还有书借给同学了，我要等他们下课去拿回来。”杨志没有说谎，这个时候，他根本就想不到任何谎言，他说的都是实话。

“书就送给同学吧，你以后也用不上了。”杨自强淡淡地说，他已经疲惫地没有一点力气。

杨志默默地听着，他似乎懂了又似乎没有听懂父亲的话。

时间在指缝中又溜走了一个半小时，父子两人谁也没有感觉到饥饿。

杨志慢腾腾地整理着自己的东西，父亲慢腾腾地看着，像一对拉长的音符，找不到彼此的主旋律。

天快黑了，学校的路灯开始亮了，杨自强似乎有些清醒了：“儿子，我们走吧。”他帮着杨志拿起一个背包。

“爸爸，我们就这样走了吗?”杨志不舍。

“孩子，我们还能怎么样啊，听天由命吧。”杨自强不再看儿子的表情，他背上儿子的行李，夹着儿子的小提琴，走出了儿子的寝室。

杨志跟随着父亲，看着自己已经睡了三年的床铺，难过地滴落了眼泪，眼泪里有昔日的向往、今日的无奈和沈静甜蜜的体温。

谁也没有想到，那么多人眼里的小提琴神童，今晚会在夜幕下狼狈地跟着父亲一起离开校园。

走出宿舍大门的父子俩都没有雨伞，而老天爷也没有放过任何一个可以欺负倒霉的人的机会。

宿舍到学校的大门有一段距离，父子俩谁也没有提议去买把雨伞，他们被雨水从头到脚浇灌着。

杨志一只脚已经迈出了学校的大门，一个仓促的声音在呼叫：“等等我，杨志，等等我。”

第十六章　兄弟，等着我

杨志以为出现了幻觉，以为是校园的花草树木在嘲笑自己，他没有回头，父亲也没有回头去看。

“杨志，你没有听见吗？”一把雨伞遮住了雨点的敲打。

“叔叔，你怎么能就这样走啊？”举着伞的人对着杨自强的背影呼唤。

“哦，是你啊。”杨自强尴尬地看着马研君，他觉得自己已经无法面对儿子的同学了。

“叔叔，您稍微等一等啊，我有话对你们说。”马研君不顾自己的无理，强行将杨自强拖进了学校的门卫室里，杨志也疑惑地跟了进去。

马研君友好地对门卫说：“请让我们在这里避避雨，您方便给条毛巾吗？”

“避雨可以，我这里没有毛巾。”门卫没有表情地回答着马研君，也许，他看惯了学校的来来往往，对什么事情都不好奇了。

马研君招呼杨志父子放下行李后，走到门口叫住一个同学，交给他几张人民币去买饮料、毛巾和雨伞，自己重新回到杨志身边。

“叔叔，杨志，你们就这样离开吗？没有一点回旋的余地了吗？这不是杨志一个人的错啊！”马研君很想继续为自己的好朋友争取一点机会，他不愿意接受这种兔死狐悲的场面。

“孩子，谢谢你来送我们，杨志的事情你就别管了，我们还要去赶火车啊。”杨自强已经接近麻木了。

“叔叔，我已经知道原因了，是沈静的母亲仗着权势欺压杨志啊，今天上午很多同学都看见沈静的母亲来了，是她要求学校这样处罚杨志的，这不合理，校规里没有规定这条啊！”马研君既没有说错，也没有说谎，只是他不知道，哪个母亲会放过让自己女儿未婚先孕的男孩。

“别说了，还是让我带杨志回去吧，你好好学习，不要像杨志这样不争气。”杨自强明白马研君的说法。教导主任已经跟他说得很清楚了，人家没有把杨志送进公安局就谢天谢地了。

“叔叔，你怎么能这样啊？”马研君开始着急了。

“算了，你回去上课吧，我跟爸爸回上海也没有什么的。”杨志突然很悲壮地说。

“那你们有什么打算吗？杨志回去怎么办？”马研君问了很现实的问题。

“唉，我也不知道啊，回去再说吧，看老天给杨志一个什么样的命运了。”杨自强叹了口气，头发上的一滴雨水流进了他的嘴里。

“不能这样。”马研君看清楚了他们父子的无助，他的热血里开始沸腾起了商业细胞。

“叔叔，我还有一年就毕业了，我毕业后会回去组建一个乐队，杨志还是我乐队的首席，你们一定要坚持下去，杨志可以先去徐子昂那里拉琴，等我回来就好了。”马研君很现实地说。

杨志默默地听着，这个时候，好朋友的建议，也许是最有效的，至少他可以为自己带来一丝希望，至少他没有落井下石，让自己绝望，尽管杨志深知马研君不是那样的人。

“哦，回去看情况再说吧。”杨自强的心里本来就不喜欢马研君，他觉得都是马研君带坏了儿子；可是目前的状况自己没有办法对任何人发泄怒火，他只能不断拒绝着对方的提议。

“不要为我担心了，你的处分还在，还不知道我走后他们怎么对付你呢，沈静知道你和我的关系啊。”杨志不无担心地对着马研君说。

“我怕什么啊?！此地不留爷，自有留爷处，我就不相信离开学校会饿死，早点离开学校，早点成为大富翁，我才不在乎呢。”尽管马研君说的是自己真实的想法，可是在杨志的父亲眼里，更增加了对他的憎恨：都是他唆使杨志去参加商业演出，他让杨志过早接触社会，没有他的推动，杨志根本不会走到今天这一步。

“行了，别说了，我们早点去火车站吧。”杨自强不耐烦地打断他们的对话。

“学长，给你东西，谢谢你的饮料啦！”一个同学递给马研君拜托买的东西后，旋风一样跑开了。

“杨志，拿着，这些饮料在路上喝。”马研君将东西硬塞给杨志。

“不要了，我不想喝。”杨志推脱着。

“拿着吧，你们没有吃晚饭吧，我刚才在学校的食堂一直盯着，没看见你们才去宿舍找你，是门卫大爷告诉我你们走了。”马研君像个家属一样唠叨着。

杨自强已经不耐烦地走出了学校的门卫室。

杨志的脸是青色的，杨志的心是僵硬的，杨志的神情是恍惚的，杨志的眼泪是无助的。没有任何语言能够描绘出这个青春少年此刻的感受，只有老天不断倾泻的暴雨，在洗刷着这个天才神童此刻的不幸运。

马研君为杨志撑开了雨伞，帮他整理好衣领，含着眼泪在杨志的胸口打了一拳说：“兄弟，你一定要挺住，你不会就这样失败的，你一定会成为奇迹的，我相信你！你等我毕业了，我们一起奋斗，美好的日子依然是属于我们的！”

那个年代的语言非常质朴，那个年代的青春充满激情，那个年代的友谊非常纯真，那个年代的一切都比现在真实。

马研君掏出自己口袋里所有的钱，放在杨志的口袋里，捂住杨志的嘴，不许他说话后；快步追上了杨自强，强行将自己手里的雨伞塞给杨自强，自己跑回学校的传达室门口，对着杨志的背影高喊：“杨志，别灰心，等我毕业后我们东山再起啊！”

天空中的一个春雷突然炸开，一声巨响让马研君停止了喊叫。杨自强父子的身影就这样消失在学校的门口……

第十七章　母亲的叹息

北京的火车站并不拥挤，杨自强机械地买了两张回上海的硬座车票，杨志麻木地跟随着父亲，耷拉着脑袋，没有一丝生机。

杨自强给儿子买了一包方便面后，自己就闭目靠在了火车的座位上。他真希望这次列车就这样一直开下去，永远不要停下来，不要让自己和儿子回到上海，不要让自己和儿子看见别人奇怪的目光，不要让他们父子生活在地球上了。

杨志的心里又何尝不难过，他的思维已经开始出现混乱了，他的精神已经接近崩溃的边缘了；他都已经无法克制眼泪了。对面的乘客好奇地观察这对父子：看他们的装束不像民工，也不像干部，特别是老的还抱着个看不懂的乐器；小的一直在流泪，想跟他们说话，他们谁也没开口，真无趣啊。

杨志的眼泪，像洒在奔驰的火车顶部的雨水，不间断地流淌，杨志的心绪，在奔跑的夜色里化作了不知名的乐章。任何时候，任何地点，只要杨志还活着，他的脑袋里就会有跳动的音符在流淌；杨志克制不住自己的手，拿出书包里的纸和笔，写下了这段让自己一生耻辱的印记。

父子之间是有灵犀的，杨自强的感受里也包含着杨志的感受；不同的是，杨志因为有父亲在旁边，精神上有着一种本能的依赖感，大脑里跳跃的音符，让他暂时忽略了自己的处境。

大家都知道天才来自于勤奋，但是大家也知道，天才也来自于磨难：肖邦、莫扎特、贝多芬，哪位名人不是经历了别人无法承受的磨难而爆发的音乐灵感，才成名的。杨志虽然不能与那些伟大的音乐家相提并论，但是，杨志潜在的天赋却一点都不比那些音乐伟人差。

那个年代特有的绿皮火车，像条长长的青龙，摇摇晃晃地在轨道上前行，杨志和父亲疲惫不堪的身体迷迷糊糊地进入了睡眠状态。

上海的天空是晴朗的，春季特有的芬芳并没有铺满这个繁华的都市。

午饭时间，杨自强无奈地背起儿子的行囊，踏上了回家的公交车。

杨志的母亲李秀兰自从丈夫接到学校电话的那一刻起，心就高悬着，她的心里既担忧着儿子的事，又牵挂着丈夫那疲惫的身体与火暴的脾气。

李秀兰看见丈夫与儿子双双回家后的第一反应是开心的，好久没看见儿子了，母爱的本能让她急忙奔向儿子。

那个年代的母爱是含蓄的，母子间不会像现代人那样去拥抱，更不会像现代人那样说妈妈想你、妈妈爱你。

李秀兰开心地接过儿子行李的同时，也觉察到了丈夫的疲惫与儿子的颓废。

“老杨，你们还没吃饭吧，我这就去做饭啊。儿子，累了吧，先去房间歇歇吧！”尽管李秀兰很想问问儿子为什么会跟着丈夫一起回家，学校发生了什么事情，但是丈夫的神色，让她不敢开口，厨房就是她的全部生活。自从小儿子去世后，她连哭泣都是在厨房里。

杨自强默默地放下行李走进了卧室，他已经不愿意再说些什么了；杨志看见父亲什么也没有说，也自顾自地走进了房间。

半小时后，李秀兰已经将热腾腾的饭菜全部端上了桌子。

“老杨啊，和儿子一起来吃饭吧！”李秀兰仍然开心地呼唤着丈夫和儿子。

家里静悄悄的，没有人回答她的呼唤。

“老杨啊，和儿子一起出来吃饭啊，都准备好了。”李秀兰忍不住又呼唤了一句，依然是静悄悄的，没有半点回声。

李秀兰先走进卧室，她惊讶地发现丈夫没有脱下任何衣服，直接将脸埋在被子里睡着了。

李秀兰又来到儿子的房间，看见杨志正呆呆地看着杨宇的照片，泪流满面。

“孩子，别看了，吃饭吧，别饿坏了身体啊。”李秀兰尽量将声音放得很平和；虽然她已经感觉到了不对劲，她猜想儿子一定发生了什么事情，可这个善良的母亲，不愿意往坏的地方想，更不愿意看见另一个儿子伤心。

“妈妈，我不饿。”杨志低声回答着母亲。

“怎么会不饿呢？火车上肯定没吃东西吧，你爸爸那么粗心，他不会想着给你买东西吃的。”李秀兰心疼地对儿子说。

“妈妈，我吃了泡面，爸爸没吃东西，你叫爸爸跟你一起吃饭吧，我不想吃。”杨志依然流着眼泪说。

“你爸爸他睡着了，你还是跟妈妈一起吃点吧，就当陪妈妈吃饭，行吗？”李秀兰几乎是哀求着儿子。

“妈妈，我真的不想吃东西啊。”杨志很伤心地说。

“儿了，到底发生什么事情了，跟妈妈说说好吗？别憋在心里难过了，也许妈妈会有办法的。”

任何母亲，都有着保护儿子、不让儿子受伤害的本能。尽管李秀兰是个本分的家庭主妇，但是，儿子的眼泪深深地刺痛她的心，即使要自己的命，她也舍不得让儿子难过啊。

“妈妈，我，我……”杨志哽咽着，泪珠大颗大颗地落下。

“儿子，别急，慢慢跟妈妈说啊。”李秀兰一边用满是褶皱的手掌去帮杨志擦眼泪，一边安抚着儿子的情绪。

“妈妈，呜呜呜。”杨志第一次哭泣着，扑进妈妈的怀里。

李秀兰紧紧地抱着儿子，恨不能马上帮儿子摆脱困境：“儿子啊，告诉妈妈吧，没有什么过不去的坎，人活一辈子，什么事情都会遇到的啊。”李秀兰轻轻拍打着儿子的后背。

“妈妈，对不起，我给家里丢脸了，我被学校开除了。”杨志终于哭泣着说出了实情。

“什么？你胡说什么？被学校开除了？”李秀兰吓得急忙推开杨志，死死地盯住杨志的脸，希望儿子大声告诉自己不是真的。

“是的，妈妈，对不起啊，我给家里丢人了。”杨志呜咽着。

“你做错了什么？你爸爸都过去了也没用吗？”李秀兰简单的思维里，不管孩子在学校做错了什么，只要家长去跟老师谈了都可以解决问题的。

“嗯。”杨志点了点头。

“天啊，难怪你爸爸那么不开心，学校怎么能这样啊！好好的孩子，说不要就不要啊?!”李秀兰像是对杨志又像是自言自语地说。

“妈妈，都怪我不好，是我做错了事情啊!”杨志停止哭泣对母亲说道。

“算了，不上那个学校就不上吧，先回家休息一段时间，妈妈给你盛饭去。”母亲知道儿子和丈夫的心情都不好，更清楚儿子被学校开除的严重后果。她一时间想不出可以宽慰儿子的话语，只能低低地叹了口气，转身回到厨房默默流泪。

第十八章　徐子昂的关心

杨志还没有从自己的世界里走出来，他无法安慰母亲的眼泪与父亲的疲惫，他空洞的眼神直勾勾地盯着房间的屋顶，脑子里依然盘旋着不知名的乐章；不知不觉，他睡着了。

这一次，杨志睡得很踏实，睡得很香甜，睡得忘记了时间。

杨志在家里昏睡了一天，等他醒来的时候，已经是第二天的下午了，妈妈告诉他父亲上班去了，要他在家好好休息，别出门。

杨志不知所措地在家待着，失神的双目已经失去了青春的色彩。

妈妈交代他后就出去买菜了，家里空荡荡的，没有一丝欢乐的气息，杨志觉得很压抑。

百无聊赖的杨志，下意识地拿起小提琴，随意拉着不知名的乐曲。

一阵急促的电话铃声，打断了杨志的琴声，杨志本能地叫着：“妈妈，电话，妈妈。”半晌没有回应，杨志才想起妈妈买菜去了；杨志以为没有人会找自己，也没有去接电话。

几分钟后，电话铃声又响了，杨志不耐烦地拿起了话筒：“喂，找谁?”

“杨志，你回来啦，是我啊，我是子昂。”徐子昂兴奋的声音像个还没有变声的孩子。

“哦，子昂啊，有事吗?”杨志不想看见任何人，觉得没脸见任何人了。

“什么话，老同学，回来也不打招呼啊。”徐子昂责怪地说。

“有什么好说的，你怎么知道我回来了?”杨志有些失落地说。

“哦，马研君中午打电话给我的，说你回上海了，让我去看看你。”徐子昂是个老实人，尽管他现在是酒吧的老板，但是对杨志他是从不说谎的。

“马研君也真是多事，他都跟你说什么了啊?”杨志心里一惊。

“他没有具体说什么?只是说你在学校出了点意外，你到底怎么啦?”徐子昂对杨志还是那么热心。

“你别问了，是我自己的事情，跟别人无关。”杨志非常抵触徐子昂的问题，同时也暗暗责怪马研君太多事了，这么快就告诉徐子昂，自己都不知道怎样去面对这件事了。

“杨志，你在家等着，我马上就开车去你家。”短短的一年时间，徐子昂已经考到驾照了。那个年月能学开车就已经很了不起了，何况徐子昂还买了一辆新车。

挂上电话的杨志傻眼了，徐子昂来了肯定什么都知道了，自己一直是同学们羡慕的榜样，现在这样狼狈地被学校开除回家，多没有面子啊，杨志恨不得找一条地缝钻进去；这一刻，他才真正体会到作为“天之骄子”的大学生是多么的美好，而自己那么轻易地就砸碎了那么多人梦寐以求的梦想。

杨志还在脑海中思索着编个什么借口才能让自己不至于颜面尽失，要怎样才能保住自己那点虚假的尊严。“砰砰”，有力的敲门声，杨志知道徐子昂来了，但是，没有想到他来得这么快。

杨志磨蹭着走到门边，无力地打开了家门。

“哎呀，开个门要这么久啊?在干什么呢?”徐子昂有些心急地向杨志抱怨。

“嗯，坐吧。”杨志没有一丝表示欢迎的色彩。

“不用招呼了，这里我比你还熟。”徐子昂自说自话地脱下脚上的名牌皮鞋，穿上杨志父亲的塑料拖鞋，径直走进杨志的房间，完全不理会杨志夸张的冷漠。

“过来啊，兄弟，还站着干吗?”不知从什么时候起，徐子昂已经跟杨志称兄道弟了，也许，这是他在经商的时候形成的特色；也许，他早就把杨志当成兄弟而不是自己的小提琴家教了。

徐子昂很随意地坐在杨志的房间里，看了看杨志昨天带回家的行李，他立刻明白杨志是回家长住了。

“杨志，你有什么打算啊?”徐子昂虽然不知道大学校园里究竟发生了什么事情，但是他很会察言观色，从杨志那样沉闷的表情里，徐子昂几乎可以断定：杨志回不了学校了。

“哦，没什么打算，先休息休息。”杨志看着徐子昂一身的时尚，从心底有些自卑：以前那种自以为自己是搞艺术的，将来的艺术家，不屑于跟暴发户的儿子做朋友的感觉完全没有了。

“其实呢，你不回学校也挺好啊，我们又可以在一起拉琴了。”徐子昂也不在意杨志的语气，自顾自地说：“自从小宇离开我们后，就没有像样的人来教我拉琴了。陶子烟现在学习压力很大，我已经快一个月没有看见她了。”

徐子昂的话里有些悲伤，杨志不由自主地也想到了杨宇。

“嗯，如果小宇还活着，我也不会有今天了……”杨志的眼泪又不受控制地流淌出来。

“别难过了，小宇不在了，还有我们，他也不希望看见我们分开对吧？你看，老天爷不是又让你回来了吗？我们命中注定要做一辈子朋友的，难道不是吗？”徐子昂已经在生意场上练就了一些嘴皮功夫，但是面对杨志，他说的是真话。

第十九章　番茄的味道

杨志听着徐子昂的话，突然有一种强烈的宿命感：“是啊，也许这就是天意。”

“唉，杨志啊，如果你还当我是兄弟，就告诉我到底发生了什么事情，我虽然没有文化，但是大小也是个老板，需要送人情的地方，我去帮你打点就好了啊。”徐子昂的确是这样想的，也是这样说的，但是杨志听着却不是这个意思，他刚想说点什么，妈妈开门就来了。

“杨志，你在干吗？”妈妈进门就急切地呼唤儿子。

“我在跟子昂聊天。”杨志赶快回答妈妈。

“阿姨，我来了。”徐子昂也礼貌地打招呼。

“哦，子昂啊，孩子，你来得正好，阿姨买了很多菜，等会儿一起吃啊。”妈妈热情的话语，让杨志和徐子昂都觉得温暖，两个年轻人之间，一下子没有了距离。

“好，阿姨辛苦了，需要帮忙就叫我啊。”徐子昂因为以前经常来找杨宇练琴，经常在这里吃饭，他和杨志的母亲已经没有了陌生感，他们的对话，就像普通的家人一样，简单而不失温情。

“子昂啊，你跟杨志先玩会吧，家里也没有什么事情要你做的，你有两个星期没有来了吧，店里生意好吗？”妈妈一边放下手里的菜，一边唠叨着。

“好，生意好得很，本来想等陶子烟有空一起来看您的，现在杨志回来了，我就自己来了。”徐子昂面带笑容回答着杨志母亲的话。

“那就好，那就好，呵呵，你也别太辛苦了，注意身体啊。”杨志母亲关心地说着。

他们一人一句聊着，杨志有些奇怪地听着他们的对话，觉得自己倒像是个外人。

杨志在厨房的水龙头下洗干净一个新鲜的番茄，拿过来递给徐子昂；徐子昂接过番茄，连“谢谢”都没说，就直接塞在嘴里。

杨志是不吃生番茄的，大家都知道；可是这一刻，杨志感觉妈妈跟徐子昂之间才像母子，自己像个透明人。

“我做饭去了，你们玩吧。”杨志母亲回厨房去了，徐子昂的嘴里吃着番茄，杨志什么也不愿意说了。他的情绪开始漂移，他又有些难过了：为什么自己总是那么容易让人遗忘，难道就没有人在乎我吗？

“杨志啊，你在想什么？”徐子昂吃完番茄后问道。

“没想什么，等你吃东西呢，你家什么都不缺，你还喜欢吃这个？”杨志带着一些残留的孩子般的醋意。

“哈哈，你不懂了吧，这是爱心牌番茄，保姆给的和阿姨给的味道不一样，你明白吗？”徐子昂爽朗地笑了。他知道杨志从小就小心眼，从小就很计较这些小的细节，但是他不在乎，他只要感受到那种真实而温暖的心意，他不在乎别人怎样去想。也许这些，就是大人们觉得徐子昂老实、憨厚的地方。

“切，这是什么歪理！”杨志不屑地说。

“唉，我说杨志啊，你该不会是吃这个番茄的醋吧？哈哈哈。”徐子昂故意逗着杨志。

“鬼才会吃番茄的醋呢，无聊。”杨志的话总是带着点冷风，好在徐子昂从小就习惯了，换做不了解杨志的人，也许转身就走了。

“好啦，不说番茄了，说你吧。你到底想在家里睡几天啊？”马研君电话里跟徐子昂说过杨志在学校出了点事情回家了，但是没有具体说是什么事情。徐子昂看见杨志的态度后，他知道不能多问了，所以就不再追问到底发生了什么事情。

“我也不知道啊，现在还没有头绪。”毕竟是小时候一起长大的同学，杨志在徐子昂面前是完全不设防的。

“你还能回学校吗？”徐子昂直接问道。

“不能了，学校已经给我办了肄业证书。”杨志回答的语气有些落寞。

“肄业证书是什么？毕业证吗？”初中毕业的徐子昂，对学校的文凭没有认知。

“算是吧，就是证明你在这个学校学习过的证书，是对学历的一种肯定。”杨志努力维持着自己在徐子昂面前的最后一点优势。

“哦，是这样啊，那不就行了吗！证书都发了，你为什么不高兴啊？”徐子昂觉得很奇怪，既然有证书，还愁眉苦脸干吗呢。

“你不会明白的。”杨志低叹了一声。

“我不需要明白这些证书是干什么用的，我也不需要找工作。你也用不着证书了，直接到我那里去做首席演奏师，不就行了吗！”徐子昂继续安慰着杨志说：“我给你开的工资是你爸爸单位的五倍以上；你先干着，我很快要再开一家演绎酒吧，还要邀请很多明星过来表演的那一种，到时候啊，你就管理我现在的这家酒吧，你也可以做老板了。”

徐子昂告诉杨志自己的想法，而且是很现实的想法；目前他的酒吧生意非常火爆，这一年赚的钱，足够他开另一家分店了。

“真的吗？”杨志有些怀疑自己的耳朵，语气也有些吃惊。

“还能有假啊！我什么时候骗过你！你不知道我现在赚了多少钱吧？你已经拥有中央音乐学院的证书了，即使正规毕业了，也无非就是为了找份好工作吧，现在这样不是很好吗？我们一起做生意，也没有放弃你喜欢的艺术啊。”徐子昂的血管里，流动着父亲那种看准机会就去投资的投机商人的本性；但是，他比自己的父亲更有潜力，因为这几年，他没有放弃拉小提琴，他的个人素质，得到了很大的提高，虽然他眼里的生活很现实。

“嗯，可是我爸爸他会反对的。”杨志看见了自己的希望，看见了徐子昂带来的前景，但是他的心里依然有些担心。

“怎么会呢！我们已经长大了，都二十岁了，你父亲还会管啊，我们班的那个谁，都已经结婚了，你也真是的。”徐子昂调侃着杨志。

第四卷　青春的磨难

没有一种成就，是不需要付出的，艺术来源于灵感，而成就来源于生活的磨砺。岁月是让人成熟的催化剂，岁月里的风霜，都是凝聚了人们在生活中的各种困难而造成的。

第一章　重回酒吧

杨志笑了，这是他回家后的二十四小时里，第一次露出笑容；也是他从走进学校保卫科后到现在第一次展露出的希望的笑容；因为他从徐子昂的想法里，发现了自己的价值，找到了方向，他开始有了新的向往。

“儿子们，出来吃饭吧。”妈妈亲切地呼唤着，这个善良的母亲，自从杨宇去世后，一直把徐子昂当成了另一个儿子，她的精神世界也是因为经常能看见徐子昂而缓解了失去小儿子的伤痛。

“来啰。”徐子昂欢呼。

自从来到这个家庭里，徐子昂的口气就跟杨宇越来越接近，杨宇去世后，徐子昂依然在某些地方保留着那份童趣，依然有着杨宇的痕迹。

“妈妈，不等爸爸回来吗?”走出房间的杨志，看见母亲只准备了三副碗筷。

“不用等他，我们吃吧，子昂一会儿要去店里做生意，不能太晚了。”

李秀兰已经适应了这个替代儿子的母亲的角色；阿 Q 的精神是无处不在的，只是大家都没有发现而已。

“嗯，真好吃。”徐子昂夹起一块糖蜜番茄放进嘴里说。

“多吃点，多吃点，杨志你也吃啊。”母亲先夹起一块肉放进徐子昂的碗里后对杨志说。

“看你那馋样，还是个老板呢!”杨志不理会母亲，但是母亲的行为让他很不爽，他将怨气转发到了徐子昂身上。

“啊，阿姨做的饭菜就是好吃，杨志，你也吃吧。”徐子昂根本不在乎杨志的挖苦，他已经习惯了杨志的冷嘲热讽。他学着李秀兰的样子，夹起一块肉放进了杨志的碗里。

“嗯，好，好好吃，好好吃。”李秀兰看着他们，真心地笑了。作为母亲，她非常了解杨志的性格、脾气；看见徐子昂对杨志这么好，她知道杨志有救了。

普通的晚餐，杨志吃得很香，很久没有吃过妈妈做的饭菜了；这也是杨宇去世后，他第一次跟妈妈坐在一起吃饭。

徐子昂吃完饭后没有马上离开，李秀兰知道他在想什么。

“子昂，你们去吧，等会我跟他爸爸说一声就行了。”丈夫昨夜唉声叹气地诉说了儿子在学校里发生的事情；作为母亲，李秀兰虽然也很生气，但是，她更懂得体谅儿子。

“谢谢阿姨！”徐子昂感激地对李秀兰笑着，转头又对杨志说：“快点收拾吧，我们一起走。”

“啊？我们一起走？现在吗？”杨志有些怀疑自己的耳朵。

“当然了，你还想偷懒啊？”徐子昂开玩笑地说。

杨志有些小小的兴奋，每次快去演奏时他都是这种状态，他的骨子里有一种去展示自己音乐才能的冲动。

坐进徐子昂的黑色轿车里，杨志看着窗外的霓虹灯和下班往家奔走的行人，他有种小小的优越感，他深深地体会到了有钱的好处，他甚至有些羡慕徐子昂，羡慕他开着汽车的那种派头。

酒吧门口的保安远远看见徐子昂的车子，就走到门口迎接：“老板，晚上好！”

徐子昂轻轻地“嗯”了一声，看见保安打开车门，请杨志下车后，他将汽车停在了酒吧的门口。

“老板，晚上好！”员工们正在准备开门营业，看见徐子昂后，整整齐齐地露出媚笑。

“嗯，快检查一下，将新鲜的玫瑰花摆放到VIP室去。”徐子昂一边吩咐着员工，一边笑着对杨志说：“兄弟，跟我来。”

杨志已经有一年没有来徐子昂的酒吧了，酒吧里豪华的装修，暧昧的灯光，让他有种迷幻的感觉。

每个青春热血的男孩，都喜欢热闹的地方，喜欢被别人认可，被别人羡慕，被别人追逐的成就感。

走进酒吧的那一刻，杨志似乎忘记了学校的不愉快，忘记了被勒令退学的严重后果；他看着酒吧中央的表演台，恨不能马上就去拉奏一曲《高山流水》。

“子昂啊，现在谁在这里拉琴啊？”杨志忍不住问。

“哦，已经很少有人拉琴了，有时候我自己亲自登台，偶尔会看见陶子烟的精彩演出，从今天开始，这个舞台就交给你了。”徐子昂用信任的目光看着杨志。

“我，就我一个人整晚拉琴吗？”杨志有些诧异。

“怎么会呢，你一个人整晚拉琴会很闷的，呵呵，等会儿啊，你就看吧，有美女歌手来献唱，还有舞蹈表演，我这里啊，已经快赶上大世界啦！来，先喝点饮料还是啤酒啊？”徐子昂边说边招呼杨志。

上海的大世界，从20世纪50年代初期开始营业，到90年代初期近四十年的时间里，已经成为了家喻户晓的娱乐场所，但是后来，大世界改变了经营模式，转变成以青少年为主要消费群体的大会馆。

夜幕严严实实地遮住了大空，霓虹的影子变得越来越迷人；回家的人群已经换成了出来品尝夜生活的休闲脚步；人们开始走进夜色里，放松白天的疲惫，享受夜晚的神秘。

酒吧里开始陆陆续续地进来客人，空着的桌椅慢慢地有了主人；徐子昂拆开早已经准备的“红双喜”香烟，开始散发给他熟悉的客人，自己也优雅的吐出了烟圈。

“子昂，你会吸烟？”杨志惊讶地望着徐子昂喷出的烟雾。

“嗯，应酬嘛。你看泡酒吧的男人谁不会抽烟啊？来，你也点一根。”徐子昂熟练地给杨志的嘴巴上插上一根香烟，并点上了火。

“唔，不要啊，我不会抽烟，咳、咳。”杨志想拒绝，已经来不及了，他发出了初次品尝烟草味道的男孩都会发出的声音。

“哈哈哈，等你习惯了，想不抽都不行呢。”徐子昂放声大笑着，又去招呼进门的客人。

第二章　演绎的琴声

夜的精灵开始释放活力，华灯的色彩开始迷醉，男人的眼神与女人的脸，开始变得生动而且具有难言的魅力。

酒吧开始喧闹了，客人开始躁动了；服务员穿梭着忙着送酒水；音乐的节奏更强劲了；舞台的幕布已经在变换颜色了。

徐子昂已经没有时间跟杨志说话了，他端着酒杯，像一个客串的小姐那样，在仅有的几个 VIP 包房里轮流跟客人周旋。杨志自己坐在吧台里，抱着他的小提琴，等待自己在舞台上展示的时间。

酒吧舞台的幕帘终于拉开了，五光十色的射灯开始旋转了，喧闹的客人开始暂停了，他们都期待着精彩的演出。

20 世纪 90 年代的初期，人们的夜生活很简单，刚刚开始复苏的娱乐业很受欢迎；上海为数不多的几家高档演绎酒吧更是宾客盈门，夜夜欢娱、门庭若市，酒吧的老板日进斗金，富裕得连自己做梦都会笑出声音来。

一个穿着超短裙的漂亮女孩，说着并不标准的普通话，掀起了今夜的第一个小高潮。

浓妆艳抹的几个女艺人，犹如 20 世纪 30 年代的舞姬，摇晃着腰肢，用一个给全场客人们飞吻的手势，替换了穿着超短裙的女孩。

戴着面纱，穿着长裙的歌手，嗲嗲的娇吟弥漫在酒吧的空气中，混合着烟酒的味道，让男客人们的感官都得到了发胀的力量；酒吧的女服务员适时拿出了许多廉价的玩具与花朵让男客人们挑选；在美女的笑脸中，男人们毫不犹豫地将钱交给了酒吧，交给了这夜幕下的短暂迷醉。

流行歌曲登台了，时尚服装上台了，甚至连新版的相声都来了，杨志看得聚精会神，似乎忘记了自己是来拉琴的。

报幕员在一片沸腾中宣布：“现在请我们上海市的小提琴神童，来自中央音乐学院的杨志先生登台。”杨志还沉醉在刚才的画面里，居然没有反应过来。

报幕员又重复了一遍，客人们都突然安静下来，徐子昂立刻飞奔到吧台，将杨志拉上了舞台。

杨志第一次听见别人称呼自己是“先生，”第一次在这么漂亮的女生面前狼狈地被徐子昂拉上台；他努力让自己镇静下来，摆出一个很漂亮的拉琴姿势。

杨志深深地呼吸了一口气，拉起了自己很少独自演奏的《蓝色多瑙河》，酒吧出现了戏剧性的变化，刚才还在觥筹交错的客人们，立刻安静得像在睡梦里……

“好！”突然间，有个客人狂呼了一声，大家如梦初醒，一个喝多了酒的疯狂美女，居然端着一杯啤酒，走向杨志。

“你要干什么？”杨志第一次遇到这种场面，他涨红着脸，紧张地问道。

“帅哥，赏个脸，本大小姐请你喝的。”美女摇摇晃晃地扭着腰肢，胳膊有点不听使唤，杯子里的酒也洒了出来。

“哈哈，是你啊，我喝。”徐子昂不知道从哪里钻出来的，好像跟这个客人很熟悉，他接过酒杯一饮而尽。

“没事了，没事了，大家继续喝，杨志，你继续拉吧，拉一曲《赛马》，拉完就快点下来啊。”徐子昂不但及时给杨志解了围，更给杨志交代了接下去的任务；因为他是这里的老板，他的话就是命令。

刚才发生的一幕，虽然很突然，但是很刺激，杨志听话地演奏起《赛马》中最为激昂的片段，美女的主动挑战，触动了他尘封的神经和久违的欲望；他卖力地、近似疯狂地投入到琴声里。

演奏完毕，杨志对着观众常规性地鞠了一个躬，快步跑回吧台。

“哎哟！好久不见啊，你现在变成一个大帅哥了嘛！”一个甜得发腻的声音出现在杨志的耳边。

“啊？跟我说话吗？”杨志顺声望去，一张厚厚的脂粉掩盖下的脸，熟悉又陌生。

“你是？”杨志想不起来她是谁了。

“哎哟，装什么啊？我是陈璐璐啊，真是的。”陈璐璐不满地撅起了血红的嘴唇。

“她是我们未来的老板娘。”旁边一个服务小弟赶紧好心地在杨志耳边提醒着。

“哦，陈璐璐啊，你怎么会穿成这样子啊？”杨志奇怪陈璐璐的打扮，他觉得陈璐璐此刻的装束，就像电影镜头里的妓女。

“什么样啊？不漂亮吗？”陈璐璐故意靠近杨志，让自己身上浓郁的香水味道充斥着杨志的鼻子。

“不是，不是，我只是没有认出你。”杨志慌忙解释着，并躲闪陈璐璐的过于亲密的状态。

“我说神童啊，你已经不是小孩子了吧，难道你还没有女朋友？”早熟的陈璐璐完全是一副社会上的腔调。

杨志不愿意跟陈璐璐正面接触，他借着嘈杂的人声想溜走。

“你干嘛去，跟我聊聊吧，很久不见了，你怎么会提前回来啊？现在又不是放暑假的时间。”陈璐璐依然是那种看不起杨志的口气。

杨志似乎没有听清楚她说些什么，只是专注地看着台上的表演。

“哎哟，北京什么没有的看啊，切，还是那么没见过世面，一副小家子气。”陈璐璐不屑地扭动着屁股，跟一个相熟的客人喝酒去了。

午夜时分，酒吧的客人渐渐开始离场，微醉的客人搀扶着大醉的朋友，很多人在门口叫出租车，有车又有素质的客人早就悄悄地离开了，剩下一些想寻找额外刺激的人，在徐子昂的劝说下，不情愿地抱怨着。歌手们收到的鲜花和花篮，大部分都留在了酒吧里，服务员挑选好的留着插花，很多漂亮的花草被当做垃圾，扔进垃圾桶里。

杨志没有离开，也没有继续跟陈璐璐聊天，他安静地看着芸芸众生相，看着红尘的午夜，看着与自己无关的世俗风景。

第三章　朋友的恋情

喧闹的酒吧，慢慢地安静了；鬼魅般的霓虹，疲惫地眨着眼睛；夜幕无力地下垂着，黎明前的黑暗肆意横行；初夏的夜风带着凉意，钻进了酒吧的门缝。

“杨志，累坏了吧，我马上送你回去。”徐子昂虽然也很累，但是他已经习惯了这种生活，毕竟他是这里年轻的老板，积累更多的财富是他人生的目标。

“还好，你忙完了吗？”杨志看着徐子昂，有些感触地说。

“嗯，快了，马上就好，你看见璐璐了吗？”徐子昂一边寻找陈璐璐的身影一边问。

“哦，看见了啊，怎么啦？她还没有走吗？”杨志很奇怪徐子昂的表情。

“我们一起回家，我先送你。”徐子昂回答。

“一起回家，陈璐璐还在啊？你们？”杨志不解了。

“呵呵，璐璐现在是我的女朋友，她住在我家里。”徐子昂有些羞涩地解释。

“啊？你们俩还在一起？”杨志惊呼。

“别大惊小怪的，璐璐是我的初恋，我们是要结婚的啊。”徐子昂比杨志更现实，也比杨志更成熟。

“恭喜啊！”杨志不再发表意见了，因为徐子昂和陈璐璐在学校就早恋了，这些事情他是知道的。

徐子昂吩咐服务员将大厅整理完毕再整理 VIP 包厢，一个年纪不大的女服务员走过来说：“老板，包厢里还有客人没有离开。”

“什么客人这么晚还没走？”徐子昂问女服务员。

“是老板娘熟悉的，他们还在喝酒呢，而且……”女服务员脸红得不敢说下去。

“而且什么？发生什么事情了吗？”徐子昂一边问一边向包厢走去。

“不是那边，是我们唯一的那间小包厢。”女服务员急忙告诉徐子昂客人的位置。

“璐璐，璐璐。”徐子昂一边推开包厢的门一边喊着。

包厢里的灯光非常的暧昧，陈璐璐坐在两个男人的中间，三张暧昧不清的脸上有着明显的酒精痕迹。

“璐璐，你在干什么啊？下班了，我们该回家了。”徐子昂不认识这两个客人，却看见自己的女朋友在两个男人中间笑得像花一样灿烂。

“这位是？”一个稍微清醒的客人问陈璐璐徐子昂是谁。

“哦，他是酒吧的老板，来，子昂啊，我们一起跟两位外企的老总喝一杯吧。”陈璐璐不理会徐子昂的担心，继续风骚地举起酒杯。

“哦，明天再喝吧，我们要下班了，欢迎两位老总明天继续光临！”徐子昂一边礼貌地拒绝，一边下着逐客令。

“好，好，我们埋单了，璐璐小姐跟我们一起走吧。”一个男人拿出厚厚一叠人民币，一个男人仗着酒精的力量，当着徐子昂的面，用手揽过了陈璐璐的腰肢。

“唔，两位慢走，明天我在这里等你们啊。”陈璐璐一边妖媚地笑着说，一边将厚厚的人民币放进了自己的小包里。

徐子昂虽然心里不舒服，但是在酒吧里看惯了这种场面的小老板也不能说什么；他知道自己的女朋友喜欢钱，跟客人周旋也是为了让自己多赚钱。但是，他不知道，陈璐璐已经像个陪酒小姐那样，在他的酒吧里变相地拿着他和客人的双份钱财。

徐子昂侧身让客人离开时，陈璐璐快速地将客人的名片藏好；因为这是两个经常出国的大客户，陈璐璐多了一分私心。

三个人在车上没有多说什么，杨志有些想睡觉了，毕竟喧闹的生活离他很遥远，他有些不适应。

徐子昂默默地开着车，陈璐璐在心里盘算着自己的小金库。

杨志下车后跟他们告别，徐子昂只是说了句：“明天我来接你。”就调转车头，急速离开了。

看见杨志走进了小区后，陈璐璐不满地对徐子昂说：“干嘛天天去接他啊，他自己不认识路吗？真是的。”

“哦，杨志刚回来，心情不好，我顺路接他。”徐子昂边开车边说。

“他心情不好你就接送，怎么不关心我啊？”陈璐璐抱怨地嘟囔着。

“怎么不关心你了，你每天都是打车，再说了，你也不需要那么早去酒吧的。”徐子昂今天有些不爽，说话的声音也比平时要大很多。

“你叫什么啊？我只是随便说说。”陈璐璐感觉到了徐子昂的不开心。

短暂的沉默，他们的气氛有些僵持。

“还没到暑假，杨志怎么回来了啊？”陈璐璐打破了沉默。

“哦，他学校出了事情，提前毕业了。”徐子昂也觉得自己对陈璐璐的态度有些过火了，他的语气明显比刚才温柔很多。

“是这样啊，我们的酒吧现在也不需要拉小提琴的表演了，你这是在帮他的忙吧。”陈璐璐觉得徐子昂是在施舍钱给杨志，只是她没有那么坦白地说出来。

“谁说不需要高雅艺术了，酒吧是杨志跟他弟弟撑起来的，没有他们，能一炮打响吗？我准备开分店的时候，让杨志来管理现在的酒吧呢。”徐子昂认真地说，车子的速度也慢了下来。

“什么？让他来管理现在的酒吧，那我干什么啊？”陈璐璐一听就冒火了，她一直在等待徐子昂快点开分店，自己能早日接手现在这家生意红火的酒吧，做一个真正的老板娘。

“你急什么？你当然跟我一起去新店里了，杨志跟我们一起长大，他又不懂得投机取巧，让他打理我最放心了。”徐子昂下意识地拿出一根香烟，也许是太累了，他不在乎女朋友的脾气。

“见鬼了，杨志不懂得投机取巧，你忘记了他家很穷吗？你忘记了他教你拉琴要一万块吗？这样的瘪三，会为了钱不择手段的。”陈璐璐开始针对杨志并带着侮辱性的字眼。

“哪能这样讲话，他是为了给小宇治病才要一万块的，我家里不缺钱，我爸爸都没说，你心疼什么？”徐子昂虽然在酒吧做老板，每天接触着形形色色的客人，但是他和杨宇的感情是非常纯的，他的本性也很善良。

“碰到赤佬啦，你头昏了，自己的店给别人，自己的钱也给别人，你根本不把我当回事啊。”陈璐璐开始爆发了。

第四章　徐子昂的悲伤

初夏的夜风扑在徐子昂的车身上，陈璐璐的火气开始蔓延，她霸气地大叫："停车，快停车。"

"干嘛啊？不回家睡觉了？"不知道徐子昂是累了，还是因为提到了杨宇让他心情失控，他也大声叫起来。

"叫你停车就停，把话跟我讲清楚。"陈璐璐本来就是早熟的女孩，她的眼里全是金钱，如果徐子昂的家里很穷，徐子昂没有这间酒吧，也许她根本不会多看徐子昂一眼，更别说跟他谈恋爱了。

上海女孩的现实，是别人难以想象的，上海女孩的精明与自私，是哪里的女孩都比不上的，那个刚刚开放的年代，陈璐璐已经早早地从技校出来，混迹于社会，各种各样的社交场合她都会想办法钻进去，有钱有势的男人和女人她都会去巴结，徐子昂只不过是她生活中的一个自动提款机，她并没有投入什么感情，也没有规划自己与徐子昂的人生；所以，她对徐子昂一点也不在乎。

在陈璐璐的咆哮中，徐子昂将汽车停在了一个有绿色植物的马路边，下车靠在车身上："说吧，你为什么发脾气，杨志到底哪里让你不舒服了？"徐子昂又点燃一根烟，自顾自地抽起来。

"你到底是在乎我，还是那个死鬼的哥哥？"陈璐璐也点燃一根烟，在黎明前的黑暗里吸着，闪动的烟火，像鬼火般一明一灭，两个情绪不好的年轻人各自想着自己的心思。

"说话啊，你到底是怎么想的？"陈璐璐一副不达目的不罢休的样子。

"好了，我只是这样说说而已，真的分店开出来，还是要听我爸爸的意思，你不知道吗？"徐子昂深深地吸了一口烟，看看陈璐璐模糊的愤怒表情，他先软下来了。

上海的男人很温柔，很理性，他们很难相信别人，一旦相信了一个人，建立了一份情谊，他们就不会轻易改变。徐子昂和杨志、杨宇间的感情，已经超过了同学、朋友间的关系，杨宇给徐子昂带来了一份亲情的补偿，一份难得的、珍贵的、今生今世都让徐子昂留恋的纯真情谊；杨宇死后，徐子昂本能地将这份情谊转移到了杨志的身上，即使杨志很多时候都忽略，徐子昂的潜意识里依然在释放着这种难得的真情。

陈璐璐不会知道，杨宇死后，徐子昂的心都撕裂了，他的痛苦和难过不会比杨志的少；他的眼泪是在自己的空间里默默流淌的，他无法忘记杨宇给他带来的快乐和欢笑；更不能接受别人对杨志、杨宇兄弟的侮辱；如果陈璐璐不是他心爱的女人，他可能会将她扔在大街上转身离开，也可能会直接将口水吐到她脸上的。

“你爸爸现在不是也听你的吗？”陈璐璐对男人的确有一套，她发觉徐子昂的语气变软后，立刻也用一种比较温柔的声音开始对他说话了。

“现在又不可能马上开分店的，房子都还没有找到。”徐子昂老实地说。

“找房子，你已经有一千多万了吗？新店要整个上海最高档的装修，最豪华的设施，最一流的灯光、音响啊。”陈璐璐立刻找到了自己想要了解的话题。

“钱不用担心，关键是地段，我想搞一家全方位的娱乐城，里面酒吧、迪厅、演艺厅、西餐等，什么都有的那种。”徐子昂见陈璐璐已经不再生气了，自己也开始说出了最真实的打算了。

“很好啊，那你现在自己有多少钱啊？”陈璐璐继续追问徐子昂。

“三百多万吧，我爸爸到时候会垫资几百万，再加上这段时间我们酒吧的营业额，到时候应该够了，如果不够的话，可以问我爸爸的朋友借点钱。”徐子昂如实说出了自己的存款。

“子昂，我上次看中的那套首饰还没有买呢！”陈璐璐撒娇地凑到了徐子昂的身边。

“你那么多首饰还要买什么？现在我们要存钱开店啊，等结婚的时候再买吧。”徐子昂亲切的搂过陈璐璐的肩膀。

“子昂，结婚还早呢，你刚满二十岁，还要等两年啊，现在买给我吧，人家很喜欢的啊。”陈璐璐一边撒娇，一边在心里说：“笨得像个猪，谁愿意嫁给你，长得像个张飞，不如先把钱哄出来再说。”

“嗯，还有三年我们就可以结婚了，到时候新店一定赚了很多钱，只是这三年你也要辛苦点，跟我一起打拼，不要老是发大小姐的脾气，好吗？”徐子昂温柔地说着，充满憧憬地去亲吻陈璐璐的脸。

“嗯，都已经跟你吃了这么久的苦了，你连一套漂亮的首饰也不肯买给我，还说结婚呢。”陈璐璐故意将脸扭到一边。

“好啦，那套首饰多少钱，有空我去给你买就是了。”徐子昂是深爱陈璐璐的，他已经彻底妥协在陈璐璐的做作的娇柔里了。

“真的啊，那套首饰也不贵，大概十几万元吧。”陈璐璐快速在徐子昂的嘴唇上亲了一下，开心的说。

“啊？十几万？”徐子昂很惊讶。

“怎么啦，我跟你一起那么久了，十几万还多啊？”陈璐璐又开始撒娇带抱怨了。

“酒吧一个晚上的营业额才两万元钱啊。”徐子昂有些不情愿了。

“哎呦，你不要这么小气好不好？我每天都到酒吧来做义务工，你也没有给过一分钱工资，我帮你拉来的客人加上卖掉的烟酒，也不止十几万吧，还口口声声说爱我呢。”陈璐璐很会算账，她忘记了自己从酒吧客人那里得到的小费是多少钱。

“买那么贵的东西，我还是要跟爸爸、妈妈商量一下的。”徐子昂听陈璐璐的抱怨不是没有道理，他拿出了最后的挡箭牌。

“要不这样吧，你给我十万块钱我自己去买，不够的钱我问我爸爸、妈妈拿，首饰还是当做你送给我的好吗？”陈璐璐发嗲地扭动着充满青春的身体，钻进了徐子昂的怀抱里。

“好吧，那我们早点回家吧，我累了。”徐子昂真的很疲惫了，过早地投入生意场上，让他的身体少了一些年轻人应有的冲动。

“那你先把钱给我啊，我明天去买了，晚上有个小姐妹过生日正好炫耀一下。”陈璐璐娇滴滴地说。

“我没有那么多现金啊。”徐子昂说出了实情。

“没事的，你先把银行卡给我，我只刷买首饰的钱，吃了晚饭，我把姐妹们带到酒吧来玩就还给你卡了，好吧？我亲爱的老公。”陈璐璐温柔地将舌头伸进徐子昂的嘴里，让徐子昂无法说“不”。

第五章　疯狂的陈璐璐

情侣间的不和谐似乎很容易被身体的亲密行为化解，陈璐璐给了徐子昂一个男孩的初恋、初吻与初夜，尽管徐子昂知道她很贪婪，她对金钱的索取永远不会满足；但是，他依然相信陈璐璐是爱自己的。

20世纪90年代，敢在马路上亲吻已经很大胆了，陈璐璐却敢钻进汽车里脱衣服，那种疯狂的大胆，让徐子昂迷恋，让徐子昂心甘情愿地交出了自己辛苦所得的所有存款。

激情退却，徐子昂爱怜地拥抱着陈璐璐说：“这些钱是我们做生意的本钱，我们将来要靠它生存的，你除了买首饰，其他别乱花啊。”

“放心吧，老公，明晚我一定是最漂亮的公主，你送我回自己家吧，明天我要给你一个大大的惊喜。”陈璐璐急忙将徐子昂的银行卡藏好，遮盖不住自己的喜悦。

徐子昂几乎没有能力拒绝陈璐璐的要求，他听话地将车子开到了陈璐璐的家门口。

“再见了，老公!”陈璐璐跳下车后，象征性地给了徐子昂一个吻别；徐子昂甜蜜地笑了，他不知道，这是自己与陈璐璐今生最后的一个吻，也是自己人生中最悲哀的一次感情经历。从此他不敢相信女人，相信爱情。

对需要休息的人来说，黑夜总是很短；对心事重重的人来说，黑夜是漫长的。

陈璐璐回到家后，拿着银行卡，数着自己存的近十万现金，她根本不想睡觉。

“如果这些钱是我的，我就发达了，以后就什么也不愁了。”陈璐璐自言自语地说。

“可是明天真的买了首饰，这张银行卡还是要还给那个傻瓜的啊。”陈璐璐开始不甘心了。

环顾着自己家的小阁楼和睡在里面的父母，陈璐璐想着外面星级酒店的豪华与优越，她越来越渴望这些钱都是自己的了。

“我要怎么做才能得到这些钱呢?”陈璐璐的脑子飞快地转着，眼神也越来越亮。

“有了，豁出去了，反正我这一辈也赚不了几百万的。”陈璐璐突然自己叫了一声，因为怕吵醒已经熟睡的父母，她又赶紧捂住了自己的嘴巴。

陈璐璐悄悄地、小声地收拾了几件自己喜欢的衣服，静静地等待着日出。

天亮了，陈璐璐迫不及待地走进了银行。

那时候的银行不像现在这样严格，也没有安装电脑系统；陈璐璐很轻松地就取到了几万块钱；她又去了几家银行，上百万现金很快就已经装进了她随身携带的行囊里。

陈璐璐回到家里，她打电话到父母的工厂，谎称自己生病了，叫父母立刻回家。

面对急急忙忙回家的父母亲，陈璐璐说出了自己的打算。

“你疯了吗？人家都没有嫌弃你，这些钱以后还是你的，你怎么能做这种丧尽天良的事情。”父母不同意她冒险的想法。

“哎呀，你们糊涂啊。”陈璐璐开始给父母上课：“你们工作一辈子，也不可能赚到一百万的，现在是三百多万啊，我们现在就去深圳，然后去香港，没有人能找到我们的，再说了，银行卡是子昂自己给我的，又不是偷的，怕什么啊?”陈璐璐根本不理会父母的惊愕。

“你脑子坏了吧，子昂是爱你的，你们会结婚的，何必做这种犯法的事情啊?”陈璐璐的父亲不理解女儿的想法。

“哎哟，你们真是一对穷命的老古董啊，我实话跟你们说吧，你们不走我自己走，昨天那个傻瓜说了，以后开了分店要交给杨志打理，他根本没有当我是一回事。再说了，酒吧里漂亮的女孩子那么多，他能喜欢我几天啊，他那个傻傻的样子，我看着都难过呢。”陈璐璐喜欢钱不喜欢徐子昂是真的，徐子昂根本就没有跟她以外的任何女孩子接触，她不过是说谎，换来父母的支持而已。

“这样啊，想想也是的哦，他家条件那么好，在上海找个小姑娘太容易了。”陈璐璐的母亲首先有些心动了；毕竟他们面对的是三百多万的巨额财产啊。

“好啦，你们别磨蹭了，现在就给厂里打电话请假几天，说我得了急性阑尾炎，要开刀的，快点，再晚就来不及赶火车了。”陈璐璐吩咐着母亲。

“璐璐啊，这样不合适吧?”父亲依然在犹豫着。

“怎么不合适了，到外面买个身份证，买套房子做生意，还可以存二百万多万呢，你就等着享福吧。”陈璐璐大声呵斥着他的父亲。

这个可怜的，毫无主见的上海男人此刻也失去了理智，他在女儿的怂恿下拨通了厂里的电话。

陈璐璐的母亲想去房间收拾行李，陈璐璐立刻制止她说：“好了，就这样走吧，房子是单位的，这些破家具和旧衣服没有什么值得留恋的，到了深圳我全部买新的给你们。”

20世纪90年代初期没有手机，坐火车根本不用检查身份证，他们一家人很轻松地就买到了去杭州的火车票；因为陈璐璐觉得直接从上海去深圳不安全，他们就先去杭州，再去深圳，这样别人也不会太注意他们了。

这荒唐的一家人，就这样离开了上海，离开了自己生长的地方，丢下了做人最起码的良心。

第六章　徐子昂的忧虑

午后时分，徐子昂起床了，他习惯地吃着保姆早已经准备好的饭菜，看了一会儿电视，等到将近四点钟时，他开车出去买了一些水果，跟往常一样，赶去了杨志的家里。

一切都很正常；杨志的母亲像昨日那样招呼着徐子昂吃晚饭，杨志也友好地跟他讨论今天演奏的曲子。

他们不会知道，此刻的陈璐璐一家，已经在奔赴深圳的火车上，火车早已经开出了浙江省。

酒吧的一切依旧，徐子昂的忙碌依旧，他并没有太在意陈璐璐几点来，因为她来不来酒吧都一样要营业。

“杨志，你自己歇着，也可以先听听唱片，我检查一下包厢。”徐子昂说完就干活去了。这个淳朴的上海大男孩，虽然在家里什么都不做，但是在酒吧里，很多事情他都要亲力亲为的。

华灯初上，上海的夜晚依旧繁华如梦，客人们如昨日般陆续到场；歌手开始在里面换装；杨志也在细心地擦着自己心爱的小提琴。

什么都没有变化，什么都很正常。突然，徐子昂的眼皮跳了一下，他自己笑了笑用手指揉了一下眼睛，眼皮又跳了几下；徐子昂环顾四周，没有看见类似于上门闹事的小流氓之类的面孔后又开始忙碌了。

酒吧开始表演了，客人们开始欢呼了；徐子昂看看手表已经快十点钟了，他这才想起陈璐璐还没有来：“这个疯女人，不是跟小姐妹一起喝多了吧?”徐子昂自言自语了一句。

时间在客人们的恣意中过得很快，又到黎明与黑暗交替的时候了，杨志也收拾好了东西，静静地等徐子昂送他回家了，“子昂，你真辛苦啊，再坚持一会儿就可以回家了。”杨志漫不经心地跟徐子昂说着。

“嗯，还好，已经习惯了。”徐子昂回答杨志的时候，忽然觉得心里一阵阵发凉。

“子昂，你怎么啦？怎么头上出了这么多汗啊?”杨志急忙递给他餐巾纸。

“哦，是吗?”徐子昂一边擦着一边担忧着，忍不住向门口张望。

“子昂，你在看什么啊？现在只有客人走，不会有客人来了，还想赚钱呢！财迷。”杨志调侃着。

“不是啊，璐璐说好跟小姐妹一起过来玩的，到现在还没有看见人啊。”徐子昂对杨志从不说谎。

“哎哟，一日不见如隔三秋啊！乖乖。”杨志对徐子昂做了个鬼脸。

“不是的，我怕她喝醉了。”这个时候的徐子昂完全没有想到自己所有的积蓄都被陈璐璐拿跑了。

“哈哈哈，你还怕她喝醉了，你醉了她也不会醉的。”杨志的话让徐子昂心里有些舒服；服务员送来客人结账的现金，有熟悉的客人在挥手向他告别，徐子昂暂时忘记了陈璐璐的事情。

快两点时分，客人散尽，杨志也哈欠连天了，徐子昂赶忙熄灭霓虹灯，关上酒吧的门，载着杨志回家了。

回到家里的徐子昂，心里有些发慌，他不明白自己这是怎么了。他大口大口的喝水，依然没有缓解，他以为是太累了，自己泡进了浴缸，甚至将头埋进洗澡水里。

洗完澡后，徐子昂还是不想睡觉，他不知道自己今天是怎么了，他忽然想给陈璐璐打电话，看看时间后，他没有走向电话机。

那时候的人相对单纯，徐子昂最多只会想到陈璐璐买了一大堆没用的东西，根本不会想到她敢拿着钱跑掉的。

徐子昂醒来时，已经接近中午了，他没有穿好衣服，没有吃饭就直接开车去找陈璐璐了。

敲了半天门，没有人出现，徐子昂有一种不祥的预感：“难道她会去疯狂购物，把自己的钱花光吗？”想到这里，徐子昂自己笑了：几百万怎么可能一下子就花完，是自己太担心了。再说，自己早晚要跟她结婚的，现在买了，以后还是要当陪嫁的啊。

“可是，这个时间璐璐应该是没起床，或者刚睡醒啊，怎么会不在家呢？”徐子昂茫然地下楼，自己坐在车里抽烟。

整个下午，徐子昂都守在陈璐璐家的门口，一直没有看见自己希望看到的那个身影；徐子昂开始真的担心了，他急忙开车去找陈璐璐的好朋友莉莉。

敲开莉莉家的门，莉莉的父母好像刚下班回家，莉莉并不在家。

“阿姨，昨天璐璐来过吗？”徐子昂礼貌地问。

“璐璐啊，昨天没有看到啊。怎么了，你们小两口吵架了吗？”莉莉的母亲显然并不知道自己的女儿和璐璐在外面究竟是干什么的。

“哦，没有啊，昨天不是莉莉过生日吗？”徐子昂追问了一句。

“莉莉过生日？你搞错了吧，我们家莉莉的生日还没到呢，你到底有什么事情啊？”莉莉的母亲很奇怪徐子昂的问题。

“啊？没事，没事，我先走了，莉莉回来让她到我店里来玩啊。”徐子昂心慌慌地急忙告辞；这一刻，他感觉真的出事了。

“璐璐到底去了哪里？她干嘛去了？”徐子昂一遍又一遍地在心里问自己。他不会知道，陈璐璐已经是江湖老手，已经贪婪的让他不敢相信了。

路过一个公用电话亭，徐子昂打电话问家里的保姆，陈璐璐有没有回自己的家，同时也打电话给杨志，让他自己打车去酒吧，他没有时间去接了。

徐子昂开着车，在陈璐璐经常出现的几家商场附近停下来；他仔细地观看路边的行人，希望能找到陈璐璐拎着大包小包的身影。

可是伴随着他的，除了失望还是失望。

徐子昂索性将车子停在路边，自己一家家商场里去看、去找，依然什么也没有看到，他难过极了。

“怎么会这样啊？璐璐到底发生了什么事情，难道她出了什么意外？”徐子昂首先担忧的是陈璐璐的安全，慢慢地，慢慢地，才开始担心自己的辛苦钱。

已经到了酒吧开门的时间，徐子昂想了想还是再次去了陈璐璐的家里，依然没有人开门，徐子昂这次真的意识到出事了，但是，他还是怀着一线美好的希望回到了酒吧，静静地等待陈璐璐的出现。

第七章　徐子昂的末日

心神恍惚的徐子昂已经没有了昨日的精神，他手忙脚乱地把吧台上的东西颠三倒四地摆放着；平日从来不对工作人员发火的好脾气老板，今天却总是无缘无故地挑剔大家做的事情不好。

九点多钟的时候，花枝招展的莉莉和另外一个女孩来到了酒吧。

“嗨，徐老板，你找我啊？”莉莉夸张地调侃着。

“你终于来了，莉莉，你看见璐璐了吗？你昨晚跟她一起了吗？”徐子昂仿佛看见了希望，看见了救星。

“什么啊？你自己的女朋友去了哪里都不知道啊？璐璐最近没有跟我一起玩啊。”莉莉很惊讶地说。

“你说什么？怎么可能？昨晚不是你过生日吗？”徐子昂额头上冒出冷

汗，青筋都要爆出来了。

“你叫什么？谁昨晚过生日了？脑子坏了吧，不欢迎我来玩，我去别的地方，真是的。”莉莉看见过徐子昂那种样子，以为是跟陈璐璐因为争风吃醋的事情吵架了，急忙想避开。

“别走，你给我站住，告诉我璐璐在哪里？”徐子昂立刻冲出去，拉住了正要走开的莉莉。

几个正准备进入酒吧的客人奇怪地看着他们。

“放手，你还要不要做生意了，我说了没有看见就是没有看见，她外面那么多搭子，谁知道跑去哪里逍遥了。”莉莉也不是好惹的，说话句句带刺。

“什么？什么搭子？你给我讲清楚点？”徐子昂真的愤怒了。

“讲清楚就讲清楚，怕你啊，你以为自己了不起啊，你以为自己很有钱啊？上海滩像你这样的小K多的是，璐璐身边的男人哪个没有钱啊？你以为她稀罕你啊？”莉莉以为自己的姐妹已经找到了更好的男人，故意想甩掉这个痴情的傻蛋，所以她毫无顾忌地说出了实话。

“啪”一记响亮的耳光打在了莉莉涂满白粉的脸上。

“你找死啊？敢打我？”莉莉发疯似的扑向徐子昂。

“住手，你们在干嘛？”刚好走下出租车的杨志看见了这一幕，急忙上前拖住莉莉的手。

“你给我等着，小赤佬，摆不平你，我白混了。”莉莉咆哮着走了。

“子昂，子昂，你干嘛？快进去，客人们在看呢。”杨志死死拉住徐子昂，不让他去追莉莉。

“杨志，我怎么办？怎么办啊？我爸爸知道了会杀了我的啊。”徐子昂看清楚了杨志后，仿佛闯祸的孩子看见了妈妈那样，一边哭诉，一边整个人都瘫软在杨志的身上。

“子昂，你冷静点，告诉我发生了什么事情？”杨志觉得从来没有看见过徐子昂发脾气，更没有看见过他动手打女人。

“陈璐璐，璐璐不见了。”徐子昂呜咽着。

“不会的，不会的，她不是小孩子，怎么会不见了呢？你别担心，她会来找你的。”杨志也以为他只是跟陈璐璐吵架了而已。

“你不知道，你不知道，前天夜里，我把银行卡给她去买东西，她说昨晚到酒吧来还我，她没有来，今天我去她家里也没有看见她，而且，她家里一个人也没有。”徐子昂开始擦着眼泪哭诉着自己的担心。

“买东西，银行卡，你给她一点现金不就行了吗？”杨志有点不明白了。

“她要买一套首饰，钱不够，我就把银行卡给她了。”徐子昂开始有点清醒了。

“买首饰，多少钱啊？你卡里有多少钱？”杨志也觉得事情有些严重了，因为他很清楚酒吧每晚至少有二万块的现金，如果这些都不够的话，那么肯定是很多钱了。

“酒吧的收入都存在那张卡上的，三百多万呢，下礼拜就要交房租了，我爸爸知道了怎么办啊？”徐子昂担心的是交不上房租和父亲的责怪，没有想到更可怕的事情。

“天啊，三百多万？你疯了，把那么多钱给她，该不会是……”杨志不敢说下去了。

“该不会是什么啊？你说啊，说话啊。”徐子昂的声音都发抖了。

“该不会是拿了钱跑路了吧？”杨志小声地说。

“啊？”徐子昂浑身颤抖了一下，脚底软了，跌坐在旁边的凳子上。

“子昂，子昂，你别急，现在要打起精神做生意，等会我们再想办法，实在不行，我们就报警啊。”杨志还是有一点法律意识的，他首先想到的是运用法律武器。

“报警有用吗？银行卡是我自己给她的啊。”徐子昂完全没有了主意，他抱住头，已经不顾及自己是酒吧的老板了。

“子昂，你先冷静地想一想陈璐璐平时都爱去哪里，跟什么人在一起？我去拉琴，一会我陪你去找她。”杨志匆匆地走上酒吧的演绎台，拉琴的时候，他的眼睛一刻也没有离开过徐子昂。

客人们大部分都陶醉在自己的感觉里，基本没有人在乎酒吧的老板为什么哭泣。

失魂落魄的徐子昂自己倒了一杯酒，一饮而尽后，茫然地紧盯着酒吧的大门，希望看见奇迹。

“咣当。”酒吧的大门被踢开了，进来的不是陈璐璐，而是几个拿着大棍子的陌生男人。

“砸——”为首的一个男人狰狞地大喊一声，跟随的人根本不看酒吧的情况就开始挥舞着木棒。

“你们干什么？干什么？”徐子昂先是一愣，立刻就明白发生了什么事情。

“住手，快住手，有话好好说。”徐子昂惊呼。

上海的治安并没有想象的那么差，但任何时候的娱乐场所都会发生冲突，何况是那个刚刚复苏的歌舞升平的年代。

“乒乓、乒乓”玻璃破碎的声音、酒瓶爆炸的声音充斥着耳膜。

"子昂，快躲开。"杨志惊呼着，来不及扔下手里的小提琴，用自己并不宽阔的身体，拦在了徐子昂的面前。

"就是这个家伙，酒吧的老板，敢打我的女人，给他点颜色。"那个狰狞的家伙对着徐子昂叫喊着。

"快报警，快报警。"杨志一边对着吓得目瞪口呆的服务员叫喊，一边用自己的身体护着徐子昂。

顷刻间，杨志的后背、腿上，甚至头部都受到了敲打。客人们纷纷逃出门去。

"警察来了，警察来了。"一个精明的保安不敢去拦截凶神恶煞的打手，只能在远处狂叫。

"撤退。"带头来闹事的男人一挥手，几个可怕的打手快速地离开了。

第八章　一辈子的好兄弟

回过神来的酒吧服务员和保安，急忙查看徐子昂和杨志的伤势。

徐子昂被杨志紧紧地护着，并没有伤及肌肤，而可怜的杨志却满身是血，背上也被木棍狠狠地敲打过。

"杨志，你怎么样？我们去医院吧？"徐子昂忍不住难过的说。

"子昂，我撑得住，他们为什么要这样做？你跟什么人结仇了吗？"杨志是善良的，他对徐子昂的举动是出于潜意识的本能。

"我一直老老实实做生意，没有跟人结仇啊。"徐子昂一时间没有反应过来。

"那刚才你打的那个女人呢？"杨志提醒他。

"哦，对了，肯定是莉莉叫人干的，我刚才还听见一个人说：你敢打他的女人呢。"旁边的服务员好像想起来了。

"子昂，你不是说莉莉是陈璐璐的朋友吗？这样看来，她们是一伙的啊？那你的钱——"杨志不敢说下去了。

"我明白了。"徐子昂赶紧去吧台给他父亲打电话。

徐子昂的父亲还没有赶到酒吧的时候，警察出现在酒吧里，面对满地的狼藉，警察皱着眉头问："谁是这里的老板？"

徐子昂紧张地看了杨志一眼，"我是。"

"你看清楚对方的长相了吗？是熟人吗？"警察的口气很严厉，好像是徐子昂砸了别人的酒吧一样。

“不认识，事发突然，我也没有看得太清楚。”徐子昂很老实地回答。

“我记得他们的样子。”满身是血的杨志站在了徐子昂的身边，大声地告诉警察。

“你是谁？”警察奇怪的看着杨志问。

“我是子昂的朋友。”杨志似乎一点都不害怕警察，他说话的语气很平静。

“好吧，既然都已经这样了，你们跟我去派出所作笔录。”警察们在例行公事，深更半夜的，谁都不愿意麻烦。

“为什么要去派出所，在这里不行吗？”杨志反问道。

“如果你们不需要立案，我们就当普通的违反治安处理，罚500块，警告一下。”警察更是一副息事宁人的态度。

“不行，我们是需要立案的，而且，我们还有其他事情要报警的。”杨志急忙制止警察准备拿出的罚单。

“呵呵，看你的样子挺能啊，都打成这样了，还很义气。”警察对杨志笑了笑。

“我们被人砸场子了，怎么还要罚款啊？”杨志看着警察笑了，才小声地问。

“哈哈，你小子猴精啊，酒吧停业整顿是肯定的，罚款也不是吓唬你们的，等我们调查清楚了，自然会秉公处理的，快把脸擦干净，走吧。”警察不再继续追问了。

徐子昂懵了，陈璐璐的失踪、酒吧被砸掉；发生得太突然了，他觉得一切都不真实，一切都是在做梦。

“子昂，我们走吧。”杨志明白徐子昂的感受，他拉起徐子昂的手，就像拉起小时候的杨宇那样，一起坐上了警车。

徐子昂因为害怕而不安地紧紧挨着杨志，他脸上的担忧，超过了心理的压力。

“我那么爱她，对她的朋友那么好，她们怎么能这样对我啊？太不公平了！”徐子昂小声地对杨志说。

“我也清楚，但是陈璐璐肯定是喜欢你的钱才跟你在一起的，上学的时候她就知道你家很有钱啊。不过呢，你不要紧张，等会儿我们跟警察说实话，肯定会找到她的。”杨志安慰着徐子昂。

“杨志，你说，如果是我误会了璐璐，怎么办啊？我们是不是先不要跟警察说啊？”徐子昂依然抱着一丝幻想，他幻想的不是那张巨额的银行卡回到自己的口袋，而是他不甘心自己的初恋是这样结束的。

“子昂，你别傻了，如果陈璐璐对你还有半点情分，莉莉怎么会叫人来砸掉酒吧，难道她不知道酒吧是你的唯一，是你们今后生存的来源吗?”可怜的杨志，经历了学校的事情后，对感情有了不同的看法。

“可是，我担心啊。”徐子昂依然不敢面对现实。

“别担心了兄弟，只要我还在，就不会让人欺负你的。”杨志像个哥哥那样，紧紧地握住了徐子昂的手，尽管徐子昂比杨志要大一岁。

“杨志，谢谢你！你永远都是我的好兄弟，这辈子我们都要在一起，好好打拼，我们一定不会输的。”两个童年互相排斥的年轻人，因为杨宇而怀着不同的目的接近对方；因为杨宇的天真给他们带来了亲情的温暖；因为杨宇的死而让他们走得更近；更因为没有了杨宇，没有了那份难得的亲情，让他们成为了互相依赖的铁哥们。

徐子昂觉得杨志的手是那么的温暖而有力；杨志觉得徐子昂胖乎乎的手上有一种说不清的情结，像同学、像朋友，更像自己的家人。

“下车吧，到了。”警察拉开了警车的门。

派出所的笔录是常规性的，徐子昂非常紧张，头上出现了密密麻麻的汗珠，他很认真地回答着警察的每一句问话。

因为有了在学校保卫科接受处理的经验；也因为丁晴晴母亲的死，杨志接触过一次警察；他的态度比徐子昂镇定很多；他的心比徐子昂更坦然。

徐子昂的父亲先急急忙忙赶到酒吧，又急急忙忙赶到派出所；他跟派出所的人是熟悉的，很快就见到了儿子和杨志。

徐子昂看见父亲后，先是觉得安全了，然后又因为自己对陈璐璐的过于宠爱而造成今天的结果，羞愧万分；他甚至不敢面对父亲那张弥勒佛般的面孔，他只能用眼神求救般地看着杨志。

第九章　破碎的初恋

派出所所长接到民警的电话后，觉得案情重大，亲自来到了办公室询问徐子昂与陈璐璐的事情。

徐子昂的父亲知道了儿子的所作所为后，脸上的表情，因为太多赘肉而不断地抽搐。

“你，你个逆子，三百多万啊，你就这样交给她，我打死你。”徐子昂的父亲心痛那些钱财，不顾自己是在派出所的事实，举起了手中的巴掌。

“叔叔，你冷静点，现在不是打人的时候。”杨志冲了过来，拦住了徐子昂父亲的巴掌。

“不要你管，你不好好上学，跑回来干嘛?”徐子昂的父亲忍不住将怨气转嫁到了杨志身上。

“好了，大家别吵了，老徐，你坐下，好好说。”派出所所长急忙制止他的不文明行为。

“还能说什么？那个陈璐璐就是个好吃懒做的女人，那么点年纪就缠着我们家子昂，迷得子昂头都晕了。”徐子昂的父亲已经顾不得自己的颜面了。

“老徐，别冲动，听见没有?”这次是派出所所长很大声地警告徐子昂的父亲了。

“好吧，我还能说些什么啊？我的血汗钱啊。”徐子昂的父亲乖乖地坐下了。

“你跟陈璐璐认识多久了，交往到什么程度，你们之间有过多少金钱往来?”派出所所长的问话内容跟刚才的警察差不多。

“我们是小学和中学的同学，我初中毕业就没上学了，她读了技校，我一直给她钱花，她住在我家快半年了。”徐子昂不敢看任何人了，他低着头回答派出所所长的问话。

“陈璐璐家住在哪里？家里有些什么人？家境如何?”派出所所长一边问，一边做着详细的笔录。

“她家在闸北区，父母都是操作工。”徐子昂一边回答着一边想着陈璐璐妖媚的样子。

“你们交往双方父母都知道吗?”派出所所长听了徐子昂的回答后，眉头开始皱起来了。

“知道的。”徐子昂的声音更小了。

“银行卡是她偷的还是你主动给的?”派出所所长似乎问到了关键的问题。

徐子昂只能将那天晚上发生的所有事情都重复了一遍。

“哦。”派出所所长还询问了关于陈璐璐另外的一些细节，比如：生活习惯、交往的朋友和平时的爱好等。

“你们现在的年轻人，胆子是真大啊，这么早就同居，做父母的也睁只眼闭只眼，现在是你自愿将钱给她买首饰的，没有第三者能证明，你是给她买多少钱的首饰，你说她诈骗吗？不存在。你说她携款潜逃吗？是你自己给她的钱。”派出所所长似乎也觉得徐子昂太过于相信陈璐璐，太过于不在意自己的钱了。

“所长，那我们现在怎么办？就眼睁睁地看着我那三百多万血汗钱泡汤吗？”徐子昂的父亲不在乎所长指责些什么，他更在意自己的财产。

“怎么办？你们不是上海滩上的大款吗？豪门吗？有钱人家，什么也不缺吧？”所长一边埋怨一边点燃徐子昂父亲递上来的香烟。

“所长，请您再想想办法吧，子昂不懂事，都是我平时没有教育好啊！下次一定不会这样了，您就帮帮我们吧。”徐子昂的父亲几乎是在祈求着派出所所长了。

徐子昂听着他们的对话，再也不敢大声呼吸了，他觉得一种揪心的痛，让他没有力气再多说一个字。

“你们先出去吧，老徐啊，你留下来，我们谈谈。”派出所所长将杨志和徐子昂推出了门，关上门后，与徐子昂的父亲进行了一场让徐子昂今生汗颜的对话。

一切都在无法预知的情况下开始，一切都在不能把握的现实中等待。

将近一小时后，徐子昂的父亲，铁青着脸走出派出所所长的办公室时，徐子昂与杨志手牵手，站在派出所的门口，一起等待着暴风雨的来临。

“回家吧。”徐子昂的父亲没有理会他们，也没有任何粗暴的举动，只是说出了“回家吧”这三个字后，就再也没有开口了。

“杨志，跟我一起回去，我害怕。”徐子昂拉着杨志的手没有松开过。

杨志用力点点头……

黎明前的天空是黑暗的，黑暗的无边无际，东方还没有露出曙光的时候，人们在睡梦中安静地呼吸着；没有人会理解此刻的徐子昂是多么的难过：校园里的牵手，生活中的嬉戏，自己对陈璐璐的百般宠爱，不仅换来了他一无所有的今夜，还让杨志也受到了莫名的伤害。这些难道都是命运的安排吗？这些难道就是憨厚的徐子昂需要接受的人生磨砺吗？

初恋是人一生中最美好，最值得回味的片段，可是徐子昂的片段确是这样的悲惨；他是多么希望自己早点和陈璐璐结婚，早点和陈璐璐携手享受家庭的温馨；多么盼望着自己早日实现自我的价值；早日成为父母眼中的骄傲啊！可是现在，这些都是可怕的噩梦，都是他不切实际的愿望；都是他那憨厚的脑袋里，做梦都想不到的情节；都是他这辈子不愿意再回忆的事实。

父亲可怕的沉默让徐子昂窒息；父亲铁青的脸在反光镜中让徐子昂出现了幻觉；在黑暗中穿行的车子上，到处都飘着父亲臃肿的脸，每一张都似乎要吞噬自己。

徐子昂慢慢松开了紧握着杨志的手，他无意识地抱住了自己的头，脑海中陈璐璐的妩媚与父亲的脸交替出现，一盏路灯的光线射过车身，他似乎又看见了自己辛苦经营的酒吧被砸得粉碎的场面。

“天啊。”徐子昂发出一声悲伤的号叫，如同受伤的野兽一般撕扯着自己的头发，黑暗中的眼泪，是老天对这个憨厚的年轻人最不公平的馈赠。

第十章 兄弟站起来

回到家的徐子昂已经完全没有了往日的朝气，他的父亲甚至没有理会杨志，就直接去了自己的房间；面对徐子昂的悲哀，杨志只能像徐子昂在自己家那样，一边安慰着徐子昂的情绪，一边自己动手，找干净的衣服换上。

哭泣是人最无助的表现，也是人内心最没有安全感的流露；而此刻的徐子昂已经不敢大声哭泣，他默默地在杨志的胸前流泪。

他庆幸的是：有这样一个好兄弟，在自己最困难的时候，不离不弃。他难过，难过的是自己那被否定的感情和人生；他不敢睁开眼睛，看着卧室的灯光，他就这样昏睡了过去。

杨志拉过一条被子，盖住他和徐子昂的身体；第一次和徐子昂这样近距离接触，让他的脑海里浮现出弟弟杨宇的喜怒哀乐，同时，也浮现出弟弟和徐子昂一起快乐的片段。

杨志轻轻拍着徐子昂的背，小声地劝说，直到发现徐子昂睡着了，他才疲惫地倒在了徐子昂舒适的大床上。

迷迷糊糊中，杨志听见徐子昂的父亲和母亲的声音，可听不清楚他们说些什么。过了一会儿杨志听见了很清晰的关门声。

不知道睡了多久，杨志听见了敲门声：“子昂，该起床了，你没事吧？”是徐子昂妈妈的声音。

杨志慌忙起身，穿上衣服打开了房门：“阿姨好，子昂还在睡觉。”

“杨志，辛苦你了，你过来跟阿姨说说话吧。”徐子昂的母亲显然已经知道了发生的事情，但是，她还想听听细节。

“阿姨，叔叔都跟你说了吧？”杨志一边走进客厅，一边问着徐子昂的母亲。

“大概说了一点，你先去洗漱，我在餐桌等你。”徐子昂的母亲昨夜根本没有睡好，她的脸色因为没有涂抹白粉而显得泛黄。

杨志对徐子昂的家并不陌生，他很快就坐在了餐桌边：“阿姨，其实也没有什么好说的了，子昂的确受不了这样的打击，现在我们该怎么办啊？”杨志求助地看着徐子昂的母亲。

“杨志啊，阿姨知道你对子昂的关心是真诚的，可是你有没有想过，你和子昂的今后啊？”徐子昂的母亲并不笨，她的语气中包含了另一层意思。

“阿姨，你放心，我不会拖累子昂的，只要他情绪好转了，我就回去找工作。”杨志是聪明的，但是他现在真的不愿意就这样放弃徐子昂自己离开。

“杨志，阿姨不是赶你走，阿姨是想知道你今后的打算，你看看子昂现在什么都没有了，酒吧也关门了，子昂还可以去他爸爸那里上班，可是你怎么办啊？”徐子昂母亲的话，不是没有道理，只是她不懂得孩子们的友谊。

“阿姨，子昂的琴技已经可以登台演出了，我们自己去赚钱，然后重新开酒吧。”杨志此刻完全没有想到自己的处境，他是从徐子昂的角度去考虑的。

“杨志，你真是这样想的吗？”徐子昂的母亲很吃惊杨志的想法，她原来以为杨志是个只会拉琴的大男孩而已。

“阿姨，好好经营酒吧是子昂的心愿，现在虽然没有了积蓄，但是酒吧还是可以重新开张的，只要子昂愿意，我无条件陪着他，我们自己上台演奏，可以节约请演员的费用，我们还是可以经营纯音乐的高雅酒吧，很快子昂就会重新站起来的。”杨志是认真的，他的表情也很严肃。

“谢谢你，杨志，谢谢你为子昂着想，可是陈璐璐就真的找不到了吗？她就这样骗了我们家子昂，我们就这样放过她了吗？”徐子昂的母亲不甘心，儿子受伤害是母亲心里最难忍受的痛苦。

“阿姨，这件事情警察会处理的，现在我们不能让子昂失去信心，钱没有了可以去赚，子昂如果生病了怎么办？我已经失去小宇了，子昂可不能有事情啊。”杨志说到动情处，眼圈红了。

“杨志，你真是个好孩子。”徐子昂的母亲看见杨志为自己的儿子难过，她也伤心地落泪了。

“你们哭什么？我好好的，有什么大不了啊？”徐子昂突然出现在了他们的面前。

“儿子，你起来了。”徐子昂的母亲慌忙擦眼泪。

“子昂，你都听见了？”杨志看着徐子昂的表情，他明白了子昂其实一直是醒着的。

“兄弟，你说的没错，小宇已经不在了，我怎么能失去信心呢？”徐子昂坐在了杨志的身边，他已经不叫杨志的名字了。

“儿子，你，你没事吧?”母亲被徐子昂的镇定吓着了。

“妈妈，我没事，我今天就要去重新整理酒吧，你帮我把这次的房租交上，等有钱了我就还给你。”徐子昂一夜间好像长大了。

“子昂，加油！我们重新开始。”杨志看着徐子昂红肿的眼睛里挤出的笑容，他似乎看见了希望。

杨志不会明白，自己的绝望里，徐子昂就是他的希望，他也不会明白，徐子昂渡过了这一次难关后，他很快就要面临人生中最难熬的阶段，决定他一生成败的阶段。他为徐子昂的付出，徐子昂今后都会百倍的回报给他，直至把他送上成功的顶峰。

“儿子啊，你没事就好了，杨志，你们吃东西吧，我马上就下来。”徐子昂的母亲没有杨志的妈妈那么朴实，她对杨志始终多了一份客气，没有杨志的妈妈那种自然的亲情流露。

“子昂，你吃点吧，等会我给妈妈打电话，然后就陪你一起去酒吧，我们一起去装修，可以节约一些请工人的钱了。”杨志的真心换来了徐子昂短暂的平复。

“兄弟，谢谢你了，将来我们有福同享有难共当，不过我比你大，你还是叫我哥哥吧，就像小宇那样，行吗?”徐子昂也非常认真地看着杨志说。

“子昂兄，小弟这厢有礼了!”杨志学着越剧戏文里的台词，笑着拱手说道。

“贤弟免礼!”徐子昂也学着杨志的腔调，他们互相击撞了拳头，表示认同对方后，开始吃东西。

尽管徐子昂的心里还在隐隐作痛，尽管杨志心里的某个角落还隐藏着不安和恐惧，但是此刻，他们是真情流露，完全没有任何嫌隙的。

第十一章　丁晴晴的暧昧

杨志吃完了就赶快给他妈妈打电话，尽管妈妈还想多听听儿子的声音，多了解儿子的情况，可是杨志还是简单地汇报了一下自己的决定就挂机了；杨志丝毫没有觉察到自己妈妈语气里的不安，没有发现妈妈的担心和焦虑。

“子昂，你过来。”徐子昂的母亲拿着一小包什么东西在呼唤。

“妈妈，什么事？过来说吧，杨志也不是外人。”徐子昂已经完全当杨志是自己的弟弟了，他不在乎自己的母亲怎么想的。

“哦，好吧。”徐子昂的母亲还是谨慎地看了一眼杨志后，走到了徐子昂的面前。

“儿子，这张信用卡里有三十万，是妈妈的私房钱，这里是五万块现金，这是你父亲给妈妈的零用钱，妈妈积攒的，妈妈全部都交给你了，你先拿去装修酒吧，妈妈找人去申请下周重新开业，房子的租金你爸爸会交的，你要小心点，别再出任何岔子了，懂吗？”徐子昂的母亲爱怜地看着儿子，小心翼翼地把钱和卡全部放在儿子面前。

“妈妈，谢谢你，你真是我的好妈妈！”徐子昂有点开心地拍着妈妈的马屁，红肿的眼睛与受伤的心痛，似乎得到了短暂的舒缓。

杨志与徐子昂准备出门时，家里的电话响了，“喂，哪位？”徐子昂一个箭步冲到电话机前，他的潜意识里多么希望是陈璐璐打来的电话，告诉他，一切只是个玩笑啊。

“是我啊，子昂老板，我是晴晴。”电话的另一头传来欢快的笑声，但不是徐子昂期待的那个人。

“哦，晴晴啊。”徐子昂失望了，杨志的耳朵却紧张地竖了起来。

“怎么啦？声音听起来怪怪的，我今天没课，你忙吗？”丁晴晴似乎没有感觉到徐子昂的不安。

“哦，我和杨志正准备去酒吧呢。”徐子昂答非所问的回答着。

“啊？杨志回来了，我一会儿去酒吧跟你们碰面吧，挂了啊。”丁晴晴收线后，徐子昂惊愕的脸上还没有缓和下来。

“丁晴晴吗？她说什么了？”杨志急忙凑近徐子昂问道。

“没有说什么。她一会到酒吧来就知道了，我们走吧。”徐子昂的声音很无力；因为酒吧被砸了，自己被骗了，这样的事情在女同学面前是多么的不光彩啊。

“去吧，去吧，你们要事事小心，不要再得罪人了啊！”徐子昂的母亲一边关心一边催促着他们。

徐子昂的车子还停在酒吧那边，他们只能打的前往酒吧，一路上他们默默无语，连路边的风景都变得没有颜色，天空的阳光似乎并不美好，年轻人的心思只有风知道需要怎么去倾诉。

打开酒吧的门，昨日的狼藉依稀在目，杨志的后背似乎依然有着被木棍敲打的疼痛。但是，他顾不得这些。

为了让徐子昂能够重新振作，杨志咬牙坚持着打扫。他一边快速收拾着残局，一边鼓励徐子昂："子昂兄，我们可不能等大美女来劳动啊！加油干啊，早点开业，就早点赚钱。"

"嗯，我知道了。"徐子昂显然是没有完全恢复，有些心不在焉地回答着杨志的话。

那么重的伤痕，即使一个社会阅历丰富的长者，也不可能马上复原的，何况是一个二十岁的年轻人。可徐子昂的坚强是为了不让杨志难过，为了不让这个用自己并不强壮的身躯保护着他的兄弟难过。徐子昂知道杨志学校出了事情，还在尽力帮助着自己不受伤害，他也知道，杨志心里的伤害是谁也抹不平的。

男孩间的真挚友谊是什么也代替不了的，杨志和徐子昂默默地为对方着想，默默地收拾着酒吧的残局，默默地祈祷着，希望对方能快乐生活。一片狼藉的景象，在两双勤劳的手里，很快就依稀可见昨夜的辉煌了。

"同学们，我来了！"丁晴晴快乐地呼唤着。

第一个心跳加速的是杨志，记忆里那些开心与悲伤的画面是杨志对丁晴晴懵懂的情怀里最难过的留恋。

"咦，你们怎么啦？干嘛不招呼客人啊？"丁晴晴很奇怪居然没有人回答自己。

"哦，晴晴，你来了啊！"徐子昂反应迟钝地回应着。

"晴晴，好久不见啊！"杨志怯怯的红着脸招呼着。

"哈哈，两位帅哥，怎么也不欢迎本大小姐的大驾光临啊！"丁晴晴不知道他们发生了什么事情，依然快乐地说笑着。

"欢迎，欢迎，我们的美女加才女大驾光临！"徐子昂短暂地恢复了以往的社交口吻。

"这还差不多！快给本大小姐准备饮料啊！渴死了。"丁晴晴很大方地坐在了刚收拾好的吧台边，叫嚷着。

"是，马上就到。"徐子昂急忙去拿丁晴晴爱喝的饮料。

"杨志，现在又没放暑假，你怎么回来了啊？"丁晴晴好奇地问。

"呵呵，我提前肄业了。"杨志尴尬地回答。

"肄业？为什么啊？肄业证书跟毕业证的差别可大了，你也太莽撞了吧？"丁晴晴做梦也想不到她心里那个老实、善良的杨志，会大胆地和女友在学校发生那些事情。

"晴晴，你的饮料来了，请品尝！"徐子昂及时为杨志解围，他虽然对杨志学校发生的事情了解的不是很详细，但是，他看见杨志尴尬的表情就知道杨志肯定是有为难的地方，他不忍心看着丁晴晴继续追问杨志了，他要转移丁晴晴的话题。

“晴晴，你今天没上课吗？怎么会有空过来看我啊？”徐子昂假装热情的口吻对着丁晴晴讨好般地傻笑着。

“嗯，很久没来了，人家想你了呗。”丁晴晴早已经不是那样受气包似的小女孩了，她的活泼、爽快与美丽的容颜已经是财经学院男孩的梦中情人的典范了；同样成熟的还有她的嘴巴和眼睛，那种见人三分笑，嘴巴甜如蜜的招式，她已经运用得很娴熟了。

徐子昂一下子忘记了该怎么去调侃丁晴晴，杨志吃惊地看着他们，三个人似乎各怀各的心思在空气里呼吸，突然找不到共同的话题。

第十二章　父亲的焦虑

丁晴晴妩媚地看了杨志一眼，又好像找到了调侃的理由：“哎哟，杨志啊，你不是专程回来为子昂的酒吧献艺的吧？哈哈哈。”

“晴晴，杨志以后就是我酒吧的合伙人了，他也是这里的老板，等你有了男朋友，一定要带来给我们考核一下啊！”徐子昂依然在帮杨志解围，只是他不明白杨志对丁晴晴的感觉而已。

丁晴晴似乎对杨志并没有太多的热情，而是跟徐子昂调笑了一会儿就离开了。

酒吧的很多地方都需要重新整理，打坏的玻璃也需要找人安装，杨志和徐子昂为了能快点重新开张，忙碌得忘记了时间。

转眼间已经一周过去了，酒吧又开始重新营业了，而杨志也一周没有回过家了，他似乎忘记了家里的父母，忘记了自己还有将面临的磨难，全身心地为徐子昂忙碌着。

杨志依旧像往日那样与徐子昂形影不离，他们几乎成了连体婴儿，徐子昂也因为杨志的鼓励而忘记了那些悲哀的情怀，全身心地投入到酒吧的经营中。

在一个华灯初上的夜晚，杨志一边与徐子昂一起招呼着客人，一边等待着自己上台拉琴的时间；杨志似乎已经习惯了这里，他学会了像徐子昂那样招呼客人。

“杨志，你怎么还不回家？”一个很熟悉又有点陌生的声音在杨志的耳边响起，尽管酒吧很喧闹，但是杨志却听得很清楚。

“啊？爸爸，你怎么会来这里？”杨志吃惊地看着父亲憔悴的脸，他潜意识里很害怕父亲，他开始不安地搓着手。

“你还知道有爸爸啊？你出来几天了？不知道你妈妈会担心吗？”杨自强看见儿子的时候，杨志正在招呼客人，那种为了生意而露出的商人般的笑容是他所不能接受的，是他眼里最廉价的市侩气息。

“爸爸，妈妈知道我在这里上班啊。”杨志有些心虚地解释道。

“上班？上什么班？你先跟我回家去说。”杨自强不愿意在这里教育儿子，他拉起儿子的手，准备叫他回家。

“爸爸，马上就是我演出了，你先回去吧，晚上我自己回去。”杨志很担心父亲会冲动起来，更担心父亲在一些熟悉的客人面前不给自己面子，他想让父亲快点离开。

“叔叔，您来了，快点过来坐吧，我给您拿啤酒去。”徐子昂看见了杨自强的身影，也看见了杨志那种无奈的表情，他急忙过来招呼。

“子昂啊，叔叔不是来喝酒的，叔叔是来叫杨志回家的。”杨自强对徐子昂是客气的，毕竟徐家曾经那么慷慨地帮助过自己。

“叔叔，我知道了，晚点我会送杨志回家，您既然都来了，还是在这里喝点酒吧！”徐子昂也客气地招呼着杨自强。

“算了，我还是回家等他吧，记得今天一定要送杨志回家啊。”杨自强无奈地走出酒吧，因为他不想给杨志难堪。

看着父亲的背影，杨志对徐子昂报以感谢的微笑，徐子昂像个长者那样拍拍杨志的肩膀说：“兄弟，等会儿穿条厚裤子，小心回家跪地板啊！哈哈哈。”

“切，快点做生意吧，瞎操心。”杨志对徐子昂吐了一下舌头，转身去拿小提琴，准备表演了。

杨志在酒吧的舞台上拉完一曲后，徐子昂也拿着小提琴上来了，他们就像以前的杨志和杨宇那样默契地配合着；悠扬的小提琴声吸引了喧闹的客人们，他们都开始注意聆听这来自心灵的音乐，不管能不能听得懂，客人们似乎都变得优雅了很多；大家开始觉得来这样高雅的酒吧，聆听这种艺术的人才是有档次的。

一切都是那样的完美。杨志和徐子昂一起关上酒吧的铁门，结束一天的生意后，徐子昂将杨志送到了家门口。

“兄弟，悠着点，别跟你爸爸争吵，明天我来接你啊！”徐子昂很清楚杨志父亲的脾气，他同样为杨志担心。

“嗯，没事的，我早就已经习惯了，你快点回家睡觉吧，明天见！”杨志嘴上这么说，心里却像十五只吊桶打水——七上八下的。

杨志硬着头皮打开了家里的大门，他以为父母会在他们的房间里。没想到，家里的灯开的比平时更亮，父母都在等他，杨志傻眼了。

“爸妈，你们怎么还不休息啊？”杨志胆怯的小声说。

“你回来了？我给你热点吃的吧！”母亲永远是把厨房的工作放在第一位的，她只会说这么一句话。

“你是不是觉得从学校回来很光荣啊？整天不回家？你想干什么？”父亲的语气没有母亲那么温暖，可是杨志早就有心理准备了。

“爸爸，我已经这样了，还能干嘛？我在子昂那里不是挺好的吗？我已经决定跟子昂合伙做生意了。”杨志告诉父亲自己的所作所为。

“你就这点出息？在酒吧能有前途吗？”父亲的声音有点激动了。

“老杨，别发火，别发火啊，儿子也没办法，先在子昂那里过渡一下吧，等有机会再说啊。”母亲急忙从厨房跑出来。

“爸爸，我知道你是为我好，是我自己不争气，我让您失望了，等我做生意赚了钱，我会好好孝敬你们的。”杨志已经做好了思想准备，自己也没有了以前的傲气；学校出事回到家后，这是父亲第一次来跟自己面对面地沟通，他很没底气，也很心虚，他的话似乎在讨好父母。

“我没有等你孝敬的命，你只要不惹祸就好了，在酒吧不是长久之计，你还是去找份正经的工作吧。”父亲听见杨志的话，口气也软了很多。

“爸爸，我还是先在酒吧锻炼一下吧，现在工作没有那么好找。”杨志说的是真话，因为他根本就不知道怎么去找工作。

“不行，你还是要在家里好好练琴，我去给你找找关系，过段时间看看我们团里能不能去，在外面混终究不是好事。”父亲坚持自己的意见。

“老杨，儿子现在还没缓过神来，你就别难为他了，先去睡觉吧，你都累一天了，明天不上班吗？”母亲一边关切地劝着父亲，一边给杨志使眼色。

“爸爸、妈妈，我先去睡觉了，晚安！”杨志看懂了妈妈的心思，赶紧溜进自己的房间。

杨志的心里不是没有压力，只是他已经比以前成熟多了。因为父亲的头上太多的白发，母亲的眼角太深的皱纹，他清楚地知道自己需要怎么做。

杨志的内心深处是疼痛的，学校里的点点滴滴没有那么容易忘记，但是徐子昂的一切发生得太突然了，让杨志短暂地忽略了自己的悲哀。

第十三章　子烟的心事

杨自强早晨去上班时，没有吵醒睡梦中的儿子；李秀兰去买菜时也尽量没有发出声响；可是这些杨志都知道。

杨志回到家里是无法入睡的，那些荣耀，那些光环一旦褪去，自己什么都不是；弟弟不在了，父母也老了，自己一无所有；这些可怕的事实让他夜不能寐；没有外界的力量来分散他的压力时，他的精神是焦虑的，他的思想是疼痛的；他甚至不敢将头露出被窝，因为他的自尊心受到了前所未有的伤害；他什么都清楚，但也只能假装什么事情都没有。

傍晚时分，徐子昂还是早早地来到了杨志的家里。他担心杨志昨夜被父亲责骂，潜意识里也是跟杨志一起慰藉自己的伤口，两个受伤的年轻人，互相鼓励着对方才有安全感。

酒吧的生意开始如同平常一样繁忙了，杨志和徐子昂都尽力将自己融入在酒吧的喧闹里，麻木着彼此的神经。

杨志已经跟徐子昂一起抽烟、喝酒了，他在这些可怕的物质中沉沦着自己曾经美好的希望。

"杨志哥哥，子昂哥哥，你们好！"一个甜甜的声音似乎穿破了酒吧的喧闹。

"子烟，啊！子烟来了！"杨志和徐子昂都开心地欢呼起来。

"快过来，到这里来！"他们同时招呼着陶子烟。

"嗯，谢谢哥哥们。"陶子烟拿着小提琴娇羞地走进了吧台，走到了杨志的身边。

"子烟啊，你很久没有来了，最近好吗？快喝饮料吧！"徐子昂开心而关切地递过来一杯饮料。

"挺好的，我听说杨志哥哥回来了，就过来看看。"陶子烟一边回答徐子昂，一边将脸转向杨志。

"哈哈，你是来看杨志哥哥，不是来看子昂哥哥的啊？你们聊吧，我回避一下。"徐子昂打趣地走开了。

"子烟，你，你也知道了？"杨志心里开始觉得不舒服，毕竟自己不是衣锦还乡。

"杨志哥哥，你还好吗？"陶子烟有着跟杨宇一样纯真的笑脸。

“挺好啊，你不是都看见了吗？”杨志故意这样说着，还转身转了一圈，让子烟看得更清楚。

“杨志哥哥，你瘦了。”陶子烟小声地说。

“是吗？呵呵，谢谢关心，你看子昂这样剥削我的剩余价值，我能胖吗？”杨志故意很大声地说，引来附近客人的观望。

“杨志哥哥，不要这样，你小声点啊。”陶子烟更害羞了。

“哈哈，子烟啊，你长大了，是个可爱的小美女了，你杨志哥哥这是喜欢你，逗你玩呢！”徐子昂从另外一个地方冒出来插话了。

“你们，你们都是坏哥哥！”陶子烟含羞地低下了头。

“子烟啊，我们也好久没有见面了，你怎么没有看见子昂哥哥瘦了啊？哈哈！”徐子昂不放过这样难得开心的好机会。

“好了子昂，你没看见子烟的脸红了吗？干嘛这样对待我们的小妹妹，来，难得再相聚，我们喝一个。”杨志对子昂和子烟晃晃杯子。

“干杯！”三个人像小时候那样开心的碰杯。

聊了一会，徐子昂突然跑到酒吧的演绎台上，像报幕员一样说：“今天我们酒吧有幸请到了陶子烟美女加入演奏，我们兄妹三人，等会儿为大家献上《春之舞曲》，希望大家喜欢！”

欢呼的掌声响起，客人们开始期待了，陶子烟羞涩地看了看杨志，又看了看徐子昂，她稚气未脱的脸上，出现了少女的娇羞与难言的兴奋。

酒吧里的气氛高涨的同时，三个年轻人也拿起了小提琴，一起开始了合奏。

三把小提琴的完美和音，将人们带进了春花烂漫的美丽世界：没有纷争，没有烦恼，没有人世间的欲望，只有一幅幅春天的舒心画卷。

“再来一曲，再来一曲！”客人中有一位激动起来。

“抱歉啊，我们没有排练，今天就只能演奏一曲了，下面由杨志给大家单独献上一曲吧。”徐子昂礼貌地对着客人鞠了个躬。

“好。”大家开始鼓掌了。

杨志演奏完毕后，同样给客人们鞠了个躬表示感谢。

杨志回到吧台准备跟陶子烟聊天。

“你好！我是上海音乐学院的老师，早就听说你是小提琴神童，今天总算是亲眼目睹，亲耳听到你的琴声了。”刚才的那位客人来到吧台对着杨志说。

“谢谢老师！您有什么需要吗？”杨志礼貌的答谢，同时也没有忘记自己是在酒吧做生意。

“呵呵，我是觉得奇怪，你的琴技那么好，怎么会在酒吧演奏，不如来我们学校吧，这是我的联系电话，你方便的时候来我办公室详细谈谈，怎么样?”老师很快就在酒吧的酒水单子上写下了联系方式；因为酒吧里说话不方便，他很礼貌地回到了自己的座位上，和别的客人一起聊天去了。

杨志沉默地看着他的身影，说不清楚是喜还是忧愁；学校的各种画面开始清晰地出现在他脑海里了，他觉得头很痛，他不愿意面对的现实，却在酒吧里出现了，杨志难过的闭起了眼睛。

“杨志哥哥，这是好事啊，快把电话号码收好，找个时间过去看看啊。”陶子烟真心地为杨志感觉到开心；因为杨宇一直都在她的面前说哥哥的好话，更因为杨宇死之前留给她一份很重要的“遗嘱”，但是她现在不能说，也无法说出来……

第十四章　李老师的到访

时间就像指缝里的漏沙，越是想抓住它，它就流逝得越快。

杨志从学校回来已经一个多月了。除了马研君打过两次电话询问近况，学校里已经没有任何人记得杨志了；而杨志似乎已经习惯了自己被学校遗忘，每晚去酒吧演出的生活了。

父亲虽然极力反对，可是母亲的委婉相劝加上杨志对父亲的态度很恭敬，可怜的父亲只能暂时不去管他。其实父亲的心底比儿子更受伤，父亲也没有复原，父亲也在等待着合适的机会来引导儿子，只是他也还没有寻找到合适的办法。

知道杨志回家的人越来越多，杨志白天几乎不敢出门了，因为他无法跟每一个人去解释自己为什么不上学了，无法面对每一张包含着不同表情的脸，无法正视每一双带着疑问的眼神。当然，更多的眼神里是讥笑的投影。

杨志成了夜行动物，只有在灯光下，在啤酒杯里，他才能找到安全感，才能用心去拉琴；才能默默感受琴声带给自己的片刻宁静。

周六酒吧的客人特别多，杨志拉琴也更卖力，他似乎想把自己所有的琴技都释放在酒吧里；他似乎是一个没有明天的卖艺者，忘我地演奏了三支曲子。这一晚他很累了，回到家后，他没有精神恍惚，没有去想那么多伤痛与不快乐，甚至忘记了沈静的笑脸，沉沉地入睡了。

也不知道过了多久，杨志听到了客厅里的声音：“李老师，你说的这些是真的吗?”是妈妈疑惑的声音。

“当然了，我弟弟是户籍警，他负责档案管理的，他亲眼看见的啊。”李老师的声音带着比较标准的普通话的味道，这是杨志非常熟悉的声音。

“可是，我们家老杨到学校去过，学校不是这样跟他说的啊？”母亲的声音焦急中带着哭腔。

“哎呀！学校怎么会当面这样跟你们说呢，这又不是光彩的事情，而且，你知道吗？跟杨志在一起的那个女孩子家里可不得了啊，人家怎么会放过杨志呢？”李老师说话的声音并不大，可是杨志听得很清晰。

“那怎么办啊？档案都这样退回来了，我儿子这辈子的污点就抹不去了，让他以后怎么做人啊？”母亲终于哭出来了。

“杨志他妈妈，你现在哭有什么用啊？还是快叫他爸爸想想办法，这份黑档案是不能公开的，背着这个污点，哪个单位敢用他啊，杨志这一辈子就没有出头之日了啊！”李老师说的是实话，可是传在杨志的耳朵里，无疑是给自己宣判了死刑。

“李老师，我们还能有什么办法？他爸爸的脾气你是知道的，求求您帮帮忙吧，要我们怎么做都可以啊。”母亲依然是哭泣着祈求。

“哎呀，杨志是我从小看到大的孩子，是我班里最优秀的学生，能帮上忙，我还会来通知你们吗？再说了，这个档案是没法改动的啊，我偷偷来告诉你们已经算是违纪了；我是不忍心看着这孩子的前程就这样被毁了，如果能找到女方家里的人好好商量，让学校撤销决定，就什么事情也没有了。”李老师的想法是好的，但是不可能实现。

“李老师，找到女方家里的人有用吗？我们上哪里去找啊？”母亲依然无法停止哭泣。

“让他爸爸去学校打听啊，反正孩子们都在一起了，将来让他们结婚就是了，我们也算是对女方负责了，他们家也应该为女婿的前途着想吧？”李老师是从普通人的角度去想问题的，也是全心全意为杨志考虑的，因为她根本就不了解北京，不了解沈静的家庭背景和她父母的为人。

“李老师，谢谢您能来告诉我这些，以后还请您多多关照杨志啊。”母亲再也找不到合适的语言了。

“杨志的妈妈，你还客气什么啊？这件事情图早不图晚，要抓紧啊，现在学校刚把档案退回来，外面的人还不知道杨志具体发生了什么事情，如果社区居委知道了，事情就不好办了，杨志会被作为品德不好的典型，用来教育其他孩子的，那时候啊，就是想做人都无法抬头啊。”李老师语重心长的话，让躺在床上的杨志感觉到天空中传来一阵阵的闷雷声。

“李老师，杨志不是坏孩子，您是知道的，不能让他被社区居委作为品德不好的典型啊，他从小就拉琴，没有做过任何坏事，在学校早恋，我们也不知道，他没有跟社会上的人在一起，这些您都是知道的，再说北京那边到底是什么样的情况我们也不知道，学校单凭女方家的一面之词就把杨志的一生给毁了，这让我们怎么活啊？呜呜呜……”杨志的母亲再也控制不住自己的眼泪与内心的恐惧了，儿子的前途比母亲的性命更重要，而这个可怜的母亲，从出生就没有离开过上海，她无法想象北京城的一切啊。

“杨志他妈妈，你别哭，别哭了，我要走了，这件事情啊，你要先跟杨志他爸爸商量，最好先别让杨志知道，毕竟他还是个孩子，他会受不了，会冲动地做出更傻的事情来的，你明白吗？可不能让他再闯祸了啊。”李老师比较理性地说出这些后，急忙走开了。虽然她是出于好心，出于一个老师对自己喜欢的学生的包容和爱心，但是她忽略了杨志在房间里已经听到了她们的谈话，忽略了杨志是一个血气方刚的青年，忽略了杨志骨子里就不同于常人的叛逆个性。

听见了李老师的关门声，妈妈低低的抽泣声，杨志将头深深地埋进被窝里，咬着牙，假装沉沉地睡着还没有醒。

母亲轻手轻脚地进来看了看，没有发现异常后，就急急忙忙的奔向自己丈夫的单位，她已经等不及丈夫晚上回家了。

第十五章　妻子的慌张

命运总是喜欢跟毫无准备的人开玩笑，也喜欢捉弄那些可怜的、无辜的、善良的普通人。

李秀兰哭哭啼啼地来到丈夫的单位时，丈夫也正在被那些不知道真相的同事们调侃着：“老杨啊，你就快要晋升为团长了，该请我们好好吃一顿晚餐了吧！哈哈哈。”

“哪里哪里！没有影子的事情，大家别取笑我了，谢谢大家的抬爱，一起努力，一起努力啊！”杨自强是个外表很亲和，内心很自傲的男人；尽管他的肩膀什么都扛得住，尽管他的内心坚强得什么都能抵挡住；可是他过早花白的头发和脸上的皱纹还是在诉说着自己一生的无奈。

“老杨，快跟我回家吧。”李秀兰带着哭泣的声音与红肿的眼睛，顾不得丈夫的颜面了。

“嫂子来了，快请坐，发生什么事情了吗？”杨自强的同事一边吃惊的问，一边赶忙起身相迎。

杨自强看见妻子的样子心里一阵抽搐：该来的总是要来的啊。他不敢正视刚才还在调侃的同事们，急忙拉起老婆的手，急忙跑出了单位。

“你怎么回事，跑单位来干嘛？”杨自强看着旁边已经没有人了，急忙询问妻子。

“老杨啊，李老师刚才来过了，她说……唔唔……”李秀兰呜咽着说不出话来。

“她说什么了，有事情等我下班回家里说啊，在外面多难堪啊！”杨自强还在埋怨妻子。

“我等不及了，是儿子的事情啊。”李秀兰偎依着丈夫，感觉到了温暖，她的语气稍微有些正常了。

“儿子又闯祸了吗？你打个电话给我不就行了吗？你看外面车子那么多，你失魂落魄地跑出来，多不安全啊！”杨自强自从失去小儿子后，对妻子多了一份关心，多了一份相依为命的感慨。

“老杨啊，杨志的档案已经退回原籍了，李老师说：社区居委如果知道了会把他作为品德败坏的典型，用来教育其他孩子，我们的儿子怎么办啊？你倒是想想办法啊。”李秀兰哭泣着，泪眼婆娑地看着丈夫。

“我知道，这一天迟早会来的，就是没有想到来得这么快啊，我有什么办法呢。”杨自强的眼里闪过一丝绝望，一个父亲对儿子前途的绝望，一份自己和妻子对儿子的绝望与悲凉。

“老杨啊，你怎么啦？说话啊，你说话啊，别吓唬我啊。”李秀兰感觉到了丈夫的绝望，她惊恐万分。

“我还能说什么？这都是命啊，我们还能有什么办法呢？”杨自强着魔似的喃喃自语。

“老杨啊，我们上辈子做了什么孽啊，小宇死了，杨志又出了这样的事情，我们怎么办啊？”李秀兰已经不能够接受大儿子所发生任何一点事情了。

“这个逆子，这一辈也无法抬头做人了，一辈子都完了啊。”杨自强揪住自己胸口的衣服，觉得胸闷得无法再言语了。

李秀兰扶着丈夫在路边坐下来，这对可怜的夫妻，这对善良的父母，在落日的余晖里互相擦着对方的眼泪。

稍微平复后，杨自强决定回家跟儿子好好谈谈，已经没有任何退路了，他顾不得自己的面子了，他唯一的希望是：儿子能够坚强地挺过去，好好活下去。

推开家里虚掩的门，叫了几声没有回音，杨自强走进儿子的房间，看见儿子凌乱的床铺，一种不祥的感觉，可怕地揪住了这位父亲的心脏。“儿子不要出事啊？”李秀兰惊恐万分地瘫坐在了地上。

“秀兰，秀兰，你怎么啦？不会有事的，快给子昂打电话，没准他去找子昂了啊。”杨自强保持着一个男人的清醒，他努力地咬着嘴唇，说出了徐子昂的名字。

“哦，对啊，找子昂。”李秀兰像换了一个人似的，马上爬起来，打通了徐子昂家的电话。

“阿姨，杨志没有来我家啊，我正准备吃点东西去接他呢。”徐子昂的声音让李秀兰再次瘫软在地上。

“阿姨，你怎么啦？杨志怎么了？发生什么事情了吗？”徐子昂也感觉到了杨志母亲的异样，急切的询问，却没有得到李秀兰的回答。

“秀兰，你在家等着，千万别出去，我去外面找找，说不定杨志跑哪个同学那里去了呢。”杨自强的内心同样充满了不安，但是他努力地安慰妻子，安慰这个可怜的女人。

“老杨啊，只怕是儿子听见了李老师说的话，想不开啊。”李秀兰的身体已经完全无法行动了，只有她作为母亲的焦虑还在。

“秀兰，别怕，别怕，我这就去找他，一定给你把儿子找回来，你等我回来啊。”杨自强再也顾不上妻子了，他疯子一样冲进了即将降临的暮色里。

杨自强骑着自行车，在每一条杨志可能出现的大街小巷里张望，即使不小心撞到了墙角，杨自强也不看自己擦伤的皮肤一眼，而是睁大眼睛在越来越迷茫的暮色中努力搜索儿子的身影。

徐子昂不安地飞车来到杨志的家，他搀扶起地上的李秀兰，帮她擦干眼泪，仔细询问着事情的真相。

李秀兰已经失去了理性，没有什么可以对徐子昂隐瞒的了，她将李老师的话全部重复了一遍，徐子昂睁大眼睛听着，极力想找出一点安慰她的语言，却不知道怎样面对杨志的事情。他觉得唯一能够不让杨志出丑，唯一能够保护杨志的地方就是自己的酒吧了，只要自己的酒吧还在营业，杨志就不会没有饭吃，不会没有地方拉琴，不会成为道德败坏的教材。

“阿姨，您别难过了，有我在，杨志不会有事的，我们好好经营酒吧，不要去管别人说什么，你看我初中毕业不也挺好的吗？等我开了分店，现在的酒吧就给杨志了，他自己做老板，不求别人，不要管别人说什么，您保重身体啊。”徐子昂真心真意的话，缓和了李秀兰的神经，也让她看到了希望，儿子无法继续上学，跟子昂去做生意也是一条活路，她也没有其他的办法供儿子选择，她觉得子昂说得很对。

第十六章　黄浦江边的哭泣

徐子昂安慰了李秀兰后，决定先回酒吧安排一下工作，毕竟那是他和杨志以后赖以生存的地方，他不能掉以轻心。

“阿姨，我先去酒吧打理一下，说不定杨志只是出去走走，晚上要过来拉琴的，你在家里等着，我肯定能找到他的，您放心啊！”徐子昂就像对待自己的母亲那样，安慰完杨志的妈妈，转身离开了。坐到车里，徐子昂悄悄地擦去自己眼中的泪水，深深地叹了口气；自己的悲哀，杨志的无望，都让他觉得心累与心痛，他甚至羡慕天堂里的杨宇，就那样轻松地走了，走得毫无顾忌，把一切痛苦都留给了活着的人。

杨自强在越来越浓的暮色里穿行着，饥饿与疼痛丝毫没有让这个坚强的父亲放弃寻找儿子的决心，反而让他越来越坚信儿子会成功的，这些只是老天给予儿子的磨难，自己一定要顽强地支持儿子，让儿子有朝一日出人头地来挽回今日的无地自容。

街灯已经明晃晃地在互相嘲笑杨自强的坚强了；树影已经将他的身影完全覆盖了。这个号称“国际大都市”的上海，只有川流不息的车辆和花枝招展的女人属于夜色了。

杨自强那辆“吱吱嘎嘎”的破旧自行车还在继续滚动着，漫无目的滚动着，希望老天让儿子马上出现在自己的眼前；希望奇迹就发生在自己的身边。

街边的夜市慢慢开始收摊了，杨自强几乎骑着自行车跑遍了上海的整个城市，也没有发现儿子的身影，他疲惫地来到了黄浦江边，木然地坐在石阶上……

杨志听见母亲关门的声音后，自己就马上从被窝里爬出来，他无心面对家里的一切；那个简陋的家，已经被自己再次击垮了，他无颜去梳理自己的头发；他颓废地如同行尸走肉般，端坐在黄浦江边。

浑浊的黄浦江水，不会像海水那样波澜壮阔地击打岸边的礁石；也不会像湖水那样温柔细腻的亲吻岸边的树枝；那一波波浑浊的，散发着莫名气味的黄浦江水，在零落的灯光下，像一层层鬼影，闪动着可怕的磷光，密密麻麻的眨着邪恶的眼睛，紧紧地盯着这个曾经意气风发的年轻人，似乎在说：“跳下来啊，快跳下来啊，哈哈哈。”

杨志将自己的身体缩成一团，双手紧紧环抱着腿部，他希望夜风将自己轻轻地推下去，从此一了百了。

远处幸福牵手的情侣们，没有人看见那个蜷缩的身影，也没有人在乎这个可怜的家伙。除了黄浦江水的呼唤，杨志的脑海里一片空白。

“儿子，是你吗？是你吗？”一个声音在杨志的耳边响起，杨志以为自己出现了幻觉。

“我已经死了吗？”杨志自言自语了一句，没有抬起头。

“儿子，真的是你啊，爸爸总算找到你了。”父子间有着本能的感应。

杨自强一把拉过儿子，将他紧紧地搂抱在怀里。

“儿子，你可别做傻事啊，我可怜的儿子。”这个时候的杨自强，早已经没有了以往的那种严厉，找到儿子的喜悦，让他像个市井俗人那样，半蹲着身子，抱紧了儿子，老泪纵横。

“爸爸，你怎么在这里？”杨志迷糊了，昏昏沉沉的半天，他已经有点分不清东南西北了。

“儿子，你妈妈还在家等我们呢，快点回家吧。”杨自强想拉起儿子，赶快回家，同时他也惦记着家里瘫倒在地的妻子，不知道她怎么样了。

“爸爸，别管我了，我已经没脸再见你们了，我给您抹黑了，让我死了干净啊。”杨志大声地哭了，他的哭泣声中，有儿子看见了父亲的安全感，也有自己愧对父母的后悔与羞愧。

“儿子，别怕，有爸爸在，别怕啊，你不是个没出息的孩子，困难会过去的，一切都会好起来的。”此刻的杨自强完全是凭着做父亲本能的爱来劝解儿子，希望在哪里？他也不清楚。

“爸爸，我还有什么希望？档案都退回来了，我是道德品德败坏的反面教材，我哪里还有脸见人，爸爸，你放手，让我去陪小宇吧，呜呜呜。”杨志的哭声是多日来压抑的问号，是心理极度恐惧的哀鸣，是自己对一切失望的悲愤。

“儿子，你去陪小宇，你想过我们的感受了吗？你想过你妈妈怎么活下去吗？小宇还活着，他会愿意看到你这样吗？现在说什么都是多余的，只有想办法站起来，你才能有希望啊。”杨自强的眼泪滴落在杨志的头发上，一个严厉的父亲的悲哀，岂止是一滴眼泪能代替的。

“爸爸，我给您丢脸了，您打我吧，打死我吧。”杨志抓住父亲的手，死死的往自己的脸上按。

“儿子，别哭了，爸爸不怪你，是爸爸没有教育好你，都是爸爸的责任，老天要惩罚，就让他惩罚我吧。”杨自强难过地挣脱儿子的手，尽力去擦儿子的眼泪。

“爸爸，我后悔啊，我没有珍惜，现在谁也不能给我机会了，我就是个废物，一个败家子，一个成不了大气的败家子啊。”

杨志的哭泣引来旁边情侣的张望，杨自强急忙拼命拖起杨志，将他架在自行车上，推起自行车，往家的方向蹒跚而去。

路灯下浑浊的影子，将父亲对儿子的爱，变成了一滴滴落在水泥地上的汗水与泪水，风干在黎明前的夜色里。

第十七章　寻找希望

杨自强拉着满脸泪痕的杨志回到家里，看见徐子昂正陪着妻子在焦急的等待。

“儿子，你到哪里去了，吓死妈妈了，妈妈不能没有你啊。”李秀兰一个箭步就扑在杨志的身上，掰着杨志的脸，仔细地辨认着，她的神情跟大街上的疯女人完全没有两样。

“好了，秀兰，儿子回来就好了，还没吃东西呢，你做饭了吗？”杨自强温柔地拉开妻子的手。

“嗯，我知道，我知道，我这就去做饭。”李秀兰看见儿子平安回来，听着丈夫的话，她终于清醒地面对现实了。

“杨志，你不要难过了，我们好好经营酒吧，我们一起做老板，让那些看不起我们的人见鬼去吧。”徐子昂看着杨志的父母不责怪杨志，自己急忙去安慰他。

“子昂，我……”杨志不知道说什么。

“我都知道了，你不要难过了，赚了钱我们一起去国外重新学习小提琴，机会还是有的，你要振作啊兄弟，你忘记自己对我说的那些话了吗？”徐子昂用力握了握杨志的手，提醒他，自己也是天涯沦落人啊。

“子昂，谢谢你照顾我妈妈，我知道怎么做了。”杨志说得很清楚，可是神情依旧很恍惚。

“子昂啊，谢谢你对杨志这么关心，以后你要多开导他啊。”杨自强以前对徐子昂的态度是不冷不热的，现在不同了，他觉得徐子昂虽然过于追求金钱，但是自己的儿子目前的状态，也只能是先跟着徐子昂做事才能缓解了。

“叔叔，您放心吧，我知道该怎么做。成功的路不止一条，我们一定会有其他办法的，我们也一定会成功的，您不要担心了。”徐子昂似乎在对杨自强表白什么，也似乎在对杨自强说着自己早已经有打算了。

“嗯，现在也只能先这样了，你留下来吃点东西在回家吧，我累了。”杨自强确实已经累得直不起腰来了，他蹒跚着走进了自己的房间，大家都忙着关心杨志，没有人看见这个可怜的父亲裤腿上的血迹。

“来吧，快来吧，儿子们，妈妈给你们煮了鸡蛋面，老杨，你也过来吃一点吧。”李秀兰急急忙忙从厨房端出面条时，杨志、徐子昂与丈夫已经都分别回到了房间里。

李秀兰顾不了那么多了，她先将儿子的面条端到房间，再将徐子昂和丈夫的分别端进去，直到看着儿子和徐子昂吃了，自己才走进厨房将剩下的面条吃掉。

母爱很简单，简单得就像一碗撒着葱花的鸡蛋面……

面条的味道是杨志熟悉的，是徐子昂觉得温馨的，而这一刻将成为他们永久的记忆里挥之不去的母亲的味道。

吃完面条的徐子昂，像个孩子似的舔了舔嘴唇，露出了满足的笑容。

“兄弟，你也不要太难过了，大丈夫敢作敢为，档案退回来没有什么大不了的，我们不需要去找工作，让他们折腾去吧，至于沈静嘛，如果你还喜欢她，等我们赚了钱，你就去北京把她接回来吧。”徐子昂看见杨志慢慢缓和的脸色，开始跟他商谈起未来的计划了。

“我现在也不知道她怎么样了，出事后就再也没有她的消息了。”杨志低垂下了头。

“不急，我们还是先赚钱吧，从明天开始我们的酒吧下午两点开始营业，争取早日达到我们的目标，开了分店，你也是老板了，那些人还算个屁。”徐子昂毕竟没有进过大学的校门，他的言语里多少还是带着江湖味道。

“也好啊，下午两点开始营业，再做些西餐糕点，卖点酒水，应该很快能翻身的。”杨志已经没有其他的指望了，徐子昂对酒吧的期望就是他的期望，他没有别的退路了。

“是的，下午比较安静，我们可以随心所欲地拉琴，既满足了客人的需求，也锻炼了自己的琴艺，多好啊。”徐子昂又有点小小的期待了，他就是一个憨厚的、容易满足的上海小男人，尽管他的模样比杨志高大很多。

“嗯，我们还可以约陶子烟下午有空就过来一起练习，可是，琴拉得再好，也没有什么意思了啊。”杨志还是没有忘记自己的处境。

“兄弟，你傻啊，女人是祸水，你看璐璐，老子对她那么好，她还不是拿了钱跑路了，你就不要再难过了，先把事业发展起来吧，以后只要你愿意，捐学校个千把万人民币，还可以弄个博士的帽子戴戴呢！”徐子昂比杨志更了解越来越商业化的教育了。

“唉，现在说什么也没用了，小宇的心愿我也不能帮他实现了，等有了钱啊，我们自己盖个大剧院，教孩子们拉琴吧。”杨志叹息着倒在床上。

“叹什么气啊？吃得苦中苦，方成人上人，你不知道啊，像个女人似的，我们以后是做大老板的人，现在这点小事别放在心上了。”徐子昂的劝慰，已经变成兄弟间的带着挖苦的语调了。

“行了，未来的大老板，你该回去睡觉了，明天下午两点要去赚钱呢。”杨志有些失落地赶徐子昂走了。

“回什么家啊，以后你家也就是我家了，到哪里我们都一样，我今晚就睡在这里了，开来开去的，车子不要加油的钱啊。”徐子昂真的一头栽倒在了杨宇以前睡觉的床上，很快就发出了均匀的呼吸声。

杨志睡不着，他脑子里开始想着徐子昂的话，反复地思考着。最后，他下意识地找到了上次在酒吧留电话的那个音乐学院老师的号码。

“唉，自己都这样了，这个号码能有什么帮助啊。”杨志自言自语地摇了摇头，将号码放进抽屉里，可是那个简单的电话号码已经深深地印在他的脑海里了。

杨志的内心深处，依然渴望着再次回到学校，再次走进校园，再次感受到那份宁静的校园气息。

第十八章　携手酒吧

没有一种方式能够解脱杨志目前所受的心里煎熬，他的无奈与无助虽然获得了亲情的劝慰，但是杨志知道，父母的劝慰都是为了不刺激他做出更恶劣的事情来，自己要给父母一个交代。

杨志没有像往日那样睡懒觉，他听见父母起床的声音就起来了，虽然妈妈不要他做任何事情，但他还是破天荒地第一次走进了厨房，第一次帮父亲端上了早餐。

疼爱了将近二十年的儿子，第一次把自己的早餐端上桌。杨自强虽然有些宽慰，但更多的是苦涩，一种无奈的苦涩。

“儿子，你不要这样，天无绝人之路，你先到徐子昂的酒吧里去散散心吧，给爸爸一点时间，爸爸会有办法的。”杨自强不忍心看着儿子那种自卑的样子，他依然努力地在继续扮着一个坚强的父亲的角色，可是现在他真的没有想到解决问题的办法啊。

“儿子，你也吃，吃完继续睡一会啊，妈妈来弄这些就可以了。”母亲也急忙安慰杨志。

“爸爸妈妈，我没事，子昂还在睡觉，等他睡醒了我们就去酒吧，现在我们决定下午两点开始营业，多赚钱，早点做其他的打算。”杨志很认真地对着父母说。

“啊？他昨晚没有回家啊？”杨自强吃惊地看着儿子。

“没事，没事，老杨你吃啊，子昂也不是外人。”母亲急忙来护着儿子。

“我也没有说有事，你急什么啊？子昂不是个坏孩子，就是商业味太浓了，杨志不会就这样下去的，他还是要加紧练琴，做生意不是长久之策啊。”杨自强边吃边说。

“知道，知道，你吃吧，快吃吧，吃完去上班。”母亲催促着父亲。

母亲把父亲送出门后，将杨志拉到了自己的房间。

“儿子，你父亲说的也没错，酒吧毕竟是子昂家的，不管子昂对你怎样好，可是他父母始终不是这样认为的，你也要为自己留条后路啊。”母亲说的是实话，杨志心里也知道的。

“妈妈，你别担心，我知道怎么去做，你放心吧，我还要收拾一下东西呢。”杨志同样安慰着母亲说。

“收拾什么啊？儿子，你缺什么告诉妈妈就行了，家里不需要你做任何事情啊。”母亲很奇怪地看着儿子，她很害怕儿子是因为接受不了眼前的现状而脑子混乱了。

“妈妈，你想哪里去了，我是把房间收拾一下，有些用不着的东西清理一下，我是大人了，我以后会好好赚钱，好好孝敬您的。”杨志笑着按了一下妈妈的手，像个懂事的大人那样，宽慰着妈妈。

“哦，那就好，那就好。”妈妈也开心地笑了，她是放下了悬着的心，看着儿子平安自己就满足了。

杨志回到自己的房间，轻手轻脚地开始收拾起过去上学的一切；每收拾起一样东西，他的心里就哆嗦一下，太多的记忆，太多的期盼，就这样让自己青春的冲动给葬送了；杨志非常恨自己那时候的冲动，恨自己没有把握好来之不易的学习机会；甚至开始恨沈静那么主动地接近自己，使得自己陷入了这样万劫不复的痛苦处境。可是，现在自己还能有什么办法呢？父母都坦然面对了，自己也只能接受这样的命运了。尽管自己不甘心，可是不甘心有什么用啊？幸亏还有徐子昂这样的好朋友，不离不弃地帮助自己，否则自己真的只有死路一条了。

杨志开始压抑自己，压抑自己所有的情绪，他不能就这样颓废下去，他要挣扎着站起来，他要让父母不为自己担心，他要去赚很多钱，让别人看得起他和他的父母。

“咕隆”一下，杨志不小心撞到了床脚上，因为他家的床是那种很简单的棕蓬做的，虽然撞得不是很痛，但是床却摇晃得很厉害。

“干吗？不让我睡觉啊？”徐子昂迷迷糊糊地问了一句。

“没事，你继续睡吧。”杨志赶快回答了一句。

“啊？几点了？我睡过头了吗？”徐子昂急忙翻身爬起来，微胖的身躯差点没有站稳。

“都说了还可以继续睡，你起来干嘛？”杨志一边扶住徐子昂，一边抱怨。

“那你起来干嘛？抢钱去啊？真是的。”徐子昂看了一下书桌上的小闹钟，还不到十点，又“咕咚”一下倒在了床上。

妈妈很快就买回来徐子昂爱吃的菜了，只要儿子和子昂在家里吃饭，妈妈就会忙得一刻也不停，她愿意为孩子们付出一切。

午饭后的杨志和徐子昂，很默契地同时站起来帮妈妈收拾碗筷，这是他们没有经历磨难前，从来没有发生过的事情。

妈妈的眼角再次盛开了菊花，只是现在的菊花里饱含着心酸的眼泪。

这一次走进酒吧，杨志与以前的感觉完全不一样了；以前每次走进酒吧，杨志都是去玩或者去帮徐子昂的忙；而这一次，杨志就像走进了自己的家里，每一张板凳都是那么的亲切，每一点尘埃都是那样的可爱，他要从这里开始，开始给自己一份新生的力量，开始创造一个完全不同的未来。

“兄弟，你站在那里傻笑什么？来，抽支烟吧。”徐子昂掏出一根香烟递给杨志。

“不抽了，先干活吧，干完再抽啊。”杨志没有接过香烟，挽起袖子开始打扫了。

“杨老板，不用亲自动手啦，我们来弄吧。”一个服务员赶快过来抢过杨志手里的扫把。

“什么？你们说什么啊？”杨志以为自己的耳朵听错了。

“杨老板，徐老板说过了，以后你就是这里的老板，还要请你多多关照啊！”服务员客气地重复了一遍。

“哈哈哈，你们以后要听杨老板的话啊，只要他不认可，我就扣你们的工资啊。”徐子昂笑嘻嘻地过来对他们说。

酒吧的气氛很和谐，大家高高兴兴地开门迎客了。

第十九章 拜年的触动

时间在杨志压抑的情绪里流逝，他尽心尽力地和徐子昂一起打理酒吧，每日除了回家睡觉，其他的时间都在酒吧里；同时，他也没有生疏琴技，而是将原来那些生涩的，不熟悉的曲子演奏得炉火纯青了。

徐子昂因为有了杨志的陪伴，不再去想那些不堪的情事，他们的目标除了赚钱还是赚钱。

那个年代的高雅酒吧很受欢迎，徐子昂每月给杨志五千元的工资，还负责接送。杨志将这些钱全部交给了妈妈，自己留下了客人打赏的小费和点曲子的钱，留作零花钱。

徐子昂的琴技也得到了提高，杨志已经慢慢地教会他怎么谱曲，这段时光是杨志与徐子昂过的最平静的日子，也是真正意义上相守的日子。

杨志除了在酒吧照看生意和练琴，其他的什么也没有想，更没有接触除了上门的客人以外的任何人；徐子昂已经存下一百多万元了，他们在为着毫无边际的愿望继续努力着。

社区居委的老太太比他们的父母想象的要宽容，杨志没有被列为教育孩子的反面典型，只是别人看见他的父母就远远地走开了，就连杨自强单位的同事也似乎没有提起过杨志。

这半年时间是安静的，安静得就像缓缓流淌的小溪水，没有任何的波澜，可杨自强的心里不是这样想的，他还有梦想，还有一个父亲对儿子的期望；还有自己对艺术的追求等待儿子去完成，只是他在等儿子受伤后的复原，等待儿子自己来要求些什么。

当人们开始准备新年的喜庆时，杨志的妈妈也同样在准备着，儿子已经交给自己好几万块钱了，这些钱是她以前想都不敢想的，她经常对着杨宇的照片垂泪："如果杨宇还活着，一定有救了。"她抹干眼泪的时候，依旧在厨房忙碌，那里是她的工作室，也是证明她为这个家里付出的地方；除了厨房，她已经没有地方可去，没有什么可想的了。

新春来临的时候，酒吧的生意是比较忙碌的，晚上的客人特别多，很多客人都忘记了回家的时间，杨志与徐子昂有时候就直接睡在酒吧的包厢里，用几条桌布当被子盖着。

过完除夕夜，杨志和徐子昂依然坚守着这个小小的酒吧，坚守着这份小小的梦想，即使没有几个客人的时候，他们也没有关门出去玩。

大年初五的时候，丁晴晴来了，陶子烟也来了，他们四个人围坐一起，杨志和徐子昂熟练地抽烟、喝酒，丁晴晴也举起酒杯，只有陶子烟默默地观察着杨志，她既没有喝酒也没有反对他们抽烟；她只是安静的看着他们，听他们说话。

“你们怎么都坐着，快起来迎接客人啊！”一个熟悉而陌生的声音从门外传来。

大家分头张望的时候，一团带着凉意的“羽绒服”挤进了酒吧的玻璃门。

“怎么啦？不欢迎我啊？新年好，给各位拜年啦！”马研君摘下帽子，露出被北风吹红的脸。

“哇，是你啊！”杨志第一个反应过来，这个带给他欢乐与忧愁的身影，触动了他一丝封闭的神经。

“新年好！”马研君继续向徐子昂、丁晴晴与陶子烟表达着祝福。

“新年好！快请坐！”徐子昂认出马研君了，急忙招呼他。

“美女们，新年好！”马研君似乎对丁晴晴更感兴趣。

“大帅哥新年好！”丁晴晴爽快地回复后，陶子烟也微笑着算是回答。

彼此是熟悉的，不用多介绍，马研君和徐子昂已经很快地交流起来了。

杨志虽然也参与了，但是他觉得，这个短短的半年时间，自己和马研君之间似乎已经有代沟了，那种说不出来的，心底的代沟。

“杨志，等会送我回酒店吧，我有事情跟你说。”马研君在跟徐子昂热聊了一会后，直接说出了自己的来意。

“好吧，我们现在就走，一会儿我还要回来做生意呢。”杨志明显地失去了以往在校园里的那种风采，多了一份成熟与淡定。

大家与马研君告别的时候，马研君突然回头对丁晴晴说了一句：“美女，等我毕业来追你啊，千万不要被子昂给捷足先登了啊！哈哈哈。”

“那就公平竞争吧，哈哈哈。”徐子昂也笑着回敬了一句，闹得丁晴晴有些脸红地看了徐子昂一眼，而让她遗憾的是，她没有从徐子昂的眼神里寻找到自己期望的热情。

“杨志，我已经找到实习的地方了，明天就离开上海，今晚你跟我一起住吧。”马研君好像没有发觉自己与杨志之间的代沟，语气跟以前没有变化。

“不行啊，我只按照你要求的把你送回酒店，酒吧的生意忙，我走不开的。”杨志的那种说不出的感觉依然存在，他礼貌地拒绝马研君的要求。

“不会吧，你怎么变成这样了？”马研君有些故作惊讶而夸张地说。

“人总是会变的，我已经不是从前的我了。”杨志的语气有点冷。

新年的喜庆依然在延续，而杨志与马研君之间的友情，就像天气那样，有点不尽如人意，虽然马研君也曾为杨志努力过、付出过，但是这些对杨志已经不重要了；因为他们之间的距离越来越大，而杨志的心也越来越冷。

“我说兄弟，你不能这样啊，你都不知道，你离开学校后我有多惨……”其实聪明的马研君完全能明白杨志的感受，只是他无法去点破。

“系里几乎把我当成坏学生了，一场商演也不许我去做，就连汇报演出我都被安排坐在最后的位置拉合奏的曲目，你知道我怎么熬过来的吗?”见杨志没有反应，马研君继续说着学校的事情。

第二十章 不要跟我说过去

北风依旧吹着，马研君挥手招来了出租车，杨志什么也没有说，自己拉开车门就坐上去了。

两个人在车上没有说什么，也不知道说些什么。杨志深深地感受到一种时过境迁的味道；仅仅离开酒吧几分钟，他已经失去了安全感，他就开始想念酒吧了。

杨志不知道自己的这种状态属于精神焦虑症，因为从学校出事到现在，他一次也没有爆发过，除了压抑还是压抑的神经，已经被理智压迫的弯曲了；受得了的受不了的，在父母的白发与眼泪中都必须要承受，他已经没有地方再可以接纳那些不想看见、听见的东西了。

“自己坐吧，现在只有我们两个人，有些事情我就直说了吧。”打开酒店房间的门，马研君立刻恢复了在学校对待杨志的那种态度。

“嗯。”杨志下意识地回答，其实他很想知道自己走后学校发生的事情，也非常害怕听见那些事情。

“唉！兄弟，你真是遇人不淑啊，你知道沈静家里有多黑吗?她办理了因病休学的手续，居然没有一点事情，而你才走了几天，勒令退学的通告就张贴出来了，而且是把你作为品德败坏的学生典型，什么难听的话都写上去了，那个保卫科的家伙简直不是个东西啊，同学们都说沈静的父亲是个惹不起的大官，说你撞到马蜂窝了啊。”马研君一口气说出所有的事情，他自己累得去找水喝了。

“算了，都过去了。”杨志难过的把脸转向另一边。

“怎么能过得去，你知道吗?沈静居然回到学校来参加期末考试，据说明年还要到国家歌剧院去实习，这是什么世道啊。”马研君愤愤地说。

“提她干嘛啊?”杨志很郁闷了。

“怎么就不能提她了，是她把你害成这样的，她倒是没有受到任何惩罚，你就苦逼了，现在人不人鬼不鬼在酒吧混日子，这算什么事情啊?以前学校还有在外面公开租房子同居的，也没有双双开除啊。”马研君依旧为杨志抱不平。

“算了，跟你说了别提她了，怎么还在说啊，有完没完啊。”杨志突然很大声地叫了，压抑的神经有些小小的松动。

“兄弟，别激动，我知道你受不了，也知道你这段日子过的很不如意，但是你必须让我把话说完啊，我都快憋死了。”马研君也一脸委屈地叫嚷了。

“说吧，快说吧，我要回酒吧去了。”杨志狠狠地说出这几个字，颓废地趴在床上。

“兄弟，别泄气，都已经这样了，我理解你的心情，可是他们的确太欺负人了，你难道就不打算重新再报考一个学校，让那些家伙看看你的实力吗?”马研君很了解杨志的脾气，他不在乎杨志对自己的态度，他还保持着自己与杨志在学校里的那份友谊。

“谈何容易，有这样的污点，哪个学校还会收我啊?”杨志忽然从马研君的话里找到了一点小小的星光。

“上海音乐学院啊。陶子烟不是在那里上学吗?法律没有规定被开除的学生不能报考其他学校啊。”马研君很奇怪杨志连这个都不知道。

“真的假的?还可以报考上海音乐学院?”杨志从床上爬起来又坐到了沙发上。

“真的，我打听过了，满一年，表现好的，没有在社会上留下不良记录的人都可以报考的。”马研君确实已经帮助打听过了，他胸有成竹的样子，让杨志再次看见了以前的好哥们。

“不良记录，进过派出所算不算啊?”杨志觉得眼前一黑，刚刚看到的光明又没有了。

“进过派出所?你又干什么了?难道你……”马研君吃惊的看着杨志。

“我还能干什么啊?是因为……”杨志将徐子昂发生的事情告诉了马研君。

马研君认真的听着，他也搞不清楚这算不算劣迹，也不敢继续说报考上海音乐学院的事情了。

“你还是别为我操心了吧，我就是这个命。”杨志看见马研君无语，他又彻底失望了。

“别泄气啊，不能报考，我们自己花钱去进修总是可以的吧？”马研君的脑子飞快地转着，他想起了其他的办法。

“进修就不要看档案了吗？你知道我档案里都写了些什么吗？我这辈子哪里还有出头之日。”杨志自己揭开了伤疤。

“啊？档案里还写得更过分啊？这简直是不要人活了，真是气死我了。”马研君没有想到档案的事情，听杨志这样说，他也觉得没戏了。

“还能怎么样啊？档案都被李老师看见了，我已经没有脸出门了，小宇死了，我再死了，谁给我父母送终啊？”杨志难过地摸出口袋里一根皱巴巴的香烟，用酒店房间的火柴点燃，深深地吸进一口烟雾，再从肺里吐出一个烟圈。

“你会抽烟了？还抽得这么漂亮？”马研君这才发现杨志真的变了，学校里的那个纯情少年的影子已经找不到了。

“抽烟喝酒又怎么了？谁还在乎我的死活，人家都等着看我笑话，我还能怎么办？”杨志像是说给马研君听，又像是自言自语地吐着烟雾。

“徐子昂被骗了那么多钱就算了吗？有没有找到他女朋友啊？”马研君无奈地转移了话题。

“有那么容易找到吗？钱是他自己给人家去买东西的，没有人证明，法律不是要求讲究证据嘛？都是女人惹的祸。”杨志愤愤地继续吞云吐雾。

“你还想不想跟沈静联系，要不要我带封信给她？”马研君讨好般地对杨志说。

“联系个屁啊，都说了不要跟我提过去，你还要说，看我活得不够丢人现眼是吗？”杨志使劲掐灭烟头，转身站起来。

“干嘛去？你就这样不理我了吗？”马研君不明白杨志的心了。

“你是天之骄子，我是倒霉的可怜虫，我们已经不在一个档次了，你还是离我远点吧，我要回酒吧干活去了。”杨志就这样转身走开了。

马研君愣在原地，从门缝里，看见杨志有些摇晃的身影，显得那么的凄凉，马研君的眼圈都红了。

第五卷　折翼后飞翔

二十岁的年龄是人生中最美好的阶段，是人生观和世界观逐步形成并稳定发展的阶段，很多人因此而获得了美好的前程，也有很多人因此而走上了不归路。

杨志就像天空中那颗最灰暗的星星，在沉沦于苍穹后，突然变得那么耀眼，这份耀眼的光芒里包含着很多人的付出，很多人的期望，很多人的爱，甚至包含着母亲用生命换来的觉醒，让他从此永远地闪亮着，在艺术的圣坛里永远不会磨灭。

第一章　丁晴晴的报复

谁知道未来的日子有多远，能走多远，就慢慢走吧！

酒吧的日子没有白天，杨志的心里没有了太阳；缺少阳光的皮肤显得苍白；缺少灵魂的琴声，渐渐失去了美好的旋律。

不是没有人嘲笑他，只是他已经麻木了；不是没有人关注他，只是他已经看不见了。

二月春风似剪刀的时候，杨志开始关注酒吧里来演出的女孩了，失去灵魂的心脏依旧在年轻的身体里跳动，已经有过性经验的杨志，身体里依旧残存着对异性的需求；只是这些不是因为爱情，而是雄性的本能。

徐子昂给了他在酒吧里可以为所欲为的权利，杨志已经可以跟客人们无距离地调笑了，可以跟吧女们打情骂俏了……

日子在沉沦中度过，杨自强也曾帮他找了单位，可是面对几百元的月工资与酒吧几乎每天都可以收到点曲子的费用相比，杨志连看都没有看一眼；母亲对儿子的疼爱是盲目的，她只会永远站在儿子的立场上考虑问题。

春去秋来，丁晴晴毕业了，陶子烟实习了，杨志依然过着没有阳光的日子。

徐子昂已经存到了一大笔钱，他开始筹备分店了，杨志似乎已经是真正的酒吧老板了，商女们纷纷向他投怀送抱，杨志来者不拒，一一应酬着。

徐子昂的父亲虽然有些不满，但是他无法拒绝儿子的任何要求，因为他老了，儿子长大了。

一天晚上，丁晴晴带来了一批大客户，杨志忙于应酬，觥筹交错的时候，杨志发现丁晴晴有种邪恶的美艳，这种美艳含着怨恨，含着青春的靓丽，含着无法预知的可怕。

送走客人后，丁晴晴折回酒吧。

“杨志，再给我一杯酒。”丁晴晴醉眼含情地看着杨志说。

“晴晴，你喝多了，明天再来吧，我请客。”杨志有些不忍心。

“哪来的废话，我有钱买酒，你拿来就是了。”丁晴晴没有了刚才的妩媚。

“啊？”杨志以为自己的耳朵听错了。

“实话跟你说吧，今晚是本大小姐最开心的日子，快十年了，今晚第一次这么开心，哈哈。”丁晴晴露出极为少有的诡异笑脸。

“晴晴，你真的醉了，让子昂送你回家吧。”杨志不愿意看见丁晴晴那样的笑脸。

“杨志，你装什么？你没看见过我妈妈死尸的样子吗？你没看见过我脸上被奶奶抽打的伤痕嘛？你以为我真的会喝醉吗？”丁晴晴也点燃了一根烟，深深地吐出一团烟雾。

“我知道，我知道，这些跟现在有关系吗？”杨志不明白她想说什么。

“当然有关系了，我忍辱负重地活了这么久，你以为容易啊，你看看本大小姐身上的名牌，这些能换回我妈妈的生命吗？”丁晴晴真的没有喝醉，她想告诉杨志自己的心事。

“晴晴，来，到里面去说。”杨志看着丁晴晴发红的眼圈，以为她要忆苦思甜，急忙将她拉倒酒吧安静的角落。

“晴晴，都过去了，你何必呢？现在你都工作了，想那些做什么？”杨志的话是真情还是假意，没人能分得清楚了。

“晴晴，你冷静点，喝点饮料吧。”徐子昂不知道什么时候端了杯果汁来到了他们中间。

“子昂啊，你来得正好，今晚我有事情要宣布。”丁晴晴忽然很清醒地看着徐子昂，她的眼神比看杨志的时候，温柔了很多。

“呵呵，说吧，洗耳恭听！”徐子昂永远是温和的，像一个永远没有脾气的毛毛熊。

“我已经在外面租了房子，但是不能告诉你们在哪里。刚才的高总就是收购我那个没有人性的父亲的企业的老板，很快那一家人就会一无所有的，哈哈哈。”丁晴晴大笑起来。

“你胡说什么？什么那一家人啊？”杨志糊涂了。

“难道不是吗？逼死我妈妈取而代之，我就这样认输吗？本来是我妈妈应该拥有的一切，那个女人却心安理得地享受着，那是我的家吗？”丁晴晴的情绪有些激动了。

“晴晴，别说了，他们这些年对你不差啊，还有个可爱的弟弟，你就想开点吧，现在你也工作了，以后结了婚自己好好过，挺好的啊。”徐子昂害怕丁晴晴的情绪过于激动而失控，急忙从现实的角度去安慰她。

“好个屁啊，我每天都活在对妈妈的思念中，这个世界上唯一真正爱我的就是妈妈了，除了妈妈谁还会对我好啊。”丁晴晴“呜呜”地哭了起来。

“晴晴不哭，我们都是你的朋友，我们都会对你好的。”徐子昂居然帮丁晴晴擦眼泪。

杨志看着他们，脑子里一片空白。

“乖，我送你回家吧，明天一切都会好的啊。”徐子昂居然轻轻拍打丁晴晴的后背，温柔得像哄着小女孩。

东风吹来满眼春的年代，国企改制、转型。丁晴晴就职的集团收购了她父亲所在的那家企业，并根据丁晴晴提供的材料重新审查了她父亲多年业务渠道的灰色交易。

丁晴晴的父亲下岗了，下岗之前需要交还企业部分灰色收入；丁晴晴的继母不善理财，家里并没有积余多少钱，无奈之下，他们将房子卖了，一家人迁居到了出租屋里，年迈的奶奶被迫回到乡下去了，刚满十岁的弟弟，整日在父母的争吵中度日，他的日子不会比丁晴晴小时候好过多少。

丁晴晴已经成为了都市白领，她偶尔来酒吧玩，几乎不再跟以前的家人有任何联系了。

第二章　母亲的身体

上海爱乐乐团也开始改变以前那种陈旧的模式，开始采用招聘歌手、培养艺人的方式来主打商业市场了。杨自强在剧团里的资历最老，他理所当然地升为了团长。

杨自强很久没有看见儿子了，他上班的时候儿子在睡觉，他睡觉的时候儿子在酒吧拉琴，父子间已经将近一年没有好好沟通过了，杨自强希望能将这个好消息告诉儿子，同时也想让儿子加入到正规的团队里，因为他的心里还有梦想，还有没有完成的心愿。

那晚杨自强早早地回家了，回去给相依为命的妻子一点惊喜，回去给操劳了半世的老妻一些安慰。

简陋的家里很冷清，桌子上剩下的饭菜显示着主人的简朴生活状态。

李秀兰昏昏欲睡地独自坐在沙发上织毛衣，尽管儿子和丈夫已经有很多她亲手编织的毛衣了，但她还是没完没了地织着。

“秀兰，我回来了。”杨自强呼唤着。

半天没有反应：“秀兰，我回来了。”他又呼唤了一声。

“哦，老杨啊，几点啦，我马上去做饭啊。”李秀兰似乎从梦中惊醒那样，慌慌张张地放下手里的东西。

“不急，还早呢，我告诉你一个好消息啊。”杨自强一边换鞋，一边有些激动地跟妻子说。

“啊？什么？杨志又出什么事情了吗？”李秀兰居然不知道老公说什么。

“秀兰，你怎么了？”杨自强有些奇怪妻子的表现。

“啊？你说什么？”李秀兰依然是那样惊慌的样子，半晌才回过神来。

“哎呀，老杨啊，你看我这脑子已经不灵光了。”李秀兰歉意地对丈夫傻笑着。

杨自强有些悲哀地看着妻子，这个不到五十岁的女人，自从跟自己结婚后，没有过一天舒心的日子，小儿子的死，大儿子的磨难，已经过早地让她整日在忧虑中度过，没有人去关心她的感受，没有人在意她的存在，只有岁月无情地将她推到了中年，从一个花季女孩变成了一个憔悴的半老女人，白发和皱纹那么紧紧的伴随着她，以至她的视力与听力都有些模糊了，她活在一种让人担心的自我封闭的世界里。

“秀兰，来，坐下，我跟你说啊……”杨自强心疼地拉住妻子的手重新坐到沙发上。

“我已经被乐团正式任命为团长了，任命书已经下来了，你看啊，我们家有希望了，杨志以后不用去酒吧卖艺了，他可以通过应聘来我单位工作，可以跟我一起演出，可以去进修，可以成为音乐家了。”杨自强一口气告诉妻子自己带回家的好消息。

“好，好啊，老杨，儿子大了，这几年家里已经存了五十多万元了，虽然买不起好房子，但是儿子结婚的钱是够了啊。”李秀兰没头没脑地说着自己心里的事情，丈夫的好心情似乎跟她没有关系。

“还是等他有正式工作再考虑结婚吧，你看他现在那个样子，谁会嫁给他啊。”杨自强顺着妻子的话说，但是他明显感觉到了妻子的不对劲，只是他太粗心了，居然没有想到已过更年期的妻子，有些老年痴呆症早期的影子了。

“老杨啊，你休息一会，我去给你做饭啊。”李秀兰千篇一律的日子已经养成了习惯，只要丈夫回家，她一定会去厨房忙碌的。

晚饭后的杨自强，没有过于关心妻子的状态，他看了会黑白电视机，想着今后的发展，最后决定去酒吧看看杨志。

依旧是那辆老掉牙的自行车，依旧是那件普通的外套，依旧是那个苍老的身影，在夜色里穿行。

杨自强将自行车远远地放在酒吧的附近，整理一下身上的灰尘，摆出一副客人的姿态走进了酒吧。

没有人特别留心他的到来，就连招待的服务员也以为他是哪位客人的司机，而没有去招呼他。

杨自强找了一个特别偏僻的位置坐下来，在酒吧的灯光照射不到的角落里，静静地看着酒吧的表演。

常规的歌舞，一些三流的小艺人，卖力地摇晃着、扭动着，声嘶力竭地卖弄着歌喉，客人们爆发出热烈的掌声；庸俗的、露骨的舞蹈，让客人们用钱去引诱舞女放大尺度；杨自强看着、看着，他的眉头紧紧地皱起来。

灯光突然变得昏黄，喧闹恢复了宁静，徐子昂拿着小提琴第一个登场了，他摆出一种常见的拉小提琴的姿势，缓缓地开始演奏。

“杨志、杨志！”徐子昂一曲结束，捧场的托儿们立刻高呼起来。

幕布再次变幻，杨志摆出一副大牌的样子，帅气地登场了。

掌声响起，还没有拉琴就已经有几个献媚的女孩送上了玫瑰花，杨志将花儿分别插进上衣口袋和含在嘴里，对女孩们做出一个飞吻的手势，微笑着开始拉动琴弦。

一个客人将人民币折成飞机扔到了杨志的面前，杨志弯腰捡起后，面带微笑的继续演奏，一曲《仲夏夜之梦》，他居然拉了好几个破音和几个滑音，杨自强看着，听的怒火中烧，而客人们却什么也没有发现。

杨志在舞台上夸张的行为，使得酒吧爆出一个个小小的高潮，以前的纯音乐酒吧，似乎已经是市井的菜场，没有一点艺术的氛围，只有金钱的气味了。

杨自强无法再看下去了，他不愿意自己在这种场合失去理智，他走出门去，被夜风吹醒的大脑，让他继续等待，等待着酒吧打烊，等待着儿子出现，他需要跟儿子好好谈谈了。

深夜的凉意侵蚀着杨自强的耐心，考验着他的耐力，东方都快发白了，酒吧终于要打烊了，可是他依然没有看见儿子的身影。

第三章　慈父的心思

杨自强拖着僵硬的双腿，走到酒吧的门前；正准备关门的保安误以为他是哪里的流浪汉："干什么？我们下班了，这里没有你要的东西。"

保安鄙夷的驱赶着杨自强。

"我找杨志，我是他爸爸。"杨自强厉声呵斥着保安。

"哦，你是杨老板的爸爸？"保安惊讶得下巴似乎要掉下来了，杨老板那么风流倜傥，他的爸爸却朴素得像个流浪汉，保安不敢相信自己的眼睛。

"把杨志给我叫出来。"杨自强再次大声提醒保安。

"杨老板在包厢里，我去叫不合适吧，算了，你等会吧。"保安知道杨志跟一个歌女在包厢里干什么，但他也害怕杨自强那严厉的眼神。

"走开，我自己进去。"杨自强推开保安，自己大步走进酒吧。

杨自强虽然没有去过酒吧的包厢，但是音乐人的敏感已经让他从保安的眼神里觉察到了一些东西。

杨自强没有大声呼唤杨志的名字，而是小心地观察着哪个包厢有人在的痕迹。

保安不安的跟进来一边高呼："杨老板，你爸爸来了，杨老板，你爸爸来了。"一边靠近了一个隐秘的包厢的门。

眼尖的杨自强一下子就发现了端倪，他一把推开了包厢的门。

"干什么？走开！"杨志根本没有回头看进来的是谁，也没有听见保安的呼喊，他正搂着一个女人准备亲吻。

"哎呀，你是谁啊？"女人借着昏暗的光线看见了一个怒气冲冲的人影，惊吓着急忙推开杨志，整理自己仅有的一点遮羞布。

"逆子，你在干吗？"杨自强高呼着。

保安急忙打开了包厢的灯，杨志这才看清楚了怒气冲冲的父亲站在自己的面前。

"爸爸，你怎么到这里来了？"杨志也吓了一跳。

"你整日在这里鬼混，我是来管你的，快跟我回去，别在这丢人现眼了。"杨自强根本不在乎旁边的女人和保安的诧异，一把拖起杨志就走。

"哎呀，爸爸，放开我，快放手。"杨志一边顺从地跟着父亲走，一边甩开父亲的手。

"把门关好，你们走吧，明早我再过来处理。"杨志临走还不忘记吩咐保安干活。

艺术家与美女是相辅相成的，很多艺术的灵感来自伟大的爱情，来自情人间的甜蜜与酸涩，但是杨志不同，杨志已经不再相信爱情，他只是在发泄自己年轻的身体里的膨胀，他用金钱去发泄自己多余的体力，来麻醉自己的神经；用社会上最肮脏的方式，来获取着自己短暂的满足。

杨自强是个保守的老实人，他没有经历过这些社会上的交易，更不明白儿子已经到了堕落的边缘，更不清楚儿子已经不是第一次这样做了。

杨志不愿意坐在父亲的自行车上，他挥手招来了出租车，而杨自强怕他不跟自己回家，拼着老命蹬着自行车，紧紧地跟随着出租车，直到车子停在了小区的门口。

苍天如果有眼，它会为可怜的父亲垂泪；朝霞如果有眼，它也会羞愧得涨红脸的。可是，杨志已经变了，变得那么不可理喻，变得对任何事情都无动于衷了。

"你跟我老实说说，你在酒吧都干些什么？"一进家门，杨自强就迫切地教育儿子。

"在酒吧能干什么？现在是什么年代了，你不看看自己有多落后。"杨志不以为然地对父亲说。

“什么年代就不要脸了吗？你看看自己还有人样吗？”疲惫不堪的杨自强已经再也无法控制自己的情绪了，看见儿子在酒吧的那一幕幕，真让他无地自容，他恨自己为什么会生出这样的儿子。

“我怎么不要脸了，我赚的钱比你少吗？你清高又怎么样？这么多年还不是蹬着三八杠，我下个月就可以买汽车了。”杨志已经完全自暴自弃了，金钱是他唯一衡量人生的标准了。

“我，我……”杨自强被气的说不出话了，他举起手准备打杨志，当他看见杨志那种说不清楚的眼神时，他放下了手。

“算了，我们坐下来好好谈谈吧。”杨自强换了种无奈的语气。

“天都亮了，还谈什么？我要睡觉去了，明天有好多事情要做的。”杨志回绝了父亲的要求后，转身走进了自己的房间。

“杨志，以前的事情都过去了，我不怪你了，也不需要你去赚钱，你能不能清醒一点，回到正道上来？”杨自强跟着儿子走进房间，他几乎是祈求的语气在等待儿子的回答了。

“什么是正道？我在外面杀人、放火了吗？我只是用自己的能力去赚钱，明年我们买商品房，你看看家里破的，老鼠都不上门。”杨志没好气地对父亲说。

“儿子，爸爸不是那个意思，你也不小了，要有合适的人结婚爸爸会支持你的，可是现在你连一份稳定的工作都没有，将来怎么生存啊！”杨自强觉得自己不能跟儿子硬碰硬了，他换了一种方式。

“结什么婚？我跟谁结婚，赚到钱还怕没有女人，我工作不稳定吗？子昂的分店已经在装修了，我已经在独立经营酒吧了，我是老板了。”杨志一边说，一边脱鞋子。

“酒吧毕竟是子昂家的，你还是来爸爸的团里工作吧，一样可以上台表演，还可以举办个人演奏专场，这些都是你想要的啊。”杨自强接过儿子的一只鞋子，轻轻地放到地上。

“去你团里，别人能接受我吗？你说了算吗？”杨志对父亲翻了一个白眼。

“算，算的，我已经被上头正式任命为团长了，而且团里最近正在招聘人才，你凭自己的实力就可以进来，只要好好努力，爸爸一定会给你举办个人演奏专场的。”杨自强看见儿子的口气软了，他也松了一口气。

“自己演一场能赚多少钱啊？”杨志还是只在乎钱。

“收入跟团里分成，你放心吧，只要你进了乐团，一切都会好起来的。”

杨自强实话实说了。

“好了，老爸，等我哪天有空再去你那边看看吧。”杨志勉强算是同意了爸爸的提议，因为他很困了，想睡觉了。

“儿子啊，只要你不放弃，好好练琴，一定会成为了不起的音乐家的，小宇在天之灵也会安息的，别忘记你弟弟的心愿啊！”杨自强发自内心地说。

李秀兰从他们父子进门就一直在偷偷地听着他们的谈话，直到丈夫和儿子达成一致后，她才悄悄地跑回房间，钻进被子假装睡着了。

第四章　面试受辱

杨自强拖着极其疲惫的躯体躺到床上，他幻想着自己的举动已经说服了儿子，幻想着儿子能和自己并肩站在舞台上演奏；在恍恍惚惚中，他睡着了。

妻子爱惜地搂住他苍老的身体，在他的呼吸中放下悬着的心，一起迎接新的一天。

杨自强去上班之前，特意去儿子的房间叫醒儿子，嘱咐他晚上一定要回家，自己会拿乐团的招聘表格回家给他。

杨志迷迷糊糊地答应着，转身又沉沉的睡去。

杨自强带着美好的心愿去上班了，妻子又高兴地奔赴菜场，丈夫和儿子就是她的天，她的命，她为他们而活着。

中午时分，杨志在妈妈的呼唤声中，不情愿地起床了，他匆匆吃了一点东西后，又急急忙忙地去酒吧了，那里才是属于他的地方，那里才能让他找到自己的位置。

徐子昂已经在那里等他了，因为分店要装修，徐子昂每天晚上都会来拿走酒吧的营业额，隔天将备用的零钱拿来给杨志。

杨志不知道这些是商人们对帮助打理店铺的员工的一种防守方式，尽管他们是亲密无间的兄弟，但是徐子昂被陈璐璐伤透了，他对钱看得比较紧了，虽然他给杨志的钱很多，但是杨志每个月的收入没有酒吧的一天营业额多。

“兄弟，辛苦你了，好好经营啊，这个酒吧属于你了。”徐子昂看见杨志后很亲切地说。

“应该的，子昂，你快去新店忙吧，这里有我呢。”杨志信心满满地对徐子昂承诺着。

“好，那我走了，你也别太累了啊。”徐子昂和杨志还像过去那样，互相用拳头撞击对方，表示着兄弟间的情谊。

其实，徐子昂知道杨志在酒吧的所作所为，也知道杨志某些荒唐的行为，但是那些都不重要，重要的是杨志能够全心全意的为酒吧赚钱，为他分担，愿意跟他一起承受任何事情。

杨志抽完一根烟后，忽然想起父亲昨夜说的话，他不由自主地摇了摇头，傻笑了一下，又继续开始准备酒吧需要营业的工作了。

这一天似乎过得很平静，这一晚似乎没有任何的精彩；杨志忽然对那些衣衫单薄的酒吧女们没有兴趣了，他在客人们离开后，就将酒吧的营业额清点好交给徐子昂，自己打出租车回家了。

杨志已经很久没有在凌晨2点前到家了，他今晚没有多喝酒，没有亲近那些脂粉味很浓的酒吧女，他清醒地回到了有父母的家里。

桌子上除了千篇一律的剩饭菜，旁边还有一张醒目的16K纸张，杨志顺手将它拿进房间，因为他知道那是父亲为他准备的报名表格。

杨志拿出很久没有写过字的笔，慢慢地填写自己的名字，当他的目光停留在父亲职务一栏发呆时，房间门口一个影子在灯光的投射下出现在他面前。

“爸爸，你怎么起来了？”不用想杨志也知道那是父亲的身影。

“呵呵，儿子，被你发现了啊，你好好填写吧，爸爸明早带回单位去，你下午三点半到乐团来面试吧，我已经交代下去了。”杨自强很满意儿子的举动，他欣慰地回房间睡觉去了。

谁不希望举办个人演奏专场，谁能拒绝在荧光灯下被追捧的虚荣，杨志从小就希望能拥有属于自己的舞台，这次父亲要帮他完成心愿了，他还是满怀期望地憧憬明天的。

这一夜是杨志近三年来睡得最踏实的一夜，也是他从学校出事后对未来有了一丝幻想的一夜；他就像天空即将登场的朝霞，在地平线下等待着黎明的召唤。

杨志在一些小小的期待中安排酒吧的事务，他没有告诉子昂，父亲为自己作的决定，他想等一切都安排好了，给子昂一个惊喜。同时，子昂也会成为自己个人演奏专场的重要嘉宾。

杨志在酒吧的化妆间里整理自己的外表，在酒吧的吧台里擦拭着自己的小提琴，他按照父亲说的时间走进了爱乐乐团的大门，来到了负责招聘的负责人面前。

乐团的人并没有通知他的父亲，而是把他直接带到了一位老师傅面前。

“您好！我是杨志。”杨志礼貌的自我介绍，因为习惯了在酒吧里表演完就给客人敬礼，他竟然深深地鞠了一个躬。

“哈哈哈，知道了，知道了。”老师傅笑得像一个被踩烂的番茄。

谁也不知道那个被踩烂的番茄流淌出来的是什么味道的汁液，只是看见他摆出一副很尊严的样子，要杨志拉一曲塔帝尼的《魔鬼的颤音》中的小提琴乐章。

“老师，这首曲子我不熟练，我拉一段贝多芬的吧。”杨志很老实地说着真话。

“不熟练并不代表你不会拉对吗？”老师傅一脸认真的问。

“是的。”杨志坦然面对。

“那还等什么？你爸爸在开会，他不会到这里来看你拉琴的。”老师傅闭起眼睛。

杨志只能按照要求去拉响这首自己极少练习的曲子。

“停，停，不要拉了，难听死了。”老师傅睁开像流淌着番茄汁的眼睛，大声叫着。

“你就这点水平也要进我们乐团啊，就因为你爸爸是乐团的团长吗？”老师傅斜着眼睛问。

“这跟我爸爸没有关系，我在酒吧拉得很好，没有客人批评过我的琴技。”杨志虽然不敢顶撞老师傅，但是他也没有说谎。

“在酒吧拉的很好？难怪啊，原来是被学校开除到酒吧去卖艺的，什么人什么世道啊。”老师傅那张番茄脸上出现了非常看不起杨志的表情。

“你，你胡说什么？”杨志有些按捺不住，但是他依然没有过分冲动。

“我什么？我说错了吗？不就因为你爸爸当了团长吗？你以为就你这点水平也能进我们乐团啊？切，还自不量力，走吧，你爸爸会通知你上班时间的，你来我这里也是走走过场的。”老师傅挥挥手，就像赶走一条路边的野狗那样。

杨志忍住怒火，收拾起小提琴，还没走出门，就听见老师傅说：“也不是什么好料子，难怪杨自强那么阴暗，整日不言不语的，原来是有这么个现世报的儿子啊，拉的跟鸡叫一样难听，还什么神童呢，都是狗屁。”

字字句句都钻了进杨志的耳朵，刺激着他的心脏，杨志根本就不会想到去父亲的办公室里投诉，而是头也不回地走出了爱乐乐团的大门。

第五章 后妈的怨恨

杨志怒气冲冲地回到酒吧，一口气灌下整瓶的啤酒，他又点燃一支烟，脑海中挥之不去那张鄙夷的番茄脸。

“他妈的，那个老东西，也不拿镜子照照自己还能蹦达几天，臭瘪三。”他愤愤地用难听的话咒骂着刚才的那个人，发泄自己的怒火。

杨志也不明白，自己什么时候变得社会味道这样的浓，连旁边的服务员听了都远远地走开了。

酒吧的电话响了，杨志接通了电话：“杨志，你怎么没来我办公室啊?”是父亲的声音。

“我还怎么去你的办公室，人家说你在开会，他们叫我拉《魔鬼的颤音》，还挖苦我说：因为你是团长了我才可以享受这个福利的……”杨志将刚才所有的不愉快都发泄到了父亲的身上。

“我都知道了，那个是原来的办公室主任，以前我批评过他，不过他很快就要退休了，因为在乐团人缘不好，所以脾气很古怪，你应该先到爸爸的办公室来啊。”杨自强轻描淡写地解释道。谁在单位不会得罪一两个人，他的口碑也不一定是百分百的好啊。

“我怎么知道你办公室在哪里?”杨志嘟囔了一句。

“好了，你跟子昂把酒吧的事情了结了，在家练习三天，下周就跟我一起来乐团上班吧。”杨自强不等儿子回答就挂上了电话。

杨志呆呆地看着电话机，说不出心里是什么感觉。

晚饭时间，杨志和服务员一起吃着厨房送来的套餐，一个面容憔悴的女人，带着一个大约十岁出头的男孩来到了酒吧门口。

“您好，请问需要点什么?”服务员看见那个女人穿的并不寒酸，就主动的去询问。

“我来找人，这酒店是徐子昂开的吗?”女人的眼睛在酒吧里开始扫描。

“是的，徐总不在店里，杨总在，您有什么事情吗?”服务员依然很客气。

“哪位杨总，是杨志吗？叫他过来。”女人对服务员的礼貌一点都不在乎地叫嚷着。

“杨总，有人找你。”服务员大声地叫着。

“谁啊？什么事情？”杨志放下手中的餐具来到门口。

“你就是杨志，果然是个小白脸啊。”女人的口气很不好。

“你好，我不认识你啊，有事吗？”杨志皱起眉头问道。

“你当然不认识我，但你认识丁晴晴吧，你们从小就勾搭在一起的，我是她的后妈。”女人毫不客气地说出自己的身份。

“你是晴晴的后妈？找我有事吗？”杨志奇怪地看着女人和她牵着的小男孩。

“找到你们就可以找到那个没有良心的丫头了。”女人自己走进酒吧，将小男孩放在一边，自己坐了下来。

“您这是？”杨志觉得这个女人有点不可理喻。

“我这是来问你们要人的，只要你告诉我丁晴晴现在住在哪里，我就离开。”女人的样子让杨志很不舒服。

“我们怎么知道晴晴住在哪里？你是她的家人，你最清楚她在哪里啊。”杨志忽然想起丁晴晴的父亲就是为了这个女人而闹离婚的，也是因为她生了个儿子才逼死了丁晴晴的母亲，想必旁边的男孩就是那个儿子了。

“家人，她拿我们当家人了吗？这些年来她白吃白住在家里，我们供她上大学，她竟然做出这么没良心的事情，让我们怎么活啊？让她弟弟以后怎么有脸见人啊？”女人开始有点撒泼了。

“行了，别在我店里闹。这不是你家，快走吧。”杨志也毫不客气地下逐客令了。

“什么？你敢这样对我说话，你算个什么东西？快告诉我那个不要脸的丫头住在哪里？”女人的气焰比杨志高了很多。

“什么不要脸？晴晴怎么不要脸了，就是知道也不会告诉你的，自己又是什么好东西。”杨志想到了丁晴晴的母亲，想到了丁晴晴在有这样的后妈的家里艰难的处境，他也发火了。

“哎哟，小白脸，看来你跟那不要脸的丫头还真有一腿啊，快说她在哪里？”女人似乎不理会杨志越来越难看的脸色。

“走开，你再胡搅蛮缠我不客气了。”杨志真的生气了。

“我胡搅蛮缠？她把我搞得家破人亡，我不要找她算账吗？孩子他爸爸也不知道去哪里了，儿子要吃饭，家里没有开销了谁管，再怎么样这都是她弟弟吧，就能眼睁睁地看着自己的亲弟弟饿死吗？你不说出她的住址，今天我就不走了。”女人一副死猪不怕开水烫的表情。

“我是真不知道晴晴住在哪里，阿姨，你就别妨碍我做生意了吧。”杨志看着那个可爱的男孩，听见这个女人的话，想起丁晴晴上次说的事情，他明白了一切，他的口气也软了。

“那你打电话叫她过来，别说我在这里就可以了，她总要给家里一个说法，他爸爸去哪里了，是死是活的，总要给我和儿子一个交代吧。”女人似乎也累了。

“不行，我要做生意了，你自己去找她吧。”杨志还是坚持着自己的说法。

“怎么不行了，我相信你清楚她在哪里，看不见她我今天就不走了，你做生意关我什么事情。”女人一副无赖的样子。

旁边的小男孩可能是饿了，他紧紧的拉着妈妈的衣角，怯生生地听着妈妈和杨志的谈话，看着吃饭的服务员们，自己咽了一下口水。

没有人在乎这个小男孩的举动，因为大家都在想着自己的目的。

第六章　无端受辱

杨志看了看暮色，看了看酒吧的服务员，他觉得这样拖下去肯定会出问题的；可是这个女人带着个孩子，也不能叫保安强行拉走，自己只能打电话向徐子昂求助了。

徐子昂听了杨志的电话，他觉得应该找丁晴晴来处理，可是杨志确实不知道丁晴晴在哪里，徐子昂沉默了一下，为了酒吧的生意，他还是通知了丁晴晴。

“哼，我就是说吧，你怎么会不知道她在哪里。”女人看见杨志打完电话后，不屑地哼了一声。

“你也不要太过分了，我是看晴晴弟弟的面子，要不然我才懒得管你呢。”杨志也没好气地回敬了她一句。

“她要还有一点良心就不会这样对待自己的亲弟弟了。”女人显然是被说中了要害。

“她怎么没有良心了，没有良心的人是你。”杨志终于被激怒了，下午在乐团所受的气加上这个女人的无理取闹，真的让他无法再控制自己的情绪了。

“你脑子坏了，这样跟我讲话，你个瘪三算什么东西，这样护着那个不要脸的丫头。”女人的话很刻薄。

“你算什么东西，不要脸的第三者，是你逼死了晴晴的亲妈，鸠占鹊巢还恬不知耻地来我这里胡闹，你昏头了吧。”杨志爆发了自己难以忍受的怒火。

“关你屁事，谁逼死那个贱货的亲妈，她自己跳江死的，你小心我撕烂你的臭嘴。”女人也开始咆哮了。

“你敢，你才是真正的贱货，不要脸的那个人，你不怕遭报应吗？做这种伤天害理的事情，别人躲都来不及，你还出来丢人现眼的。”也不知道什么时候开始，杨志骂人那么熟练了。

“你，你个小赤佬，有娘养没娘教的，敢在我头上撒野，你不拿镜子照照自己的那副面孔，臭流氓。”女人也不甘示弱地开始攻击杨志了。

“你说谁呢，你敢再说一遍？”杨志握起了拳头。

“我说你是个臭流氓，臭不要脸的，从小就跟那个贱货勾搭在一起，被学校开除了在社会上混的臭流氓，没家教的，你才是丢人现眼的现世报，我要生你这样的儿子，早就把他淹死在马桶里了，呸！”女人恶狠狠的吐了一口痰。

“你！”杨志气得发抖，一时间语塞，他一把推倒了女人坐的板凳，女人随即就跌坐在了地上。

服务员都吓得站在了一边，小男孩哭泣着准备搀扶起妈妈。

“你敢打我，老娘今天就跟你拼了。”女人的头发散落下来遮住了半边脸，她自己爬起来揪住了杨志的衣服。

杨志急忙想用自己的手去掰开女人的手；孩子的恐惧的哭声，女人的叫骂声，响成了一片。

“住手，快住手杨志，我来处理。”徐子昂来了，他一个箭步挡在了他们中间，用力拉开了他们的手。

“啊哈，来帮凶了啊，那个贱货呢？”女人根本不在乎他们人多，因为她也不是什么好人，她就是社会上那种好吃懒做、嫌贫爱富的女人，她没有什么可以害怕的。

“你给我闭嘴。”徐子昂大喝一声，女人也哆嗦了一下。

“打人了，打死人了。”女人看见有客人似乎想进酒吧，急忙大哭起来。

“谁打你了，鬼叫什么？”杨志拍了拍身上被女人抓过的地方，没好气地说。

"大家快来看我，这个被学校开除的臭流氓欺负我啊。"女人用手指着杨志，对慢慢过来看热闹的人哭叫。

"被学校开除的流氓？没看出来啊，平时看着蛮斯文的嘛。"旁边看热闹的人开始了猜想与讨论。

"闭嘴，你不是找我吗？干嘛牵连杨志，还嫌自己不够丢人吗？"及时赶过来的丁晴晴，马上制止着女人的胡闹。

"姐姐，你终于来了，快劝劝妈妈吧，她都闹了很久了，爸爸也离家出走了。"小男孩看见丁晴晴后，飞奔到她身边去哭诉着。

"不怕，你乖点，姐姐带你回去。"丁晴晴帮着小男孩擦了一下眼泪。

"死丫头，你还帮着那个臭流氓讲话，他打的是你妈妈啊。"女人似乎不肯罢休。

"闭嘴，再胡闹我就不给你生活费了。"丁晴晴假装转身就走的样子。

"啊？别走，别走。"女人一听见关于钱的事情，眼珠都变得明亮了很多，人也立刻精神起来。

"姐姐，我饿，妈妈一天都没给我买吃的了。"小男孩摇着丁晴晴的手，表达着自己最原始的需求。

"乖，姐姐现在带你去买好吃的东西好吗？"丁晴晴拉着小男孩走出酒吧。

"等等我。"女人追了出去，临走的时候还忍不住回头恶狠狠的看了杨志一眼说："臭流氓，你等着，我会来跟你算账的。"

围着酒吧看热闹的人群开始散开了，但是没有散开的是大家的种种猜测与讨论的话题：原来酒吧的杨总是个被学校开除的流氓啊！

徐子昂担忧地看着杨志，他也不知道该怎么去安慰杨志了，毕竟酒吧里以前没有任何人知道杨志的过去，现在大家都知道了，杨志以后该怎么面对啊？

"兄弟，不要想的太多了，那些都过去了，没有人会在意的。"徐子昂想了半天，终于憋出了一句安慰的语言。

"呵呵，让她去说吧，我不在乎的。"杨志表面上这样回答徐子昂，其实心里已经很不舒服了，没有人愿意将过去的伤疤放在桌面上，没有人愿意别人在自己还没有完全愈合的伤口上继续撒盐的。杨志是个极其敏感的音乐人，他潜意识的自尊比别人强很多，他勉强维护的形象，在丁晴晴后妈的哭闹中破碎了。

第七章　火上浇油

徐子昂知道自己今天必须留下来陪伴杨志了，他隐约的感觉到杨志要崩溃了，因为杨志抽烟的手在发抖，他不是用嘴巴在抽烟，而是用牙齿紧紧的咬着烟屁股。

“好戏啊，一场好戏啊，可惜我错过了最精彩的时候。”一个可怕的声音在酒吧里响起，徐子昂也吓了一跳。

“你怎么会到这里来？”杨志看清楚了说话的人是下午在乐团为难自己的那张番茄脸。

“怎么？酒吧开门难道不欢迎客人吗？我来捧你的场，喝一杯不行吗？”番茄脸根本不知道自己现在那种为老不尊的样子是多么的让人讨厌。

“哦，欢迎，您要来点什么？”徐子昂急忙给杨志使了一个眼色，自己亲自去招呼他。

“呵呵，给我来一扎啤酒吧，我就坐在吧台边喝，我还要跟杨团长的公子好好聊聊呢，哈哈哈。”番茄脸笑得很阴险，脸上露出可怕的诡异。

徐子昂担忧地看着杨志，无奈地递给番茄脸一扎啤酒。

“请慢用！”徐子昂礼貌地说。

“呵呵呵，杨公子马上就成为我的同事了，要多多关照啊。”番茄脸喝了一口啤酒，不怀好意地对着杨志说。

“成为你的同事？”徐子昂狐疑地看了杨志一眼。

“子昂，别听他胡说。”杨志觉得自己已经不可能去父亲的乐团了，因为他永远不可能跟番茄脸这样的人做到友好相处。

“哎哟，您还不知道啊，杨自强也就是杨公子的父亲现在是我们的团长，今天下午杨家公子已经到乐团报道了，以后啊，爱乐乐团就是杨家父子的天下了，我看你这个酒吧也别开了，到乐团来混吧，靠着大树好乘凉啊，哈哈哈。”番茄脸奸笑着继续喝酒。

“子昂，别理他。”杨志对徐子昂小声地说。

“哈哈，不让我说，怕别人知道你是走后门的啊？我现在还知道你是因为要流氓被学校开除了，怎么样啊杨公子？你还有哪些不被人知的秘密？或者你爸爸还有什么见不得人的秘密啊？”番茄脸明显是借酒挑衅，故意找是非的。

“太过分了，这酒我不收你的钱也不招待你了，你请便吧。”杨志显然已经无法承受了。

“哎哟，没听说过开店的赶客人走的，脾气不小啊杨公子，看来你们家不为人知的肮脏事挺多的吧？哈哈哈。”番茄脸大口大口地喝酒，明显是借酒壮胆。

“滚。”杨志突然抢过番茄脸手里的啤酒，直接泼洒在他的脸上，大声叫他“滚。”

“兄弟，冷静啊。”徐子昂想制止杨志的冲动时，一切都晚了。

“臭流氓果然不同凡响啊，是好鸟就不会被学校开除了，仗着自己父亲是团长欺负我啊，怕你啊，老子马上退休了，你有种就对老子耍流氓啊？”番茄脸叫嚷着，一副不肯罢休的事态。

徐子昂既担心酒吧的客人受影响，也担心杨志的失控，他急忙让保安将番茄脸制止住，自己另外再想办法安慰杨志。

一切都来不及了，这一天发生的事情太多了，每一句话，每一个人似乎都处处针对杨志，不但揭开了他最隐晦的伤疤，还将他唯一视为安全的藏身酒吧也暴露了。

杨志像一匹受伤的公狼，哀嚎着失去了理智，他刚刚才从父亲那里盼望到的一丝光明也被黑暗吞噬了，自己和徐子昂苦心经营的酒吧也不能待下去了。全世界的人都知道自己是被学校开除的臭流氓了，他还有什么脸在这里继续生存下去呢？

两年多的貌似平静，两年多的压抑，在今天堆积的怒火中爆发了，杨志一头冲出了酒吧，奔跑在苍茫的夜色里。树影似一张张邪恶的脸，夜风似一个个狂笑的声音：被学校开除的臭流氓，原来躲在酒吧里啊，哈哈哈。

杨志抽搐着狂奔，没有眼泪，只有胸口那团怒火和这两年来积压在心中的痛苦在一点点地释放；潘多拉的盒子一旦打开，无法控制的魔鬼会在空气中到处飘荡，这一次的杨志，完全失去理智了，他漫无目的地狂奔着，不知道要奔向哪里？不知道什么时候能够停息？

“兄弟，杨志，你去哪里？”徐子昂大声呼喊着，可是酒吧还有很多客人，他只能呼喊着，追到门口。

徐子昂交代服务员工作的时候，杨志已经跑得没有踪影了。

徐子昂再次跑出酒吧寻找杨志的时候，只有闪烁的霓虹灯眨着狡黠的眼睛。

无奈的徐子昂只有回到酒吧，他一边忐忑地与客人周旋着，一边焦急地等待奇迹的出现。

终于熬到了打烊的时候，徐子昂驱车前往杨志的家里，他顾不得深更半夜了，急急地用力敲起杨志家的大门。

“儿子，你怎么不带钥匙啊？”杨志的母亲温暖的话语传到门外时，门还没有打开。

“阿姨，杨志回来了吗？”徐子昂已经被焦急的情绪充斥着心胸，他想不到其他的了。

“子昂，杨志不是一直跟你在一起吗？他怎么啦？”杨志的母亲以为自己耳朵又不好使了。

“阿姨，我还是进来看看吧。”徐子昂顾不得像往日那样换鞋了，他大踏步地走进杨志的房间，打开灯后，看着空荡荡的屋子，徐子昂知道杨志这次肯定过不了这一关了。

“子昂啊，杨志怎么啦？”杨志的母亲依然迷迷糊糊地再次追问，她无法想象儿子今天都遭遇了些什么，她不会知道儿子今天遭遇了几年来最大的羞辱，更不敢相信毫不相干的人会那样伤害她的儿子，也不会知道今天的释放是儿子一生当中最大的转折点。

第八章　我不是疯子

杨志一边哀号一边奔跑，不到三个小时里，他已经跑出了上海市中心，已经跑到还没有开发的新浦区的地界；心里的伤痛已经远远超出了身体的疲惫，精神的压力已经大大高出了人正常的生理承受范围，杨志整个人都疯了，疯得完全失去了理智，连做人的最后底线都疯得遗忘了。

天亮的时候，几个环卫工人在灌木丛中发现了蜷缩的杨志，他们好奇地张望、探讨，一个胆大的环卫工人还用扫把去驱赶他。

杨志站起来对他们大吼着，并抓起路边的垃圾对他们挥洒着。

“这个疯子穿得不差啊，肯定是家人没看牢，夜里溜出来的。”环卫工人们开始议论该怎么处理杨志了。

“报警吧，他家里人应该很着急的。”另一个环卫工人发表自己的看法。

“现在派出所还没有上班呢，找麻烦啊？”旁边的人提醒着同伴。

“也是啊，我们把他赶走就行了，不要让他妨碍了我们的工作啊。”几个环卫工人达成了一致，他们挥舞起扫把，驱赶着杨志，就像驱赶一条丧家犬。

毫无理智的杨志一边叫骂着，一边拼命抵挡。在清晨的曙光中，一幅环卫工人驱赶疯子的画面，让太阳都迟迟地不愿意睁开眼睛看这心酸的人间惨剧。

杨志被扫把和灰尘搞得已经分不出人形了，他尖叫着逃窜，他又开始无目的奔跑了。

人，总有疲惫的时候，杨志经过长时间的奔跑，终于在午后的阳光下，疲惫地昏倒在一家杂货店的门口了。

上海市的市民觉悟是很高的，但是他们的同情心没有那么高，不管发生任何事情，他们都会交给警察来处理。

“这个疯子长得挺白净的，就是身上有点脏啊。”看热闹的人群发出了议论。

“我看也不完全像个疯子，应该是受什么刺激了吧？”一个男人看着杨志模糊的脸，发表着自己的看法。

“他不像是我们这边的人，看样子家庭环境还不错啊，你看他穿的皮鞋还是个牌子的呢。”一个老太太也猜测着。

“你醒醒，你是谁？从哪里来的？”一个胆大的男人走近杨志的面前，试图想跟他交谈。

“关你屁事，我怎么知道我是谁啊？”杨志虚弱地睁开眼睛，看着恐怖的人群，本能地用手在旁边的地上摸索着，想找到一点能够保护自己的武器。

“快跑，疯子要打人了，快跑啊。”看热闹的孩子们尖叫着逃窜。

“神经病，你们才是疯子呢，看什么看，有什么好看的？”杨志挣扎着想从地上爬起来，无奈又摔倒了。

“这疯子有残疾。”旁边的人又开始议论了。

“你才有残疾，你脑子有病。”杨志毫不示弱地回敬着议论的人群，他完全不知道自己是在哪里，也不知道面临的状况了。

“警察来了，警察来了。”孩子们又开始呼叫了。

看热闹的人群立刻给警察让出了一条通道，那时候还没有110警车，只有在抓坏人的时候才开警车出来，派出所的民警们在近距离办案的时候基本都是步行或者开摩托车的。

“安静，别闹了。”警察的声音很威严。

“我没闹，是他们在闹。”杨志很大声地回答，他已经不知道害怕了。

“你是谁？到这里开干嘛？”警察常规的询问着。

“我干嘛不能来这里？我又没有做什么。”杨志笑着反问警察。

“他是疯子，刚才还准备打我们呢。”孩子们对警察说。

“谁打你们了？你们才是疯子呢。”杨志不屑地回敬着孩子们的嘲笑。

“他就是疯子，就是疯子，哈哈哈，看警察抓疯子啰。”孩子们欢呼着。

“起来，跟我们去派出所。”警察不愿意看着市民都在一边围观。

“干嘛要去派出所，我又没做坏事，我自己回家去。”杨志努力站起来，可是脚痛得厉害，他又重重地摔了下去。

“他好像受伤了。”另一个警察对同伴说。

一个素质好点的警察将杨志搀扶起来，帮他拍打着衣服上的灰尘。

“谢谢你！”杨志咧开嘴，对警察报以感激的笑容。

“啊？”警察惊呆了；这个面容憔悴又白皙的年轻人，虽然身上有着不知名的伤痕，但是很有礼貌，好像真的不是疯子，这是警察没有想到的。

“你叫什么名字，到这里来干嘛？”警察看见杨志是清醒的，想快点把他处理了。

“我不想说，什么也不想说，我怎么知道到这里干嘛？”杨志似乎又进入了疯狂的世界。

“他好像是受了刺激才脑子不大好的。”警察回头对同事说。

“你家在哪里？我们送你回去吧。”警察好心的对杨志询问，语气缓和了很多。

“我家在……不，我不回去，我还有什么脸回家啊，呜呜呜。”杨志忽然又蹲在地上哭起来了。

警察没有办法，只能将他架起来，强行拉进了派出所的大门。

杨志面对派出所的墙壁，他什么也不愿意说了，他只想有个安静的地方睡觉；在警察去准备笔录的时候，他居然趴在桌子上睡着了。

民警还是有同情心的，他们等待了将近半小时后，叫醒了杨志，并给他端来了一杯水。

稍作休息又喝了点水的杨志，似乎平静了很多，眼神慢慢开始有些正常了。

“告诉我们你的姓名、年龄、籍贯？”警察开始做笔录了。那个年代的上海警察是非常排外的，只要不是本市的人口，他们很快就会将其送往收容所的。

“不说可以吗？我已经够丢人了，再说什么也没有意义了。”杨志垂下来头。

“你是哪里人？”一个警察似乎觉得杨志的脸有点熟悉。

“我是静安区的。”这个问题杨志还是愿意回答的。

“做什么工作？”警察惯用的手段就是步步紧逼的思维诱导方式，让你没有办法考虑回避他们的问话。

“拉小提琴的。”杨志本能地回答了一句。

“哦，我想起来了，我知道你是谁了。”一个民警听见杨志的回答后，似乎真的想到了杨志是谁了，他过去跟其他同事耳语了几句，其他民警立刻一脸的惊讶，一个民警转身出去打电话了。

第九章　没有距离

下班之前，民警给了杨志一个面包、一杯热水，值班的民警没有理会杨志的存在，而是把他单独放在一个房间里。

杨志昏昏沉沉地睡着了，手上、脖子上被灌木丛里的荆棘划伤的小口子在细菌的积累中，慢慢开始红肿了。

静安区的民警接到电话后，开始逐一排查档案，直到杨志的卷宗出现在眼前才确定下来，他们没有马上通知杨自强去派出所接人，而是先仔细地把杨志档案里的事情研究了一下，然后再根据新浦区派出所民警提供的情况，分析杨志有没有给社会带来危害；有没有在本市其他地方的犯罪记录后，才决定通知家属去接人。

杨自强也因为杨志的出走而没能正常去单位上班；徐子昂也因为杨志的出走没有心思打理酒吧；唯有母亲痴痴地在家守着电话机，这是杨自强吩咐的，也是他母亲除了买菜、做饭后唯一能够做到的事情了。

接到电话的母亲，不知道去哪里找丈夫回家接儿子，她只能打徐子昂的电话，徐子昂既不在酒吧也不在家里；他除了自己满世界的寻找杨志，还分别跟丁晴晴、陶子烟联系过，让她们一起帮着找；谁也不知道杨志会在灌木丛、派出所度过了两个夜晚。

徐子昂是善良的，善良的他在寻找杨志的同时，也没有忘记打电话关心杨志的母亲。

徐子昂的电话在杨志母亲因为有了儿子的消息而找不到丈夫的时候响起了，这个可怜的女人几乎要自己出去接儿子的时候，徐子昂的电话正好打过来了。

“子昂啊，快，快点去啊，杨志在新浦的派出所里。”李秀兰一边擦着眼角的泪痕一边对徐子昂说话。

“阿姨，您别急，叔叔知道了吗？”徐子昂还是比较理智的。

“他不知道啊，昨晚到现在也没有打过电话回家，老杨不会也出事了吧？”丈夫和儿子都是李秀兰的命，她真的急死了。

“阿姨，这样吧，我过来接你一起去派出所接杨志，办手续是需要家属签字的。”徐子昂还是了解派出所的程序的。

“好，好。”李秀兰慌忙答应着。

徐子昂的脸色因为缺少睡眠而显得有些暗黄，两天没有刮胡子了，圆圆的脸上黑压压的都是胡子茬；很像那个年代大家都崇拜的伟人卡尔·马克思。

这两个夜晚很平常，这两个夜晚很不平静，只有徐子昂在汽车里睡了一会，杨志的父母几乎是整夜没有合起眼睛；更可怜的是杨志的母亲几乎无法呼吸了，她一会儿想到惨死的小儿子，一会儿想到大儿子的安危，还要担心丈夫的身体，这个家没能给她带来多少欢乐与幸福，反而带给了她一生的操劳与担忧。

两个夜晚一个白天，杨志仅仅喝了两杯水吃了一个面包。当他看见母亲和徐子昂时，他一下子清醒了很多。

“儿子，你怎么了啊？怎么脏成这样了？发生什么事情了？为什么不回家告诉妈妈啊？”李秀兰不顾派出所警察在场，直接将杨志搂进怀里，那么多的疑问，她一口气带着哭腔地问出来。

徐子昂默默地看了杨志一眼，就忙着跟警察说明情况，并交了保证金。

杨志挣脱母亲的怀抱时，还想挣扎着说点什么，徐子昂及时用手捂住了他的嘴巴，强行将他拖进汽车里。

“别管我，让我出去，让我出去。”杨志到了汽车里依然没有停息。

“兄弟，先回家再说吧。”徐子昂将汽车的门全部反锁上；汽车疾驰在回家的路上。

徐子昂知道，此刻杨志的父亲还在急切地寻找，还在漫无目的地寻找杨志的踪影，自己送完杨志还要想办法去通知他的父亲。

母亲的眼泪也许是儿子最好的疗伤药，杨志在妈妈的哭声中短暂地平复了，没有继续折腾，只是双眼空洞的看着车窗外的风景，像一具没有灵魂的空壳子。

徐子昂跟李秀兰将杨志拖回家后，将杨志反锁在房间里，徐子昂嘱咐李秀兰不要轻易地打开房门，等自己去找回杨志的父亲再作决定。李秀兰含泪点头，她怎么忍心自己的儿子受苦，她情愿用自己的命去换回儿子和丈夫的平安。

徐子昂先打电话到爱乐乐团，办公室的人说：团长今天请假了。

徐子昂将杨自强能够想到的地方都找遍了，也没有看见那辆破旧的自行车的踪迹。

已经错过了午饭的时间，徐子昂将车子靠在浦江边停下，自己下车去买面包和水。

远处的角落里躺着一辆破旧的自行车，徐子昂忽然觉得很熟悉。

徐子昂一边肯着面包喝着冰凉的水，一边张望着。

和平饭店的鸽子已经开始下午的放飞了，白色的羽毛在金色的阳光下非常的漂亮；浦江的外滩边等待游轮的人群依旧像往日那样拥挤；徐子昂的目光穿过拥挤的人群，看见台阶上那个蹒跚的身影了。

“杨叔叔，杨叔叔。”徐子昂大步朝着那个身影走去。

杨自强脸上的胡子比徐子昂的更长，他的眼圈深陷，眼袋像两个烧焦的茶叶蛋般挂在眼睑上，眼睛里没有一丝活人的生气，就像恐怖片里的僵尸一样，让人觉得可怕至极。

“杨叔叔，快跟我回家吧，杨志已经在家里了。”徐子昂一边说一边把自己手里的面包递给杨自强。

“真的吗?”杨自强似乎有些不相信自己的耳朵。

“是的，我刚把他送回家就出来找你了。”徐子昂重复了一遍自己的话。

“走，我们赶紧回去。”杨自强似乎恢复了生气，他接过徐子昂手里的面包咀嚼起来。

杨志不会知道，父亲知道他跑出酒吧的那一刻就没有安宁过，也不会知道父亲从知道自己跑出酒吧的那一刻就再也没有吃过任何东西了。

“叔叔，给您水。”也不知道从什么时候开始，杨自强跟徐子昂之间也没有了距离，他们可以吃着彼此啃过的食物，可以共饮一瓶水了。

第十章　没有心的躯壳

徐子昂将杨自强的自行车放在汽车的后备箱里后，杨自强已经自己坐到汽车里去了；他对这个富二代再也没有了偏见，而是多了一份感激，他完全放弃了自己以前对徐子昂那些不好的看法，从心底里接纳了这个憨厚的年轻人。

“子昂啊，辛苦你了！”杨自强由衷地感谢着徐子昂。

“叔叔，你不要客气了，我和杨志从小一起长大，这是我应该做的。”徐子昂一边小心开车一边礼貌地回答。

“杨志，杨志。”到家后的杨自强急忙呼唤着儿子。

“嘘，小声点，儿子睡着了。”李秀兰急忙制止丈夫的叫嚷。

“子昂啊，你休息一会，阿姨马上就做好饭菜了，吃了再走啊。”李秀兰小声地招呼着徐子昂说。

“杨志睡着了就让他休息吧，我明天再来看他，酒吧还有事，我先回去了。”徐子昂也非常的疲惫，只是他还放心不下酒吧的生意。

“子昂啊，还是吃了再走吧，累坏了吧？”杨自强也挽留着徐子昂说。

“不了，叔叔、阿姨，你们忙吧，明天我过来接杨志的时候再吃吧。”徐子昂的想法很简单，他以为杨志经过这一次的折腾后就恢复平静了，他可以像往常那样来接杨志去酒吧工作了。

徐子昂悬着的心终于落下，他驱车赶往酒吧的路上已经昏昏欲睡了。

午后的落日很快就钻进云层，说变就变的天气让人类无法掌控。

杨志躺在自己的床上，耳边回荡着番茄脸的咒语：臭流氓、臭流氓，哈哈哈。

杨志一会将头深埋进被窝，一会又睁大眼睛看着空洞的房顶；就连杨宇那张黑白照片似乎也在嘲笑着：哥哥，你真丢脸。

“啊……”杨志号叫着，在床上翻滚着，他的头很痛，痛得让他无法安宁。

人的情绪是需要发泄的，特别是年轻人有着过剩的体力与思想；杨志从来没有彻底地发泄过一次情绪，因为他尽量控制，尽量不让妈妈担心，尽量不给徐子昂添麻烦。而这一次，他无法继续压抑了，他的内心，就像一个积满了不良液体的容器，轰然爆炸了；突如其来的爆炸，将所有的压抑一下子释放出来，那些点点滴滴都带着伤害的液体，流到哪里，哪里就是痛苦。杨志没有任何的反抗能力，也没有接受这些的准备，他以为进了父亲的乐团，自己很快就能举办个人演奏专场，那些失去的荣耀与光环，很快就会重新属于自己，可是他失望了，他心里的那些幻影完全消失了，就连酒吧也不能回去了；他最后的一点尊严与期待都落空了，而且是在那样的情景下，被那些市井小人给无情地揭开了伤疤，他就像一具失去了皮肤的野兽，自己在房间里哀号着……

妈妈忙着在厨房里做饭，爸爸回到自己的房间去休息了，杨志的嘴唇被自己咬得全是血迹，他没有一点感觉。

母亲来叫他吃饭的时候，杨志傻傻地看着母亲由于过度担忧而蜡黄的脸，高声呼喊："雕塑，雕塑啊！"

父亲已经悄悄到房间门口了，他不忍心看着儿子如此折磨自己："儿子，起来吃饭吧，爸爸都知道了，你受委屈了。"

杨自强可怜巴巴地几乎是在祈求儿子，可是他的心里也在滴血，他恨不能劈头盖脸地给杨志几个耳光；但是他没有这样做，他知道儿子这个时候是脆弱的，是需要安慰的。

"走开，快滚啊，我不是疯子。"杨志看见父亲的脸时，突然变得很惊恐，他狂叫着拿被子捂住了自己的头，身体还有些颤抖。

"儿子，是爸爸妈妈啊？你别怕，别怕啊，你已经到家了。"母亲一边擦着眼泪，一边想掀开儿子的被子。

"我不是疯子，不是，快滚，滚啊。"杨志突然自己掀开被子，手舞足蹈地乱挥一通，他伸开双腿，将坐在床沿的母亲一下就踢到了地上。

虽然杨志不是出生在大富大贵的人家，可父母给予他的是一份平静的生活和良好的教育。清高、孤傲的父亲更是完全没有社会上的市井俗气，杨志就像大棚里的康乃馨一样，虽然不够名贵，却享受着没有风雨的生活。

那些可怕的人群，那些可怕的猜测，那些孩子们幼稚的嬉笑声，一夜间让杨志品尝到了社会最底层的生活状态和被人唾骂的就连一条流浪狗都不如，根本没有做人的尊严的事实。杨志没有任何的抗御能力，尽管他已经早就成年了，可这些是他从未想过，也从未领略过的伤害。

"杨志，你清醒点，你必须面对现实，你已经是个男人了，要有男人的样子。"杨自强一边搀扶起地上的妻子，一边厉声呵斥着儿子。

"不，不要打我，不要打我了，我不是疯子。"杨志声嘶力竭地呼喊着，泪水模糊了妈妈的脸。

“老杨啊，我们带儿子去医院吧，他肯定是受了惊吓啊，你看他身上还有伤，一定是派出所的人打的吧。”母亲哭泣着跟父亲商量。

“去医院干嘛？到了医院别人会以为他真的疯了，等他闹够了自然会清醒的。”杨自强无奈地对妻子说。

“可是儿子现在这个样子，我害怕啊。”母亲还是担心地对父亲说着自己的想法。

“怕什么？要死也让他死在家里，不能再出去丢人了。”杨自强叹了口气，拉着妻子离开了杨志的房间。

第十一章　借我两万块

这个风雨飘摇的家，已经令人感觉到窒息了；母亲看着杨志疯疯癫癫的神态，想着杨宇的可爱，独自坐在那破旧的沙发上，心里阵阵疼痛。

父亲总希望从哪里能够找到突破口，让杨志尽快恢复理智，他在凄凉的夜色中，拉起了《辛德勒的名单》里的《流浪者之歌》。悲切的琴声带着无奈的苍凉，播散在没有月光的空气中，冷冷的，似乎能让人感受到每个毛孔里流出的都是泪水。人们依旧没有放弃生存的执念，依旧在逃亡中寻找心中那不灭的理想。

父亲希望杨志能够感受到音乐里的境界，幻想杨志的心能够融入音乐；希望流淌的音符让杨志清醒过来……

悲凉的琴声与父亲的心境融合为一体，杨志不是没有听到，只是他已经无法再控制自己的思维，他已经麻木了。

父亲无力地垂下了手，他稍作休息后，没有放弃；因为他已经感觉到了杨志没有在房间里哭闹，而是静静地聆听了。

父亲再次拉响了琴声，这一次他拉起了帕克尼尼的《D大调小提琴协奏曲》，这是一首高难度的小提琴曲，也是杨志一直拉不准音律的曲子；他希望通过这首曲子传递给杨志自己的心思，告诉杨志不要放弃对音乐的梦想。

杨志确实在安静地听着，自己以前喜爱的曲子，现在传递到他耳朵里的，是那么难听的噪声，他赤着脚来到了阳台边，想叫父亲住手；可当他看见黑暗中父亲的影子时，不知道为什么，他只是一动不动地站在那里，什么也没有说。

“儿子，你来了，想拉一曲吗?”父亲看见杨志的身影站在那里后，急忙招呼他，心里闪过一丝安慰的笑容。

杨志什么也没有说，转身又回到了自己的房间，继续躺在床上。

一切似乎又回归了短暂的平静，杨志家的夜晚平静得只能听见路过的风儿发出的笑声了。

徐子昂如约而来的时候，杨志的母亲已经准备好了饭菜，三个人默默地吃着，没有了以往的欢声笑语。

杨志默默地坐上了徐子昂的车，默默地走进了酒吧，默默地承受着别人不同心态的目光。

“子昂，借给我两万块钱。”杨志突然开口了。

“好，下班给你，对了，你现在要钱干什么用?”徐子昂关心地追问了一句。

杨志没有作任何回答，只是麻木地擦着他的小提琴。

结束了生意后，徐子昂将钱交给了杨志，这点钱对徐子昂来说不算什么，而对杨志的意义就不同了。

“杨总，脸色不好啊，我请你喝一杯吧。”那个表演的女孩一直没有离开，她似乎对杨志有很大的兴趣。

“下班了，明天再喝吧。”徐子昂帮杨志回了女孩一句。

杨志没有看徐子昂的表情，拿起钱和自己的外套，一把搂过女孩的腰，竟然当着徐子昂的面，给了女孩一个热吻。

“杨志，你干什么?放开她。”徐子昂吓了一跳，急忙拉回杨志，将他死死地按在凳子上，自己挥手叫女孩离开。

送杨志回家的路上，徐子昂一直在劝慰他、开导他；可杨志什么也没有听见。

“以后不要来接我了。”下车时，杨志冷冷地对徐子昂说。

“为什么?”徐子昂疑惑地看着杨志。

“你去装修新店吧，我自己打车去酒吧。”杨志很理智地说。

“哦，也好，车费我报销，你自己小心点啊。”徐子昂对杨志是宽容的，宽容得超过了手足之情。

杨志没有回答徐子昂，自己快速地跑进了家门。

母亲隔着门缝看见儿子到家了，悄悄转身重新爬到了床上，对着同样没有睡着的丈夫说：“睡吧，儿子到家了。”

杨自强翻了个身，沉沉地进入了睡梦里。天明的时候，夫妇俩同时被噩梦惊醒了：“老杨，杨志，杨志他……”李秀兰惊恐地对床上的丈夫叫嚷着。

“没事，没事，你别瞎想了，我起来去看看。”杨自强穿好衣服，来到儿子的房间，杨志蒙头睡着，杨自强紧紧地盯着被子，确定微微起伏的被子是儿子在呼吸后，才转身出来对妻子说：“秀兰，你太紧张了，儿子在睡觉呢，别吵他，我早点去上班，过几天啊，等儿子情绪平稳些就到我团里去，你也就放心了啊。”

“这样就好了，老杨啊，你去洗漱，我这就给你做早饭去。”李秀兰帮丈夫整理了一下衣领，快步走进了厨房。

杨志听到父亲出门上班，妈妈去买菜后，立刻从床上爬了起来，他稍微清理了一下外表，急急忙忙就出去了。

李秀兰买菜回家后，一直没敢出声，她以为杨志在睡觉，自己就静静地在沙发上织着那些永远织不完的毛衣。

该吃午饭了，李秀兰推开了杨志的房门，床上只有凌乱的被子，没有人影。

“儿子，儿子，你在哪里？”李秀兰以为自己眼花了，她大声地呼唤起来。

“妈，我回来了。”杨志正好推门进来，听见了母亲的呼唤。

“你什么时候出去的啊？”母亲急急地问。

“妈妈，最近酒吧生意忙，我要到子昂家去住一段时间。”杨志一边说，一边回房间收拾着自己的东西。

“住子昂家？你爸爸说过几天带你去他团里上班啊，你没有跟子昂说吗？”母亲有些不明白儿子的意思了。

“先不去爸爸那里上班了，免得被人说爸爸的闲话。”杨志不再理会母亲，只是将自己经常穿的衣服全部放进背包里面。

“住子昂家几天啊？带这么多衣服？别带了，需要换就回家来，妈妈给你洗。”母亲在一边看着儿子收拾东西，心里很难过。

杨志似乎没有看见也没有听见母亲的话，他将能装的东西都装进背包里了。

“儿子，吃饭吧，菜快凉了啊。”母亲忍不住又在催促了。

杨志将背包放在一边，走进厨房，帮妈妈盛了一碗饭，这是他第一次，也是最后一次帮母亲盛饭了；因为杨志不知道，自己的举动将给母亲带来什么样的后果。

第十二章 彻底沉沦

饭后，不知道是什么原因，母亲一直盯着杨志看，还恋恋不舍地将杨志送到了楼下。

“儿子，你也不小了，要学会照顾自己啊！很多事情要用心去看，不要沉溺在过去里，未来的日子还很长，你要坚强些，你爸爸很疼你的，你看看他都老成什么样了啊……”李秀兰忽然拉着儿子，对他说了一通莫名其妙的话。

“知道了，妈妈，您保重吧！”杨志招过来一辆出租车，木然地坐了上去，还在车窗里对妈妈挥了挥手。

李秀兰蹒跚着独自回到家里，临窗看着外面的风景，凄然泪下。

上了出租车的杨志，没有叫司机开往酒吧的方向，而是在街边的一个公用电话亭旁边停了下来。

杨志走进公用电话亭，拨通了徐子昂的电话：“子昂，我不去酒吧了，我明天开始到爱乐乐团去上班……”

电话那头的徐子昂，莫名其妙地一阵心慌，他确实知道杨志要去他父亲的单位上班，没想到是这么快。

很多时候，人们都会忽略细节，特别是发生在熟悉的人身上的细节。

杨志就这样消失在大家的视线里了，一周，两周，整整一个月了，他没有跟任何人联系过。

母亲再也忍耐不住了，她打电话给杨自强：“老杨啊，你下班去看看儿子吧，他都一个月没有回来了，子昂那边有这么忙吗？”

“哦，我等会还要开会，晚上回家再说吧，子昂那里出不了事的，放心吧。”杨自强的确很忙，因为剧团在改革，社会在改制，他刚刚接替团长的职务，太多的事情要处理，以至于他暂时忽略了儿子。

离开单位的时候，已经是晚上九点多了，杨自强习惯地骑上他的破旧自行车，骑着、骑着，竟然鬼使神差地来到了徐子昂的酒吧门前。

酒吧门前的霓虹掩映着杨自强苍老的脸，他想了想，还是远远地将自行车停放好，自己慢慢地走进了酒吧。

没有看见徐子昂，也没有看见杨志；杨自强很奇怪地四处张望着。

“先生，请问您需要点什么？”一个服务员在酒吧暧昧的灯光下对着杨自强询问道。

“哦，我是来找人的。”杨自强礼貌地回答着，眼神依旧在四处搜索。

“子昂今天没来吗?”杨自强奇怪地询问服务员。

“哦，老板刚刚送客人去了，您稍等一会吧。”服务员也上下打量了杨自强一眼，随即就去招呼别的客人了。

等了很久，终于看见了徐子昂略显肥胖的身影了。

“子昂啊，杨志没有和你在一起吗?”杨自强急忙迎了上去，亲切地询问着徐子昂，他知道徐子昂已经在准备开分店了，也许儿子帮他照看新店去了。

杨自强的心里是这样以为的，对徐子昂的态度也非常的亲切。

“叔叔，您来了，过来坐啊!”徐子昂惊讶地看着杨自强，他以为杨志跟他父亲一起上班后，日子过得很舒服，就忽略了自己这个朋友了。

“不坐了，子昂啊，杨志最近住在你家还好吗?给你们家添麻烦了吗?”杨自强对徐子昂报以慈祥的微笑。

“啊?杨志住我家?他不是去您乐团上班了吗?”徐子昂惊愕地张开了嘴巴，久久没有合拢。

“你说什么?子昂啊，杨志跟他妈妈说，酒吧的生意太忙了，他去你家住一段时间的。”杨自强以为徐子昂搞错了。

“叔叔，杨志一个月以前就没来酒吧上班了，他说去你乐团上班，我正奇怪他怎么忙得不跟我联系呢。”徐子昂看着杨自强，他忽然想起了什么。

“一个月以前，子昂啊，你没搞错吧?”杨自强呆了，他的手捂住了胸口，有种难言的痛。

“叔叔，你没事吧，快坐下来说。”徐子昂急忙扶住杨自强坐下来。

“哎呀!子昂啊，杨志肯定出大事了，他都一个多月没有回家了，我们以为跟你在一起啊。”杨自强着急得声音都变了。

“一个多月前?叔叔，杨志应该不会有事的，那晚他问我拿了两万块钱，应该是出去租房子了。”徐子昂想起丁晴晴也是自己在外面租房子的，杨志应该只是效仿她而已。

“天啊!这下子麻烦大了，我们先想办法去找，你千万不能让他妈妈知道啊，可他能去哪里呢?这么大的上海市，我们去哪里找他啊?”杨自强的眼泪都要出来了。

“我明白的，叔叔您不要着急，杨志不是小孩子了，他应该早就想好了自己的去处吧。”徐子昂努力回想着那晚自己送杨志回家的情景说。

“不行啊，子昂，我们还是出去找找吧。”杨自强着急地想往外跑。

“叔叔，杨志这次不是突然跑出去，而是有计划地回避我们，这么晚了，你去哪里找他，明天我叫人去中介公司查吧，您先回去，有消息我会通知您的。”徐子昂是理智的，因为很多生意上的朋友都在外面租房子，他心里已经有底了。

杨志确实在外面租房子了，他不仅自己住在那里，还跟一个在酒吧跳舞的女孩一起同居着；他将徐子昂给的两万块钱一部分支付了半年的房租，一部分留着开销。

杨志在酒吧里拉琴的时候还存了一些钱，所以他的生活质量还不错，他每日里除了在家抽烟、喝酒，就是等酒吧女回来后疯狂地做爱，他已经什么都不指望了，他只想挥霍自己仅有的体力；酒吧女的痴缠，酒吧女的热烈，让他彻底醉生梦死，让他丧失了做人的品质，让他忘记了一切，因为没有明天，杨志白天也将屋子里的窗帘拉得严严实实，他不愿意看见任何有光亮的东西，甚至不愿意打开电视机。

酒吧女刚开始是喜欢杨志的，甚至有种愿意跟他百年好合的想法，慢慢的她发现了杨志的病态，有点想疏远杨志了。杨志偶然告诉酒吧女说：自己有足够的钱养活她，于是，一种简单的游戏进入了新的程序。

第十三章　地毯式搜索

杨自强有点佝偻的背影被暮色淹没时，徐子昂的心难以平静，杨志与自己从学校开始的点点滴滴都出现在眼前：从互相不理睬、互相排斥到各取所需；跟杨宇结缘、在那个简陋的家里品尝的温馨，让徐子昂感到温暖；慢慢地自己与杨志变得投机，变得无话不说，到杨志用身体保护自己的画面，就像昨天发生的一样清晰的出现在眼前。

徐子昂深深地吸进一口烟雾后，他拨通了丁晴晴的电话，约丁晴晴明天一起去寻找杨志。

那个时候的房屋中介，很多都是非法的，没有营业执照的，马路上的小广告很多都带有陷阱的味道。

徐子昂不敢大意，他和丁晴晴就像一对情侣那样在街头一家家地寻找，一家家地去打听，没有人愿意告诉他们房客的信息，丁晴晴的高跟鞋都跑断了，也没有得到一点杨志的消息。

“子昂，这样不行，别人就是知道杨志住在哪里也不会告诉我们的啊。”丁晴晴有些失望了。

“嗯，我明白的，可是我们没有别的办法啊。”徐子昂也觉得这样不行了。

“子昂，我们应该也像要租房子那样，假装去看房子，才能取得中介的信任啊。”丁晴晴无奈地说。

“是啊，我们要看房子，然后一点点套中介的人，这样可以效率更高些，晴晴，你好聪明啊！真不愧是才女啊！”徐子昂对丁晴晴竖起了大拇指。

“切，这个杨志也真是的，都过去那么久的事情了，还要计较，真不嫌烦啊，你看我的鞋跟都跑断了，脚都磨破了呢！”丁晴晴嘟着嘴说。

“哦，我看看，不，还是我帮你揉揉吧。”徐子昂笑着准备蹲下来。

“少来，谁批准你摸本大小姐的脚了？臭美吧！”丁晴晴一脸的娇纵。

“是啊，那你要我怎么办？你的脚磨破了会很痛，我心疼啊。”徐子昂憨厚的脸上一副很认真的表情。

“心疼我的鞋子还是心疼我啊？”丁晴晴打趣地问。

“当然是心疼你的脚啊，鞋子有什么好心疼的啊，找到杨志后，我买双新鞋子赔给你好了。”徐子昂还是那么认真的表情。

“傻瓜，谁要你买鞋子了，你跟杨志非亲非故的，为什么要这样帮他啊？”丁晴晴忍不住笑着抱怨徐子昂。

“晴晴啊，你知道吗？杨宇活着的时候，我觉得他就是我的亲弟弟，后来杨宇走了，杨志在酒吧跟我一起承受了那场跟他毫不相干的灾难，在我难过的时候，他一分钟也没有离开过，他现在有难，我必须帮他啊。”徐子昂忽然想到了酒吧被人砸，杨志被人打，自己被陈璐璐骗得人财两空的事情，他的眼神立刻变得暗淡起来。

“算了，杨志以前在学校对我也挺好的，就当是我们互相帮助吧。”丁晴晴明显地感觉到了徐子昂的失落，她也有种莫名的不开心了。

接连跑了两家中介公司，去看了两次房子，什么消息也没有得到；时间已经到了下午，徐子昂邀请丁晴晴一起去酒吧，因为他不愿意让奔波了一天的丁晴晴独自回去，他想请丁晴晴喝一杯。

“子昂啊，有陈璐璐的消息了吗？”在汽车里，丁晴晴再也忍不住了，她小声地问徐子昂。

“哪里有啊？就当花钱买教训吧，不提她了。”徐子昂似乎很专注地开着车。

“那你就不找女朋友了吗？”丁晴晴试探性地继续追问。

“想找啊，到哪里去找呢？上海的女孩子哪个不现实得让人心痛，谁会真的爱上我这身肥肉，都是冲着我的酒吧来的啊。”徐子昂苦笑着回答。

“谁说的啊？你不相信也有人会真的喜欢你啊？”丁晴晴眨着眼睛，侧脸看着徐子昂。

“晴晴，你好奇怪啊，问得这么彻底，我们小学就是同学，还有什么你不知道的啊？难道你想给我说媒吗？”徐子昂好像感觉到了丁晴晴的异样。

“给你说媒？你臭美吧！”丁晴晴娇羞地用粉拳捶打了徐子昂一下。

“晴晴，说老实话，你既漂亮又有文化，追的人一定不少吧，哪天把他带来看看，我帮你把把关啊。”徐子昂也感觉到了丁晴晴的娇媚，他的心里有种小小的懵懂。

“说笑了吧，本大小姐哪里看得上那些苍蝇啊，个个都冲着我这张国色天香的脸来的，谁会是用真心来爱我这种没有爹妈的孩子啊。”丁晴晴似乎有点不开心了。

“晴晴，你的确不容易啊，以后有什么困难就来找我吧，哥给你挡着。”徐子昂一副侠骨柔肠的语气说。

“你是谁的哥哥啊，我不需要哥哥。”丁晴晴更不高兴了。

“哦，那，你说什么就是什么吧，总之啊，以后我会保护你的。”徐子昂心底的伤痛还在那里，他不敢向丁晴晴表白什么，只是他突然发现，丁晴晴是那么的可爱，自己以前真是瞎了眼啊。

酒吧的生意依然很忙碌，丁晴晴也有模有样地招呼起客人来。

“喔呦，徐老板啊，老板娘很漂亮啊！”一个熟悉的客人开起了玩笑，徐子昂偷偷地看了丁晴晴一眼，丁晴晴的脸红了。

送丁晴晴回家的路上，徐子昂关心地说：“晴晴，今天累坏了吧，如果你明天能请假的话，中午我过来接你吃饭吧！”

“嗯，子昂啊，我觉得凭我们两个很难找到杨志的，不如明天去找帮我租房子的那家中介公司，叫那个给我介绍房子的人去打听，我们付给他辛苦费，你觉得怎么样啊？”丁晴晴有些兴奋得答非所问了。

“好啊，大美女就是聪明啊，我们让中介的人展开地毯式的搜索，只要付给他辛苦费就可以了，真是个好办法啊。”徐子昂转脸看了一眼丁晴晴，而丁晴晴正巧转过头去看徐子昂，两张脸没有距离地贴在一起，车子也激动地摇晃了一下，美好的夜色没有因为杨志的失踪而暗淡。

第十四章 让人恶心的画面

丁晴晴是聪明的，徐子昂是善良的；他们结合在一起的智慧是惊人的。

杨自强还在苦苦思索的时候，徐子昂与丁晴晴已经有了杨志的消息，当然了，这个消息是徐子昂花了两千元钱买来的。

徐子昂给杨自强打完电话后，驱车去接丁晴晴下班了，这几天的亲密接触，徐子昂灰暗的内心有了新的希望，他知道丁晴晴的个性很强势，知道丁晴晴是个有仇必报的姑娘；同时也知道丁晴晴是柔弱的，是不会无缘无故伤害人的。

杨自强早早地就安排好了工作，刚过下班时间，他就急忙往外走，他要去寻找杨志，要去挽救儿子，他不能再继续看着儿子这样消沉下去。

"叔叔，我们在这里。"丁晴晴大声叫着，在车子里向杨自强挥着手。

三个人敲了半天门也没有动静；丁晴晴正拿出写着地址的纸条对的时候，门打开了一条缝："谁啊?"一个慵懒的女声的声音出现了。

"宝宝，怎么是你?"徐子昂惊讶了。这个开门的女孩是自己酒吧的跳舞小姐，偶尔也会陪客人出台的。

"徐老板，你来干吗?"那个叫宝宝的女孩慌张地准备关门。

"别动，叫杨志出来。"徐子昂一把挡住了门缝，他看见宝宝的神情慌张，他也看见过杨志拥吻宝宝，他明白了一切。

"切，吵什么啊？他在睡觉呢。"宝宝一看徐子昂身后的丁晴晴与杨自强，似乎明白了自己今日的处境，她扭着屁股走进屋里，不再理会门口的人了。

"宝贝，谁啊？快过来抱抱。"床上的杨志发出迷迷糊糊的呼唤。

"徐老板来了，你自己跟他们说吧，我上班去了。"宝宝拿起一件衣服和自己的包包就急忙下楼去了，她懒得参与杨志的事情，因为杨志的钱已经给她花得差不多了，即使没有人来找，她很快也会自己离开杨志了。

"杨志，杨志你给我出来。"杨自强看着妖艳的宝宝不屑地离开了他们，立刻大声呼唤着儿子。

"谁啊，吵什么吵，还让不让人睡觉了。"杨志根本不愿意睁开眼睛，也分辨不出是谁的声音了，因为他还停留在酒精的刺激里，他还有多余的体力没有消耗完。

屋子里刺鼻的酒味和难闻的香烟味道几乎让丁晴晴觉得恶心了，她有一种想呕吐的冲动。

杨自强直接走到房间里，徐子昂与丁晴晴也跟了进去，房间里的情景把大家都惊呆了：满地的酒瓶与做爱后用的纸巾，两边床头柜上全是各种易拉罐做的烟灰缸，浓浓的烟味几乎熏得大家无法睁开眼睛，而杨志居然没有穿任何衣服，赤身裸体还四脚朝天地躺在床上。

"啊！"丁晴晴惊叫着捂住自己的眼睛，一头扑进徐子昂的怀里。

"畜生，快起来。"杨自强无法控制自己的愤怒，一把拖起杨志。

"干什么啊？你是谁？你算老几啊？"杨志嘟嘟囔囔的想继续躺下。

"啪的"一记响亮的耳光直接抽打在杨志的脸上。

"混蛋，敢打老子。"杨志突然从床上一跃而起，抓住了自己的父亲。

"住手，快住手！杨志，你疯了吗？"徐子昂急忙将怀里的丁晴晴推到门口，自己揪起床单，裹住了杨志的身体。

"你们？你们？"杨志被徐子昂紧紧地裹着，无法动弹了。

"你醒醒啊，醒醒吧杨志，你知道自己在干什么吗？"徐子昂在杨志的耳边呼唤着。

"你，是子昂，哇，哇……"杨志好像听清楚了这个熟悉的声音，同时也张开嘴，将胃里的酒精和不知名的液体全部地吐在了床上。

刺鼻的味道让大家都觉得恶心至极，只有杨志还在"哈哈"地笑着。

徐子昂急忙拿了件衣服给杨志披上，杨自强也找来了杨志的衣裤，勉强将衣物套上了杨志的身体。

徐子昂和杨自强将杨志抬到了房间的外面后，丁晴晴终于找到了一瓶矿泉水喂杨志喝，然后打开了门窗。

杨自强强忍着心头的怒火，将床上的被子和床单拿到水池里去洗。

从来没有洗过一个碗，扫过一次地的徐子昂拿起扫把开始清理房间，这样的情景，以前谁也没有想到，但是大家都在默默地付出着。

半小时后，屋子总算干净了一些，气味也淡了很多，大家也都累了。

"杨志，跟爸爸回家吧。"杨自强晾好床单后来到了杨志的面前。

"回家，回家干嘛？还嫌我不够丢人吗？呜呜呜，爸爸，你不要老在我面前晃来晃去的，晃得我头疼，让我睡觉吧，我很难过啊。"杨志呜呜地哭着。

"子昂，你陪叔叔在这里，我去给杨志买条床单回来，他这个样子哪里都去不了的。"丁晴晴是善解人意的，她很体贴地对徐子昂说完，自己就下楼去了。

"晴晴，你小心点，有没有带钱啊？"徐子昂不放心地喊了一句。

“知道了，放心吧。”丁晴晴也高声回应了一句。

“你号什么？这两年我没有好好对待你吗？那些事情都过去了，你还念念不忘什么？你看看自己现在什么样子了？不人不鬼的，你还要折腾多久？你还要让你妈妈伤心多久？你个逆子。”杨自强说着，又举起了手掌。

“叔叔，你没看出来杨志喝醉了吗？你现在打他有什么用啊？”徐子昂拦住了杨自强的手。

“子昂啊，杨志要是有你一半懂事我也就安心了，他妈妈天天在家念叨，以为他在你家住，还叫他快点回去，你让我怎么说啊？”杨自强的心很痛，他无力地放下了手。

傍晚的阳光很微弱，傍晚的风很轻柔；只是流动的空气也无法带走杨志的心魔，他如同僵尸般惨白的脸上，没有一丝活人的气息。

第十五章　卑鄙的掠夺

父亲与好友的话没有让杨志清醒，他昏昏欲睡的样子，让人觉得既讨厌又可怜。

从来都不抽烟，也很讨厌抽烟的杨自强接过了徐子昂手里的香烟使劲抽着，一阵阵剧烈的咳嗽，让这位德高望重的男人痛苦地抽搐着，抽搐的不仅仅是他的脸部肌肉，还有他被伤透的心和无奈的灵魂。

等丁晴晴买来床单的时候，大家帮助铺好并将杨志抬回到了床上；一切都是那么的不尽如人意，只有老天知道这是为什么！

徐子昂找到了杨志的钥匙，也是这间出租屋的钥匙，他配了两把，一把给杨自强，一把自己留着，再回到出租屋的时候，杨志依然在酣睡着。

徐子昂苦笑着放下钥匙和买回来的食物，自己独自回到了酒吧。

杨自强回家后，只能继续对妻子撒谎，尽管妻子的眼神里有很多的疑问，可是她宁愿相信丈夫说的一切。

乐团的工作是忙碌的，杨自强的心是痛苦的，他很想跟别人商量：该怎么才能挽回儿子？可是要面子的他，不能跟任何人提起自己的家丑，他只能默默地吞咽着心里的苦水。

日子就这样在流淌着，杨志也在大家悄悄的关心中继续醉生梦死着，丝毫没有觉醒的样子。

宝宝已经不再去出租屋了，只有杨志孤单的每日与烟酒做伴。

杨自强有空的时候就去看杨志，他一遍又一遍地对着杨志拉起小提琴，依然没有唤醒杨志的麻木的神经。

徐子昂与丁晴晴也经常去看望杨志，每次他们都会带些水果和食物。

徐子昂也经常会抽空在杨志面前拉小提琴，试图赶走杨志的心魔，得到的结果跟杨自强一样悲哀。

几个月又过去了，徐子昂与丁晴晴的感情因为杨志的关系而发展得很顺利；陶子烟毕业了，她顺利地进入上海爱乐乐团，并且是乐团重要的小提琴手，她非常渴望能跟杨志同台演出，非常渴望能早日完成杨宇的遗愿。

大家似乎都将杨志遗忘了，谁都不愿意提起杨志，就连杨自强也不愿意告诉陶子烟杨志的事情。

陶子烟有些不安，她在一个周日的午后，来到了酒吧里，找到了徐子昂。

“子昂哥哥，你忙吗？我想跟你说点事情。”陶子烟永远保持着一种小女孩的纯真。

“哦，子烟啊，你说吧！”徐子昂的心里很清楚她想知道什么，只是他没有主动提起。

“很久没有看见杨志哥哥了，你带我去找他好吗？”陶子烟并没有想象的那样很委婉的去问，她直接提出了自己的要求。

“啊？你都知道了？”徐子昂以为杨自强已经在工作的时候告诉了陶子烟，关于杨志的事情。

“嗯，我想去看看他。”陶子烟纯真的脸上，看不出什么猫腻。

“好吧，你等会啊，我给晴晴打个电话。”徐子昂已经习惯了每天跟丁晴晴联系了，他们之间除了和谐的情感，还有一种青梅竹马的默契。

这个周日，丁晴晴要给同父异母的弟弟去送生活费，她没有陪同徐子昂和陶子烟一起去看杨志。

徐子昂自己打开了杨志出租屋的门，不理会陶子烟惊讶的表情，他直接走进杨志的身边，将杨志拖到了外面。

“子烟，你看吧，这家伙现在就是这样子了。”徐子昂似乎对杨志非常不满。

“杨志哥哥！”陶子烟开心地呼唤着。

“哦，你来了。”杨志今天没有喝太多酒，他只是不愿意走出去，不愿意面对现实。

“杨志哥哥，你生病了吗？你躲在这里干嘛啊？”陶子烟孩子般的语气，让杨志的眼睛亮了一下，随即又暗淡下来。

“不要你管，小丫头，你们还是快走吧。”杨志不愿意面对陶子烟纯真的笑脸。

“子昂哥哥，我要在这里玩一会，你去忙吧，我等会自己打车回去。”陶子烟不想让徐子昂在这里浪费时间。

“好吧，子烟啊，自己小心点。”徐子昂的确很忙，两边的酒吧都要管理，与丁晴晴的恋情需要维护，他也不愿意在旁边看着杨志那种活死人的样子。

徐子昂走后，陶子烟关上了门，拉开了窗帘。

“别动，我不想开窗。”杨志用手挡住窗外的斜阳。

“杨志哥哥，你屋子里太闷了，要多透透气啊！”陶子烟的笑语，让人无法拒绝。

杨志只能自己坐到一个没有阳光的角度，顺手又打开了一瓶啤酒。

“杨志哥哥，别喝了，对身体不好。”陶子烟急忙去抢杨志手里的酒瓶。

“走开，不要你管。”杨志手一闪，陶子烟扑了个空，一下子跌进了杨志的怀里。

杨志手里的酒瓶“啪”一下掉到地上，摔碎了。

陶子烟的脸红得发烫，她急忙挣扎着想站起来；杨志确一下子紧紧地抱住了她，并将散发着酒味的嘴唇覆在了陶子烟的嘴唇上。

“不要，放开我。”陶子烟蒙了，她拼命挣扎，她越是挣扎，杨志抱的越紧。

慢慢的，陶子烟挣扎不动了，少女的体香，让杨志本能勃发。

杨志已经有着丰富的性爱经验和没有良知的灵魂了，他不会放过这送上门来的机会，他抱起陶子烟，直接扔到床上，自己的身体紧紧地缠绕陶子烟，不放过任何一寸肌肤。

“杨志哥哥，求求你，不要这样对我。”陶子烟哭喊着。

杨志没有理会，他的脸继续在陶子烟的脖子上摩擦着，他的手很熟练地在陶子烟的身体上游走；尽管陶子烟不情愿，可是杨志的强烈攻势，很快就将陶子烟身上的衣物全部剥除了。

在陶子烟的哭喊中，杨志得到了陶子烟的第一次，完整的处女，被这个颓废的酒鬼给玷污了。

杨志发泄完自己多余的体力，看着泪流满面的陶子烟和床单上的鲜血，他很温柔地环抱着陶子烟的身体，陶子烟以为杨志是良心发现，而杨志却是在等待自己体力的恢复，再次的冲锋。

第十六章　子烟的哭诉

当杨志再次抚摸陶子烟的身体时，他比第一次要温柔很多，他的人也清醒了很多，只是他还在索取自己放纵的欲望，没有一点人性的觉醒。

陶子烟已经不再哭泣了，她尽量配合着杨志的柔情，尽量放松自己的身体。

“杨志哥哥，你喜欢我吗?”陶子烟很温柔地问。

“嗯。”杨志一边继续探索自己想要得到的东西，一边敷衍着。

“杨志哥哥，你知道吗?小宇活着的时候经常说你是他的榜样，你那么优秀，小宇他因为你而自豪呢。”陶子烟小声的说着。

“啊?”杨志突然停止了探索，膨胀的身体一下子就瘫软了。

“杨志哥哥，小宇很希望你能完成他的梦想，他临死之前留了一封信给我，让我找机会交给你呢。”陶子烟继续说道。

“别说了，我不想听。”杨志茫然地躺在陶子烟的身边，再也没有任何想骚扰陶子烟的想法了。

“杨志哥哥，其实啊，我是喜欢你的，小宇也觉得我们很般配。”陶子烟没有发现杨志的表情已经有了变化，她只是感觉到杨志抱着她的手臂开始僵硬了。

“杨志哥哥，现在我们已经在一起了，你要对我负责，要帮小宇去完成他不能实现的梦想啊!”陶子烟依然在说着自己的心愿。

“啊，啊?”杨志抱住头开始叫喊，他的脑袋很痛；不知道是刚才放纵的结果，还是陶子烟的话，敲碎了他心里的魔鬼。

“杨志哥哥，你怎么了?”陶子烟关切地询问。

“走开，快走开。”杨志对着陶子烟吼叫着。

“走开，为什么?你刚刚那样对我，我已经是你的女人了，你要对我负责，你必须要娶我，你还要出去赚钱养活我，将来我们还会有孩子的，你要养家的，你是男人，我要依靠你的，你怎么能对我这样说话?”陶子烟愤怒了，这个貌似小女孩的女子发火的威力让人难以想象，杨志突然安静了，他被陶子烟骂的有些思维了。

“子烟，对不起，我不是故意伤害你的，我混蛋，我该死。”杨志抽着自己的脸。

“对不起有用吗？对不起就能还我的清白吗？刚才我哀求你的时候，你罢手了吗？你这个懦夫，你还像个男人吗？你侵犯我的时候，就没有想过要对我负责吗？”陶子烟不理会杨志自残的举动，继续骂着。

“子烟，别说了，你看我现在这个样子，我还能给你什么啊？你走吧，就当什么也没有发生过，好吗？”杨志停止了自己的举动，近似乎哀求了。

“不可能，你现在让我这样走出去算什么啊？我们认识十几年了，我一直尊敬你，崇拜你，和小宇一样把你视为骄傲，你现在是我的男人，你就必须像个男人的样子，你要对我今后的一切负责，你要去努力工作，不管是去徐子昂的酒吧，还是到乐团来上班，你必须像过去一样参加比赛，你必须要成为伟大的小提琴家，你要做一个好父亲，你要给我们的孩子树立一个榜样。”陶子烟一口气说完这些。

杨志惊呆了，他的眼珠开始转动了，他听到了一些自己从来没有想到过的事情，而这些事情是关于自己的人生规划。

太多的时间没有希望，太多的时间没有人跟自己探讨将来，太多的时间交给这个黑暗的屋子，太多的时间没有人需要自己了，杨志忽然很想听陶子烟的责骂，很想知道未来的人生自己还能做些什么。

“我们的孩子？”杨志低声重复了一句。

“是的，我们的孩子。”陶子烟也重复着。

“我们怎么会有孩子啊？”杨志觉得太奇怪了。

“怎么会没有孩子，你刚才不是把孩子种到我的肚子里了吗？”陶子烟羞红了脸。

“啊？不会的，子烟，你想多了。”杨志看着子烟美丽的脸庞出现了红晕，一种从来都没有体会过的感觉慢慢地、缓缓地涌上心头。

“我想多了，我没有接触过男生，你刚才那样肯定会生小孩的啊！你不想对我和孩子负责吗？你想让我和孩子被人耻笑吗？你真没有良心，你想害死我吗？”陶子烟羞红的脸上出现乌云，眼眶里有些水滴在往外挤。

“子烟，别难过，我没有说不对你负责啊！”杨志急忙去安慰陶子烟。

“那你起来拉琴给我听啊，我好久都没有听见你的琴声了。”陶子烟边说边穿上衣服。

杨志无奈地跳下床，所有的酒精都挥发了，只有一条三角裤包裹着他仅有的羞耻，他开始寻找自己久违的小提琴。

“我的琴呢？”杨志像梦呓般的自语。

“琴都没有了，以后怎么养家啊，我真命苦啊。”陶子烟“呜呜”地哭了，一只眼睛偷偷地去看杨志的举动。

“子烟，别哭了，我找到琴了，你喜欢听什么曲子？”

艺术家跟疯子只有一步之遥，没有理智的时候他们之间是没有距离的；感情的浇灌对艺术家来说，比任何良药都有奇效，麻木的神经有了情感的滋润会逐渐苏醒的。

“我想听《云雀》中最欢快的那章。”陶子烟嗲嗲地说。

“好吧，小宝贝，你等着啊。”杨志的嘴巴很甜。

拉响了前奏，再拉序曲，很久没有认真拉琴的杨志有些生涩了，他居然拉出了滑音。

“重来，这个不算。”陶子烟温柔的小手，扶住了杨志的肩膀，依偎着杨志的后背；这种美好的画面第一次出现在杨志的身边，第一次让杨志体会：有人懂得自己，与自己没有距离地接触。

音乐是很神奇的东西，流淌的音符很快就重新占领了杨志的心田，往日的一幕幕似远似近地开始出现，杨志的手指慢慢地开始变得柔软，每一个音符都变得流畅了。

“嗯，还凑合，可是我的老公不能只有这点水平吧？”陶子烟已经改了对杨志的称呼了。

“那肯定啊。”杨志很顺口就回答了陶子烟的话，转脸自己迷糊了，因为陶子烟说的是“老公”。

“我要回家了，你好好练习，我会过来检查的。”陶子烟是个非常聪明的女孩子，她对杨志那种暗恋已经超出了杨志的想象，这一次的意外，让他们之间成为了先上床再恋爱的情侣。

“子烟，别走，再陪陪我好吗？”孤单了很久的杨志有些渴望那份久违的温情了。

“太晚了，我妈妈会着急的。”陶子烟扭着苗条的腰肢，撒娇的样子让杨志真的很喜欢。

“那你明天还来吗？”杨志拥吻着陶子烟。

“等你拉不出滑音的时候我就来了。”陶子烟的精明之处实在让人佩服。

第十七章　泣血的母爱

杨志在窗帘的后面，目送陶子烟的远去，短暂的瞬间，就像梦一样让人怀疑。

杨志再次拉起小提琴，可是滑音依然重现。

小提琴就像一个调皮的孩子，你若不能全心全意地对它好，它也不会给你回报的。杨志很久没有投入地拉琴了，很久没有将自己的心交给音乐了，他拉不出自己想听的琴音了。

杨志以为刚才的一切都是梦境，陶子烟根本不会爱自己这样的废物的，他重新打开了啤酒，再次醉倒在床上。

李秀兰再也无法忍受没有儿子的家了，她找丈夫要人，丈夫总是支支吾吾地敷衍自己；她决定自己去徐子昂的酒吧看看。这个从来没有去过任何娱乐场所的妇女，认真地收拾了一下自己的外表，按照杨志以前告诉她的地址，寻找着酒吧的位置。

当徐子昂惊讶地看着衣着朴素但很整洁的李秀兰时，他立刻明白了李秀兰的意图。

"阿姨，您来了，进来坐吧。"徐子昂还是那样的热情。

"子昂啊，你跟阿姨说实话吧，杨志到底怎么样了?"没有看见儿子的李秀兰，读懂了徐子昂那复杂的表情，她知道丈夫和徐子昂为什么瞒着自己了。

"阿姨，这个，叔叔没有跟您说吗?"徐子昂感觉很为难。

"子昂，你不要再继续隐瞒了，你觉得这样是真的对阿姨好吗？不管杨志出了什么事，他总归是阿姨的儿子，他需要妈妈的安慰啊。"李秀兰那永远抹不完的泪水又开始滑落了。

"阿姨，既然你都知道了，我明天带你过去吧，其实也没有什么，只是杨志在外面租房子而已啊。"徐子昂尽量轻描淡写地说着。

"不用了，子昂啊，你写个地址给我吧，我明天买菜的时候过去看看他。"李秀兰大度地说。

"阿姨，你找不到的，还是我带你过去吧。"徐子昂坚持着。

"子昂啊，阿姨一直把你当自己的孩子看待，你这么忙，还是我自己去

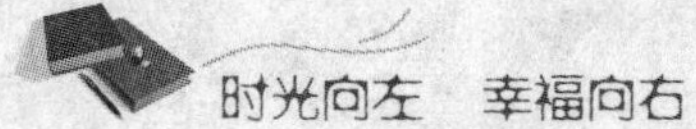

吧。”李秀兰坚持着。

徐子昂没有继续争辩，他写了一个地址给杨志的母亲，送走了李秀兰，徐子昂就继续忙着酒吧的事情。

李秀兰拿着儿子的地址，她的心情很复杂，她既想快点看见儿子，又担心儿子在外面没有好好照顾自己的生活。

李秀兰沿街走着，她习惯性地来到菜市场，买了一只很肥的老母鸡，她要炖鸡汤，晚上给丈夫喝一点，明天给儿子送过去。

因为有了儿子的消息，因为要让儿子喝到妈妈煮的汤；李秀兰在厨房里忙碌的像过年一样；晚归的丈夫喝着香喷喷的鸡汤，却没有看出妻子的心思。

母亲是天底下最没有私心的人，母亲对儿子的爱是动物的本能；母亲为孩子们的付出是无怨无悔的。李秀兰送丈夫去上班后，就赶快盛好鸡汤，自己没有舍得喝一口，带上一些买菜的零钱，奔向了公共汽车站。

杨志时而清醒时而糊涂，他不是忘记了弟弟的梦想，而是自己无法面对阳光。小心翼翼地拉开窗帘的一角，他又立刻将窗帘完全拉上；陶子烟的话就像一汪清水，既让人向往，又让他迷茫，他想站起来，但是让酒精麻木的身体有些虚脱，让他失望。

很久没有早起的杨志，今天起来得很早，他不知道自己起来做什么，他想走出去，又不敢面对清晨的曙光。

胃里没有任何东西，烟抽得让他肺疼；杨志忽然感觉到有什么东西刺穿了他的心脏，剧烈的疼痛让他弯腰蹲在地上；不知道蹲了多久，杨志麻木的双腿僵硬地挪动着，勉强再次爬向床的位置，“嘭”，杨志摔倒了，重重地摔倒在地上。

“我这是怎么啦？要死了吗？是小宇在召唤我吗？”杨志揉了揉眼睛，自言自语道。

“不好了，撞到人了。”马路上刺耳的刹车声，尖叫声响成一片。

“醒醒，您快醒醒，告诉我您家在哪里，我好通知您的家人啊?”司机跑下车，摇晃着被撞的女人，焦急地询问着。

“我，我丈夫是爱乐乐团的团长，叫杨自强……”李秀兰没有说完后面的话，她的脑袋垂下去了，眼睛也闭上了，手里紧紧地抱着那个装着鸡汤的保温壶，死死地不放开。

司机慌张的叫车里的人去乐团通知杨自强，自己赶忙抱起李秀兰飞奔到附近的医院，沾着鲜血的车子停在了路上，等待交警的处理。

那时候的人性很朴实，不管谁的错，救人性命永远排在第一位的。如果像现在那样等待110、120的到来，李秀兰就会永远地在天堂里等待儿子了。

杨自强在办公室里，眼皮不停地跳，他以为杨志又要出什么乱子了，他准备中午吃饭的时候去看看儿子。

“杨团长，杨团长。”急促的敲门声。

“进来。”杨自强习惯性的喊着。

“你是谁？找我有事吗？”看见一个陌生的女人出现在面前，杨自强奇怪地问。

“扑通。”一声，门口的女人一下子跪在了地上。

“干什么？起来说吧。”杨自强吓了一跳。

“杨团长，我丈夫上班的路上撞了您的夫人，现在已经送到医院去了，您快去看看吧。”女人哭着说。

“老杨啊，这是怎么回事啊？”正准备进来的孙建国看见了这一幕。

“我老婆被车撞了，我马上去医院，团里的事情，你安排吧。”杨自强一边吩咐着副团长孙建国，一边冲出办公室。

“老杨啊，你慢点，在哪个医院啊，等会我也过来。”孙建国的话还没有说完，杨自强已经冲到乐团的门口了。

第十八章　妈妈，我错了

杨志觉得胸闷，呼吸困难，他索性躺在地上，等待自己体力的恢复，不知道过了多久，他的房门被“咚”的一脚踢开了。

“你给我起来，别在地上装死了。”徐子昂一把拎起杨志。

“子昂，你别冲动。”丁晴晴急忙劝他。

“我能不冲动吗？你看看这个人渣，他都干了些什么？阿姨在医院生死未卜，他还在喝酒。”徐子昂的话，让杨志有些迷茫。

“你说谁在医院啊？”杨志嘟囔着。

“是你妈妈，她为了给你这个逆子送鸡汤，路上被汽车撞了。”徐子昂显然过于激动，讲话的语气非常的尖刻。

“啊？怎么可能，带我过去，快点。”杨志一下子清醒了很多，他动作迅速地穿好衣服。

徐子昂带着杨志和丁晴晴赶到医院时，陶子烟也赶到了，四目相对时，陶子烟对杨志的眼神里全都是抱怨，杨志低下头，不敢正视陶子烟美丽的杏眼。

李秀兰已经被送到重症监护室去抢救了，肇事的司机及其家属都在医院等待着结果。

“爸爸，妈妈怎么样了？”杨志远远地看见父亲，急忙奔了过去。

杨自强双眼茫然地看着儿子，将手里的保温壶递给了杨志。

“这是什么？爸爸，我问你，妈妈怎么样了，有危险吗？”杨志着急了。

“你说有没有危险？你个逆子，都是你造的孽，你就不能活得像个人样吗？你就是要把我和你妈妈折腾死了才满意吗？”杨自强指责着儿子。

“爸爸，我……”杨志无语地看着手里的保温壶。

“还有脸看，你妈妈的命就赔在这壶鸡汤上了。”杨自强的话让杨志无地自容，他的眼泪一滴滴地落在保温壶的盖子上。

陶子烟、丁晴晴、徐子昂都关心地围了过来，杨自强不好意思继续骂儿子了，他不再说话了。

一个医护人员走出了重症监护室，杨自强急忙跑上去问：“医生，我老婆怎么样了？抢救过来了吗？”

“还在昏迷中，能不能醒过来还不清楚，我们已经尽力了。”医护人员边说边走，丝毫没有停留下来介绍病人情况的意思。

大家各自在心里猜测着结果，没有人愿意说话了；陶子烟默默地拉住杨志，无声地给他一点依靠。

又过了几分钟，终于看见一个手术的医生边走边摘口罩出来了。

“医生，我老婆醒了吗？”杨自强又眼巴巴的凑上去询问。

“病人还在麻醉中，短时间不会清醒的，至于有没有生命危险，现在还不能确定，我们已经尽力了，家属请节哀！”这个医生还是比较礼貌的。

“为什么节哀？我妈妈会死吗？”杨志也冲了上去。

“年轻人，别冲动，救人是我们医护人员的责任，我们已经尽力了，其他的事情谁也说不准，等病人送到病房后你们可以去看了，但是要保持安静，也不能时间太长，留下一个人看护就行了。”医生看了一眼含泪的杨志说。

“谢谢您，谢谢您啊医生！”杨自强急忙拉过儿子，自己客气地跟医生道谢。

李秀兰被推出来的时候，所有的人都围了过去，可是，所有的人失望了；李秀兰的眼睛死死地闭着，手臂上掉着生理盐水，惨白的面色没有一点活着的迹象。

“妈妈，妈妈啊……”杨志哭着跑上去抱住母亲没有知觉的身体。

“家属请让开，我们要将病人送回病房去。”护士的表情像针一样的冷漠。

徐子昂拉过杨志，让护士推着李秀兰离开，大家默默地跟在后面。

交警过来让肇事司机和杨自强分别在处理单上签下了名字，肇事司机随即带着自己的家人离开了。

“子昂啊，你们回去做生意吧，这里有我和杨志就行了。”到了病房，安顿好李秀兰僵硬的身躯，杨自强让徐子昂等人离开。

“叔叔，您保重啊，我们明天再来，走吧，子昂。”丁晴晴没等徐子昂回答，自己抢先作出了决定；其实丁晴晴是想给杨志父子多留点时间，让杨志面对现实。

“子烟啊，你也回去吧，团里还有工作等你去做呢。”杨自强看见徐子昂和丁晴晴走了，陶子烟默默地站在杨志的身后，他又叫陶子烟离开了。

“叔叔，我还是留下来和杨志一起照顾阿姨吧，您回乐团去，乐团没有了团长，很多事情都没有人处理的。”陶子烟浅浅地微笑着回答杨自强的话。

“子烟啊，你真是个懂事的好孩子。”杨自强叹了口气，没有继续说什么，他拿来一块毛巾，擦着妻子头上的血迹，像对待一个熟睡的婴儿。

杨志在一旁流着眼泪，什么话也不敢说。

病房里静悄悄的，只有杨志的眼泪在空气中流淌，陶子烟买来的饭菜谁都没有吃一口；李秀兰在病床上依旧没有任何复苏的迹象。

傍晚时分，陶子烟回去了，杨自强父子默默在病房守护着，一家三口在病房里团聚了，很悲切的画面，连晚风都不忍心经过窗户，怕吵闹了这短暂的平静。

“爸爸，您回去休息吧，我守夜就行了，我会好好看护妈妈的。”杨志看着父亲的白发，他再也忍不住了。

“嗯，好好守着你妈妈，等她醒了就赶快给我打电话，知道吗？”杨自强看看毫无反应的妻子和一直哭泣的儿子，也只能这样了。

父亲蹒跚着走出病房，杨志再也无法压抑内心的哀伤，他扑倒在妈妈的床边。

“妈妈，你醒醒啊，我错了，只要你醒过来，我一定听话，一定会好好做人的，妈妈，你醒醒啊……”

杨志的哭声是那么悲切，他是真的感觉到自己错了，他是真心想重新开始，可是妈妈什么也没有听见，依旧紧闭着双眼，没有任何反应。

第十九章　雪上加霜

一周过去了，杨志在医院寸步不离地守护着妈妈；李秀兰依旧那样平静地躺在那里，除了心跳，她的眼睛没有睁开过。

杨自强每天去单位上班后就过来看看妻子，没有妻子的家是冷清的，没有妻子的床是冰凉的，没有妻子的厨房，开始有点发霉了。

陶子烟经常来陪杨志，她拿来了杨宇留给自己保存的信件，交给杨志。

杨志在妈妈的病床边，一遍又一遍地读着弟弟最后遗留下的心愿，悔恨的泪水赶走了心底的魔鬼，他发誓：等妈妈苏醒过来后，自己就重新做人，重新找回过去的荣耀，帮弟弟完成梦想，实现自己人生的价值，不再让妈妈有一点担忧。

陶子烟在乐团是受大家欢迎的年轻才女，也是杨自强最为器重的小提琴手，她的才华已经超出了很多在乐团工作了十几年的前辈，她是受人尊重的。

爱乐乐团将要在上海市举办一场大型的音乐会，大家一致认为该由陶子烟担任主角，因为她不仅会拉小提琴，钢琴和古筝也是她的强项；杨自强为了公平起见，召开了一个全体演职员的会议，让大家举手表决。

会议进行到一半时，杨自强站起来说明自己的立场，突然，他的嘴角剧烈的抽搐起来，身体也不住地颤抖，还没等到大家反应过来，杨自强就瘫倒在座椅上了。

“团长”“杨团长”“老杨”“杨叔叔”，大家惊呼声一片。

急速奔驰的救护车，发出刺耳的尖叫声，让路上的人群与车辆停住了脚步。

在医院守护妈妈的杨志已经三天没有看见父亲了；他觉得不安，觉得烦躁，可是父亲的身影一直没有如他期待的那样，出现在妈妈的病房门口，就连陶子烟和徐子昂他们也跟父亲一样，没有出现了。

又到周日了，杨志忍不住对陶子烟的思念，他溜出病房，去街边往陶子烟家打电话。

“哦，杨志啊，子烟不在家，她说乐团最近要排练演出，很忙的。”陶子烟的母亲对杨志非常的客气，让杨志觉得很欣慰。

杨志又将电话打到了父亲的办公室，没有人接电话，打去总机，接电话的值班人员说：今天休息，有事周一再联系。

杨志迷糊了，大家这是怎么了，从前那么关心自己的人，一下子全部都没有消息了，杨志有种莫名的恐惧感。

杨志想了想，还是继续拨打电话，这一次他是打给徐子昂的。

“杨志啊，你爸爸、妈妈的身体怎么样了，一下子全病倒了，你也真不容易啊!”徐子昂的母亲快言快语，她的话让杨志惊呆了。

“阿姨，我爸爸怎么了?”杨志根本不知道父亲中风的事情。

“哎呀孩子，你是累过头了吧，上礼拜你爸爸中风，子昂两个店要照看，打烊后去医院守夜，你不记得了吗?这几天子昂都没好好地休息过，全是丁晴晴在酒吧看着，晴晴真是个好姑娘啊!”徐子昂的母亲显然不知道大家故意对杨志封锁了消息。

“难为子昂了，谢谢阿姨。”杨志挂上电话，飞奔到父亲单位指定的医院寻找父亲的病房。

这一刻，做儿子的责任大于一切，父亲的安危大于一切，杨志像个勇敢的男子汉，没有一点畏惧了。

“爸爸，爸爸你好点了吗?”隔着玻璃看见陶子烟正在给父亲削苹果，杨志扑了过去。

“嗯，嗯。”杨自强的嘴角抽搐着回答儿子，他的大脑是清醒的，他的神志是清楚的，只是身体不能动弹，说话也很吃力。

“子烟，辛苦你了，我会好好回报你的。”杨志心疼地看了一眼陶子烟，仿佛是给陶子烟的未来作保证那样地说了一句。

“好，好。”杨自强流着口水不住地点头微笑；如果自己与妻子的病，能换回一个重新振作的儿子，杨自强情愿用生命去交换，这就是一个父亲无私的爱，不会用语言去诉说的爱。

“你怎么跑来了，谁照顾阿姨啊?”陶子烟娇羞地对杨志说。

“妈妈还没有苏醒，我一会就回去。”杨志感激地回答着陶子烟的话。

“老杨啊，好点了吗?我们来看你了。”副团长孙建国带着乐团的其他人员，拿着花篮和水果进来了。

“叔叔好!”杨志礼貌地招呼着孙建国，他知道孙副团长是爸爸最好的朋友。

“哎哟，杨志啊，等你爸爸病好了，你就来乐团上班吧，你看子烟多孝顺啊，我来做个媒，等你俩结婚的时候啊，叔叔包个大红包啊，哈哈哈。”孙建国早就发现陶子烟对杨自强的照顾已经超出了上下级关系，看到杨志后，他就做了一个顺水人情；陶子烟和杨志被孙建国的笑声羞红了脸，病床上的杨自强也开心地笑了。

“子烟啊，你下周要准备排练了，团里决定安排人员来照顾你未来的公公，你就放心吧。”孙建国没有忘记自己来看老朋友的目的。

孙建国留下照顾杨自强的员工后就离开了。陶子烟交代了细节后，跟杨志一起走出了病房。

“子烟，谢谢你照顾我爸爸。”杨志看见四周没有人注意他们，就急切地拉住陶子烟的手说。

“应该的啦!”陶子烟小声地说。

“你真是个好媳妇。”杨志一把搂过陶子烟细细的腰肢，亲吻着她的脸。

“不要嘛，给人家看见了多难为情啊。”陶子烟的脸又红了。

“怕什么?你是我老婆，我想亲就亲啊!”杨志的脸皮挺厚的。

“胡说什么?”陶子烟扭动着身躯。

“谁要求我负责的啊?谁说小孩要有爸爸的啊?”杨志故意学着陶子烟的腔调。

“别闹了，你妈妈苏醒了吗?我过去看看吧。”陶子烟很正色地说。

“没有啊，我也很担心呢。”杨志恢复了常态。

“那怎么办啊?”陶子烟也想不出什么主意了。

“这样吧，你明天去我住的地方，把我的小提琴拿来，白天我就拉琴给妈妈听，也许妈妈听见我的琴声会有反应的。”杨志边说边掏出了钥匙。

“你还准备住在外面啊?”陶子烟不高兴了。

“好了，老婆大人，我叫子昂把东西搬回去就是了。”杨志对陶子烟拱手作揖。

尾 声

成功的男人背后一定有个默默付出的女人。杨志在收获爱情的同时，也收获了希望，尽管医院住着他的父母，可是他没有被眼前的困境所击退，他顽强地站起来了。

杨志白天在医院一边照顾母亲一边练琴；晚上抽空去酒吧演奏后就急忙重回医院；每隔两天去看一下父亲。

两个月后，父亲康复出院了，虽然没有以前那样健康，但是行动自如，思路清晰，很快就重新回到了工作岗位。

一年后，徐子昂和丁晴晴结婚了，丁晴晴的弟弟做了最小的伴郎，他非常爱自己同父异母的姐姐，他的天真无邪，让丁晴晴放下了对父亲与奶奶的仇恨，他们一家总算圆满了。

三年后，杨志与陶子烟在上海市最豪华的酒店举行了盛大的婚礼，同时，杨志也收到了奥地利政府的邀请函。

五年后，杨志的母亲苏醒了，这个为儿子可以放弃生命的女人，在儿子坚持不懈的照顾中，在儿子日夜的期盼中苏醒了。

六年后，杨志与陶子烟的名字都出现在世界华人小提琴家的排行榜上，他们携手走进了维也纳的金色大厅，他们来完成杨宇的心愿，来纪念杨宇的在天之灵。

经历了种种考验的杨志与夫人陶子烟，在杨宇的坟前献上了洁白的花朵；杨志用那把弟弟生前一直拉的小提琴，拉响了自己用心血谱写的《灵魂的乐章》。

我们的命运或许会历经艰难困苦，但这一切都是上帝之恩赐，亦即生命之历程！